LA LICORNE NOIRE

Du même auteur
aux Éditions J'ai lu

Royaume magique à vendre ! :

1 - Royaume magique à vendre !, *J'ai lu* 3667

3 - Le Sceptre et le Sort, *J'ai lu* 4277

4 - La boîte à malice, *J'ai lu* 4510

5 - Le brouet des sorcières, *J'ai lu* 6683

Shannara :

1 - L'épée de Shannara, *J'ai lu* 7556

Hook, *J'ai lu* 3298

TERRY BROOKS

ROYAUME MAGIQUE À VENDRE !

2. LA LICORNE NOIRE

TRADUIT DE L'AMÉRICAIN
PAR FRÉDÉRIQUE LE BOUCHER

J'AI LU

Pour Amanda
Elle sait voir ces licornes invisibles à mes yeux...

Titre original :
THE BLACK UNICORN
published by arrangement with Ballantine Books,
a division of Random House, Inc.

Mists and the Fairy World
Melchor
Rhyndweir
Mists and the Fairy World
Fell
the Greensward
Fire Springs
Eastern Wastelands
the Heart
Sterling Silver
LANDOVER
Lake Country
Elderew
Mists and the Fairy World
Mists and the Fairy World

– Comment sais-tu que c'est une licorne ? demanda Molly. Et pourquoi avais-tu peur d'elle ? Je t'ai vu. Tu avais peur qu'elle ne te touche.

– Je crains de ne pas être d'humeur à discuter très longtemps, répondit le chat, sans acrimonie aucune. Je ne perdrais pas mon temps à ces idioties, si j'étais toi. Cela dit, pour répondre à ta première question, aucun chat sorti de sa première fourrure n'est encore victime des apparences. Contrairement aux humains, qui s'y complaisent. Quant à ta seconde question… (Il hésita, fut brusquement accaparé par sa toilette et ne dit plus un mot avant d'avoir soigneusement hérissé puis lissé tous ses poils à petits coups de langue appliqués. Cette tâche accomplie, il s'abîma dans la contemplation de ses griffes, sans un regard pour Molly.) Si elle m'avait touché, murmura-t-il enfin, je serais devenu sa créature. Je n'aurais plus été maître de moi. Plus jamais.

Peter S. Beagle
The Last Unicorn

PROLOGUE

Le jour pointait, maraudeur clandestin sorti de sa cachette orientale pour dérober à la nuit son ultime secret.

Tel un spectre, la licorne noire émergea de la brume pour contempler le royaume de Landover. Le silence crépusculaire en parut soudain plus profond, comme si cette apparition, en un minuscule recoin de son immensité, figeait le royaume tout entier. La vie allait s'éveiller, la réalité reprendre ses droits. Pourtant, en cette fraction de seconde où les rêves tiraient leur révérence, le temps semblait suspendre son vol.

La licorne se dressait au sommet du Melchor, au nord de la vallée, à la frontière du monde des fées. Landover s'offrait à ses regards, pentes sylvestres et murailles rocheuses plongeant dans la quiétude des prairies, rivières, lacs et forêts, voilés d'écharpes nébuleuses. Les premiers rayons du soleil fouaillaient les ténèbres nocturnes, lances cuivrées accrochant aux feuillages nimbés de rosée des joyaux multicolores. Châteaux et chaumières tremblaient dans la brume, indistinctes créatures assoupies soufflant, par leurs naseaux de pierre, la fumée des dernières braises.

Le regard d'émeraude flamboyant s'irisa de larmes. Cela faisait si longtemps !

À ses pieds, un ruisseau dévalait la pente rocheuse vers un plan d'eau, abreuvoir naturel des habitants de la forêt. Lapins, blaireaux, écureuils et campagnols, immobilisés au bord du bassin, levaient des yeux écarquillés vers le miracle incarné. Un farfadet courut se cacher dans l'ombre des futaies. Un rat de galerie disparut dans son trou. Les oiseaux, statufiés sur leurs branches, retenaient leurs trilles. La forêt se taisait. Seul le ruisseau chantait, en se faufilant parmi les rochers.

La licorne secoua sa crinière de nuit en remerciement de l'hommage. Sa robe de jais luisait dans la pénombre. Ses crins scintillaient, cheveux de soie doucement caressés par le souffle de l'aube. Ses pieds de bouc frappèrent le sol. Sa queue léonine fouetta l'air. Son rostre d'ébène poignarda les ténèbres, dans une pluie d'étincelles magiques. Jamais, de toute la création, nul ne vit tant de grâce en plus bel être incarnée. Jamais plus l'univers ne porterait telle merveille.

Le soleil se campa fermement sur la vallée de Landover. La licorne salua la naissance du nouveau jour d'un hochement de tête. Mais la douce chaleur du petit matin ne parvint pas à briser l'emprise glaciale des invisibles chaînes qui l'emprisonnaient encore.

Elle frissonna. Certes, elle était éternelle, immunisée contre tous les maux, inaccessible aux mortels. Mais sa vie ne lui appartenait pas. Le temps était le plus sûr allié de son geôlier et le temps venait de se remettre en marche.

La licorne de jais se glissa entre ombre et lumière, filant comme le vent en quête de liberté.

RÊVES...

– J'ai fait un rêve, cette nuit, annonça Ben Holiday à ses amis, attablés pour le petit déjeuner.

Il aurait pu tout aussi bien réciter l'alphabet. Assis à sa gauche, son long visage de hibou crispé par une intense réflexion, le mage Questor Thews regardait d'un regard absent à six aunes de là. Les kobolds, Ciboule et Navet, ne relevèrent même pas la tête de leur écuelle. Le scribe Abernathy afficha un air de curiosité polie ; ce qui, pour ce vénérable terrier qui ne se départait jamais de cette expression, n'avait rien d'une gageure.

Seule la sylphide Salica, qui venait de rejoindre la salle à manger du château de Bon Aloi pour prendre place à la droite de Ben, manifesta quelque intérêt : son visage s'assombrit.

– J'ai rêvé de chez moi, reprit Ben, bien décidé à poursuivre son récit. J'ai rêvé de l'autre monde.

– Pardon ? fit Questor qui, apparemment redescendu de sa planète, le dévisageait intensément. Excusez-moi, Noble Seigneur, mais ne vous aurais-je pas entendu parler de...

– De quoi avez-vous très précisément rêvé, Sire ? coupa vivement Abernathy, passant de la curiosité polie à la désapprobation à peine voilée.

Il examinait le roi de Landover par-dessus ses besicles, avec ce même regard réprobateur dont il gratifiait les téméraires qui osaient faire allusion à cet « autre monde » en sa présence. Ben Holiday ne désarma pas pour autant.

– J'ai rêvé de Miles Bennett. Je vous ai déjà parlé de cet ancien camarade de droit devenu mon associé, n'est-ce pas ? Eh bien, j'ai rêvé qu'il avait de gros ennuis. Oh ! Ce n'était pas à proprement parler un rêve cohérent, avec un début et une fin. Non, c'était plutôt comme si j'arrivais au beau milieu d'une histoire déjà commencée. Miles était à son bureau, occupé à trier de la paperasse. Le téléphone n'arrêtait pas de sonner, la secrétaire de lui coller des mémos sous le nez et des gens d'entrer et sortir. Je ne les distinguais pas nettement. Ils étaient dans l'ombre. En revanche, il était clair que Miles était aux cent coups. Il avait une mine épouvantable. Il ne cessait de me réclamer. Il voulait savoir où j'étais, pourquoi je n'étais pas à ses côtés. Je l'ai appelé, mais il ne m'a pas entendu. Et puis, il y a eu une sorte de distorsion, comme un nuage de fumée noire. J'entendais toujours Miles m'appeler à cor et à cri, mais quelque chose venait de s'interposer entre nous et je me suis réveillé. (Il observa la réaction de son auditoire, devenu manifestement très attentif.) Et ce n'est pas tout, enchaîna-t-il. Il y avait aussi cette sensation de catastrophe imminente, cette tension insupportable. C'était terrifiant. Et si… réel !

– Certains rêves sont ainsi, Votre Majesté, commenta Abernathy, avec un haussement d'échine. (Il repoussa ses lunettes et croisa les pattes sur son poitrail revêtu de velours frappé.) Les rêves sont parfois une manifestation de nos peurs inconscientes.

– Non, pas celui-ci, insista Ben. Ce n'était pas un rêve banal. C'était plutôt comme une… une prémonition.

Abernathy plissa sa truffe.

– Et maintenant, je suppose, vous allez me dire que, sous l'impulsion de ce rêve – émotionnellement perturbant mais rationnellement insignifiant –, vous vous sentez le devoir de retourner dans votre monde ?

Voyant ses plus effroyables craintes sur le point de se réaliser, le scribe ne cachait plus son anxiété.

Ben hésitait. Son arrivée à Landover remontait à plus d'un an, maintenant. Pour y parvenir, il avait dû traverser les brumes du monde des fées, quelque part au cœur des forêts des Blue Ridge Mountains, à trente kilomètres au sud de Waynesboro, aux confins de la Virginie. Et il avait payé ce privilège d'un million de dollars. Tout avait commencé par cette annonce parue dans le catalogue d'un grand magasin. Le trône de Landover, royaume de légende, était à vendre. Celui qui s'en porterait acquéreur en deviendrait le souverain. Ben avait agi plus par désespoir que par choix délibéré. Il était certes entré à Landover avec le titre de roi, mais n'avait pas sans peine été reconnu comme tel par les Landovériens. Des contestations s'étaient élevées de toutes les contrées du royaume. Il avait dû combattre des créatures de cauchemar et avait bien failli y laisser la vie. Il avait également dû apprendre à maîtriser l'étrange pouvoir qui régissait cet incroyable univers : la magie. Un pouvoir fascinant mais... à double tranchant. La réalité avait pris une nouvelle dimension, depuis qu'il avait décidé de franchir les frontières de Landover. La vie qu'il avait menée jusqu'alors, lui, le brillant avocat de Chicago, Illinois, avait peu à peu perdu toute signification. Il ne l'avait pourtant pas tout à fait oubliée et, de temps à autre, il lui prenait l'envie de retourner dans ce monde qui avait été le sien et qui, depuis plus d'un an, était devenu cet « autre monde ».

Il rencontra le regard du scribe. Que pourrait-il lui répondre ?

– J'avoue que je suis inquiet pour Miles, admit-il finalement.

Un silence de mort avait envahi la salle à manger du château de Bon Aloi. Les kobolds avaient cessé de manger, un demi-sourire figé sur leur face simiesque, les babines retroussées sur leurs crocs effrayants.

Abernathy s'était raidi sur son siège. Salica avait blêmi. Elle s'apprêtait à prendre la parole, quand Questor Thews la devança :

– Un instant, Noble Seigneur, fit-il d'un ton grave, en portant un doigt à ses lèvres.

Il se leva et congédia les serviteurs postés de part et d'autre des lourds vantaux de bois qu'il referma derrière eux. Les six compagnons se retrouvèrent seuls dans la grande salle à manger. Cette intimité sembla ne pas satisfaire le magicien. Il se dirigea vers la haute arcade qui s'ouvrait sur un vestibule, à l'autre extrémité, pour y jeter un coup d'œil méfiant.

Ben suivait l'inspection du mage avec étonnement. Pourquoi diable Questor se montrait-il si prudent ? Certes, Bon Aloi n'était plus le refuge des premiers jours où ils cohabitaient tous les six dans le plus parfait isolement. Ils étaient désormais entourés de soldats, émissaires, gardes, messagers et autres domestiques, sans compter les courtisans qui vivaient les uns sur les autres et s'immisçaient dans la vie privée du roi au moment le plus inopportun. Toutefois, son éventuel retour dans l'autre monde n'avait rien d'un secret. Ils en avaient tous maintes fois discuté ouvertement. Les Landovériens ne s'interrogeaient plus sur ses origines depuis belle lurette. Tous savaient désormais qu'il venait d'un autre univers.

Il eut un sourire indulgent. Après tout, abus de prudence ne nuisait pas !

Il étira ses muscles encore engourdis de sommeil. Il avait été boxeur dans sa jeunesse et son corps en avait conservé le souvenir. Non pas qu'il fût un athlète exceptionnel. Ben Holiday était un homme tout ce qu'il y a d'ordinaire, de taille et de corpulence moyennes ; mais il avait gardé, de cette époque, le geste vif et d'une redoutable précision. Le teint mat, hâlé par le soleil et la vie au grand air, il avait un nez busqué et le crâne légèrement dégarni aux tempes. Le temps avait laissé des traces de son passage au coin des yeux mais le regard était perçant, d'un bleu étincelant et glacé.

Ben leva les yeux au plafond. Les premiers rayons du soleil, filtrés par les hautes fenêtres en ogive, dansaient sur le bois et les pierres polies. Bon Aloi le réchauffait agréablement. Il le sentait vivre dans sa chair. Bon Aloi était toujours en éveil, toujours à l'écoute. Il avait entendu Ben raconter son rêve et manifestait son inquiétude. Ce château était comme une mère pour lui, une mère qui accordait une attention de tous les instants à son risque-tout de rejeton et tentait de le préserver. Bon Aloi n'appréciait guère ses velléités de départ.

Il observa ses amis à la dérobée. Questor Thews ressemblait davantage à un épouvantail qu'au Magicien de la Cour, avec ses robes bariolées et ses gestes désordonnés. Il exerçait d'ailleurs son art de la plus fantaisiste façon et avec des résultats le plus souvent désastreux. Abernathy, le vénérable scribe du roi, en était la preuve vivante, puisque c'était au magicien qu'il devait sa métamorphose en terrier blond à poils longs. Questor s'était révélé incapable de retrouver l'invocation propre à lui rendre son apparence humaine. Abernathy était donc un chien, certes, mais un chien en habits. Salica, sylphide à la surnaturelle beauté, à la fois femme et végétal, était une créature du monde des fées aux insoupçonnables pouvoirs. Ciboule et Navet, les kobolds, ressemblaient à des singes à grandes oreilles en hauts-de-chausses ; le premier, messager du roi ; le second, chef cuisinier. Il les avait tous trouvés si étranges en arrivant. Au bout d'un an, il ne voyait plus en eux que de fidèles compagnons, à la présence rassurante et protectrice.

Ben hocha la tête, songeur. Il vivait à présent dans un univers peuplé de dragons et de sorcières, de gnomes, de trolls et autres créatures tout aussi inimaginables et entouré de châteaux qui respiraient comme des humains. Son quotidien était imprégné de magie. Il était devenu ce dont il n'avait osé rêver : monarque d'un royaume de légende. L'autre monde avait depuis bien longtemps disparu, son ancienne vie avec lui. N'était-il donc pas curieux qu'il y songeât encore si fréquemment ; qu'il pensât si souvent à Miles Bennett et à Chicago, à sa charge d'avocat et aux responsabilités qu'il avait laissées derrière lui ? Des images échappées de son rêve vinrent croiser ses souvenirs, comme pour tisser une immense tapisserie. Non, décidément, il ne parvenait pas à oublier ce qui avait été l'essence même de son existence pendant de si nombreuses années…

Questor Thews s'éclaircit la voix.

– Moi aussi, Messire, j'ai fait un rêve, la nuit dernière.

Les yeux au regard glacé se rivèrent sur le magicien, dont la haute silhouette se ratatina dans ses robes. Les doigts décharnés caressèrent nerveusement la barbe broussailleuse. Sa voix se mua en murmure incertain.

– J'ai rêvé des manuscrits disparus, des grimoires, des fameux livres de magie !

Ben comprit alors la raison de tant de précautions. Rares étaient ceux qui, à Landover, connaissaient l'existence de ces grimoires. Ils avaient appartenu au demi-frère de Questor, son prédécesseur au titre de Magicien de la Cour, redoutable sorcier que Ben avait rencontré, dans l'autre monde, sous les traits d'un certain Meeks. C'était Meeks qui, avec la complicité d'un soi-disant héritier au trône, avait cédé à Ben la couronne de Landover pour un million de dollars, persuadé que Ben, victime des innombrables pièges tendus pour le détruire, reviendrait ventre à terre à la rassurante banalité de son propre monde. Ben lui rendrait ainsi Landover. Il pourrait de nouveau le vendre à quelque autre crédule, tout aussi voué à l'échec. Meeks avait cru faire de Questor son allié dans cette affaire, en lui faisant miroiter la possession de ces introuvables grimoires. Mais, contrairement à ses prévisions, Ben et Questor s'étaient ligués contre lui, déjouant tous les pièges qu'il avait si savamment ourdis et tranchant, par là même, les derniers liens qui reliaient encore Meeks à Landover.

Ben dévisageait anxieusement Questor. Oui, Meeks avait été exclu. Mais les grimoires, eux, demeuraient toujours cachés dans le royaume, quelque part, là, dans la vallée…

– M'avez-vous entendu, Sire ? insista le magicien, des étincelles de convoitise dans ses prunelles d'un vert étonnamment clair. Les grimoires ont disparu et avec eux toute la magie des enchanteurs de Landover consignée depuis l'aube des temps ! Vous rendez-vous compte ? Mais je crois savoir où ils se trouvent ! Je les ai vus dans mon rêve ! (Ses yeux pétillaient d'impatience.) Ils sont dissimulés dans les catacombes de Mirwouk, l'ancienne forteresse en ruine juchée au sommet du Melchor ! Dans mon rêve, je suivais une torche suspendue dans les airs, à travers un dédale de sombres tunnels. Elle me conduisait à une porte gravée de runes cabalistiques. La porte s'ouvrit. Dans la pièce, l'une des dalles portait un signe. Au contact de ma main, elle glissa pour révéler une cache secrète. Et, là… Les grimoires ! Je m'en souviens comme si je l'avais vécu.

Ben fut, à son tour, saisi d'inquiétude. Salica s'agita nerveusement à ses côtés.

– Pour être honnête, je ne vous aurais sans doute pas parlé de ce rêve, si vous n'aviez pas relaté le vôtre, poursuivit le magicien, dont le débit s'accélérait de façon alarmante. Je pensais qu'il serait plus sage d'en analyser auparavant le bien-fondé. (Il hésita.) Mon rêve aussi ressemble à une prémonition, Sire. Si intense, si… réel. Il n'avait cependant rien d'effrayant. Il était plutôt… enivrant !

– Probablement le fait d'une mauvaise digestion, le mage, suggéra Abernathy, nullement impressionné.

– Est-ce que vous mesurez bien les conséquences d'une telle découverte ? poursuivit Questor, ignorant la remarque, sa face de hibou tout empourprée d'excitation. Pouvez-vous imaginer l'incommensurable pouvoir que ces grimoires recèlent et qui me serait alors conféré ?

– Il me semble, à moi, que tu en possèdes déjà bien assez comme ça ! rétorqua Abernathy, acerbe. Dois-je te rappeler que c'est grâce à ce pouvoir – ou plutôt par sa faute – que je suis réduit à l'état dans lequel tu me vois aujourd'hui ; et ce, depuis des lustres ! Nul ne peut effectivement imaginer les catastrophes auxquelles nous serions tous exposés si, par malheur, tu venais à en acquérir davantage !

– « Catastrophes » ! s'insurgea Questor, hors de lui. Tu veux plutôt dire miracles, oui ! Suppose que je trouve la formule qui te rendrait forme humaine, par exemple. Qu'en dis-tu, chien de scribe ?

Abernathy se figea. Se montrer raisonnablement sceptique était une chose. Faire preuve d'un aveuglement forcené en était une autre. Recouvrer son identité n'était-il pas son plus cher désir ?

– Es-tu vraiment sûr de ce que tu avances, Questor ? demanda Ben.

– Autant qu'on puisse l'être, Messire, répliqua aussitôt le magicien. Et, cependant… (Il hésita un instant.) N'est-ce pas étrange qu'en une même nuit nous ayons eu deux rêves si…

– Trois.

Tous se tournèrent vers Salica, interdits. Avait-elle dit…

– Trois, répéta la sylphide. Car j'ai moi aussi fait un rêve, un rêve aussi perturbant que les vôtres et peut-être même plus significatif.

Ben remarqua, une fois de plus, l'expression qui assombrissait le beau visage de sa compagne. Salica ne s'alarmait pas aisément. Quelque chose l'avait profondément troublée. L'inquiétude qu'il lisait dans ses yeux confinait presque à la peur.

– De quoi as-tu rêvé ? lui demanda-t-il doucement.

Plongée dans ses souvenirs nocturnes, elle ne répondit pas tout de suite.

– J'étais dans des contrées à la fois familières et pourtant inconnues. Je reconnaissais Landover et, cependant, j'étais ailleurs. Je cherchais quelque chose. Il y avait des ombres autour de moi, des gens qui me pressaient de murmures anxieux. Je devais faire vite, me soufflaient-ils. Et je continuais à chercher, sans comprendre. (Elle s'interrompit, songeuse.) La nuit succéda au jour et je me trouvai soudain au cœur d'un bois touffu qui m'enserrait comme une prison. J'étais seule, désormais, et tellement terrorisée que je ne parvenais même pas à appeler au secours. Pourtant, je sentais qu'il me fallait impérativement de l'aide. J'étais en danger, mais j'ignorais de quoi. La brume se condensait entre les arbres. L'obscurité allait m'étouffer. (Elle prit la main de Ben et la serra de toutes ses forces.) J'avais besoin de toi, Ben. À tel point que ton absence m'était insupportable. Une voix me chuchotait à l'oreille que, si je ne trouvais pas au plus vite ce que je cherchais, j'allais te perdre, te perdre pour toujours.

Elle avait prononcé ces derniers mots avec un désespoir si poignant que Ben en fut bouleversé.

– Soudain, une créature m'est apparue, un spectre surgi de la brume. (Les yeux verts de la sylphide étincelèrent.) C'était une licorne, Ben. Pas blanche comme les licornes des temps anciens, mais noire. Oui, sa robe était d'un noir de jais. Elle me barrait le passage, son rostre pointé sur moi. Ses sabots frappaient furieusement le sol. Son corps avait quelque chose d'indéfini, comme si elle était faite d'une substance malléable. J'ai compris que ce que j'avais là, devant moi, n'était pas seulement une licorne mais un démon, un monstre maléfique, aveuglé par la colère et prêt à charger comme un bison enragé. Elle s'est ruée sur moi et je me suis mise à courir. J'avais la conviction que si, par malheur, elle me touchait, j'étais perdue. J'étais hors d'haleine, mais la licorne noire ne se laissait jamais distancer. Elle voulait m'avoir, Ben, et rien ne l'arrêterait. (Salica haletait, agitée par les émotions qui déferlaient en elle avec la fureur d'un torrent de montagne.) Et puis, brusquement, je me suis rendu compte que je tenais une bride dans la main, une bride d'or tressée de fils précieux par les magiciennes des temps anciens. J'ignorais comment elle se trouvait là, mais je savais seulement que je ne devais la perdre à aucun prix. J'avais la certitude que c'était l'unique moyen de contrôler la licorne noire. (Sa main se crispa sur celle de Ben.) Je courais sans relâche et je te cherchais. Je sentais que c'était à toi que je devais remettre la bride et que, si je ne parvenais pas à te la donner, la licorne allait me rattraper et je serais…

Elle laissa sa phrase en suspens, les yeux rivés sur Ben. Pendant une fraction de seconde, Ben Holiday oublia tout ce qui l'entourait, plongé dans l'émeraude de ce regard, chaviré par la chaleur de cette main posée sur la sienne. Salica était à nouveau devant lui, telle qu'elle lui était apparue, il y avait un peu moins d'un an, inconcevable beauté qui nageait nue dans les eaux du lac Irrylyn, tout à la fois sirène et fée. Cette image ne l'avait jamais quitté depuis. Elle lui revenait à l'esprit, chaque fois que Salica paraissait, comme un rêve prenant corps devant ses yeux éblouis.

Un silence de catacombes avait envahi Bon Aloi. Abernathy s'éclaircit la gorge.

– Il semble que cette nuit a été bien fertile en songes, remarqua-t-il. Tous en ont bénéficié, sauf moi. Qu'en est-il de toi, Ciboule ? As-tu rêvé d'amis en perdition, de livres magiques ou de licornes noires ? Et toi, Navet ?

Les kobolds sifflèrent en chœur, avec un même signe de dénégation. Mais la lueur d'anxiété qui allumait leurs prunelles laissait à penser qu'ils ne prenaient pas le sujet aussi légèrement qu'Abernathy.

– Il y a plus, reprit Salica, qui n'avait d'yeux que pour Ben. Je me suis réveillée alors même que je courais pour échapper à cette licorne, ou, plutôt, à ce démon. Et même éveillée, je restais persuadée que le rêve n'avait pas pris fin avec la nuit. Il n'était qu'interrompu. Le pire restait à venir.

Ben hocha lentement la tête.

– Il arrive parfois que nous refassions plusieurs fois le même rêve et que...

– Non, Ben, chuchota Salica d'un ton pressant. Mon rêve est comme le tien : plus prémonition que songe. C'est un avertissement. Les créatures de magie, dont je suis, sont plus sensibles aux présages que les humains. Ce rêve avait pour objet de me mettre en garde. Il est resté inachevé. Je dois connaître la suite.

– Il est question d'une licorne noire dans l'histoire de Landover, intervint Questor Thews. Il me souvient d'avoir lu qu'une telle apparition s'est produite à deux ou trois reprises, il y a fort longtemps. Mais ces récits sont vagues et sujets à caution. On y disait que la licorne était, en fait, le fruit d'amours démoniaques, un être si diabolique qu'un seul regard posé sur lui suffisait à conduire l'imprudent à sa perte...

Le petit déjeuner était oublié, la grande salle déserte et silencieuse. Pourtant, Ben avait la désagréable sensation d'être épié. Il dévisagea Questor, puis, de nouveau, Salica. S'il n'avait pas lui-même rêvé de Miles, la nuit précédente, il aurait sans doute considéré leurs récits avec la même incrédulité qu'Abernathy. Il ne croyait guère aux rêves. Mais l'image de Miles aux abois flottait dans sa mémoire, comme un nuage noir avant l'orage. Elle était si vive qu'il lui semblait l'avoir réellement vue. Il reconnaissait ce même accent de vérité dans le récit de ses amis, cette même urgence. Leur conviction ne faisait que conforter sa propre certitude : des songes aussi précis et qui les interpellaient aussi violemment ne devaient pas être pris à la légère.

– Pourquoi avons-nous tous trois fait ces rêves ? s'interrogea-t-il à haute voix.

– Le rêve est la substance même de ce royaume, Noble Seigneur, répondit Questor Thews. Ici, les rêves des mortels et ceux des créatures de magie se rencontrent et fusionnent. La réalité, dans un monde, n'est qu'un rêve dans l'autre. À Landover, rêve et réalité ne sont qu'un. (Le magicien se leva.) Les rêves prémonitoires ne sont pas si exceptionnels. À Landover, on raconte que certains rois, sorciers ou autres puissants du royaume ont fait de tels rêves, par le passé.

– Des rêves aussi révélateurs que ceux-ci ? Des... avertissements ?

– Des rêves qui règlent le cours des choses et des actes, Sire.

Ben fit la moue, perplexe.

– As-tu l'intention d'agir selon le tien, Questor ? Vas-tu partir à la recherche de ces grimoires, comme ton rêve t'y invite ?

Questor hésita, les sourcils froncés.

– Et Salica devrait-elle, selon toi, partir en quête de cette bride d'or ? Suis-je moi-même censé retourner à Chicago pour prêter main-forte à Miles ?

– Attendez, Monseigneur ! Un instant, s'il vous plaît ! (Abernathy s'était dressé d'un bond.) Ne serait-il pas plus sage d'accorder au sujet quelque mûre réflexion ? Ne serait-ce pas une grave erreur que de partir ainsi tous les trois à la recherche de... de ce qui pourrait très bien n'être qu'un ramassis d'élucubrations d'origine gastrique ! (Il s'était campé devant Ben avec défi.) Sire, vous ne devez pas perdre de vue que le sorcier Meeks est toujours votre ennemi juré. Il ne peut certes vous atteindre, tant que vous restez à Landover. Mais je mettrais ma patte à couper qu'il ne respire plus que pour la minute où vous commettrez la folie de franchir les frontières du royaume pour retourner dans ce monde auquel vous l'avez condamné! Qu'adviendrait-il s'il découvrait que vous y êtes revenu? Et si le danger qui menaçait votre ami était Meeks lui-même? Y avez-vous seulement songé?

– C'est possible, en effet, admit Ben.

– C'est plus que possible! C'est certain! renchérit le scribe, en repoussant fermement ses besicles sur son nez. (Convaincu d'avoir marqué un point, il se tourna alors vers Questor.) Quant à toi, le mage, tu devrais savoir quel danger encourt celui qui est assez fou pour tenter de maîtriser les pouvoirs des grimoires perdus; pouvoirs qui – est-il nécessaire de le rappeler? – furent l'apanage de sorciers tels que Meeks! Avant même que nous fussions venus au monde, de funestes rumeurs circulaient déjà à leur sujet, rumeurs selon lesquelles ces ouvrages portaient le sceau du diable et n'étaient dévolus qu'à de démoniaques usages. Qui te dit que de tels pouvoirs ne te consumeront pas aussi prestement qu'une flamme dévore un vieux parchemin? Cette magie-là est terriblement dangereuse, Questor Thews!

« Quant à toi, poursuivit-il à l'adresse de Salica, tout en muselant les protestations du magicien d'un virulent coup de patte, ton rêve est, de tous, celui qui m'effraie le plus. La légende de la licorne noire est maléfique. Ton rêve lui-même t'en a avertie! Questor Thews, dans son récit de l'histoire landovérienne, a omis un petit détail: tous ceux qui se sont targués d'avoir vu cette créature ont été précipités vers un funeste destin. Si cette licorne noire existe, c'est à n'en pas douter une créature surgie des ténèbres d'Abaddon, un démon qu'il est plus sage d'éviter! acheva-t-il avec un claquement sec des mâchoires, le corps raidi par son inébranlable conviction.

– Conjectures que tout cela, répliqua Ben Holiday, tentant vainement de tempérer la consternation qu'avait provoquée le discours du scribe. Nous n'en étions d'ailleurs qu'à étudier d'éventuelles hypothèses...

La main de Salica se crispa sur la sienne.

– Non, Ben, objecta la sylphide. L'instinct d'Abernathy ne l'a pas trompé. Nous avons tous dépassé ce stade.

Ben ne dit mot. Elle avait raison, bien sûr. Même si aucun d'eux ne l'avait exprimé ouvertement, il était clair qu'ils avaient tous déjà pris leur décision. Chacun suivrait sa voie et entreprendrait la quête qui lui était dévolue. Ils étaient décidés à voir jusqu'où leur rêve respectif les mènerait.

– Enfin quelqu'un qui a le courage de ses opinions ! bougonna le scribe. Ou, tout au moins, le courage de révéler ses intentions, si ce n'est de reconnaître le danger d'une telle entreprise.

– Qui ne risque rien...

– Mais oui, mais oui, le mage ! l'interrompit Abernathy, en concentrant désormais toute son attention sur Ben. Avez-vous oublié les projets en cours, Monseigneur ? l'apostropha-t-il. Que faites-vous des affaires du royaume ? Elles nécessitent votre présence, vous le savez. Le Conseil ne doit-il pas se réunir dans une semaine pour étudier vos propositions de loi sur les doléances ? Les grands travaux d'irrigation aux frontières orientales de Vertemotte n'attendent plus que votre aval pour commencer. Et je ne parle même pas de la levée de l'impôt qui requiert une analyse comptable immédiate, ni de la visite officielle des seigneurs de Vertemotte attendus dans trois jours. Vous ne pouvez tout de même pas négliger tout cela au profit de quelque rêve inconsistant !

Ben détourna les yeux, en acquiesçant d'un hochement de tête machinal. En fait, il pensait déjà à tout autre chose. À quel moment précis s'était-il au juste résolu à partir ? Il ne se souvenait pas d'avoir jamais pris une telle décision. C'était plutôt comme si on avait décidé à sa place. Il secoua la tête. Cela n'avait aucun sens. Il se tourna de nouveau vers Abernathy.

– Ne t'inquiète pas : mon absence sera de courte durée.

– Qu'en savez-vous ? s'insurgea le scribe.

Ben réfléchit, puis sourit inopinément.

– Abernathy, certaines choses sont plus importantes que d'autres. Les affaires de Landover pourront bien attendre mon retour. (Il se leva pour le rejoindre.) Je ne peux pas prétendre que ce rêve n'a jamais existé et que je ne suis pas dévoré d'inquiétude pour Miles. De toute façon, tôt ou tard, il me faudra retourner de l'autre côté. J'ai laissé là-bas trop de choses inachevées ; et ce, depuis trop longtemps.

– Ces choses-là ne s'en portent pas plus mal. Il en irait tout autrement des affaires du royaume si, par malheur, vous ne deviez pas revenir, Monseigneur, marmonna lugubrement le scribe.

Le sourire du roi s'élargit.

– Je te promets d'être prudent. Le bonheur de Landover et de mes sujets est aussi précieux à mes yeux qu'aux tiens.

– Qui plus est, intervint Questor, je suis tout à fait à même de gérer les affaires du royaume en votre absence, Noble Sire.

– J'en frémis d'avance, grommela Abernathy.

D'un geste, Ben mit un terme aux invectives du magicien.

– Mes amis, s'il vous plaît, pas de querelles maintenant ! Chacun de nous a besoin du soutien des autres. (Il se tourna vers Salica.) Es-tu décidée à partir, toi aussi ?

La sylphide rejeta en arrière ses cheveux de soie qui lui tombaient jusqu'aux reins et lui adressa un regard perçant, presque accusateur.

– Tu connais déjà la réponse à cette question.

Ben hocha la tête.

– Je suppose que oui, en effet. D'où comptes-tu partir exactement ?

– De la contrée des lacs. Je pourrais sans doute y trouver certains appuis.

– Envisagerais-tu d'attendre mon retour, si je te le demandais ?

La sylphide ne cilla pas.

– Et toi, m'attendrais-tu ?

– Non, admit-il en lui serrant convulsivement la main. Non, je crois bien que non. Il n'en demeure pas moins que tu es sous ma protection et que je ne peux pas te laisser livrée à toi-même. À dire vrai, je ne tiens pas à ce que Questor et toi partiez seuls. Ciboule partira avec l'un et Navet avec l'autre. Si, si ! s'empressa-t-il d'insister, pour couper court aux protestations. Ce ne sont pas des promenades de santé que vous vous préparez à entreprendre là ! Ces expéditions peuvent se révéler extrêmement dangereuses.

– Pas plus que la vôtre, Noble Seigneur ! repartit le magicien.

– Certes, mais la ressemblance s'arrête là. Dans l'autre monde, je ne peux compter que sur moi-même. Une escorte attirerait bien inutilement l'attention. Je dois partir seul. C'est plus prudent.

Et puis, se dit-il, avec le médaillon, je suis indubitablement le mieux protégé de nous trois. Ses doigts glissèrent sur le devant de sa tunique pour sentir le contact froid du métal. Le fait que ce soit précisément Meeks qui lui en ait fait don ne manquait pas de sel. Le médaillon faisait partie du contrat de vente et Meeks le lui avait remis en même temps que les titres de propriété du royaume. C'était, en quelque sorte, la clef de Landover, le sésame qui lui avait ouvert les portes de cet univers fantasmagorique, devenu sa patrie. Seul le médaillon permettait de franchir l'obstacle de brume, tissé par les créatures de magie, pour passer d'un monde à l'autre. Seul le porteur du médaillon pouvait revendiquer le trône de Landover et, à ce titre, invoquer la puissance de l'invincible chevalier en armure. Le Paladin ne répondait qu'à son appel.

Il suivit les contours de la silhouette gravée dans le métal. L'image du chevalier, surgissant aux portes de Bon Aloi sur son fougueux destrier, s'imposa aussitôt à son esprit. Le secret du Paladin n'appartenait qu'à lui. Meeks lui-même l'ignorait. Il ne soupçonnait pas une seconde que l'effigie du Paladin et le légendaire chevalier ne faisaient qu'un.

Un petit sourire sarcastique se peignit sur ses lèvres. Meeks s'était cru si malin ! Il avait utilisé le médaillon pour rejoindre le monde des humains, et voilà qu'il se retrouvait pris à son propre piège, condamné à vivre pour toujours dans un univers totalement étranger ! Que ne donnerait-il pas, le grand Meeks, pour récupérer ce fabuleux médaillon !

Le sourire de Ben s'évanouit aussitôt. Jamais ! Jamais Meeks ne le récupérerait. Seul celui qui le portait pouvait l'ôter de son plein gré. Jamais Ben ne l'ôterait. Jamais ! Meeks ne pouvait plus rien contre lui.

Pourtant, dans quelque sombre recoin de son être, comme enfoui sous les assises mêmes de cette conviction, le doute rôdait.

– Bon, eh bien, il me semble que, quoi que je dise, rien ne parviendra à vous faire changer d'avis, déclara Abernathy à l'attention du plafond, sembla-t-il. (Le chien dévisagea Ben par-dessus ses besicles, puis les ôta d'un geste théâtral, feignant la cruelle désillusion du prophète injustement ignoré.) Qu'il en soit ainsi ! conclut-il avec emphase. Quand partirez-vous, Monseigneur ?

Un silence embarrassé s'ensuivit. Ben Holiday s'éclaircit la gorge.

– Le plus tôt sera le mieux.

Salica se leva pour venir glisser ses bras autour de sa taille. Il l'enlaça. L'un contre l'autre, indifférents au regard d'autrui, ils restèrent ainsi, immobiles. Ben sentit un frémissement parcourir le corps de sa compagne. C'était presque un tremblement ; de ceux qui trahissent les peurs inexprimables.

– Bien, conclut Questor. Il semble que chacun n'ait plus qu'à suivre la voie qu'il a choisie.

Nul ne répondit. Le silence sembla une approbation éloquente. Le matin avait succédé à l'aurore et tous sentaient le besoin de mettre à profit la journée qui s'annonçait.

– Reviens-moi vite, chuchota Salica dans le cou de son amant.

Abernathy surprit cette prière et la reprit à son compte avec une ferveur décuplée.

– Revenez-nous vite ! répéta-t-il à voix haute. Revenez-nous sain et sauf !

Ben ne perdit pas une minute et se retira aussitôt dans sa chambre pour faire son paquetage. Il retrouva avec bonheur le sac de marin qu'il avait apporté de Chicago et enfila son survêtement bleu marine et ses Nike ; tenue qui, comparée à celle en vigueur à Landover, lui sembla tout à coup étrangement exotique. Et pourtant ! Quel plaisir de revêtir ces vieilles frusques ! Elles étaient si confortables, si familières, si... rassurantes ! se disait-il. Oui, il allait enfin retourner dans ce monde qui avait été le sien. Il allait sauter le pas.

Ainsi accoutré, il descendit dans la petite cour intérieure de Bon Aloi où ses amis l'attendaient. Le soleil matinal étincelait dans un ciel sans nuages, dardant ses rayons sur les pierres immaculées du château, comme autant de lances argentées. Une douce chaleur montait de la terre. Ben inspira à pleins poumons l'air du nouveau jour et sentit Bon Aloi lui répondre en tressaillant sous ses pieds.

Il donna une virile poignée de main aux deux kobolds, rendit à Abernathy son salut d'une rigidité toute formelle et embrassa Salica avec une fougue habituellement réservée aux étreintes nocturnes. Peu de paroles furent échangées. Tout avait déjà été dit. Abernathy ne put cependant retenir d'ultimes mises en garde à l'encontre de Meeks et, cette fois, Questor ne le contredit pas.

– Soyez prudent, Noble Seigneur, fit-il en agrippant l'épaule de Ben, comme s'il voulait le retenir. Même prisonnier d'un monde étranger, mon demi-frère est encore un redoutable ennemi dont il ne faut pas minimiser les pouvoirs. Soyez vigilant !

Ben acquiesça d'un signe de tête, franchit les portes du château en leur compagnie, salua les sentinelles en faction et rejoignit la rive.

– Ben ! l'interpella une dernière fois Salica. Prends ça ! dit-elle en lui glissant quelque chose dans la main.

Une petite pierre blanche, sculptée de runes cabalistiques, luisait au creux de sa paume. Salica s'empressa de refermer les doigts de Ben sur le précieux présent.

– Ne la montre pas. C'est un talisman de mon peuple. Cette pierre avertit du danger. Dès qu'un péril survient, elle vire au rouge. (Elle marqua un temps, puis lui caressa tendrement la joue.) N'oublie pas que je t'aime et que je t'aimerai toujours.

Il répondit par un sourire qui se voulait rassurant, mais ces serments le mettaient toujours aussi mal à l'aise. Il ne voulait pas qu'elle l'aime, du moins pas d'une façon si inconditionnelle, si absolue. Cela l'effrayait. Annie l'avait aimé ainsi. Annie, sa femme aujourd'hui disparue, tuée dans un accident de voiture qui lui semblait parfois remonter à plus de mille ans et, plus souvent encore, à la veille. Il n'était pas prêt à s'abandonner de nouveau au feu de la passion. Il ne voulait pas risquer de perdre un tel amour une seconde fois. Il ne l'aurait pas supporté. Cette simple perspective l'épouvantait.

Un nuage de tristesse vint assombrir son front. C'était étrange. Avant de rencontrer Salica, jamais il n'aurait imaginé ressentir pour une autre ce qu'il avait éprouvé pour Annie...

Il dissimula la petite pierre au fond de sa poche et effleura les lèvres de sa compagne. Il lui sembla sentir la main de Salica sur son visage longtemps après qu'il se fut détourné.

Questor l'invita à prendre place à bord du scooter lacustre qu'il guida vers l'autre rive où la monture du roi de Landover attendait déjà son maître. Abernathy ayant insisté pour que, au moins à l'intérieur des frontières de Landover, le roi ne voyageât pas sans une escorte digne de son rang, une escouade de cavaliers entourait le hongre bai que Ben avait baptisé, par dérision, « Juridiction ». Ainsi, où qu'il se rende à cheval, il était toujours sur sa « juridiction » : jeu de mots qui ne faisait rire que lui.

Le magicien attendit que Ben eût enfourché sa monture pour se résigner aux adieux.

– Que le ciel vous garde ! pria-t-il.

Ben agita la main en se tournant une dernière fois vers ses amis, embrassa Bon Aloi du regard, prit les rênes et talonna Juridiction qui partit au galop, entraînant toute l'escouade à sa suite.

Le soleil descendait déjà vers l'occident. Ben chevauchait en direction de la frontière, barrière nébuleuse matérialisant le monde des fées. Les couleurs de l'automne landovérien avaient déjà envahi la vallée. Émeraude et outremer se mélangeaient dans les hautes herbes des prairies éclaboussées de pourpre, tel un océan ondulant dans le couchant. Les forêts avaient conservé toute la luxuriance de leur végétation estivale. Les Bonnie Blues, ces arbres providentiels qui offraient, sous le couvert de leur feuillage d'un bleu éblouissant, de quoi sustenter et abreuver tous les pèlerins de passage, pullulaient. Deux des huit lunes de Landover étaient déjà visibles au septentrion, l'une parme, l'autre pêche. La moisson battait son plein dans les petites propriétés agricoles disséminées dans la campagne. La rigueur de l'hiver ne se ferait pas sentir avant un bon mois.

Ben avait mis ses cinq sens à contribution pour se délecter de cette splendeur comme d'un bon vin. Envolée la grisaille qui l'avait accueilli, aux premiers temps de son règne. La magie de Landover se mourait, alors, et le royaume vivait un éternel hiver. Mais, aujourd'hui, Landover avait retrouvé sa féerie. La vallée et tous ses habitants vivaient en harmonie et en paix.

Une paix que Ben était loin de ressentir. Il avait certes adopté une allure soutenue, mais retenait néanmoins sa monture. L'empressement du départ l'avait abandonné. Il allait quitter le royaume pour de bon et, bien que cette perspective ne l'eût guère inquiété de prime abord, il commençait à déchanter. Une étrange prémonition le rongeait. Une prémonition alarmante et tenace qui ne cessait de lui murmurer qu'une fois franchies, les frontières de Landover se refermeraient derrière lui à jamais.

C'était une idée ridicule, bien sûr ! En outre, tous ceux qui s'apprêtaient à entreprendre un voyage lointain n'étaient-ils pas brusquement assaillis de doutes ou de regrets, au moment de quitter leur foyer ? Et puis, ses amis l'avaient tellement assommé de mises en garde qu'ils l'avaient tout naturellement déstabilisé. Il tentait de se rassurer et chantonnait *Bridagoon* pour se donner du courage. Mais rien n'y faisait et il dut se résoudre à prendre son mal en patience.

La petite troupe atteignit la frontière occidentale en milieu d'après-midi. Ben Holiday mit pied à terre et commanda à ses soldats de dresser le camp pour attendre son retour. Il se pourrait qu'il fût absent une semaine entière, leur dit-il. Cependant, s'il n'avait pas reparu au bout de huit jours, ils devaient retourner à

Bon Aloi pour donner l'alarme et prévenir Questor Thews. Le capitaine de l'escorte lui jeta un regard incertain, mais obéit aux ordres sans rechigner. Il était habitué aux frasques de son souverain ; quoique, habituellement, le roi fût toujours au moins sous la garde des kobolds ou du magicien, quand ces fantaisies le prenaient.

Ben salua ses soldats et balança son sac sur l'épaule pour escalader l'ultime sente qui le séparait encore du monde des fées.

Le soleil allait se coucher tandis qu'il rejoignait l'orée de la forêt. La douceur du jour avait laissé place à la fraîcheur du crépuscule et son ombre s'allongeait démesurément derrière lui, comme une grotesque silhouette de géant filiforme. Le silence régnait en maître. Ben avait la désagréable impression d'être observé par quelque invisible prédateur, dissimulé dans les futaies.

Sa main se referma machinalement sur le médaillon. Questor l'avait prévenu. Le monde des fées était un univers hors du temps et de l'espace. Il n'était nulle part et pourtant partout à la fois. Tous les passages, qui menaient vers les univers extérieurs, se trouvaient au cœur de ce monde abstrait. Le chemin qui le conduirait vers le monde des hommes se trouverait là où il orienterait ses pas, quel que fût le point qu'il choisît pour franchir la frontière du monde des fées. Il n'avait qu'une seule chose à faire : river sa pensée sur la destination qu'il souhaitait atteindre. Le médaillon ferait le reste.

Telle était, du moins, la marche à suivre théorique. Questor n'avait jamais eu l'occasion de passer à la pratique.

La brume se faufilait entre les troncs, comme autant de serpents vaporeux. Elle semblait vivante. Ben Holiday s'immobilisa devant l'écran de brouillard mouvant, prit une profonde inspiration et s'élança.

La brume se referma immédiatement sur lui et le chemin qu'il venait de prendre sembla, tout à coup, aussi incertain que celui qu'il cherchait. Il poussa plus avant. L'instant d'après, un tunnel se présenta à lui, trou noir et béant vers l'inconnu, aussi mystérieux que celui qui l'avait conduit à Landover plus d'un an auparavant. C'était une sorte de galerie qui s'enfonçait dans la brume, entre les arbres, pour disparaître dans le néant. D'indistinctes rumeurs s'en élevaient, au loin. Des ombres indécises dansaient à son embouchure.

Ben ralentit. Les souvenirs de ce qu'il avait enduré pour franchir le seuil de Landover lui revenaient en mémoire. Montée sur son monstrueux serpent-loup, la Marque d'Acier s'était abattue sur lui, surgissant de nulle part pour le détruire, avant même qu'il ait pu réaliser que cette inconcevable apparition était bien réelle. Et puis, il y avait eu ce dragon endormi auquel il s'était heurté par mégarde...

De fines silhouettes diaphanes jaillissaient çà et là, entre les troncs : les créatures du monde des fées...

Ben abandonna ses souvenirs pour accélérer le pas. Celles que l'on dénommait fort improprement les « fées », à Landover, étaient d'étranges créatures dotées d'incommensurables pouvoirs. Elles n'avaient décidément rien à voir avec les merveilleuses bienfaitrices des contes pour enfants. Certes, elles lui étaient venues en aide, autrefois, et leur présence aurait dû le rassurer. Mais il n'en était rien. Il se sentait au contraire livré à lui-même dans un environnement hostile, abandonné aux caprices d'êtres imprévisibles. Nul ne pouvait présager de ce que les « fées » lui réservaient.

Des visages se matérialisaient dans la brume, puis se confondaient avec elle ; des visages aux yeux perçants, aux traits indéfinis, sertis de chevelures impalpables. Des murmures s'élevaient maintenant de toutes parts. Ben haïssait ce tunnel. Il ne souhaitait qu'une seule chose : sortir de ce piège insondable au plus vite. Mais l'obscurité ne cessait de croître et semblait infinie.

Les doigts toujours crispés sur le médaillon, Ben songea alors au Paladin.

Tout à coup, les ténèbres se dissipèrent et la fin du tunnel se dessina à moins de cinq cents mètres de lui. Des contours indistincts se dressèrent brusquement dans la pénombre. Ben discerna enfin des poutres et des piliers, envahis d'épaisses toiles d'araignée. Brusquement, les murmures se muèrent en un sifflement strident. Tel un cyclone, un vent dévastateur se leva d'un seul coup avec un rugissement de fauve affamé.

Ben essaya de distinguer l'issue, désormais si proche. Mais le vent vint le fouetter au visage et il courba la tête pour se protéger. C'est à ce moment-là qu'il perçut quelque chose d'anormal. Quelque chose… d'indéfinissable.

Il émergea brutalement du tunnel et se retrouva au beau milieu d'une tempête aux éclairs aveuglants. Il cligna des paupières, s'essuya les yeux et releva la tête. Devant lui, se tenait… Meeks.

... ET SOUVENIRS

Ben Holiday se figea, pétrifié. Les éclairs zébraient un ciel de plomb. Tels des Canadairs, de lourds nuages noirs rasaient la terre pour déverser leur chargement de pluie torrentielle. Les roulements de tonnerre se répondaient à l'infini. Le sol tremblait sous ses pieds. De gigantesques chênes aux membres écartelés se dressaient autour de lui, murailles d'une forteresse végétale brillante comme des cristaux noirs et que surplombaient les Blue Ridge Mountains.

La silhouette spectrale de Meeks se détachait sur ce décor d'apocalypse, immense et immobile. Ses cheveux blancs, ébouriffés par la tempête, semblaient capter la foudre à chaque éclair pour révéler un visage émacié aux traits d'airain. Ben le reconnut à peine tant il avait changé. Il n'avait plus rien du fin négociateur d'un grand magasin de renom, vénérable vieillard courbé par les ans. Les pantalons à l'impeccable pli et la veste en velours côtelé avaient fait place à de longues robes d'un bleu métallique que le vent gonflait comme les voiles d'un vaisseau fantôme. Une manche vide virevoltait à l'emplacement du bras droit. Un gant de cuir noir recouvrait une main gauche aux doigts crochus telles des serres. Un haut col rigide encadrait le faciès blafard défiguré par une colère qui confinait à la folie.

Ben déglutit avec peine, la gorge nouée. Le spectre dégageait une insupportable tension, une tension presque palpable : la fureur d'un rapace prêt à fondre sur sa proie.

Seigneur ! pensa Ben. Il m'attendait. Il savait que j'allais venir !

C'est alors que Meeks s'élança. Ben recula d'un bond en agrippant machinalement le médaillon. Le sorcier s'abattait déjà sur lui, quand le vent tourna brusquement. Le fracas de la tempête en parut soudainement accru. L'averse vint frapper Ben au visage avec la violence d'une gifle. Il fut un instant aveuglé par la pluie et cligna des yeux.

Quand il les ouvrit de nouveau, Meeks avait disparu.

Il fixa les ténèbres, incrédule, regarda autour de lui, tordant le cou en tous sens, s'attendant à le voir surgir du néant. Rien. Aucune trace de Meeks. Le sorcier s'était évanoui dans les airs comme un fantôme.

Retrouvant ses esprits en un clin d'œil, Ben se précipita vers le sentier qui s'ouvrait devant lui, dégringolait le versant et l'éloignait à chaque pas de cet invisible tunnel reliant Landover à l'autre monde. Oui, aucun doute, il était effectivement de retour. C'étaient bien les Blue Ridge Mountains de Virginie qu'il dévalait comme un fou. Il était de nouveau au cœur du parc national George-Washington, au sein de cette même forêt qu'il avait traversée, il y avait plus d'un an, à la recherche d'un improbable royaume de légende. Il ne lui restait plus qu'à rejoindre l'aire de repos signalée par un petit panneau vert portant le chiffre 13. Il y trouverait un abri rudimentaire et, surtout, oui, surtout, un téléphone !

Trempé jusqu'aux os, Ben ne ralentissait pas l'allure, serrant contre lui son sac de marin comme une bouée de sauvetage. Encore quelques centaines de mètres et il aurait véritablement rejoint la civilisation ! Cependant, la terrible image vengeresse, qui s'était matérialisée au bout du tunnel, restait gravée dans son esprit. Courant à perdre haleine, il tentait de comprendre ce que signifiait une telle apparition. Ce ne pouvait être Meeks ! Ce spectre blafard au masque de dément n'avait rien de comparable avec le vieillard rencontré chez Rosen. Il ne lui ressemblait même pas, bon sang ! Et puis, jamais Meeks ne se serait volatilisé comme ça ! Il avait dû rêver, se laisser prendre au piège de ses propres craintes.

Pourtant... Aurait-il vraiment imaginé tout cela ? Aurait-il été victime d'une sorte de mirage ?

Il se souvint tout à coup de la petite pierre que Salica lui avait donnée. Il ralentit sa course pour s'en saisir et l'observer à la faveur d'un éclair. Aucune lueur suspecte ne venait troubler la surface polie. Pas le moindre éclat rosâtre. Elle était uniformément blanche. Il n'y avait donc aucun danger, aucune menace immédiate. Mais cela suffisait-il pour conclure que l'apparition n'avait été qu'un leurre ?

Il prit brusquement conscience du froid pénétrant qui régnait dans la forêt. Il avait les doigts gelés et grelottait irrépressiblement. Il avait oublié la sévérité du climat. Même en Virginie, la fin de l'automne pouvait s'avérer glaciale. Et que dire de l'Illinois ? Si cela se trouve, il neige à Chicago, pensa-t-il.

Un frisson le parcourut. Sa gorge se contracta douloureusement. Des ombres se faufilaient entre les arbres. Il sentait une présence, vive et insaisissable. Il scruta les ténèbres, la peur au ventre. C'était Meeks ! Mais oui ! Meeks le poursuivait, il en était certain. Les griffes gantées de cuir noir allaient le saisir, là, là, juste derrière ce tronc ! Et puis là encore, dans ce fourré !

« Avance ! s'intima-t-il. Avance ! Ne t'arrête pas ! Il faut atteindre ce fichu téléphone ! Avance ! »

Le sentier semblait ne jamais devoir finir. Il courait sans relâche devant l'invisible menace qui le talonnait. « Encore quelques centaines de mètres, Ben ! Encore un effort ! »

Enfin, l'aire de repos apparut en contrebas. Il coupa à travers les fougères, s'écorchant aux ronces, le visage fouetté par les branches basses des pins, traversa le parking en un éclair et s'engouffra sous l'abri. Il était couvert de boue, transi et fourbu mais n'en avait même plus conscience. Seule comptait cette grosse boîte métallique luisant sous le Plexiglas, à portée de main.

« Pourvu qu'il marche ! pria-t-il en silence. Faites qu'il fonctionne ! »

Il fouilla fébrilement dans ses poches de survêtement. La pluie tambourinait sur le toit de tôle ondulée. N'avait-il pas entendu un bruit de pas, là, juste derrière la mince paroi ?

– Ça y est ! s'écria-t-il en retrouvant la carte de téléphone qu'il avait glissée dans son portefeuille, avant de quitter Bon Aloi.

Il décrocha le combiné, logea la carte dans la fente et – miracle ! – entendit la tonalité. Un naufragé apercevant une voile salvatrice n'aurait pu se réjouir davantage.

Il composa précipitamment le numéro des renseignements pour obtenir les coordonnées d'une compagnie de taxis à Waynesboro et commanda une voiture. Dans quelques minutes, il serait sauvé !

Il s'effondra sur le banc scellé au mur et réalisa que ses mains tremblaient.

Quand le taxi arriva, il avait recouvré tout son calme.

Il ne pensait plus avoir imaginé l'apparition du sorcier. Ce qu'il avait vu n'était pas un mirage. Mais ce n'était pas Meeks. Ce qu'il avait pris pour Meeks n'était qu'une image de Meeks. Le seul fait d'avoir traversé le tunnel avait suffi à la faire apparaître. Elle avait été placée là à son intention, comme une sentinelle.

Mais... Pourquoi ?

Il s'enfonça confortablement dans les coussins de la limousine qui filait vers Waynesboro et étudia les différentes hypothèses. Ce ne pouvait être qu'une charmante attention de Meeks lui-même. Mais... dans quel but ? Meeks avait-il cherché à l'avertir de quelque chose ? Et de quoi ? Avait-il voulu le faire fuir, l'empêcher de revenir, l'obliger à faire demi-tour ? Cela n'avait aucun sens ! Pourtant Meeks avait bien eu l'intention de l'alerter. Cela ne faisait aucun doute. Le sorcier était assez arrogant pour tenir à ce que Ben sût qu'il surveillait ses moindres faits et gestes. Il avait voulu lui signifier qu'il était au courant de son retour. C'était bien mince comme prétexte, tout de même ! Meeks se serait-il donné cette peine, uniquement pour le narguer ? Non, non ! Cette terrifiante apparition devait cacher quelque chose de beaucoup plus important. Mais quoi ?

Bon sang ! C'était évident ! L'image du tunnel n'avait pas pour mission de le prévenir que Meeks l'attendait. C'était l'inverse ! Bien sûr ! L'apparition était, en fait, une sorte de système d'alarme qui s'était déclenché à son passage pour avertir Meeks qu'il avait franchi la frontière de Landover.

C'était tout à fait logique. Il fallait bien s'attendre que le sorcier dénichât quelque moyen – magique ou autre – pour être immédiatement informé, dès qu'un des candidats au trône de Landover avait échoué et faisait usage du médaillon pour retrouver son univers d'origine. Une fois averti, Meeks pouvait agir en conséquence et partir à sa recherche.

Et donc... Meeks était probablement déjà à sa recherche, lui !

La limousine s'immobilisa au pied des marches de l'Holiday Inn. La pluie tombait toujours. Il faisait nuit. Ben raconta au chauffeur qu'il était parti faire une randonnée pédestre dans le parc national, quand il avait été surpris par la tempête. Il s'était réfugié sous l'abri de l'aire de repos pour chercher du secours. Le chauffeur lui lança un regard incrédule dans le rétroviseur. À son expression, il était clair qu'il le croyait fou. Cette maudite tempête n'avait pas cessé de toute la semaine ! maugréa-t-il. Ben haussa les épaules, régla la course – sans commentaires – et gravit les marches de l'hôtel.

Il se dirigeait vers la réception, quand il remarqua un journal abandonné sur un guéridon. Il y jeta un coup d'œil furtif. Vendredi, 9 décembre. Cela faisait un an et très précisément dix jours qu'il avait quitté les Blue Ridge Mountains de Virginie. Ainsi, le temps s'écoulait exactement à la même vitesse dans les deux mondes !

Il prit une chambre pour la nuit, donna ses vêtements au service de nettoyage, s'octroya une douche brûlante et commanda un copieux dîner. En attendant son repas, il téléphona à l'aéroport pour connaître l'horaire du prochain vol à destination de Chicago. On l'informa qu'il devrait attendre le lendemain et qu'il lui faudrait d'abord faire escale à Washington avant de poursuivre son voyage vers l'Illinois. Il confirma la réservation et donna son numéro de carte de crédit pour régler le montant de son billet.

Il n'avait pas plus tôt raccroché le combiné qu'il se mordait déjà la lèvre de dépit. Quel idiot ! Voilà qu'il venait, le plus naturellement du monde, de payer par carte de crédit un billet d'avion pour Chicago ! Quoi de plus simple, au temps de l'informatique, que de retrouver la trace d'une carte de crédit ? Si Meeks s'était donné la peine de créer un système d'alarme pour l'avertir du retour de son acheteur, il n'allait probablement pas s'en tenir là. De toute façon, Meeks s'attendait probablement que Ben retournât à Chicago. Il lui suffisait de surveiller les compagnies d'aviation. Après quelques habiles recherches, il détiendrait le numéro de vol et l'heure précise de son arrivée. Il pourrait même l'attendre à la descente de l'avion !

On frappa à la porte de sa chambre. Il sursauta, mais se reprit aussitôt en s'exhortant intérieurement au calme et alla ouvrir au garçon d'étage qui lui apportait son dîner. Il lui demanda de poser le plateau sur sa table de chevet et referma la porte derrière lui. Il revint vers son lit, en jetant un regard morne au repas qu'il avait commandé. Il n'avait plus faim. La perspective d'une rencontre avec Meeks à l'aéroport de Chicago lui avait coupé l'appétit.

Il s'allongea, les mains croisées sous la nuque, et réfléchit. Abernathy avait vu juste. Cette affaire s'avérait plus dangereuse qu'elle n'en avait l'air. Pourtant, il n'avait guère le choix. Il devait rejoindre Chicago s'il voulait venir en aide à Miles – ou, tout au moins, découvrir si son rêve avait quelque fondement. Meeks l'attendrait sûrement quelque part, et l'essentiel était de ne pas lui tomber dans les bras.

Un sourire malicieux se dessina sur ses lèvres. Rien de plus facile !

On lui rendit ses vêtements propres vers neuf heures. À dix heures, il dormait déjà.

Il s'éveilla tôt, prit une douche rapide, s'habilla sans attendre, jeta son sac sur l'épaule et descendit prendre un petit déjeuner d'ogre dans la salle à manger de l'hôtel, après avoir commandé un taxi à la réception.

Il prit l'avion pour Washington comme prévu. De là, il annula la seconde partie de son voyage, s'adressa à une autre compagnie d'aviation pour réserver un billet open sous un nom d'emprunt et paya sa nouvelle réservation en liquide. Avant midi, il s'envolait pour Chicago.

Voyons si Meeks est aussi malin que ça ! jubilait-il, en basculant le dossier de son large fauteuil de première classe.

Il ferma les yeux et laissa dériver ses pensées. Il songeait aux circonstances qui l'avaient amené à tout quitter pour conquérir son pays de cocagne. Il hocha la tête. Il aurait voulu jouer à Peter Pan qu'il ne s'y serait pas pris autrement ! Peut-être qu'en fait il n'avait jamais voulu grandir… Il était avocat ou, plutôt, il avait été avocat dans une autre vie. Et un fameux avocat par-dessus le marché ! De ceux dont les gros bonnets de la profession attendaient de grandes choses. Il était, selon l'expression consacrée, « promis à un bel avenir ». Il s'était installé avec son ami et associé de la première heure, Miles Bennett. Une association fructueuse et aussi complémentaire que celle d'une vieille pantoufle avec sa jumelle. Lui, Ben, l'audacieux avocat, prêt à tous les effets de manche pour défendre la veuve et l'orphelin, et Miles, le taciturne et consciencieux rond-de-cuir, l'incollable juriste pour lequel le moindre alinéa du plus poussiéreux amendement de l'an quarante n'avait aucun secret. Miles lui avait souvent reproché son manque de clairvoyance, quand il s'entêtait à prendre des affaires plus que délicates. Mais Ben semblait toujours devoir retomber sur ses pieds, quelles que fussent les vertigineuses hauteurs d'où il entendait sauter. Il avait remporté plus de procès que le plus retors des vieux renards du barreau. Ses adversaires ne l'avaient pourtant pas épargné, chacun sortant à son intention l'ultime arme secrète, du défaut de procédure le plus insoupçonnable à l'avalanche de témoignages imprévus, des mystérieuses preuves à conviction aux pernicieuses plaidoiries, en passant par les appels et autres ajournements en série qui mettaient ses nerfs à rude épreuve. Il avait tellement surpris son associé, en remportant l'affaire Dodge City Express, que Miles l'avait surnommé Doc Holiday, la gâchette du barreau.

Un large sourire s'épanouit sur son visage. C'était le bon temps !

Oui, mais le bon temps n'avait qu'un temps. Il avait fallu qu'Annie disparût. Tout s'était alors effondré d'un seul coup. Quand sa femme était morte dans cet accident de voiture, elle était enceinte de trois mois. Il avait tout perdu avec elle. Il s'était alors terré chez lui, refusant de voir qui que ce soit à l'exception de Miles. Oh ! Certes, il n'avait jamais été très sociable. Il préférait souvent la solitude aux relations de convenance.

Il se disait parfois que le décès d'Annie n'avait fait qu'exacerber une tendance de sa nature profonde. Il avait commencé à lentement dériver, les jours succédant aux jours, les événements se mélangeant les uns aux autres, dans une uniforme médiocrité. Peu à peu il avait senti qu'il perdait pied. Il se fuyait lui-même.

Que serait-il devenu, s'il n'était tombé par hasard sur cette annonce publicitaire parue dans le *Livre des Souhaits,* ce catalogue insolite qu'éditait Rosen, la chaîne de grands magasins de prestige, à l'occasion des fêtes de fin d'année ? « Royaume magique à vendre », disait l'annonce. Oh ! Bien sûr, au début, il avait cru à une supercherie. Pensez donc ! Un royaume de légende peuplé de sorciers, de dragons, de gentes damoiselles et autres preux chevaliers, vendu un million de dollars ! Qui serait assez fou pour croire une chose pareille ? Pourtant, son désespoir était tel qu'il estimait n'avoir plus rien à perdre. Il avait donc décidé de tenter sa chance. Il aurait encouru tous les risques pourvu qu'il pût, un jour, reprendre goût à la vie. Il avait rangé ses doutes au placard, plié bagage et filé droit chez Rosen pour voir de quoi il retournait.

C'est à ce stade de l'aventure qu'on lui avait parlé de l'entretien. Il devait en effet subir un interrogatoire en règle, s'il voulait avoir la moindre chance d'acquérir le mystérieux royaume des Mille et Une Nuits. C'est alors qu'il avait découvert son interlocuteur : un certain M. Meeks.

La première image qu'il avait eue de Meeks se présenta aussitôt à son esprit avec la netteté d'une photographie : un vieil homme d'une taille supérieure à la moyenne, bien que courbé par les ans, avec une voix sourde, légèrement chuintante, et des yeux dépourvus de toute expression, des yeux... morts. Ben s'était dit qu'il ressemblait à un vétéran de la guerre de Sécession ! C'était à la faveur de cet unique entretien qu'il avait été, pour la première et dernière fois, en face de

Meeks. Celui-ci avait alors prétendu qu'il ferait un parfait monarque pour Landover. Ben, à l'époque, avait cru comprendre qu'il le jugeait tout à fait à même de réussir sa mission de souverain. Il s'était avéré par la suite que si Meeks l'avait effectivement considéré comme un candidat idéal, c'était en tant que candidat à l'échec ! Le sorcier avait ensuite déployé des trésors d'habileté pour le convaincre d'acheter Landover. Il l'avait charmé comme un serpent fascine sa proie... avant de l'empoisonner !

Mais Meeks l'avait sous-estimé.

Il souleva les paupières et murmura :

– Oui, Ben Holiday. C'est bien ça ! Meeks, le grand Meeks t'a sous-estimé. Et, maintenant, c'est à toi de ne pas faire la même erreur !

L'avion atterrit à Chicago à quinze heures dix. Ben prit un taxi pour se rendre en ville. Le chauffeur ne lui laissa pas placer un mot. Il caquetait comme un véritable perroquet. Le sport semblait être son sujet de prédilection : les Cubs avaient complètement raté la saison, les Buffs avaient tout misé sur Jordan – quelle erreur ! –, les Black-Hawks avaient joué de malchance avec toutes ces blessures – quelle poisse ! –, les Bears l'avaient emporté 13 à 1... Les Chicago Bears ? Ben l'écoutait d'une oreille distraite, marmonnant quelques vagues assentiments, ici ou là. Pourtant, une petite voix lui chuchotait à l'oreille que quelque chose clochait dans cette conversation. Il ne savait pas quoi au juste, mais... Ce ne fut qu'une fois parvenu au centre-ville qu'il mit le doigt dessus : la langue ! Le bonhomme employait une langue qu'il n'avait pas entendue depuis plus d'un an. À Landover, il parlait, écrivait et lisait le landovérien. C'était la magie du médaillon, clef de cet univers si singulier, qui le lui permettait. Et voilà qu'il se trouvait là, de retour dans cette bonne vieille civilisation, à écouter un chauffeur de taxi bavarder en anglais – ou, du moins, ce qui aurait dû être de l'anglais et n'était en fait que du charabia. Mais, après tout, n'était-ce pas effectivement la chose la plus naturelle du monde ? songea-t-il avec un petit sourire en coin.

Il demanda au chauffeur de le déposer au Drake. Il se sentait tout à fait incapable de retourner chez lui ou de prendre contact avec qui que ce soit, pour l'instant. Et puis, il se voulait prudent. L'idée que Meeks le cherchait ne le quittait pas. Il réserva une chambre sous un nom d'emprunt, paya d'avance en liquide et se laissa guider par le garçon d'étage, tout en se félicitant d'avoir pensé à emporter une bonne liasse de billets lorsqu'il était parti pour Landover, l'année précédente. Non qu'il ait pu, à l'époque, prévoir une telle situation, bien entendu. Il avait juste eu une sorte de réflexe automatique, propre à celui qui part pour un long voyage et ne veut pas se laisser prendre au dépourvu. Sage précaution, se disait-il. Il pouvait ainsi se passer de sa carte de crédit. Et... pas de carte de crédit, pas de trace !

Après avoir pris possession de sa chambre, il quitta l'hôtel pour Water Tower Place et fit des emplettes : un manteau, une paire de pantalons, deux chemises blanches, une cravate, des chaussettes, des sous-vêtements, des chaussures. Il paya en liquide et revint sur ses pas. Inutile de se faire remarquer. Or, déambuler au cœur du quartier des affaires en survêtement et en Nike n'était pas le meilleur moyen de passer inaperçu. Il imagina deux secondes la tête des passants s'il avait autorisé ses amis à l'accompagner ! Un chien qui parle, une paire de singes géants, une fille qui se transforme en arbre sans prévenir et un magicien en tenue de carnaval sur Michigan Avenue !

Il s'en voulut presque aussitôt d'avoir si ironiquement caricaturé ses compagnons de Landover. Aussi étranges qu'ils pussent paraître, ils étaient ses seuls véritables amis. Ils l'avaient défendu envers et contre tout, parfois au péril de leur vie. Il n'aurait guère pu en dire autant de maints soi-disant « amis » de Chicago.

Il courba la tête pour se protéger du vent et fronça les sourcils. Après tout, n'était-il pas aussi étrange qu'eux ?

N'était-il pas le Paladin ?

Parvenu dans le hall de l'hôtel, il acheta deux journaux et un magazine avant de se réfugier dans sa chambre. Il appela la réception pour commander son dîner et se plongea dans la lecture. Il était urgent qu'il se mette au courant de ce qui s'était passé dans le « monde civilisé » depuis son départ. Il se fit même un devoir de regarder les informations sur plusieurs chaînes télévisées, avant que son repas ne lui fût servi. Il reprit son étude minutieuse des articles de journaux, tout en mangeant, et ce ne fut pas avant huit heures du soir qu'il se décida à appeler Ed Samuelson.

Ben était revenu à Chicago pour deux raisons : d'abord, pour revoir Miles et savoir si son rêve était ou non réalité ; mais aussi pour mettre de l'ordre dans ses affaires. Et c'est pour s'acquitter de cette seconde tâche qu'il appelait Ed. Quant à Miles, il pourrait bien attendre le lendemain.

Ed Samuelson avait toutes les qualités requises pour faire un excellent expert-comptable : discrétion, honnêteté, conscience professionnelle. C'est lui qui gérait le – très honorable – patrimoine de Ben. Ben lui avait confié tous ses intérêts avant de partir pour Landover. Il ne comptait plus les fois où Ed lui avait prodigué ses précieux conseils, ni celles où cet avisé gestionnaire lui avait fait clairement comprendre qu'il jetait son argent par les fenêtres. Ce qui ne l'empêchait pas d'entériner les décisions de ses clients. Après tout, c'étaient leurs deniers ! Cette intégrité avait pourtant été mise à rude épreuve quand Ben avait décidé d'acquérir Landover. Sur ses ordres, Ed avait été contraint de liquider des actions – « en or », s'insurgeait-il – pour réunir le million de dollars nécessaire. À son corps défendant, il avait respecté à la lettre les instructions de Ben, sans avoir la moindre idée de ce qu'il entreprenait.

Ben ne lui avait rien révélé à l'époque. Il n'avait aucune intention de lui révéler quoi que ce fût, ce jour-là. Et il savait qu'Ed n'y verrait rien à redire.

Cependant, appeler Ed n'était pas sans présenter un risque. Meeks devait connaître l'identité de son comptable et peut-être le surveillait-il. Sa ligne téléphonique pouvait être sur écoute. Ces présomptions tenaient sans doute du délire paranoïaque mais, avec Meeks… Mieux valait se montrer trop prudent que pas assez ! Ben espérait néanmoins que Meeks, s'il avait effectivement fait placer la ligne d'Ed sur écoute, avait épargné sa ligne privée. C'est pourquoi il prenait la liberté de l'appeler si tard chez lui.

Ed Samuelson était en train de dîner, quand il reçut l'appel de Ben. Ce dernier dut passer dix bonnes minutes à le convaincre qu'il était bien Ben Holiday. Quand il eut réussi ce tour de force, il s'empressa d'avertir Ed que personne – personne, vous m'entendez, insistait-il – ne devait avoir connaissance de cet appel. Si nécessaire, Ed devait prétendre ne jamais l'avoir reçu. Ed y alla aussitôt de son éternel refrain : Ben aurait-il des ennuis ? Pouvait-il faire quelque chose pour lui ? Se passait-il quelque chose d'anormal ? Non, le rassura Ben. Tout allait parfaitement bien. Simplement, il n'était pas souhaitable que l'on eût connaissance de son retour à Chicago pour le moment. De toute façon, ajouta-t-il, il allait prendre contact avec Miles dès le lendemain ; mais comme il n'aurait absolument pas le temps de voir qui que ce fût d'autre…

Ed semblait convaincu. Il écouta attentivement ses directives et se contenta de soupirer quand Ben lui demanda de préparer les papiers nécessaires pour le lendemain, afin qu'il puisse passer les signer à son bureau vers midi. Après quoi, Ben le salua et raccrocha.

Il ne lui fallut pas moins d'une demi-heure sous la douche pour relâcher la tension qui ne l'avait pas quitté depuis son arrivée à Chicago. Les premiers effets de la fatigue se firent sentir comme il sortait de la salle de bains. Il rejoignit aussitôt son lit et s'empara de son magazine. Il n'avait pas lu les cinq premières lignes de l'éditorial qu'il sombrait dans un profond sommeil.

Cette nuit-là, Ben Holiday rêva du Paladin.

Au début, il était seul, au sommet d'une petite colline ombragée de pins qui dominait la vallée de Landover. L'azur et l'émeraude se confondaient dans un voile de brume diaphane. Il avait l'impression qu'il lui suffirait de lever la main pour toucher le ciel. L'air était pur et vif. Il respirait à pleins poumons avec délice, envoûté par la splendeur de ce paysage enchanteur.

Soudain, les ténèbres l'enveloppèrent comme un linceul. Cris et murmures indistincts montèrent de toutes parts. Il se saisit aussitôt du médaillon. Le pendentif semblait pulser dans sa paume : l'indomptable guerrier, ciselé dans le métal, allait bientôt prendre vie ! Cette simple pensée suffisait à faire naître en lui une mystérieuse et indicible joie.

Un mouvement brusque l'alerta, là, juste sur sa droite. Une forme noire émergea tout à coup, entre les pins. C'était une licorne aux yeux de feu. À peine l'avait-il identifiée qu'elle se métamorphosait en un être démoniaque au souffle létal, puis se transformait encore, et là, là, juste devant lui, se tenait…

Meeks !

Impressionnante silhouette, dont la seule présence constituait une terrible menace, le sorcier le salua d'un hochement de tête régalien. Sa face était recouverte d'écailles comme celle d'un lézard. Il s'avança vers lui. Chaque pas semblait décupler sa taille. Une insupportable pestilence montait peu à peu aux narines de Ben. Une odeur de peur. Une odeur de mort.

Mais il ne craignait rien, non, plus rien ; car, désormais, Ben Holiday avait laissé place au Paladin. Il était ce chevalier errant, ce champion du royaume de Landover qui n'avait jamais perdu de bataille. Nul ne pouvait se mesurer à lui. Il l'avait invoqué avec une jouissance enivrante. Il sentait la lourde armure se refermer sur sa poitrine et la puissance du Paladin couler dans ses veines. Il était cet être indomptable surgi de la nuit des temps. Il n'avait plus en tête que souvenirs de guerres, de joutes et de victoires. Son cerveau fourmillait d'images incandescentes. Armures, haches, masses d'armes et espadons se heurtaient dans un vacarme assourdissant. Des hurlements de rage et de douleur résonnaient à ses oreilles. Des corps ensanglantés s'effondraient à ses pieds.

Il se sentait investi d'une force colossale. Il exultait.

Ô Seigneur ! Il se sentait renaître !

Les ténèbres s'écartèrent. Un torrent d'ombres menaçantes déferla sur lui, toutes griffes dehors. Mais loin de reculer, il se jeta sur elles avec fougue. Le destrier blanc qui le portait fonçait, tête baissée dans la mêlée, avec la fureur d'un lion enragé. Les arbres défilaient à la vitesse de la lumière. Ben était ivre de rage, assoiffé de sang. Il se sentait invincible.

Le sol disparut brusquement. Meeks se mua sous ses yeux écarquillés en un spectre gigantesque, être éthéré que rien ne semblait devoir atteindre. Aveuglé par la colère, Ben fondit sur lui et… basculant pardessus la corniche, tomba dans le néant.

À l'exultation succéda alors une incontrôlable terreur. Un hurlement déchira la nuit. Ben comprit, avec effroi, que ce cri terrifiant était le sien.

Il ne se souvenait que de ce cauchemar, quand il se leva, au point du jour. Il prit une douche, un frugal petit déjeuner dans sa chambre, enfila les vêtements qu'il avait achetés la veille et partit en taxi, peu après neuf heures. Ayant estimé qu'il serait inutile de revenir à l'hôtel, il avait emporté toutes ses affaires dans son sac de marin.

Les rues étaient déjà fort animées pour un samedi matin. Les fêtes approchant, les passants étaient sans doute pressés d'en finir avec les cadeaux, avant la cohue de l'après-midi. Installé sur la banquette arrière, Ben était loin de partager l'enthousiasme que provoquaient généralement les vacances de Noël. Son rêve le hantait encore. Il y voyait un funeste présage. La frayeur de la nuit ne le quittait pas.

Jusqu'alors, le mystère du Paladin était resté entier. Il lui était certes déjà arrivé, une fois, de subir cette métamorphose ; mais elle s'était presque produite à son insu. Il avait été contraint d'appeler le Paladin à l'aide. Il y allait de sa vie. Il n'avait eu recours au pouvoir du médaillon que parce que les circonstances l'exigeaient. Mais cette transformation lui laissait un affreux souvenir. Il ne songeait pas sans frémir aux étranges sensations que cet être – ou cette... chose –, en prenant possession de son corps, de sa chair et même de son esprit, avait provoquées. Les pensées de cet autre lui-même étaient violentes, brutales. C'étaient celles d'un guerrier sanguinaire, d'un gladiateur né pour combattre, tuer ou mourir. Imprégnées de sang et de mort, elles appartenaient à une existence tout entière vouée au combat, exclusivement fondée sur l'impérieuse nécessité de survivre. C'est à peine si Ben avait pu les appréhender. Il avait vécu cette mutation comme une expérience terrifiante. Il lui était impossible de contrôler cet être. Il ne pouvait que se sentir envahi par lui et en accepter les conséquences.

Il n'était même pas sûr de savoir comment réitérer un tel exploit. Il n'avait d'ailleurs jamais essayé et n'en avait aucune envie.

Pourtant, au fond de lui, ce désir existait… exactement comme dans son rêve. Et cette partie de lui-même lui chuchotait que, un jour ou l'autre, il serait bien obligé d'y succomber.

Le taxi le conduisit au cabinet *Holiday, Bennett & Cie.* Les bureaux étaient fermés le samedi, mais il savait que Miles travaillait tous les samedis matin, pour rattraper son retard de la semaine. Au moins était-il certain de ne pas être dérangé par les inévitables interruptions des jours ouvrables.

Ben demanda au chauffeur de le déposer au bout du trottoir d'en face, paya la course et s'engouffra aussitôt sous le premier porche venu pour examiner les environs. Les badauds passaient devant lui, trop préoccupés par leurs achats pour lui prêter attention. La circulation était dense, mais le flux des voitures semblait parfaitement normal. Aucune silhouette suspecte ne l'observait dans les véhicules en stationnement.

« On n'est jamais trop prudent », se dit-il.

Il quitta la pénombre du porche, traversa, remonta rapidement la rue et franchit les portes vitrées de l'immeuble. Le hall d'entrée était désert. Tout semblait en ordre. Il se dirigea vers les ascenseurs, monta dès qu'une des portes s'ouvrit et appuya sur le bouton du quinzième étage. L'ascenseur se referma silencieusement et se mit en marche. Encore quelques secondes et il retrouverait son vieil ami Miles Bennett, se disait-il. Et puis, même si, pour une raison ou pour une autre, Miles n'était pas là, il finirait bien par le trouver chez lui.

Il espérait pourtant ne pas avoir à le chercher jusque-là. Il avait le pressentiment qu'il n'en aurait pas le temps. Il ne savait pas pourquoi, mais il ressentait une sorte d'urgence impérieuse. Peut-être était-ce le rêve qui le poursuivait toujours comme une malédiction. Peut-être qu'à lui seul, le fait d'être de retour après si longtemps suffisait à l'angoisser. Pourtant… Oui, quelque chose le perturbait. Quelque chose… d'anormal.

L'ascenseur s'arrêta. Les portes s'ouvrirent. Il sortit dans le couloir.

Brusquement, l'air lui manqua. Là, juste devant lui, se tenait… Meeks !

Questor Thews déchira les toiles d'araignée qui obstruaient l'entrée de la tour du château en ruine et se remit en marche. La poussière qu'il soulevait à chaque pas lui chatouilla les narines et le fit éternuer.

– Ruines de malheur ! Ça empeste le moisi et on n'y voit rien à dix pas ! maugréa-t-il, en se reprochant intérieurement de ne pas avoir emporté de torche.

Une étincelle jaillit. De petites langues incandescentes léchèrent l'extrémité d'un flambeau, brandi juste devant lui. Navet lui tendit la torche.

– Humpf ! J'aurais très bien pu me procurer cette lumière par moi-même, commenta-t-il, acerbe. Je m'apprêtais justement à jeter un sort dans ce but.

Le kobold se contenta de sourire.

Ils se trouvaient dans l'enceinte de Mirwouk – l'ancienne forteresse que Questor avait vue dans son rêve – au nord de Bon Aloi, au sommet du Melchor. Un vent violent soufflait sur les ruines, hurlant à travers les couloirs déserts. L'air était glacé. Il avait fallu plus de trois jours au magicien et au kobold pour atteindre leur destination. Ils n'avaient pourtant pas ménagé leur peine. La forteresse les avait accueillis portes béantes. Cours, halls, salles… tout était laissé à l'abandon.

Questor avançait à pas comptés, examinant les murailles à la recherche de quelque indice familier. L'après-midi s'achevait et il n'avait aucune intention de déambuler dans ce tombeau après la tombée de la nuit. Il n'était pas magicien pour rien. Il pouvait sentir des choses imperceptibles au commun des mortels et cet endroit puait le soufre.

Il erra un moment puis, reconnaissant le passage qu'il venait d'emprunter, en suivit les méandres avec une impatience accrue. Les toiles d'araignée se multipliaient et ralentissaient ses pas. Leurs propriétaires étaient grosses comme des rats et les rats, gros comme des chiens. Ils détalaient presque sous leurs pieds et les deux visiteurs devaient se montrer vigilants pour ne pas trébucher. Cette quête était décidément bien fâcheuse ! Questor aurait volontiers fait usage de ses fameux pouvoirs pour pulvériser cette vermine.

Le couloir faisait un coude et plongeait brusquement vers le sol. Les murs se rapprochaient pour former une voûte. Ils allaient pénétrer dans une galerie creusée dans le roc. Questor ralentit pour examiner scrupuleusement les parois et se redressa soudain.

– J'y suis ! s'exclama-t-il à mi-voix. J'ai vu ce tunnel dans mon rêve ! Je le reconnais !

Navet passa devant lui, lui prit la torche des mains et partit en tête, sans mot dire. Trop excité pour protester, Questor lui emboîta le pas. Au bout d'une centaine d'aunes, le tunnel s'élargissait. Nulle trace de toiles d'araignée ou de moisissure ne venait maculer la pierre. Aucun insecte, rongeur ou autre charmant pensionnaire des lieux n'était visible. L'odeur elle-même avait changé. Il flottait comme un entêtant parfum de musc. Navet avait adopté une cadence toute militaire. Au point que, par moments, Questor n'apercevait plus devant lui qu'un halo lointain.

Tout était comme dans son rêve ! ne cessait-il de s'émerveiller.

Le tunnel s'enfonçait de plus en plus profondément dans la montagne, dédale interminable de galeries et d'escaliers tortueux. Navet avait peu à peu ralenti l'allure, aux aguets. Questor le talonnait. Le kobold sentait le souffle rauque du vieil homme sur sa nuque.

Tout à coup, au détour d'un virage brutal, une porte de pierre ciselée de runes obstrua le passage. Questor dut se retenir pour ne pas sauter de joie. Il bouscula Navet, se planta devant l'obstacle et fit courir ses doigts sur les signes gravés dans la pierre. Ses mains semblaient se mouvoir d'elles-mêmes. Il frôla une aspérité et la porte s'ouvrit avec un raclement sourd.

Il découvrit alors une large salle nue, au sol pavé de blocs de granit poli. Il se dandina, au comble du ravissement, puis, guidé par les images de son rêve, s'avança jusqu'au centre de la pièce. Navet marchait à sa droite. Leurs pas résonnaient sous les voûtes.

Questor s'arrêta brusquement devant une dalle. À ses pieds, une licorne était gravée dans le granit.

Le magicien écarquilla les yeux. Une licorne ? Il se caressa la barbe, pris de doutes. Il y avait quelque chose de bizarre, là-dessous. Il n'était nullement question de licorne dans son rêve. Il se souvenait parfaitement d'un signe sculpté dans la pierre, mais était-ce une licorne ? Curieuse coïncidence…

Pendant une fraction de seconde, il fut tenté de faire demi-tour et de tout abandonner. Une petite voix intérieure lui murmurait qu'il devait retourner sur ses pas, qu'il était en danger. Le magicien percevait une menace cachée sous cette dalle. La sensation était si forte qu'il avait l'impression de pouvoir la toucher. Il fut saisi de sueur froide. La peur, oui, c'était cela : il avait peur !

Mais la tentation était trop forte. Là, à moins d'une coudée, dormaient peut-être les fabuleux grimoires qui allaient lui conférer un pouvoir colossal, un pouvoir tel qu'il deviendrait le plus grand magicien de tous les temps. Il s'accroupit et posa l'index sur la corne de la créature. Son doigt se mit à en suivre les contours, comme animé d'une volonté extérieure. Soudain, la dalle frémit, commença à glisser lentement et finalement disparut pour révéler un trou béant.

Questor se pencha en avant et scruta l'obscurité du vide.

Quelque chose remuait là-dedans. Quelque chose...

La nuit enveloppait la contrée des lacs. Les lunes et les étoiles se reflétaient faiblement à la surface de l'Irrylyn, voilé de brume. Salica se tenait sur la berge, sous le couvert d'un bouquet de cèdres odorants. L'eau du lac venait lui lécher les pieds. Elle était nue. Son aérienne robe de soierie immaculée gisait dans l'herbe, derrière elle. Une petite brise vint caresser sa peau diaphane au reflet de jade, se glissa dans sa chevelure émeraude qui tombait jusqu'au creux de ses reins, dansa autour de ses longues jambes fuselées, ébouriffant au passage les soies irisées qui soulignaient la grâce des bras et des mollets aux attaches incroyablement fines. La sylphide frissonna. À la fois femme et créature de magie, Salica semblait avoir concentré en un seul être le meilleur des deux mondes. Son inconcevable beauté défiait l'entendement. À la voir ainsi, on aurait pu la prendre pour une de ces mythiques sirènes qui envoûtaient les hommes pour les précipiter vers une mort certaine, dans les abysses des mers millénaires.

Le cri d'un oiseau de nuit s'éleva dans le silence nocturne, par-delà la vasque liquide. Salica lui répondit.

Elle dressa la tête et huma l'air comme l'eût fait un animal. Ciboule l'attendait patiemment, assis près du feu de camp, à quelque cinquante aunes de là. Elle avait voulu rejoindre seule le lac Irrylyn « pour se baigner », avait-elle prétexté ; mais, surtout, pour se souvenir.

Elle avança prudemment dans l'eau. Le contact tiède provoqua de délicieuses sensations qui, bientôt, parcoururent tout son corps. C'était ici qu'elle avait rencontré Ben Holiday. C'était ici qu'ils s'étaient vus pour la première fois, nus, nageant dans l'obscurité d'une nuit comme celle-ci. C'était ici qu'elle avait su, dès le premier regard, que cet humain, ce mortel si différent d'elle, que cet homme, enfin, était fait pour elle.

Comme elle évoquait cet instant merveilleux, un sourire ému vint éclairer le doux visage de la sylphide. Elle lui avait aussitôt révélé qu'ils étaient désormais irrémédiablement liés l'un à l'autre et, quels qu'aient pu être les doutes de Ben, à l'époque – et ceux qu'il nourrissait encore à ce jour –, sa certitude n'avait jamais été ébranlée depuis. Les augures de sa naissance, écrits en langage magique dans la disposition des fleurs composant la couche sur laquelle elle avait été conçue, ne pouvaient mentir. Ce qui était écrit était écrit à jamais.

Oh ! Elle l'aimait tant, cet étranger !

Son minois enfantin rayonna un instant et s'assombrit brusquement. Il lui manquait. Elle était folle d'inquiétude à son sujet. Quelque chose la troublait dans les rêves qu'ils avaient partagés. Elle ne pouvait expliquer ce que c'était. Mais ces rêves-là cachaient une énigme dont elle percevait le danger.

Elle ne lui en avait rien dit. À quoi bon ? Quand il avait raconté son rêve, elle avait compris, au ton de sa voix, que sa décision était déjà prise. Elle avait immédiatement su qu'elle ne pourrait pas le détourner du but qu'il s'était fixé. Elle n'avait même pas essayé. Il connaissait les risques qu'impliquait une telle quête et les avait acceptés. La violence de sa propre inquiétude n'était rien, comparée à la force de sa détermination.

C'était sans doute pour la même raison qu'en lui racontant son propre rêve, elle avait omis quelques... détails. Son rêve à elle se différenciait du sien ou de celui du mage. Cette différence était infime et elle n'aurait pu l'expliquer. Mais elle était là. Indubitablement.

Elle se laissa glisser dans l'eau tiède. Ses cheveux flottèrent autour de ses épaules, sorte de corolle végétale protégeant une fleur trop fragile. Elle dessina d'un doigt distrait de mystérieuses arabesques à la surface du lac. Les images de son rêve lui revinrent en mémoire. Ce funeste pressentiment tenait à la substance du rêve lui-même, songeait-elle. Il venait de la façon dont le rêve se déroulait. Les images en étaient nettes, les événements parfaitement intelligibles ; mais leur enchaînement avait quelque chose d'étrange, quelque chose de falsifié, comme si la narration en elle-même n'était pas cohérente ou, du moins, pas d'une cohérence vraisemblable dans la réalité. Elle avait l'impression que ces souvenirs, d'une exactitude pourtant stupéfiante, voilaient quelque chose d'autre, comme un masque dissimule un visage.

Elle suspendit son geste et prit pied sur le fond sablonneux. Qui se cachait derrière ce masque ?

Son visage s'assombrit davantage. Elle regretta tout à coup d'avoir respecté la décision de Ben. Elle aurait dû le dissuader ou, tout au moins, le convaincre de l'accompagner.

– Mais non, mais non, murmura-t-elle. Tout se passera bien. Ben reviendra bientôt. Tout ira bien.

Elle leva les yeux vers le ciel et s'offrit aux pâles rayons lunaires. Demain, elle irait prendre conseil auprès de sa mère. Nymphe des bois, elle vivait immergée dans le monde des créatures de magie. Elle saurait ce que signifiait ce rêve de licorne noire. Elle pourrait lui expliquer à quoi servait cette bride de fils d'or tressés. Elle la guiderait. Salica pourrait alors retourner se blottir dans les bras de Ben. Bientôt, oui, bientôt.

Elle s'enfonça plus avant dans le lac, se laissa porter par ses eaux bienfaitrices et dériva dans l'obscurité.

OMBRES

La seconde apparition de Meeks ne provoqua pas la même panique que la première. Ben Holiday fut pris au dépourvu, bien sûr, mais non tétanisé. Après tout, il savait désormais à quoi s'en tenir. Ce n'était guère là qu'une nouvelle illusion ; gigantesque, drapée de fantomatiques robes d'un bleu métallique, la crinière blanche comme électrisée, le même masque de dément aux traits d'airain, le poing gauche ganté de cuir noir et levé, prêt à s'abattre comme un marteau sur l'enclume, certes ; mais ni plus ni moins qu'une illusion, n'est-ce pas ?

N'est-ce pas ?

Meeks fondit sur lui et, tout à coup, il ne fut plus sûr de rien. Les yeux vitreux brûlaient de haine et le faciès grimaçant avait perdu toute humanité. Dans la lumière blafarde des néons, Meeks se ruait vers lui, tel un spectre silencieux glissant dans le couloir sans toucher terre et s'étirant à mesure qu'il avançait. Ben avait de plus en plus de difficulté à garder son sang-froid. Il agrippait le médaillon à travers le tissu de sa chemise, comme un homme suspendu dans le vide l'ultime branche qui le retient à la vie. Mais à quoi me sert-il ici ? réalisa-t-il soudain. Le Paladin appartenait à la magie de Landover. Pourrait-il le sauver, hors du royaume ? Assurément non. Il réfléchissait à toute allure. La pierre ! Mais oui, bien sûr ! La pierre de Salica lui dirait s'il était effectivement en danger. De sa main libre, il fouilla frénétiquement dans sa poche de pantalon, tandis que Meeks se rapprochait de façon alarmante. Malgré lui, Ben recula.

Meeks n'était plus maintenant qu'à quelques pas. Son ombre gigantesque s'abattait déjà sur lui. Il eut un hoquet de terreur et… se retrouva seul, dans le corridor désert.

Meeks avait disparu. Encore une apparition inoffensive !

Sa main venait de se refermer sur la pierre, coincée dans le repli intérieur de sa poche. Il l'examina sous les néons. Elle était rouge écarlate et lui brûlait la paume.

– Bon sang !

Il tenta de se reprendre, balayant du regard le couloir vide pour s'assurer qu'aucune autre menace ne lui avait échappé. Il réalisa qu'il avait inconsciemment adopté une posture défensive et se redressa. Il s'écarta des portes de l'ascenseur, béant derrière lui, se retourna. Rien ne bougeait alentour.

Et pourtant… Pourquoi Meeks s'était-il manifesté une seconde fois ? Était-ce un deuxième avertissement ? Était-ce un signal d'alarme à son intention ? Ou à l'intention du sorcier ?

Il hésita quelques minutes, plongé dans ses réflexions, puis se dirigea d'un pas décidé vers les portes vitrées du cabinet *Holiday, Bennett & Cie.* Quoi qu'il en fût, il valait mieux agir. Meeks devait bien s'attendre que je vienne voir Miles, se disait-il. Mais rien ne prouve qu'il soit déjà là, ou même dans la ville. Cette apparition n'est peut-être qu'un moyen pour l'avertir de mon arrivée, à distance. Avec un peu de chance, j'ai le temps de voir Miles et de repartir, avant même que Meeks ne puisse lever le petit doigt.

La réception n'était pas éclairée. Il tourna la poignée, mais les portes étaient fermées à clef. Rien d'anormal : quand il travaillait seul, Miles refermait toujours derrière lui et n'allumait pas les lumières. Ben s'y attendait. Le contraire l'eût intrigué. Il sortit la clef du bureau, fit deux tours dans la serrure, entra, replaça la clef dans sa poche de veston et laissa la porte se refermer derrière lui.

Emmylou Harris chantait en sourdine. Exactement le genre de musique qu'affectionnait Miles ! Ben aperçut un rai de lumière sous la porte portant les initiales de son associé et sourit. Ce bon vieux Miles, toujours fidèle au poste !

Son sourire se figea aussitôt. Et si ce n'était pas Miles ?

Il avança à pas de loup vers la porte et l'entrebâilla sans bruit. Miles Bennett était penché sur un bloc-notes, émergeant à peine d'une pile de livres amoncelés sur son bureau. Il était en bras de chemise. Le nœud de sa cravate était desserré et son col ouvert. Il releva brusquement la tête, comme s'il avait senti une présence. Ses yeux s'agrandirent.

– Par saint Joseph ! s'exclama-t-il en bondissant de son siège comme un ressort, avant de se rasseoir tout aussitôt. Ben ! Ben ! je ne rêve pas, c'est bien toi ?

– Tu ne rêves pas, mon vieux. C'est bien moi, répondit Ben, ravi. Comment vas-tu ?

– Comment je vais ? Moi ? répéta Miles, interloqué. Bon sang ! Tu t'embarques un beau jour pour Katmandou, ou je ne sais où ; tu réapparais un matin, comme par enchantement, et c'est toi qui me demandes comment je vais, moi ! Ça, c'est la meilleure !

Ben hocha la tête, chercha vainement quelque justification recevable et se résigna au silence avec un geste d'impuissance. Miles le laissa dans l'embarras quelques minutes, puis éclata de rire en se levant pour venir à sa rencontre.

« Ce bon vieux Miles ! Toujours la même allure d'ours en peluche déguisé en homme d'affaires ! » pensa Ben en le suivant des yeux.

– Allons ! Ne reste pas planté là, comme le fils prodigue de retour au bercail ! Même si c'est exactement ce que tu es, vieille canaille ! Viens t'asseoir et raconte-moi tout. Bon sang ! Je ne parviens toujours pas à croire que c'est vraiment toi ! (Il lui serra la main avec vigueur.) Je t'avais presque mis au placard, tu sais ça ? Je me disais qu'il avait dû t'arriver quelque chose de sérieux, que je n'entendrais plus jamais parler de toi. Enfin, tu sais comment on travaille des méninges dans ce boulot de fous ! Je commençais à inventer des tas de trucs. J'ai même été tenté d'appeler la police ! Tu m'imagines allant leur raconter que mon associé s'était fait la malle pour chasser le dragon ! Je vois leur tête d'ici, aux flics !

Il riait aux larmes. Un rire tonitruant et contagieux qui finit par gagner Ben à son tour.

– Oh ! s'esclaffa Ben. C'est le genre d'appels qu'ils doivent recevoir cent fois par jour !

– Ça, c'est sûr ! Sinon, Chicago ne serait plus Chicago ! renchérit Miles, hilare, en s'essuyant les yeux. (Avec sa chemise bleue toute froissée et ses pantalons assortis, il avait tout d'un Schtroumpf géant.) Hé ! Ben, tu sais quoi ? Ça me fait drôlement plaisir de te revoir !

– Moi aussi, Miles. (Ben jeta un coup d'œil circulaire.) On dirait que rien n'a changé depuis mon départ.

– Non, mon vieux. Un véritable mausolée érigé à ta mémoire ! De toute façon, avec cette déco rococo, il y aurait tout à refaire ! C'est d'un kitsch ! (Miles sourit, attendit un moment que Ben reprenne la parole, puis, devant son silence, s'éclaircit la gorge avant de poursuivre :) Alors, te voilà revenu, hein ? Et qu'est-ce que tu dirais de me raconter ton petit voyage au pays des merveilles ? Enfin, si ce n'est pas un souvenir trop pénible pour toi, je veux dire. On peut laisser tomber le sujet, si tu préfères ne pas…

– Non, non, pas de problème.

– Non, écoute, laisse tomber. On oublie, O.K. ? se ravisa Miles, subitement embarrassé. C'est que… c'est tellement inattendu de te voir débarquer comme ça, à l'improviste... Attends ! J'ai quelque chose pour toi ! Je l'ai mise de côté tout exprès pour fêter nos retrouvailles. Regarde, je l'ai cachée, là, à portée de main.

Il se précipita derrière son bureau et fouilla fébrilement dans le dernier tiroir.

– Et voilà ! fit-il en brandissant une bouteille de Glenlivet toute neuve.

Il ôta le bouchon et fit apparaître deux verres en un tour de main. Ben hochait la tête avec un sourire béat. Son whisky favori !

– Ça fait un bail, Miles !

Miles versait déjà deux doigts de liquide ambré dans les verres et levait le sien pour porter un toast.

– Au crime et autres activités récréatives, qui ne paient pas pour tout le monde, mais nous sont fort lucratives ! Amen !

Ben trinqua. Le Glenlivet coula dans sa gorge comme du velours. Les deux amis avaient pris place de part et d'autre du bureau. Emmylou Harris continuait à murmurer dans le silence.

– Bon, tu me racontes ou non ? s'enquit une nouvelle fois Miles.

– Je ne sais pas si...

– Ce n'est tout de même pas avec moi que tu vas te gêner ! Et puis, tu sais, ce n'est pas parce que les choses ne se sont pas passées comme tu l'espérais qu'il faut en faire un drame. Il n'y a pas de honte à avoir. Pas avec moi, Ben.

Non, certes, cela ne s'était pas vraiment passé comme il l'avait imaginé, se disait Ben. Mais le problème n'était pas là. Le tout était de savoir ce qu'il pouvait ou non révéler à Miles. Et puis, la vie à Landover n'était pas si facile à décrire. C'était un peu comme lorsque vous étiez gosse et que vos parents voulaient savoir au sujet de Susie à la boum des bizuts. Pire ! C'était comme leur dire que le Père Noël existait vraiment !

– Est-ce que ça te suffirait si je te disais que j'ai trouvé ce que je cherchais ? lança-t-il finalement, après un long moment de réflexion.

Miles resta silencieux à son tour.

– Eh bien, si tu ne peux pas faire mieux, répondit-il. (Il hésita.) Tu ne peux vraiment pas faire mieux que ça, Ben ?

– Pour le moment, non.

– Je vois. Bon. Et après ? Je veux dire : dans quelque temps ? Tu pourras m'en dire davantage ? Parce que ça me ferait quand même rager de ne pas savoir. Tu es parti tout d'un coup à la recherche de dragons et de belles princesses en détresse et je t'ai dit que tu étais complètement timbré. Tu croyais à toutes ces balivernes de royaume magique et de créatures de conte de fées et je te soutenais que ça ne tenait pas debout. Alors, tu comprends, Ben : il faut que je sache qui, de nous deux, avait raison. J'ai besoin de savoir si des rêves comme le tien sont encore possibles. C'est... C'est vital !

Une flagrante déception avait chassé l'habituelle bonhomie du visage joufflu. Ben se trouvait injuste. Miles avait toujours été à ses côtés depuis le début. Il était le seul à savoir qu'il avait dépensé un million de dollars pour acheter un royaume de légende auquel tout homme sain d'esprit n'aurait pas cru une seconde. Il était le seul à savoir que si Ben avait quitté Chicago, c'était précisément pour partir en quête de ce fabuleux royaume. Il connaissait le début, mais ignorait le fin mot de l'histoire et cela le rongeait.

Cependant, même si Ben avait envie de satisfaire la curiosité dévorante de son ami, il devait aussi penser à sa sécurité. Il avait beau savoir que Meeks était dangereux, il ignorait encore la nature et l'étendue du danger qu'il représentait. Qu'il fût une menace pour lui ne faisait aucun doute. Alors pourquoi pas pour son entourage ? Et puis, jusqu'à présent, rien ne permettait d'estimer avec certitude que son rêve n'était pas fondé. Miles semblait en pleine forme, mais...

– Miles, je te promets que je te dévoilerai tout un jour, fit-il d'un ton qui se voulait convaincant. Je suis incapable de te préciser quand exactement, mais je te jure que tu sauras tout. Tu comprends, c'est un sujet dont il n'est pas si facile de parler... un peu comme pour Annie. Je ne parvenais jamais à parler d'elle sans... sans me demander si j'en avais le droit. Tu t'en souviens ?

– Oui, Ben. Je m'en souviens. (Un petit sourire triste passa sur les lèvres de son associé.) As-tu finalement fait la paix avec son fantôme ?

– Oui. Mais cela ne s'est pas fait tout seul, tu sais. Cela m'a pris beaucoup de temps et demandé beaucoup d'efforts. (Il se tut, plongé dans ses souvenirs. Il se remémorait l'instant fatidique où, perdu dans les brumes du monde des fées, il avait dû affronter cette terreur qui le hantait depuis le décès d'Annie, la peur de lui avoir fait faux bond au moment crucial, la hantise d'être responsable de sa mort.) Je crains que parler de ce que j'ai vu et de ce que j'ai vécu là-bas ne requière beaucoup de patience. Un peu de compréhension, aussi. J'ai encore pas mal de choses à régler avec moi-même à ce sujet... des mystères à élucider... des...

Ben laissa sa phrase en suspens, le regard fixé sur le liquide dansant dans le large verre qu'il faisait tourner machinalement entre ses mains.

– O.K., Ben, s'empressa d'acquiescer Miles en haussant les épaules. Ce n'est déjà pas si mal de te voir de retour et en bonne santé. Ça viendra au moment opportun, voilà tout. Tout vient à point à qui sait attendre !

Ben n'avait pas quitté son verre des yeux. Cette réflexion sembla le sortir de sa torpeur.

– Je ne suis pas là pour très longtemps, vieux. Je ne peux pas rester.

– Qu'est-ce que tu me racontes là ? Tu viens tout juste de rentrer et tu parles déjà de départ ? Et puis, tu as dû revenir pour une raison précise, non ? C'est la déroute des Bulls qui t'inquiète ? À moins que ce ne soit le marathon ? Les élections, peut-être ? Enfin, la routine de Chicago, quoi ! Ça te manquait, hein ? Tu veux te faire un bon match des Bears, c'est ça ? Tu sais que ces malabars ont remporté la coupe 13 à 1 ? Ça t'en bouche un coin, hein ! Allez, tu veux que je te dise ? Les *nachos* et la bière de la buvette sont toujours aussi géniaux. Alors, qu'est-ce que tu en dis ?

Ben ne put réprimer un éclat de rire.

– J'en salive déjà ! Mais, ajouta-t-il en retrouvant aussitôt son sérieux, ce n'est pas pour ça que je suis revenu, Miles. Je suis ici parce que… parce que je me faisais un sang d'encre à ton sujet.

– Quoi ?

– J'étais inquiet pour toi, oui. Et ne me regarde pas comme si je te parlais chinois ! Bon sang ! Cela n'a rien de si extraordinaire. Je voulais juste être sûr que tu allais bien, voilà.

Miles prit une lampée de whisky et se cala confortablement dans son fauteuil, les yeux rivés au plancher.

– Et pourquoi est-ce que je n'irais pas bien, d'après toi ? marmonna-t-il d'un ton bourru.

– Je ne sais pas, moi, fit Ben en haussant les épaules. Je… (Il se tut brusquement.) Oh ! Et puis, de toute façon, tu me prends déjà pour un fou ; alors, un peu plus, un peu moins ! Voilà. J'ai fait ce rêve… J'ai rêvé que tu avais de gros ennuis, Miles. Et que tu avais besoin de moi. Je ne savais pas vraiment ce qui n'allait pas, mais j'étais persuadé que c'était à cause de moi. Alors… Alors, je suis revenu pour savoir si… Enfin, si je pouvais faire quelque chose pour toi.

Miles le dévisagea un moment, comme un psychiatre examinerait un cas unique en son genre, engloutit le reste de son whisky et se pencha en avant, les coudes sur le bureau.

– Tu es complètement givré, Ben. Tu sais ça ?

– C'est bien possible.

– Tu veux que je te dise ? Tu dois trop gamberger. Oui, c'est là que ça se passe, mon vieux, fit-il en pointant l'index sur sa tempe.

– Tu crois ?

– Tu dois te torturer les méninges parce que tu m'as laissé tomber en plein boum. Tu es parti en me laissant toutes ces maudites plaidoiries sur les bras et tu n'as pas la conscience tranquille. Ah ça ! Ce n'était pas un cadeau, hein ? Mais je vais t'en apprendre une bonne : j'ai retroussé mes manches et j'ai tout réglé avec mes petits bras musclés. Et, tu sais quoi ? Ils n'y ont tous vu que du feu ! Pas une fausse note, mon vieux ! (Il marqua une pause. Un sourire radieux s'épanouit sur ses lèvres.) Bon, peut-être une. Mais pas deux, hein ! Alors ? Fier de moi, collègue ?

– Bien sûr, Miles ! (Mais Ben fronçait les sourcils, perplexe.) Alors, il n'y a pas le moindre problème ? Ni au bureau ni ailleurs ? Tu n'as pas du tout besoin de moi, tu es sûr ?

Miles se leva, saisit la bouteille de Glenlivet et en versa un doigt dans chaque verre, rayonnant.

– Navré de te décevoir, mon vieux, mais tout va comme sur des roulettes. Ça n'a jamais été mieux !

C'est à cette seconde précise que Ben Holiday reconnut l'odeur caractéristique qui ne l'avait pas quitté depuis son départ : ça sentait… le coup fourré.

Quinze minutes plus tard, il était de nouveau dans la rue. Il n'avait pas voulu quitter Miles trop précipitamment, de peur qu'il ne comprît qu'il se passait quelque chose d'anormal. Il s'était efforcé de rester calme, alors même qu'une petite voix lui hurlait qu'il fallait fuir, que sa vie ne tenait plus qu'à un fil.

Inutile de chercher des taxis, un samedi matin : ils étaient pris d'assaut. Ben se résigna à utiliser les transports en commun pour rejoindre le bureau d'Ed Samuelson, à midi, comme convenu. Il se dirigea vers l'arrière de l'autobus et se pelotonna sur une banquette libre, serrant contre lui son sac de marin, comme une bouée de sauvetage. Il avait l'impression que des milliers d'yeux étaient fixés sur lui.

« Garde la tête froide ! s'admonestait-il. Analyse la situation au lieu de paniquer comme un gosse ! Tu es avocat, bon sang ! Réfléchis ! »

Ainsi, son rêve n'avait été qu'un leurre ! Miles se portait comme un charme et n'avait absolument pas besoin de lui. Peut-être Miles avait-il raison. Peut-être était-ce parce qu'il se sentait coupable de l'avoir laissé tomber qu'il était revenu. Mais alors pourquoi Questor et Salica auraient-ils fait un rêve eux aussi ? Et pourquoi ces trois rêves étaient-ils survenus la même nuit ? Simple coïncidence ? Non, ces trois rêves avaient forcément quelque chose en commun. Quelque chose ou… quelqu'un.

Meeks, par exemple. Mais où Meeks voulait-il en venir ?

Il descendit à Madison et remonta la rue à pied jusqu'au bureau d'Ed Samuelson. Il se sentit épié pendant tout le trajet.

Ed l'attendait. Les papiers demandés étaient dûment alignés sur son bureau. Ben signa sans attendre les différentes procurations qui donnaient à Ed Samuelson les pleins pouvoirs pour administrer ses biens pendant plusieurs dizaines d'années. Il ne pensait pas rester absent si longtemps, bien sûr. « Mais sait-on jamais », se dit-il. Il commanda un taxi par téléphone et, à midi et demi, se faisait conduire à l'aéroport.

Il prit un avion qui décolla à treize heures quarante-cinq pour Washington. Un homme en imperméable l'observa durant tout le voyage. À dix-sept heures quinze, il était arrivé à destination. Une marchande de fleurs l'aborda dans l'aéroport. Il la congédia négligemment avant de percuter un jeune appelé, en se précipitant vers le comptoir des lignes intérieures. Il réussit à obtenir une place sur le dernier vol pour Waynesboro et embarqua une heure plus tard.

Perpétuellement sur le qui-vive, il n'avait pas relâché son attention une seconde. Le moindre incident de parcours prenait des proportions délirantes. Plus la distance qui le séparait de son but diminuait, plus l'anxiété qui lui vrillait les nerfs s'accentuait. Pourtant, il avait beau scruter les visages, inspecter les halls, les couloirs, les allées, Meeks demeurait invisible.

Il avait examiné à deux reprises le talisman de Salica, pendant le vol de Washington à Waynesboro. Chaque fois, la petite pierre rougeoyait davantage. Il avait l'impression qu'une épée de Damoclès était suspendue au-dessus de sa tête.

Il décida pourtant de ne pas pousser plus avant, cette nuit-là. Non que son sang-froid ait eu raison de sa terreur, mais la perspective de traverser les Blue Ridge Mountains en pleine nuit ne l'enchantait pas. Il pourrait se perdre. Et puis, Meeks l'attendait sans doute à l'entrée du passage et il ne se sentait décidément pas en état de l'affronter.

Il se tourna et se retourna dans son lit sans parvenir à trouver le sommeil, se leva à l'aube, enfila son survêtement et ses Nike, avala quelque chose – *a posteriori,* il fut incapable de se rappeler quoi – et commanda un taxi. Il fit les cent pas dans le hall de l'hôtel, son sac de marin sous le bras, puis, de guerre lasse, se résolut à franchir la porte d'entrée. Il faisait froid. Le temps était couvert, mais il ne pleuvait pas. C'était déjà ça. Ben s'arrêta sur le perron et inspira profondément. Il eut l'impression que l'air empestait et qu'il avait même un horrible goût de pourriture. Un picotement lui brûlait les yeux. Il se frotta les paupières. Tout lui semblait bizarre et hostile. Il examina la petite pierre une bonne douzaine de fois : aussi rouge qu'un charbon ardent.

La limousine se gara au pied des marches, quelques instants plus tard, et prit immédiatement la route des Blue Ridge Mountains. En milieu de matinée, Ben escaladait le sentier de randonnée qui traversait le parc national George-Washington, laissant derrière lui Chicago, Washington, Waynesboro, Miles Bennett, Ed Samuelson... tout un univers qui lui semblait étranger et dans lequel il se sentait désormais indésirable.

Il trouva sans encombre le bouquet de pins voilé de brume qui indiquait l'entrée du passage magique. Cette fois-ci, Meeks ne se manifesta pas. Pas plus en fantôme qu'en chair et en os. Aucune ombre, aucun bruit suspect ne troublait le calme de la forêt. Le chemin s'ouvrait devant lui, rectiligne. Tout semblait absolument normal.

Ben Holiday ne perdit pas une seconde. Il prit ses jambes à son cou et se rua dans l'entrée du tunnel.

Il ne cessa de courir que parvenu à l'autre extrémité.

Les rayons du soleil se faufilaient entre les petits nuages blancs d'un ciel printanier. L'air était doux. L'océan de verdure ondulait sous une brise odorante. De petits oiseaux multicolores voletaient de branche en branche.

Ben Holiday reprit son souffle, clignant des paupières pour chasser les étincelles qui dansaient devant ses yeux. Il était épuisé. Ah ça ! Pour courir, il avait couru. Il n'avait même jamais couru aussi vite de toute sa vie. Il s'était laissé submerger par la panique et ses pieds n'avaient presque pas touché terre. Pour recouvrer son calme, il respirait à pleins poumons. Maintenant il était en sécurité. Il était de retour. Il était chez lui.

Il se répétait inlassablement ces mots qui lui réchauffaient le cœur. Landover s'offrait à son regard dans toute son étendue et cette vue familière le réconfortait. Étrange tout de même ! se disait-il, étonné de constater à quel point son retour à Landover le rassérénait. Il avait l'impression d'être passé, en un clin d'œil, de l'engourdissement de l'hiver à la résurrection du printemps. Il se remémorait la première fois où il avait découvert ce royaume insolite. Jamais, à cette époque, il n'aurait pu imaginer qu'un jour Landover lui serait si cher. Pourtant, aujourd'hui, Landover était sa patrie et rien ne lui semblait plus naturel que de s'y sentir chez lui.

La matinée tirait à sa fin. Ben descendit le versant verdoyant pour rejoindre le camp dressé par son escorte. Les soldats l'attendaient effectivement et l'accueillirent sans surprise. Le capitaine le salua, fit chercher Juridiction et ordonna à son escouade de se mettre en selle. Deux minutes plus tard, Ben chevauchait en direction de Bon Aloi. Il avait troqué avions et limousines contre un cheval et avait l'impression d'avoir gagné au change. Ce paradoxe le faisait sourire.

Mais son sourire s'évanouit dès qu'il repensa aux rêves. Le sien, bien sûr, mais aussi celui de Questor et de Salica. Il avait désormais la conviction qu'ils étaient tombés dans un piège et cette certitude le taraudait. Son rêve n'avait été qu'une vaste fumisterie ! Qu'en était-il des autres ? Le sien était l'œuvre de Meeks, il en était persuadé. Ceux de Questor et de Salica avaient-ils le même instigateur ? Trop de questions se bousculaient dans sa tête, sans qu'il puisse y apporter de réponse. Il ne lui restait plus qu'à atteindre Bon Aloi au plus vite pour consulter ses amis.

Bon Aloi fut en vue bien avant la tombée de la nuit. Ben Holiday avait mené son escorte à un train d'enfer. À peine arrivé, il sauta à terre, marmonna quelques mots de remerciement à l'intention du capitaine, appela le scooter lacustre et traversa sans tarder, en guidant le véhicule par la pensée, comme Questor lui avait appris à le faire, plus d'un an auparavant. Les murs immaculés de Bon Aloi scintillaient en signe de bienvenue. La chaleur du château l'enveloppa comme des bras maternels. Pas assez cependant pour chasser l'angoisse qui lui glaçait le sang.

Abernathy l'accueillit au portail extérieur, tout de soie écarlate vêtu, bottes et gants blancs impeccablement lustrés, besicles d'argent sur le nez, avec l'air assuré du haut dignitaire ponctuel au rendez-vous de son souverain.

– Votre Majesté a pris son temps, grommela-t-il d'un ton bourru. J'ai passé la journée à ménager la susceptibilité des membres du Conseil, venus expressément pour vous voir. Depuis votre départ, les problèmes s'amoncellent : la réunion du Conseil, prévue la semaine prochaine, a dû être avancée. Les canaux d'irrigation, au sud de Waymark, ont débordé. Les champs sont inondés. Les Seigneurs de Vertemotte arrivent demain et nous n'avons même pas eu le temps d'étudier leur cahier de doléances. Une demi-douzaine de plaignants font antichambre depuis…

– Heureux de te revoir, Abernathy, coupa Ben. Questor et Salica sont-ils revenus ?

– Heu… Non, Monseigneur, bredouilla Abernathy, déconcerté.

Alors que Ben se dirigeait déjà vers la grande salle à manger du château, il lui emboîta le pas.

– Avez-vous fait bon voyage ? demanda-t-il, se rappelant finalement les usages.

– Pas très bon, non. Tu es sûr qu'aucun d'entre eux n'est revenu ?

– Oui, Sire, j'en suis absolument certain. Vous êtes le premier.

– Des messages ?

– Aucun, Monseigneur.

Déjà haletant, Abernathy accéléra le pas pour se mettre à hauteur de Ben.

– Vous avez des ennuis, Sire ?

– Non, non. Tout va bien, répondit Ben, sans ralentir l'allure.

Abernathy ne sembla pas convaincu.

– J'en suis ravi, Monseigneur. (Il s'éclaircit la voix.) Au sujet des membres du Conseil…

– Pas aujourd'hui, Abernathy, trancha Ben. Je les verrai demain. (Il entra dans la salle à manger et congédia le scribe d'un geste.) Je veux être immédiatement informé du retour de Questor ou de Salica, quoi que je fasse et quelle que soit l'heure du jour ou de la nuit. C'est un ordre. Ce sera tout. Merci, Abernathy.

Le scribe repoussa une fois de plus ses besicles, l'air circonspect, mais disparut dans le corridor, sans commentaires.

Ben prit juste le temps d'avaler un en-cas, avant de se rendre dans la tour du Contemplateur. Le Contemplateur faisait partie de la magie de Bon Aloi. Il permettait au souverain de surveiller le royaume entier, en survolant à tout instant n'importe quel territoire de son choix. Situé au sommet de la tour, dans une pièce circulaire amputée d'un pan de muraille sur un quart de sa circonférence, c'était en fait une petite plateforme ronde dont la moitié antérieure, gardée par une rambarde d'argent ouvragé, s'ouvrait sur le vide. Un vieux parchemin reposait sur le lutrin d'argent fixé au centre de la rambarde. Il représentait une carte de Landover.

Ben monta sur la plate-forme, riva ses mains au garde-corps, fixa un point au nord de la carte et ordonna qu'on l'y transportât. Le château s'évanouit aussitôt. Filant dans les airs avec la balustrade pour tout support, Ben atteignit bientôt le Melchor. L'œil aux aguets, il parcourut ses montagnes, des contreforts au sommet, en fit plusieurs fois le tour puis, n'ayant rien décelé de particulier, reporta son regard sur la carte pour désigner sa nouvelle destination. En un éclair, il fut au-dessus de la contrée des lacs. Il parcourut forêts et vastes étendues liquides en tous sens, mais ne trouva aucune trace de Salica.

Au bout d'une heure de pérégrination aérienne, trempé de sueur, les doigts engourdis d'avoir tant serré la rambarde d'argent, épuisé, déçu, il abandonna ses recherches et se résolut à quitter la tour.

Il tenta de chasser la fatigue dans un bain de vapeur mais sortit de l'étuve comme il y était entré : il se sentait… sale. L'image de Meeks ne le quittait pas. Le sorcier l'avait attiré dans l'autre monde avec un rêve falsifié : il était tombé dans un piège. Or, ce piège faisait probablement partie d'une stratégie beaucoup plus vaste que Meeks avait mise au point pour se venger. Cependant, il ignorait quel rôle jouaient les rêves de ses amis dans ce stratagème et, plus grave encore, quels dangers ils encouraient. À l'instant même, Questor était peut-être aux prises avec des pouvoirs qui le dépassaient et Salica avec une créature démoniaque, voire avec Meeks lui-même !

La nuit descendait sur Landover. Ben s'enferma dans son cabinet privé. Il avait déjà décidé d'envoyer des troupes à la recherche de ses amis, dès l'aube. Mais il ne pourrait faire davantage avant d'avoir résolu l'énigme des rêves. Il était de plus en plus convaincu qu'un drame se préparait et que le temps pressait. Mais il n'avait pas la moindre idée de ce qu'il pouvait faire. Son impuissance le mettait au supplice.

Il était plus de minuit. De guerre lasse, Ben s'était jeté à corps perdu dans le travail. Il était plongé dans la lecture des documents accumulés sur son bureau depuis son départ, quand la porte s'ouvrit brusquement. Un violent courant d'air balaya tous les feuillets soigneusement empilés. Questor Thews se tenait devant lui, radieux.

– Je les ai trouvés, Messire ! s'exclama le magicien en brandissant un paquet enveloppé de toile.

Il traversa la pièce, s'arrêta devant le bureau et laissa tomber son fardeau avec fracas.

– Voilà ! fit-il, triomphal.

Ben le dévisageait fixement. Navet franchit le seuil à son tour. Le kobold était dans un état lamentable : ses vêtements étaient déchirés et couverts de poussière, son visage balafré, son pelage taché de sang. Abernathy apparut à sa suite, une longue chemise tire-bouchonnée lui battant les jarrets, le bonnet de nuit de travers. Il posa ses besicles sur le bout de sa truffe et cligna des paupières, les yeux bouffis de sommeil.

– Tout s'est exactement déroulé comme dans mon rêve, déclara le magicien d'un ton surexcité. Enfin, pas tout à fait, rectifia-t-il, tout en défaisant maladroitement son ballot. Nous avons eu ce petit problème de démon caché sous la dalle. Une surprise fort déplaisante, je peux vous l'assurer. Mais Navet ne s'en est pas laissé conter. Il lui a sauté à la gorge. Ce maudit diablotin n'a pas eu le temps de dire « ouf » qu'il était déjà mort, étranglé. Cette petite mésaventure mise à part, tout était conforme. Nous avons trouvé les galeries de Mirwouk sans la moindre difficulté. La porte était exactement celle de mon rêve. La pièce sur laquelle elle s'ouvrait était effectivement dallée et l'une des dalles portait bien un signe gravé dans la pierre. Elle s'est ouverte dès que j'ai posé la main dessus et…

– Tu veux dire que tu as vraiment trouvé les grimoires perdus ? l'interrompit Ben, incrédule.

Le magicien suspendit son geste, lui décocha un regard noir et fronça les sourcils.

– Bien entendu, Messire, répondit-il, vexé. C'est précisément ce que je suis en train de vous dire. (Les lèvres pincées, il affichait une mine outragée.) Toujours est-il que, poursuivit-il, trop impatient pour prendre ombrage, j'allais plonger la main dans le trou béant quand Navet me tira subitement en arrière pour se jeter sur ce maudit diablotin qui les gardait. Quel magnifique combat !... Ah ! Nous y voilà !

La toile gisait sur le sol. Deux volumineux manuscrits poussiéreux trônaient sur le bureau. Chacune des couvertures de cuir craquelé portait des signes cabalistiques. L'enluminure dorée avait disparu par endroits. Fermoirs et coins de bronze étaient ternis. Un énorme cadenas rouillé scellait chaque volume.

Ben avança la main.

– Attendez, Monseigneur ! fit Questor en lui saisissant la main au vol. (Le magicien pointa un index doctoral sur l'un des cadenas.) Regardez !

Ben se pencha pour examiner l'objet de plus près. La boucle de métal avait sauté de sa gâche. Tout le pourtour semblait carbonisé. Il jeta un coup d'œil au second livre. Le cadenas était intact. Il leva un regard interrogateur vers Questor.

– Je n'en ai pas la moindre idée, confessa le magicien, en réponse à la question muette de son souverain. Je vous apporte les grimoires dans l'état où je les ai trouvés. Je n'y ai pas touché. Je n'ai même pas essayé de les ouvrir. Tout ce que je sais, c'est que ce sont bien les grimoires des anciens. Les runes que j'ai déchiffrées le prouvent. Mais, en dehors de cela, je n'en sais pas plus que vous. (Il s'éclaircit la gorge.) En fait, je... j'ai pensé que la bienséance voulait que je les ouvrisse devant vous, Monseigneur.

– La bienséance, hein ! railla Abernathy, parfaitement ridicule dans son accoutrement nocturne. Est-ce que, par hasard, tu n'aurais pas jugé plus sûr d'avoir le médaillon à portée de la main, au cas où le pouvoir des grimoires échapperait à ton contrôle ?

– Je suis doté de pouvoirs suffisants pour assurer ma propre sécurité ! se rebiffa Questor, hors de lui. En outre, je te signale, Abernathy...

– Peu importe, Questor, l'interrompit Ben. Tu as eu raison. Peux-tu vraiment ouvrir ces grimoires ?

Questor Thews trembla d'indignation.

– Évidemment, Monseigneur ! Je peux même le faire à l'instant, devant vous.

Joignant le geste à la parole, il tendit les mains vers le premier volume. Ben recula. Ses doigts se refermèrent machinalement sur le médaillon. Questor frôla le cadenas. Un éclair vert jaillit du métal. Tous bondirent en arrière.

– Il semble que tu te sois surestimé, une fois de plus, grogna Abernathy.

Questor blêmit. Il leva brusquement les mains. Une étincelle crépita entre ses paumes. Ses doigts semblèrent s'embraser. Il les posa doucement sur le cadenas. Un nouvel éclair vert jaillit mais, cette fois, le magicien ne lâcha pas prise. Les flammes cramoisies qui lui léchaient les mains semblaient peu à peu consumer le rayonnement surnaturel du cadenas, comme si une lutte sans merci se jouait entre deux pouvoirs opposés. Au bout de quelques secondes, la lumière verte s'évanouit dans une ultime volute de fumée. Questor se frotta les mains l'une contre l'autre. Les flammes cramoisies disparurent à leur tour.

Le magicien se tourna alors vers Abernathy.

– À moins que ce ne soit toi qui m'aies sous-estimé, chien de scribe ? lança-t-il, méprisant.

Sans attendre de réponse, il se pencha à nouveau sur l'ouvrage, ôta le cadenas sans effort, ouvrit le fermoir de bronze et souleva la couverture. Une page de parchemin jauni s'offrit à son regard incrédule. Elle était vierge.

Ben, Abernathy et Navet se regroupèrent autour de lui pour examiner le parchemin à la lueur vacillante des bougies. Rien. La page était blanche. Uniformément blanche. Questor la tourna d'un doigt fébrile. La seconde page s'avéra identique. Il passa à la troisième. Vide.

La quatrième lui réserva la même déconvenue. Pourtant, une ombre suspecte en entachait le centre. Questor se pencha davantage. On aurait dit du noir de fumée. Comme si une flamme avait léché le parchemin.

– Tu as bien dit « sous-estimé », le mage ? railla Abernathy.

Frappé de stupeur, le magicien ne répondit même pas. Il se mit subitement à feuilleter le grimoire, avec des gestes saccadés, comme un automate. Page après page, la même vacuité s'étalait sous ses yeux écarquillés. Mais plus il tournait les parchemins jaunis, plus la tache centrale devenait sombre pour, finalement, laisser place à un trou au pourtour calciné. Les doigts du magicien s'agitaient de plus en plus frénétiquement. Parvenu au centre du manuscrit, Questor s'arrêta brusquement.

– Juste ciel ! souffla-t-il.

Le cœur de l'ouvrage était intégralement réduit en cendres, mais d'une telle façon que les flammes semblaient avoir surgi de l'intérieur.

Ben et Questor se consultèrent du regard, perplexes.

– Continue ! intima Ben.

Le magicien s'exécuta. La dernière moitié du grimoire offrait le même spectacle. Chaque page ressemblait à la précédente, uniformément blanche, à l'exception d'un trou laissé par une brûlure centrale.

– Je ne comprends pas, Monseigneur, admit Questor.

Abernathy ouvrit la bouche, l'ironie au bord des lèvres, puis se ravisa.

– L'autre volume offre peut-être une explication, suggéra-t-il sans conviction.

Ben hocha la tête et, d'un geste, désigna le second ouvrage au magicien. Questor referma le premier grimoire, le poussa de côté, puis se saisit du second. Il se concentra. Ses mains semblèrent de nouveau s'embraser. Il avait à peine touché le cadenas intact qu'un fulgurant éclair vert jaillissait. La lutte entre les deux feux dura longtemps, comme si la magie de Questor semblait confrontée à plus forte partie. Finalement, les flammes disparurent. Le magicien ouvrit doucement le manuscrit et resta bouche bée.

La feuille n'était pas jaunie, comme celle du premier grimoire, mais d'un blanc étincelant et, en son centre, apparaissait... une licorne ! Le dessin, d'une surprenante netteté, la représentait immobile, le rostre pointé vers le ciel. Questor tourna la page pour découvrir une seconde licorne, mais, cette fois, en mouvement. La troisième page offrait un croquis similaire. La quatrième également et ainsi de suite jusqu'à la fin de l'ouvrage. Chaque fois, la pose était différente ; mais, chaque fois, le sujet était identique : une licorne. Aucune autre inscription, symbole, lettre ou dessin, n'était visible.

– Je comprends encore moins, soupira Questor, dépité.

– Cela signifie tout simplement que ces livres ne sont pas ceux que tu cherchais, trancha Abernathy.

Questor hocha la tête, sceptique.

– Non, ces grimoires sont bien ceux que j'ai vus dans mon rêve. Les runes, couchées sur la couverture, confirment que ce sont bien les grimoires disparus, tels qu'ils sont décrits dans l'*Histoire de Landover.* Il n'y a aucun doute possible.

Tous restèrent silencieux, plongés dans leurs réflexions. Ben regarda les ouvrages d'un air songeur ; puis, balayant la pièce du regard, rencontra celui du kobold. Navet affichait son habituel sourire sardonique. Ben haussa malgré lui les épaules et reprit son examen des manuscrits.

– Bon, qu'avons-nous ici ? demanda-t-il finalement d'un ton didactique. Un livre contenant un dessin de licorne sur chacune de ses pages et un autre livre, apparemment vierge, mais brûlé en son centre. Cela doit bien vouloir dire quelque chose, bon sang ! Questor ! (Il se tourna vers le magicien.) Tu te souviens du rêve de Salica ? Elle a bien évoqué une licorne noire, n'est-ce pas ? Est-ce qu'il n'y aurait pas une relation entre toutes ces licornes ?

Le magicien considéra l'hypothèse un moment, en silence.

– Je ne vois pas quelle sorte de relation il pourrait y avoir, Noble Seigneur. La licorne noire n'est qu'un mythe. En outre, les licornes dessinées ici ne sont pas noires, mais blanches. (Il feuilleta le second ouvrage pour étayer son argumentation.) Vous voyez, dit-il en posant le doigt sur un des croquis, pris au hasard. Si le dessinateur avait voulu représenter une licorne noire, il aurait ombré la robe de l'animal ou indiqué par une légende quelconque la couleur de son sujet. (Il fronça les sourcils, tout en caressant de ses longs doigts osseux le cadenas carbonisé du premier volume.) Pourquoi ce cadenas a-t-il été forcé et l'autre pas ? s'interrogea-t-il à haute voix.

– Il ne me souvient pas qu'on ait fait mention de licornes dans les annales des Rois de Landover, intervint Abernathy. Cependant… Oui, on raconte que des licornes… Et même une kyrielle de licornes… Attendez ! Il y a une légende à ce sujet. Voyons… Oui ! Je m'en souviens, maintenant. Laissez-moi quelques instants, je reviens…

Il se précipita hors du cabinet dans une envolée de chemise de nuit et réapparut, quelques minutes plus tard, les bras chargés de volumineux ouvrages dont la reliure fatiguée arborait les armoiries du royaume. Il se délesta de son fardeau sur un coin du bureau, choisit un tome particulièrement décrépit et le feuilleta frénétiquement.

– Voilà ! C'est ici, annonça-t-il en pointant l'index en marge d'un paragraphe. (Il en prit connaissance, tout en le commentant à haute voix.) Cela se passait il y a plus de mille ans – autant dire à l'époque où Landover émergea des limbes. Les fées envoyèrent un immense troupeau de licornes dans la vallée. Apparemment, cet étrange événement coïnciderait avec une perte de foi en la magie constatée dans les mondes d'au-delà des brumes – comme le vôtre, par exemple. (Il coula un regard réprobateur vers Ben.) Les fées auraient voulu, par là, prouver aux sceptiques ci-incriminés que la magie existait réellement.

Il marqua une pause, la truffe plissée par un manifeste effort de concentration, puis leva les yeux vers son auditoire, tout en ajustant ses besicles.

– J'espère que mon interprétation est correcte. Ces ouvrages sont rédigés dans un langage très ancien. Ce sont de très vieux manuscrits, Sire.

– À moins que ce ne soient tes yeux qui soient trop vieux, suggéra Questor, méprisant.

Le magicien se pencha pour saisir le recueil. Abernathy le lui arracha des mains.

– Mes yeux valent dix fois mieux que les tiens, le mage ! grogna le scribe.

Il montra les dents, puis reprit son discours en se tournant vers Ben.

– Il semble que ces licornes aient été regroupées à Landover pour être investies d'une mission. Chacune d'entre elles devait être dépêchée par les fées auprès des différents univers extérieurs afin de démontrer l'existence tangible de la magie. (Il se tut un instant et referma le manuscrit avec un claquement sec.) Bien évidemment, tout cela ne s'est jamais produit.

– Comment cela ? demanda Ben en fronçant les sourcils.

– Ces fameuses licornes ne sont jamais parties, Sire. Pour la bonne raison qu'elles ont toutes disparu avant de franchir les passages spatio-temporels et que nul ne les a jamais revues.

– Disparu ?

– Oui, Noble Seigneur, renchérit Questor. Je me souviens également de cette légende, maintenant. Elle m'a d'ailleurs toujours paru bien étrange.

– Ainsi les fées auraient créé des centaines de licornes pour rien ? Et ces licornes se seraient évanouies dans la nature ? Ce serait, de surcroît, la dernière fois que ce mystérieux animal aurait été vu à Landover, à l'exception de cette fameuse licorne noire – dont on ignore si elle a vraiment existé ou non – qui apparaîtrait ici ou là, par enchantement, sans doute. En outre, nous possédons des grimoires recelant des dessins de licornes, sans oublier des pages à moitié consumées ; grimoires jusqu'alors introuvables et qui, d'ailleurs, ne renferment pas le plus petit soupçon de magie !

– Dont l'un possédait un cadenas endommagé, alors que l'autre était intact, s'empressa de préciser Questor.

– Et, en dépit de cette masse d'informations, fort instructives, pas un mot sur Meeks... ajouta Ben d'une voix songeuse.

– Et pas un mot sur le moyen de rendre aux chiens apparence humaine, grommela Abernathy.

Ils se regardèrent tous en silence. Les manuscrits étaient restés alignés sur le bureau : deux grimoires qui ne contenaient pas le moindre sort et un livre d'histoire qui ne recelait pas la moindre vérité historique. Ben perdait tout espoir d'élucider son énigme. Plus ils avançaient dans leur enquête, plus les choses se compliquaient. Son rêve était faux. Celui de Questor était vrai. Qu'est-ce que cela signifiait ?

À moins que...

Il n'était plus sûr de rien. La fatigue du voyage pesait lourdement sur ses épaules et ne faisait qu'augmenter sa confusion. Le temps lui filait entre les doigts mais il ne se sentait plus de taille à lutter. Plus cette nuit, en tout cas. Dès l'aube, ils partiraient tous à la recherche de Salica. Une fois retrouvée, la sylphide pourrait sans doute leur apporter des éléments déterminants. Ils parviendraient peut-être à trouver la solution de tous ces mystères, grâce à elle.

– Range ces grimoires dans le coffre royal, Questor, et allons nous coucher.

Des soupirs de soulagement saluèrent cette décision. Navet claqua des talons, avant de se diriger vers les cuisines. Abernathy l'imita, en prenant soin d'emporter ses précieux recueils. Questor s'empara des deux grimoires et disparut sans un mot.

Ben les regarda s'en aller, la mort dans l'âme. Les flammes des bougies dansaient dans la pénombre de son cabinet de travail. Il se retrouvait seul face à l'adversité. Il regretta presque d'avoir si rapidement congédié ses amis. Son impuissance le torturait. Il se sentait désemparé. Il aurait tant voulu comprendre ! Et le temps lui était compté, il en était persuadé. Il aurait dû…

Mais non, se dit-il. Cela peut bien attendre à demain.

Il y verrait plus clair après une bonne nuit de sommeil. Cela pouvait bien attendre, n'est-ce pas ? N'est-ce pas ?

Ben Holiday quitta son bureau à regret et regagna sa chambre à pas lourds, le cœur rongé d'angoisse.

... ET CAUCHEMARS

Ces phrases résonneraient longtemps dans sa mémoire. « Cela pouvait attendre à demain. Cela pouvait attendre. » Comme ils étaient rassurants, ces quelques mots ! Et combien trompeurs !

Ben s'était retiré dans sa chambre et aussitôt glissé sous les draps de sa couche royale. Il était exténué, mais le sommeil le désertait. Les événements de la journée tournaient sans fin dans sa tête. L'énigme de son rêve le narguait continuellement. Il avait sans cesse l'impression d'être sur le point de trouver la solution ; mais, chaque fois, elle lui échappait comme un rat qui se serait faufilé sous son crâne. Il allait l'attraper et... pfuit ! Il lui filait entre les doigts. Il pouvait le voir, mais ne parvenait jamais à le toucher. Ses petits yeux globuleux scintillaient dans la nuit comme des braises et...

Ben se redressa subitement et se frotta les yeux. La pierre magique de Salica flamboyait sur la table de nuit. Il avait dû s'endormir. L'éclat de la pierre l'avait sans doute éveillé. Il était en danger, comme il l'avait été durant tout le voyage du retour.

Mais quel était ce maudit danger ? Où se cachait-il, bon sang ?

Il se leva et se mit à tourner en rond dans la chambre, comme un animal en cage. Il avait beau examiner les moindres recoins de la pièce, il ne remarquait rien de particulier. Ses vêtements étaient toujours sur le dossier de la chaise, son sac sur le sol, au pied de son lit. Il se dirigea vers le centre de la chambre, s'immobilisa et laissa la douce chaleur de Bon Aloi l'envahir. Le château le réchauffait agréablement. Il ne semblait nullement perturbé.

Ben fronça les sourcils. La pierre pouvait-elle se tromper ?

Son rayonnement l'agaçait, comme la sonnerie d'une alarme qu'on ne parvient pas à arrêter. Il la recouvrit d'une serviette et se recoucha. Il attendit un moment la venue du sommeil, ferma les paupières, les ouvrit, les referma. L'obscurité l'enveloppa peu à peu. Il respira plus profondément. Questions et conjectures commencèrent à se dissiper : le rat était parti. Il s'endormit.

Des licornes, tour à tour blanches ou noires, des visages aux traits indéfinis de créatures nébuleuses, des images de ses amis – ceux d'hier et ceux d'aujourd'hui –, certains passages de sa vie à Chicago et à Landover, tout un ballet incohérent dansait dans son inconscient et le berçait tel un océan imaginaire.

Un éclair rouge zébra tout à coup son esprit. Des mains surgies du néant se précipitaient vers lui. Des doigts se refermaient sur la chaîne pendue à son cou. Ses mains ? Ses doigts ? Mais qu'était-il en train de faire ?

Et, soudain, Meeks !

L'image du sorcier jaillit d'un brouillard opaque, immense, drapé de robes d'un bleu métallique, le visage sculpté dans l'acier. Il se penchait sur Ben, comme la mort venue chercher sa prochaine victime. Les serres gantées de noir s'approchaient, s'approchaient…

Ben se dressa d'un bond, écartant les couvertures d'une main, fouettant l'obscurité de l'autre à la manière d'un aveugle. Il battit des paupières et plissa les yeux. La flamme vacillante d'une bougie éclairait un coin de sa chambre, frêle étincelle d'or scintillant dans un brasier écarlate. La serviette avait disparu et la pierre de Salica brûlait d'un éclat cramoisi qui embrasait la pièce. Ben perçut immédiatement la présence d'une menace terrifiante. Il haletait comme si une main d'ogre oppressait sa poitrine. Il voulut se dégager, mais ses muscles ne lui obéissaient plus. Son corps semblait paralysé.

Quelque chose bougeait dans l'ombre, quelque chose de gigantesque.

Ben voulut crier, mais n'émit aucun son.

Une silhouette se détacha dans la pénombre. Nimbée de pourpre dans le rayonnement cramoisi de la pierre, elle paraissait sanguinolente. Elle se figea au pied du lit. Une voix s'éleva, grinçante comme des ongles crissant sur le verre.

– Enchanté de vous revoir, monsieur Holiday.

Meeks !

Muet de terreur, Ben le fixait, hypnotisé. Tout se passait comme si l'image qui l'avait pourchassé pendant tout son séjour dans l'autre monde était parvenue à le suivre jusqu'ici. À ceci près que ce qui se dressait devant lui n'était pas une image. Ben le sut instinctivement. Cette apparition-là était réelle !

Meeks sourit. La cruauté du rapace avait déserté son visage. Il semblait presque cordial.

– Comment ? Pas même un mot de bienvenue ? Auriez-vous perdu le sens des convenances ? Cela ne vous ressemble guère, monsieur Holiday. Voyons, que se passe-t-il ? Auriez-vous avalé votre langue ?

Les muscles bandés par l'effort, Ben luttait pour regagner le contrôle de son corps tétanisé. Meeks le tenait sous l'emprise de son regard terrifiant.

– Oui, oui, la volonté est bien intacte, monsieur Holiday, n'est-ce pas ? Mais comment la faire agir ? Ah ! Comme tout cela semble confus, tout à coup ! Et si pénible ! Je sais, je sais. Je suis passé par là. Vous vous souvenez de notre dernière rencontre ? Rappelez-vous ! Vous m'avez attiré à l'intérieur du cristal de clairvoyance – l'ultime lien qui me rattachait à ce monde – et vous l'avez brisé. Vous m'avez rendu aveugle, monsieur Holiday ! (La voix s'était muée en un sifflement venimeux.) Oh oui ! Je connais cette intolérable souffrance. Je ne la connais que trop bien !

Il s'approcha de la table de nuit et se pencha au-dessus de la pierre. Le masque de dément parut tout à coup se couvrir de sang.

– Vous êtes un imbécile ! Vous avez cru jouer au plus fin avec moi, roi de pacotille, mais vous aviez oublié que c'est moi qui mène la danse. Je suis le maître du jeu, poussière d'homme, et vous n'êtes qu'un pion. J'ai fait de vous le roi de ce royaume. Je vous ai donné tout ce qu'il offrait. Et vous… Vous vous en êtes emparé comme d'un dû!

Le sorcier tremblait de fureur. Son poing ganté de cuir agrippait le devant de sa robe, comme s'il retenait un coup fatal. De sa vie, Ben n'avait connu telle épouvante. Il aurait voulu se recroqueviller en lui-même, se fondre dans la muraille, disparaître. Il aurait voulu faire n'importe quoi, n'importe quoi pourvu qu'il échappât au terrible sorcier.

Meeks se redressa et, tout à coup, la rage fit place à un sourire figé. Il laissa son regard errer dans la pièce avec une indifférence hautaine.

– De toute façon, cela n'a plus aucune importance, maintenant. Le jeu est terminé, monsieur Holiday. Vous avez perdu.

La sueur dégoulina dans le dos rigide du roi de Landover. Comment pouvait-il se trouver dans une telle situation ? Cela ne tenait pas debout ! Meeks avait été condamné à l'exil. Il lui était impossible de revenir à Landover, tant que lui, Ben, détenait le médaillon.

– Voudriez-vous savoir comment je suis parvenu jusqu'ici, monsieur Holiday ? l'interrogea Meeks, comme s'il avait lu dans ses pensées. Rien de plus facile ! Je vous ai laissé faire. (Il vit, avec un plaisir manifeste, la stupéfaction se peindre dans les prunelles de son captif.) Hé oui, monsieur Holiday ! C'est vous qui m'avez amené jusqu'ici. Qu'est-ce que vous dites de cela ?

Il se pencha vers Ben. Son faciès blafard aux traits d'airain ne fut plus qu'à quelques centimètres. Ben percevait son haleine fétide sur son visage.

– Les rêves sont mon œuvre, monsieur Holiday. C'est moi qui vous les ai envoyés. À vous, à mon demi-frère et à la sylphide. Vous voyez que la destruction du cristal n'a pas suffi à annihiler tous mes pouvoirs. J'en avais encore assez pour vous atteindre, monsieur Holiday. Dans votre sommeil ! C'est dans votre inconscient que j'ai pu réunir les deux mondes. Mon imbécile de demi-frère n'a même pas songé à vous mettre en garde ! Les rêves étaient le seul moyen encore à ma portée pour récupérer le contrôle que j'exerçais sur vous. Quelle merveille que l'imagination, n'est-ce pas ? Et quelle force de persuasion portent ses fruits ! Votre rêve n'était-il pas extraordinairement convaincant ? Si, bien sûr. Je vous l'ai envoyé pour que vous veniez à moi et vous êtes bel et bien venu. J'étais sûr que vous viendriez, si vous pensiez que M. Bennett avait besoin de vous. Je savais que vous ne pourriez résister à l'appel d'un ami en détresse. Après cela, c'était l'enfance de l'art. L'image placée à l'embouchure du passage spatio-temporel m'a averti de votre retour et m'a permis de suivre vos moindres faits et gestes. Elle s'est infiltrée en vous, monsieur Holiday, dès votre arrivée dans l'autre monde… et ne vous a plus quitté. J'étais partout avec vous, monsieur Holiday. Nous avons été inséparables, depuis !

En eût-il été capable, Ben se serait effondré. Comment avait-il pu être aussi stupide ? Il aurait dû se douter que Meeks aurait recours à la magie pour le suivre à la trace. Il aurait dû se douter que Meeks ne laisserait rien au hasard. Quel imbécile !

Meeks eut un sourire étrange. Ben pensa au chat d'*Alice au pays des merveilles.*

– Ma seconde apparition était un stratagème encore plus judicieux. Elle n'avait d'autre objet que de vous distraire pendant que je m'occupais de vous. Oh oui ! J'étais bien là, avec vous, monsieur Holiday ! Juste derrière vous ! Pendant que vous restiez, comme un benêt, à contempler fixement mon image, je me faufilais dans vos vêtements. Oui ! Oui ! Meeks, le grand Meeks, s'est métamorphosé en une créature aussi minuscule qu'un insecte. J'ai élu domicile sur vous et m'y suis installé à demeure. Il ne me restait plus qu'à me laisser porter, tout simplement. C'est donc bien vous qui m'avez ramené à Landover, monsieur Holiday. Certes, le médaillon n'autorise que votre passage. Le vôtre et celui de nul autre. Mais je faisais partie de vous, monsieur Holiday. C'est grâce à vous que je suis ici. À vous ! Uniquement à vous !

Le sorcier éclata d'un rire sarcastique qui se réverbéra sur la pierre.

Il était caché dans mes vêtements ! pensait Ben, au désespoir. Il était avec moi pendant tout le voyage et je ne me suis aperçu de rien ! Voilà pourquoi la pierre n'a cessé de m'alerter du danger ! La menace était là en permanence mais je ne la voyais pas !

– Quelle ironie, n'est-ce pas, monsieur Holiday ? (La peau de son visage était tellement tirée par son rictus qu'on eût dit une tête de mort.) Il fallait absolument que je revienne, voyez-vous. Votre incessante ingérence dans mes affaires m'y contraignait. Avez-vous seulement idée des ennuis que vous m'avez causés ? Non. Non, bien sûr que non. Pas la moindre. Vous ne savez même pas de quoi je parle. Vous ne comprenez pas un traître mot de ce que je vous raconte là, n'est-ce pas ? Pauvre idiot ! Votre stupidité a failli détruire ce que j'avais mis des années à édifier. Vous avez semé la zizanie partout, avec votre haute conception du rôle de souverain ! Vous vous êtes pris au sérieux, roitelet de pacotille !

Il s'était de nouveau laissé emporter par la fureur, et ses efforts pour recouvrer son sang-froid étaient si violents que Ben en percevait la force dans sa chair. Sa bouche, tordue par la colère, crachait les mots comme un serpent son venin.

– Peu importe, monsieur Holiday. Peu importe. Inutile de ressasser ce qui, de toute façon, n'a aucun sens pour vous. Quoi qu'il en soit, les grimoires sont désormais en ma possession et vous ne pouvez plus rien contre moi. J'ai tous les atouts en main. Votre rêve m'a procuré tout contrôle sur vous, celui de mon demi-frère m'a procuré le pouvoir des grimoires et celui de la sylphide va me procurer…

Il s'interrompit brusquement, une insolite lueur d'embarras dans ses prunelles incolores. Il ferma les paupières. Quand il rouvrit les yeux, la lueur avait disparu. Il balaya l'obscurité de sa main gantée, comme pour chasser un insecte agaçant.

– Tout ! acheva-t-il. Les rêves me donneront tout.

Le médaillon, pensa Ben. Si seulement je pouvais bouger la main pour m'en saisir, je…

Meeks éclata de rire.

– Quel dommage que vous soyez réduit au silence ! Vous semblez avoir tant à me dire, n'est-ce pas, monsieur Holiday ? Sans parler de tout ce que vous voudriez faire ! (Le masque de dément se rapprocha davantage. Le regard pénétrant se riva aux yeux exorbités de Ben.) Eh bien, je vais vous laisser une chance, roitelet. Je vais vous offrir la possibilité de faire ce dont vous m'avez si négligemment privé, en brisant le cristal pour m'exiler à jamais ! (Un doigt crochu se dressa.) Mais je dois d'abord vous montrer quelque chose. Quelque chose que j'ai là, sur moi. (Il plongea sa main gantée sous l'encolure de sa robe.) Regardez bien, monsieur Holiday ! Vous le voyez ?

Une double chaîne métallique pendait entre ses doigts. Le médaillon oscillait à son extrémité.

Les pupilles de Ben Holiday s'agrandirent démesurément. Un sourire de triomphe éclaira le visage du sorcier.

– Eh oui ! Roitelet de pacotille ! Eh oui, pauvre sot ! C'est bien votre précieux médaillon ! La clef de Landover ! Le sésame de la royauté ! Et il est à moi, maintenant. À moi !

Il le balançait devant Ben. Le médaillon accrochait les rayons écarlates de la pierre qui rougeoyait plus que jamais. Les yeux glacés du sorcier se rétrécirent.

– Voulez-vous savoir comment ce médaillon se trouve entre mes mains, monsieur Holiday ? (Il marqua une pause pour ménager son effet.) C'est vous qui me l'avez donné ! Oui, monsieur Holiday, dans votre rêve, vous avez ôté vous-même la chaîne de votre cou et me l'avez offerte de votre plein gré. Vous savez bien que je ne pouvais pas m'emparer du médaillon par la force, voyons ! Vous me l'avez donné vous-même, monsieur Holiday. Comment refuser un présent offert avec tant de générosité ?

Immense et sombre menace surgie de la nuit, Meeks se penchait dangereusement au-dessus de Ben, comme un géant prêt à l'écraser. Sa respiration chuintante évoquait le sifflement du cobra sur le point de foudroyer sa proie.

– Je pense que je vous ai tout dit, monsieur Holiday, n'est-ce pas ?

Le sorcier leva sa main gantée d'un geste vif. Ben crut sa dernière heure arrivée. L'étreinte d'acier se desserra d'un seul coup. Il pouvait à nouveau se mouvoir et parler. Il n'en fit rien. Accablé, il demeurait prostré, comme un condamné attend la chute du couperet.

– Portez la main à votre cou, monsieur Holiday, ordonna Meeks dans un souffle rauque.

Ben obéit machinalement. Ses doigts se refermèrent sur une lourde chaîne et glissèrent le long des mailles. Un pendentif métallique y était suspendu.

Ben le souleva lentement devant ses yeux. Il avait la même forme, les mêmes proportions que le médaillon, mais nul éclat argenté n'accrochait la lumière. Il était noir, uniformément noir, comme recouvert de suie. La silhouette gravée n'était pas celle du Paladin mais celle de... Ben eut un sursaut de terreur. Le personnage ciselé dans le métal terni n'était autre que Meeks ! Ben lâcha le pendentif comme s'il l'avait brûlé.

Meeks hocha la tête, l'air satisfait.

– Vous êtes désormais entre mes mains, monsieur Holiday. Vous m'appartenez corps et âme et je peux faire de vous ce que bon me semble. Je pourrais vous détruire d'un simple claquement de doigts. (Il joignit le geste à la parole. Ben se recroquevilla contre le bois du lit.) Mais je n'en ferai rien. Ce serait une mort trop douce pour celui qui m'a causé tant de désagréments. (Il se tut. Une lueur d'ironie s'alluma dans les yeux vitreux.) Non, je crois que je vais plutôt... vous rendre votre liberté.

Il recula de quelques pas et s'immobilisa, comme s'il attendait quelque chose. Tremblant de peur, Ben hésita un instant, puis se leva lentement. Le cerveau en ébullition, il tentait vainement de comprendre ce qui lui arrivait. Il vivait un cauchemar. Il allait se réveiller. Il fallait qu'il se réveille ! Mais la scène d'horreur qu'il était en train de vivre était bien réelle. Meeks l'observait toujours, les yeux rivés sur lui, un rictus machiavélique sur les lèvres. Ben fut soudain pris d'une irrésistible envie de fuir. Il jeta un regard fou autour de lui. Aucune arme à portée de main, aucun moyen de s'enfuir. Meeks lui barrait la porte. Il avança d'un pas.

– Ah ! Encore une petite chose.

La voix de Meeks le tétanisa. Il rencontra le regard glacé et eut l'impression que Meeks se métamorphosait sous ses yeux en gargouille, tant le visage du sorcier était déformé par la haine.

– Vous êtes libre, bien sûr. Mais vous allez devoir quitter le château. Car, voyez-vous, monsieur Holiday, vous n'avez plus rien à faire ici. Vous n'êtes plus roi de Landover. À vrai dire, vous n'êtes même plus… vous-même !

Le poing ganté fouetta la pénombre. Il y eut un éclair aveuglant. Ben cligna des yeux. Quand il les rouvrit, il était vêtu de loques, couvert de crasse, portait de lourds godillots crottés et empestait le purin.

Meeks l'examinait d'un air las.

– Encore un de ces pitoyables croquants qui s'échinent à gratter la terre pour trouver leur pitance. Voilà ce que vous êtes, monsieur Holiday. Ce que vous êtes et ce que vous resterez jusqu'à la fin de vos jours. Allons, ne désespérez pas ! Ce royaume offre à chacun sa chance. Avec un peu de courage, peut-être parviendrez-vous à vous sortir de cette triste condition. Certes, vous ne réussirez jamais à reconquérir votre trône, cela va de soi, mais j'espère que vous aurez suffisamment de ténacité et d'endurance pour ne pas finir dans cette misère. J'en serais navré, vraiment. La vie est longue, monsieur Holiday, et celle d'un miséreux plus longue encore. (Il glissa un coup d'œil à la petite pierre écarlate.) Au fait, vous n'aurez plus besoin de cela non plus, n'est-ce pas ?

Il ouvrit le poing. La pierre quitta d'elle-même la table de chevet pour venir se poser dans sa main. Il referma les doigts et réduisit le talisman en poussière, sans le moindre effort. Une ultime étincelle rouge jaillit comme un dernier soupir. Il tourna de nouveau son regard vers Ben, le même petit sourire machiavélique aux lèvres.

– Maintenant, voyons. Où en étions-nous ? Ah oui ! Nous évoquions votre avenir. Je peux vous assurer que j'en tracerai le cours avec une attention de tous les instants. Le pendentif que je vous ai remis me permettra de vous suivre pas à pas. Et je vous engage à ne pas tenter de l'ôter, monsieur Holiday. Un de ces petits sorts, dont j'ai le secret, le protège et, auriez-vous la maladresse de passer outre à mes avertissements, il pourrait, je le crains, raccourcir notablement votre existence. Or, je ne souhaite rien moins que votre trépas, monsieur Holiday. Bien au contraire, j'espère que vous avez encore pour très très longtemps à vivre.

Ben fixait Meeks, totalement dérouté. À quoi ce vieux sorcier voulait-il jouer, maintenant ? Il mesura, une fois de plus, la distance qui le séparait de la porte. Il avait recouvré l'usage de la parole et de ses muscles. Il était libre. Il ne lui restait plus qu'à fuir. Il reporta son regard sur Meeks. Le sorcier l'observait, comme un chat s'amuse des derniers soubresauts d'une souris prisonnière de ses griffes. La peur le céda brusquement à la révolte.

– Ça ne prendra pas, Meeks, articula-t-il posément, d'une voix vibrante de rage contenue. Personne ne tombera dans le piège.

– Ah, non ? Et pourquoi cela, monsieur Holiday ?

Ben prit une profonde inspiration, avançant de deux pas pour prouver une confiance en lui qu'il était loin de ressentir.

– Parce que revêtir quelqu'un de guenilles ne suffit pas à en faire un mendiant. Personne ne sera dupe. Médaillon ou pas médaillon, je suis toujours Ben Holiday, tout autant que vous êtes Meeks !

– En êtes-vous si sûr ? murmura le sorcier d'un ton doucereux, en levant un sourcil incrédule.

Ben sentit tout à coup la morsure du doute mais prit garde de n'en rien montrer. Il jeta un coup d'œil en coin à la psyché et fut soulagé de constater que, physiquement du moins, il était toujours la même personne. Mais Meeks semblait si sûr de son fait. Aurait-il opéré sur lui quelque métamorphose dont il ne pût se rendre compte lui-même ?

– Non, ça ne marchera pas, répéta-t-il tout en se rapprochant de la porte.

Meeks devait savoir quelque chose qui lui échappait, se disait-il. Mais quoi ?

Le rire diabolique du sorcier lui glaça les sangs.

– Pourquoi ne pas faire une petite vérification, monsieur Holiday ?

Il avait à peine achevé sa phrase que son poing se dressait, menaçant. Il étendit les doigts. Un éclair vert fusa en direction de Ben qui, au même moment, bondissait en avant, évitant le sorcier de justesse, et faisait un roulé-boulé vers la porte.

Il avait la main sur la clenche quand le faisceau ensorcelé l'atteignit. Il voulut crier. Aucun son ne sortit de sa gorge. Il sentit les ténèbres l'envelopper comme un linceul et le sommeil le gagner irrépressiblement.

Ben Holiday tressaillit et s'effondra sur le sol.

ÉTRANGER

Ben s'éveilla dans la pénombre, allongé sur un banc. Une myriade d'images dansaient devant ses yeux. À peine se réjouissait-il d'être encore en vie qu'il se demandait déjà pourquoi.

Il cligna des paupières pour faire cesser l'infernal flux et reflux d'images qui lui levaient le cœur et, brutalement, tout lui revint en mémoire. Colère, frustration et désespoir le submergèrent avec la même intensité. Meeks était de retour. Meeks l'avait surpris dans son sommeil. Il avait détruit la pierre de Salica. Il l'avait vêtu de haillons. Il lui avait jeté un sort et...

« Ô mon Dieu ! »

Ben passa la main sous sa tunique et saisit le pendentif collé à sa poitrine en sueur. Il l'examina fébrilement dans la pénombre. La gravure sembla scintiller une fraction de seconde. Il crut discerner les contours familiers du Paladin chevauchant sa monture dans le soleil levant, aux portes de Bon Aloi. Mais Paladin, monture et château s'évanouirent aussitôt pour laisser la place à une silhouette noire, drapée de longues robes : Meeks !

Ben déglutit, la bouche sèche. Ses plus terrifiantes craintes se concrétisaient. Meeks avait dérobé le médaillon des rois de Landover.

Il se leva, accablé. Les images se mirent aussitôt à tourbillonner. Il chancela et dut faire un extraordinaire effort de volonté pour ne pas tomber. Le vertige se dissipa. Il jeta un regard autour de lui et reconnut immédiatement la petite salle, habituellement réservée aux visiteurs sollicitant l'audience du roi, qui se situait dans la partie antérieure du château. Incroyable ! Il était encore à Bon Aloi ! Cependant, il avait beau reconnaître l'endroit où il se trouvait, il n'avait toujours pas la moindre idée de la raison pour laquelle il se trouvait là.

Ses jambes se dérobèrent. Il s'affaissa lourdement sur le banc. Le bois grinça sous son poids. La porte s'ouvrit au même moment. Des yeux perçants étincelèrent dans une face simiesque à grandes oreilles.

Navet !

Le kobold se campa devant lui. Ben lui aurait sauté au cou, s'il en avait eu la force. Faute de quoi, il lui sourit de toutes ses dents, en essayant de se redresser. Navet lui porta assistance et sembla attendre ses ordres.

– Va chercher Questor, parvint-il enfin à ânonner d'une voix pâteuse. Amène-le ici. Et, surtout, pas un mot à quiconque. Sois prudent ! Meeks est dans nos murs.

Le kobold le dévisagea, perplexe, puis tourna les talons, sans un mot. Ben se laissa retomber sur le banc, épuisé. Ce brave Navet ! Il ignorait ce que le kobold faisait là – après tout, il ne savait même pas ce qu'il y faisait lui-même ! – mais il n'aurait pu espérer pareille aubaine. S'il parvenait à prévenir Questor sur-le-champ, le magicien ferait donner la garde et mettrait fin aux agissements de son demi-frère. Meeks était puissant, sans doute, mais pas assez pour tenir tête à une armée entière. Ben pourrait récupérer le médaillon et alors... Alors Meeks maudirait le jour où il avait osé franchir une seconde fois la frontière de Landover !

Il ferma les yeux et rassembla ses forces pour se relever. Toujours chancelant, il examina plus attentivement la pièce. Elle était vide, à l'exception d'une petite table supportant un candélabre et d'un miroir suspendu près de l'entrée. Un rai de lumière filtrait sous la porte. Ben vacilla et prit appui sur le mur. C'est alors qu'il remarqua la singularité de sa mise : il portait toujours les haillons dont Meeks l'avait revêtu. Ses mains étaient couvertes de terre. Oui, se dit-il, l'idée n'était pas mauvaise, mais elle ne marcherait jamais. Il était toujours Ben Holiday et Meeks aurait beau invoquer toute la sorcellerie du monde, il n'y pourrait rien changer.

Il se contraignit à respirer profondément pour recouvrer son sang-froid. La chaleur du château l'envahit peu à peu. Ah ! Comme il était bon de sentir Bon Aloi vibrer sous ses pieds ! Pourtant, peu à peu, quelque chose d'imperceptible... Oui, les vibrations étaient plus intenses que de coutume. Bon Aloi devait sentir le danger et l'avertissait.

« Ne t'inquiète pas, lui dit-il en pensée. Tout ira bien. »

Des bruits de pas résonnèrent et la porte s'ouvrit. Questor Thews apparut, flanqué de Navet. Le magicien sembla hésiter sur le seuil, puis entra. Le kobold ferma la porte derrière lui.

– Questor, Dieu soit loué, tu es là ! s'exclama Ben en lui tendant les mains. Il faut agir vite. Meeks est de retour. Il est ici, en ce moment même. Je ne comprends pas comment il s'y est pris, mais il s'est emparé du médaillon. Il faut immédiatement alerter la garde et le trouver avant que...

Il s'arrêta net, à moins de cinq pas de son ami, bouche bée. Le magicien n'avait pas bougé. Les bras le long du corps, il ne répondait même pas à son invite. La face de hibou restait de marbre. Il regardait Ben comme s'il ne l'avait jamais vu de sa vie. Ben se raidit.

– Mais enfin, Questor, que se passe-t-il ?

Le regard dur du magicien ne cilla pas.

– Qui es-tu ?

– Tu me tutoies à présent ? Mais c'est moi, enfin !

– Toi, qui ?

– Comment ça, « moi, qui » ? C'est moi, Ben, ton souverain !

– Ben ? Tu te fais appeler Ben ?

– Qu'est-ce que c'est que cette histoire ? Je m'appelle Ben ! Comment veux-tu qu'on m'appelle autrement ? C'est mon nom !

– En tout cas, tu as tout l'air de le croire.

– Questor, bon sang ! À quoi joues-tu ? Je n'ai pas à croire ou à ne pas croire ! Je suis Ben Holiday, un point c'est tout !

Questor Thews fronça les sourcils. De profondes rides se creusèrent sur son front.

– Tu es Ben Holiday, hein ? Tu es le roi de Landover, c'est ça ?

Ben écarquillait les yeux, stupéfait. Questor ne semblait pas plaisanter. Son intonation trahissait indubitablement l'incrédulité.

– Ne me dis pas que tu ne me reconnais pas ?

– Non seulement je ne te reconnais pas, mais je ne te connais même pas.

Une horrible angoisse saisit Ben, comme un coup de poing à l'estomac.

– Bon sang ! Ce ne sont pas quelques guenilles qui changent quoi que ce soit à l'affaire ! Pour l'amour du ciel ! Regarde-moi ! C'est Meeks qui m'a joué ce tour. Mais je suis toujours moi ! Moi, ton souverain !

– Parce que tu persistes à te prendre pour le roi ?

– Mais, nom d'un chien ! Je suis le roi !

Questor l'examina un long moment en silence, prit une profonde inspiration et annonça :

– Tu peux certes prétendre être Ben Holiday. Tu peux même te prendre pour le roi de Landover, si cela te chante. Mais tu ne l'es pas. Pour la bonne et simple raison que je quitte le roi à l'instant. Et que ce roi-là n'était pas toi ! Tu as réussi à pénétrer dans le château, je ne sais comment. Tu as espionné le roi, écouté des conversations secrètes et tu as même attaqué le souverain dans sa chambre. Voilà, en plus, que tu as l'audace d'usurper son identité ! Tu es un scélérat et, s'il ne tenait qu'à moi, tu serais déjà pendu haut et court. Tu ne dois la vie qu'à la clémence du roi. Sa Majesté a ordonné ta mise en liberté immédiate. D'après lui, tu n'es qu'un pauvre fou. Alors, si j'étais toi, je filerais sans demander mon reste ! Et vite !

Trop abasourdi pour réagir, Ben restait pétrifié. Soudain, il entendit sa propre voix résonner à ses oreilles : « Médaillon ou pas médaillon, je suis toujours Ben Holiday, tout autant que vous êtes Meeks ! » « En êtes-vous si sûr ? » répondait la voix doucereuse du sorcier.

Juste ciel ! Que lui avait-on fait ?

Il scruta désespérément les yeux de Navet. Pas la moindre étincelle dans le regard perçant. Le kobold ne le reconnaissait pas davantage. Il se précipita vers le miroir et s'examina à la lueur des bougies. Bon sang ! Mais c'était bien son visage ! Il n'avait pas changé d'un iota. Pourquoi Questor et Navet ne le reconnaissaient-ils pas ?

– Écoutez, leur dit-il en faisant volte-face. (Il était si tendu que sa voix déraillait dans les aigus. Son agitation frôlait l'hystérie.) Meeks est revenu, a dérobé le médaillon et, apparemment, réussi à me faire passer pour quelqu'un que je ne suis pas. Je ne sais pas comment c'est possible, mais je n'ai changé que pour les autres. Pour moi, je suis toujours le même.

Questor croisa les bras, hautain.

– Alors, comme ça, tu as changé pour tout le monde sauf pour toi ? C'est bien ça ?

Ainsi énoncée, sa situation semblait si grotesque que Ben restait sans voix.

– Oui, répondit-il finalement. Il a pris mon apparence. Il m'a volé mon identité ! Je ne l'ai pas attaqué dans sa chambre. C'est lui qui m'a attaqué dans la mienne ! (Il fit un pas vers ses amis, lançant des regards désespérés de l'un à l'autre.) C'est lui qui a envoyé les rêves, ne comprenez-vous pas ? Je ne sais pas ce qu'il cherche. Mais c'est lui qui a tout manigancé. C'est sa revanche ! Il se venge de ce que nous lui avons fait subir.

Une étincelle d'agacement s'était allumée dans les prunelles du magicien. Questor perdait patience. Quant à Navet, digne de sa légendaire placidité, il regardait son souverain avec une parfaite indifférence. Ben sentait ses chances s'amenuiser à vue d'œil. Le contrôle de la situation lui échappait.

– Vous ne pouvez tout de même pas le laisser faire, bon sang ! s'emporta-t-il. Vous n'allez tout de même pas le laisser s'en tirer comme ça ! (Le cerveau en ébullition, Ben cherchait désespérément une preuve de son innocence.) Écoutez ! Si je ne suis pas celui que je prétends être, comment puis-je savoir tant de choses ? Comment pourrais-je être au courant des rêves ? De mon rêve au sujet de Miles Bennett, de ton rêve au sujet des grimoires disparus, Questor, et de celui de Salica et de la licorne noire ? Pour l'amour du ciel ! Que va-t-il arriver à Salica si personne ne la prévient ? Il faut absolument l'avertir ! Elle est en danger ! Bon sang ! Comment saurais-je que tu as trouvé les grimoires, Questor, si tu ne me les avais pas apportés toi-même ? Comment pourrais-je savoir qu'un de ces deux manuscrits contient des dessins de licornes ? Ah ! Parce que je le sais, ça ! Je connais aussi le pouvoir du médaillon, je connais... Mais demandez-moi n'importe quoi ! Allez, Questor ! Mets-moi au défi !

– Je n'ai pas de temps à perdre avec des scélérats de ton espèce. Tu sais tout cela parce que tu es un espion. Tu as écouté notre conversation et tu l'exploites à ton profit. Tu oublies un petit détail : tu as avoué. Oui, tu as tout avoué au roi, quand il t'a surpris dans sa chambre. D'après ce qu'il m'a raconté, il n'a pas fallu te presser beaucoup, d'ailleurs. Non seulement tu es un traître, mais un traître doublé d'un pleutre ! Tu as eu de la chance de ne pas te faire massacrer par les gardes en prenant la fuite. Et tu as de la chance que je…

– Je n'ai rien fui du tout ! hurla Ben, hors de lui, en s'élançant impulsivement vers le magicien.

Vif comme l'éclair, Navet s'interposa. Le kobold avait dégainé son coutelas et lui barrait la route.

– Par pitié, écoutez-moi ! Je suis Ben Holiday ! Je suis le roi ! Je…

Alertés par ses cris, les gardes ouvrirent la porte et brandirent leurs épées. Sur un signe de Questor, ils baissèrent leurs armes et saisirent Ben par les bras.

– Ne me… Ne faites pas ça ! hurla-t-il. Questor ! Laisse-moi une chance !

– Le roi t'a déjà donné une chance : il t'a laissé la vie sauve, répondit le magicien d'une voix tranchante. Ne me pousse pas trop loin, scélérat, ou tu risques de la perdre, cette chance ! Et la vie avec ! Allez, disparais ! Hors de ma vue, traître !

Les gardes le tirèrent vers la porte. Ben se débattait comme un beau diable, clamant son innocence, s'époumonant à crier son nom sur tous les tons, l'esprit en déroute. On le jetait dehors. On lui volait son identité, son titre, son royaume ! Tandis que les gardes l'entraînaient vers le portail, il leva les yeux vers les tourelles de Bon Aloi, comme pour implorer son secours. Une haute silhouette drapée de robes bleues se dressait derrière les créneaux étincelants, contemplant le spectacle de son infortune : Meeks ! Ben hurla de plus belle, donnant des poings et des pieds pour se libérer. Tant et si bien qu'un des gardes lui assena un uppercut. Il fut un instant assommé, le souffle coupé. Il fallait absolument qu'il fasse quelque chose pour se sortir de là ! se disait-il, encore étourdi. Il le fallait ! Mais quoi ? Quoi ?

La sombre silhouette disparut. Questor et Navet furent bientôt loin derrière lui. On le poussait hors des murs d'enceinte. On le traînait sur le pont, ce même pont qu'il avait lui-même fait rebâtir ! On l'expulsait comme un lépreux !

Enfin, parvenus sur la rive opposée, les gardes le jetèrent dans la poussière, face contre terre.

– Bonne nuit, Votre Majesté, railla l'un d'eux.

– Revenez donc nous voir bientôt, Sire ! renchérit un autre.

Ils s'éloignèrent en riant.

– La prochaine fois, on aura sa peau, annonça un des gardes, en s'en allant.

Ben demeura prostré sur le sol, encore groggy par la violence de sa chute. Enfin, il se mit lentement à genoux et se tourna vers le château scintillant au clair des huit lunes de Landover. Les bruits de pas et de voix s'amenuisaient. Il entendit le grincement des lourds vantaux du portail, puis le silence.

Ben Holiday se retrouva seul, dans la nuit. Il ne parvenait toujours pas à comprendre ce qui lui arrivait.

– Mère ! murmura Salica d'une voix tremblante d'émotion.

Les huit lunes de Landover nimbaient les vastes forêts de la contrée des lacs d'une vapeur opalescente et moirée. Ciboule avait dressé le camp dans l'ombre des futaies. Il attendait patiemment le retour de sa protégée. Au loin, Elderew devait déjà s'abandonner au sommeil. Elderew, où Salica avait grandi. Elderew, cité du tout-puissant Maître des Eaux, son père. Ce n'était pourtant pas lui qu'elle était venue voir, cette nuit-là. Non, c'était cet être irréel et diaphane, cette créature féerique surgie d'un rêve d'enfant qui dansait devant ses yeux éblouis. C'était sa mère.

Agenouillée à l'orée de la petite clairière ceinte de pins millénaires, Salica contemplait le prodige. Tel un flocon de neige emporté par le vent, la nymphe virevoltait dans le silence de la nuit, au rythme d'une musique entendue d'elle seule. Sa peau couleur de jade scintillait sous le couvert aérien d'une gaze immaculée. Sa longue chevelure de soie suivait chaque mouvement, accrochant les rayons diaprés des lunes multicolores, zébrant l'obscurité sylvestre comme une comète le firmament. Salica suivait l'étourdissante chorégraphie et s'abîmait dans l'extase.

Si farouche qu'elle ne pouvait vivre parmi les humains, fuyant même les habitants de la contrée des lacs – pourtant proches des créatures de magie par leurs origines ancestrales –, la nymphe ne s'était laissé approcher qu'une fois : par le père de Salica. Et il y avait si longtemps déjà. Fou de désir pour elle, le Maître des Eaux ne s'était vu accorder qu'une brève et unique étreinte dont Salica serait le fruit. Il ne devait jamais plus la revoir. Depuis, Salica incarnait pour son père l'incurable souffrance d'une passion dévorante, éternellement insatisfaite. Cette blessure, à jamais ouverte, provoquait en lui un mélange de haine et d'amour pour l'enfant née d'une union si fugace. Il avait toujours éprouvé pour sa fille des sentiments mêlés.

Salica comprenait. À la fois femme et esprit des eaux par son père, mais aussi pure créature de magie par sa mère, la sylphide avait reçu tant d'héritages conflictuels que la contradiction était devenue, chez elle, une seconde nature. La lignée paternelle avait depuis longtemps élu domicile dans la contrée des lacs. Cette sédentarité, léguée par son père, l'avait stabilisée. Pourtant, l'insoumission maternelle coulait dans ses veines et Salica s'avérait parfois aussi imprévisible que sa mère. D'apparence humaine, elle n'en demeurait pas moins un être surnaturel. Ainsi, tous les vingt jours, au terme de chaque cycle lunaire, se métamorphosait-elle en végétal. Cette inéluctable mutation avait tellement ébranlé Ben, la première fois qu'il y avait assisté, que Salica avait bien cru le perdre à jamais. Voir sa compagne se transformer en saule sous ses propres yeux, dans cette même clairière, l'avait littéralement terrifié. Pourtant, cette double personnalité était l'essence même de Salica et Ben devait l'accepter telle qu'elle était. Un jour viendrait, elle en était persuadée, où il l'aimerait, non plus *malgré*, mais *pour* sa différence. Quant à l'amour paternel, hélas, il demeurerait, quoi qu'elle fît, mâtiné de rancœur. Le Maître des Eaux était toujours follement épris de la nymphe sylvestre. La seule vue de sa fille ne faisait qu'aviver sa douleur.

Voilà pourquoi Salica ne s'était pas tournée vers lui pour résoudre l'énigme de la licorne noire, mais vers sa mère.

Virevoltant toujours avec ce mélange de force et de fragilité qui défiait l'entendement, la nymphe sylvestre se rapprochait peu à peu de sa fille. Bien que sauvage et fantasque – comme toute créature de magie –, elle aimait Salica. Elle l'aimait d'un amour inconditionnel, démesuré et, quoi qu'il arrivât, répondait toujours à son appel. Les liens qui les unissaient étaient si étroits, leur relation si intime, qu'elles ne pouvaient avoir aucun secret l'une pour l'autre. Même si leur mode de communication différait – l'une s'exprimant par la danse, l'autre par la parole –, elles se comprenaient infailliblement. Elles communiaient par la pensée.

– Mère, souffla de nouveau Salica.

Elle s'abandonna aux images de son rêve et en perçut le reflet dans les mouvements capricieux de la nymphe. La licorne noire apparut, aussi belle et terrifiante que la première fois. Elle se tenait immobile dans l'ombre des forêts, silhouette vacillant dans la brume tel un esprit désincarné revenu hanter les lieux d'une existence depuis longtemps éteinte. Salica frémit. L'apparition se métamorphosait à vue d'œil : tantôt créature féerique, tantôt monstre d'Abaddon. Soudain, son rostre sembla déchirer la nuit d'étincelles magiques. Ses sabots frappèrent impatiemment le sol. Elle baissa la tête, prête à charger sa proie, puis fit brusquement un écart et, secouant sa crinière, recula prudemment.

« Quelle peut bien être la cause d'une telle hésitation ? » s'étonna la sylphide.

Elle suivit le regard de l'animal. La bride ! Elle tenait entre ses mains la bride d'or tressé qu'elle avait vue dans son rêve. Voilà ce que fixait si intensément la licorne. Voilà ce qui la retenait. Salica caressa machinalement les fils de métal précieux et se sentit, tout à coup, envahie par une force colossale. Quel était donc ce terrible pouvoir ? L'effroi qu'elle lut alors dans les prunelles flamboyantes constitua, à lui seul, une réponse éloquente. Ce qu'elle tenait là, entre ses mains, pouvait assujettir la dernière licorne de l'univers à son moindre caprice. D'un simple geste, cet animal mythique, cet être magique d'une infinie splendeur pouvait devenir son esclave. Celui qui possédait la bride d'or, possédait la licorne. Il suffisait, pour cela, d'étendre la main et de…

« N'y touche pas ! cria une petite voix intérieure. Le moindre frôlement serait fatal. Tu serais perdue à jamais. »

Oui, bien sûr, elle le savait. Elle l'avait toujours su. Cette bride ensorcelée ne lui était pas destinée. Elle appartenait à un autre. Elle appartenait à Ben…

La licorne se cabra brusquement, mouvement d'une violence et d'une grâce inouïes. « Tant de perfection dans un être si redoutable ! » s'émerveillait Salica. Pourtant la peur qui luisait dans ces yeux-là était si intense que la sylphide et sa bride d'or ne pouvaient suffire à l'inspirer. La licorne était si terrifiée qu'elle tremblait de tout son corps. Hypnotisée, Salica se sentait sur le point d'être happée par ces pupilles agrandies par l'effroi qui l'attiraient comme un gouffre. Elle ne pouvait détourner les yeux de ce regard flamboyant. Elle allait s'y noyer. Elle allait… Elle allait… La sylphide cligna des paupières pour rompre le sortilège. Au même instant, elle crut percevoir une lueur insolite dans l'émeraude en fusion des prunelles, autre chose que l'épouvante : une supplique, un hurlement désespéré, un pathétique appel au secours.

Sans réfléchir, Salica leva la bride devant elle, comme l'exorciste brandit son crucifix. La licorne noire hennit en réponse. Les images semblèrent tout à coup se désagréger. Une épaisse fumée bleue envahit la forêt et la licorne disparut.

La nymphe n'avait cessé de danser, seule, à quelques pas de sa fille. Elle tourbillonna une dernière fois, comme une luciole dans la nuit, ralentit sa course et glissa sans un bruit vers la sylphide qui, harassée par son cauchemar, s'était affaissée, à bout de forces.

– Oh ! mère, murmura-t-elle en saisissant les minuscules mains au reflet de jade. Que veulent dire ces images ? (Elle eut un petit sourire triste.) Cela ne sert à rien de te demander tout cela, n'est-ce pas ? ajouta-t-elle, les larmes aux yeux. Tu n'en sais guère plus que moi. Tu ne peux danser que ce que tu ressens, pas ce que tu ignores.

Un imperceptible mouvement, à peine un battement de cils, anima soudain le visage enfantin de la nymphe. Salica ferma les paupières et crut entendre une voix, à la fois étrange et pourtant familière, s'élever dans le secret de son âme.

– Je te comprends, disait la nymphe. Mais ma danse n'est qu'un chemin vers la connaissance. Elle ne peut en être la source. Il en va ainsi pour tous les génies, dont je suis.

– Mère, supplia Salica, en serrant les mains de la nymphe pour y puiser cette force qui l'abandonnait. Je dois absolument savoir ce que cache ce rêve. Je dois comprendre pourquoi ces images m'attirent et m'épouvantent à la fois. Je dois savoir ce qu'il faut que je fasse.

Les mains de la nymphe se refermèrent sur les siennes. Un son inarticulé, comme un cri d'oiseau, s'échappa de sa gorge. Salica se pencha vers elle. Un frisson la parcourut. De nouveau, la petite voix intérieure s'éleva.

– Quelqu'un peut m'aider ? Quelqu'un qui est ici, dans la contrée des lacs, c'est ça ? pressa la sylphide. Quelqu'un qui saurait résoudre l'énigme de mon rêve ? (Une étincelante lueur d'espoir s'était allumée dans ses yeux.) Mère, il faut que je le voie ! Il faut que je le voie cette nuit !

Un nouveau trille jaillit des lèvres de la nymphe. Elle se mit à tournoyer, traversa la clairière comme un feu follet, puis revint s'immobiliser devant sa fille, les mains agitées de soubresauts frénétiques.

– Oui, mère, oui, je sais, la tranquillisa Salica. Demain. J'attendrai demain.

En eût-elle décidé autrement, elle n'aurait pu se dérober. Le cycle des huit lunes s'achevait. La créature de magie qui dormait en elle allait s'éveiller. Le pouvoir réclamait son dû. Elle percevait son appel dans chaque fibre de son corps. La métamorphose allait avoir lieu. Il fallait faire vite.

Alors qu'elle se levait pour rejoindre le centre de la clairière, elle eut une pensée pour Ben. Elle aurait tant voulu qu'il soit à ses côtés !

Parvenue à l'endroit précis où sa mère, en dansant, avait ensemencé le sol de sa magie, la sylphide s'immobilisa, leva les bras vers le ciel et se sentit immédiatement irradiée par une force qui jaillissait de terre.

Déjà son corps perdait forme humaine. Ses pieds se fendillaient. Ses mains, ses bras s'étiraient démesurément. Sa peau diaphane durcissait, prenait progressivement l'aspect de l'écorce. Peu à peu, Salica disparaissait. Il ne resta bientôt plus de la sylphide qu'un saule, l'arbre dont dérivait son nom. Elle ne recouvrerait apparence humaine qu'à l'aube.

La nymphe des bois vint s'asseoir au pied du saule isolé au centre de la petite clairière cernée de pins. Elle resta un long moment sans bouger, puis l'entoura doucement de ses bras graciles. Son visage enfantin vint caresser l'écorce. Elle y posa fugitivement les lèvres puis y appuya la joue. Ainsi, le corps rivé à l'arbre qui emprisonnait sa fille, devait-elle enlacer le tronc rugueux jusqu'au matin.

Les lunes de Landover s'éteignaient une à une. La nuit tirait sa révérence, saluée par l'éclat solaire de l'orient.

Silhouette filiforme dans ses robes bariolées, Questor Thews hantait Bon Aloi comme une âme en peine, arpentant couloirs, halls et vastes salles désertes, avec une mine de veillée mortuaire. Il tourna dans le vestibule qui menait à la grande salle à manger et bouscula Abernathy.

– Alors, on fait sa petite promenade matinale, le mage ? l'apostropha le scribe, acerbe.

– Je ne peux pas dormir, bougonna Questor. Ce n'est pourtant pas faute de fatigue ! Avec toutes ces émotions !

Abernathy haussa les épaules et fit demi-tour pour lui emboîter le pas.

– Il semblerait qu'on ait appréhendé quelque intrus dans la chambre de notre souverain. Un homme qui se prendrait pour le roi, paraît-il.

Questor bougonna de plus belle.

– Un fou ! Il a eu de la chance que le roi ordonne sa relaxe. S'il avait eu affaire à moi, je ne me serais pas montré si magnanime, je peux te l'assurer.

Ils marchèrent un moment en silence.

– Il est tout de même curieux que Sa Majesté ait décidé de le relâcher, remarqua Abernathy, en plissant la truffe. Habituellement, il réserve un tout autre sort à ses ennemis.

– Hummm…

Pour le moins inattentif, Questor hochait la tête, en butte à maintes interrogations insolubles.

– L'homme savait beaucoup de choses, remarqua-t-il. Il savait tout des rêves, notamment. Cela me préoccupe. Il connaissait l'existence des grimoires perdus et savait même où je les avais trouvés. Il savait que le roi était revenu. Il a parlé de licornes… (Il suivit le cours de ses pensées un instant.) Il semblait savoir tant de choses et paraissait si sûr de lui !

Le silence retomba. Questor guidait son compagnon vers le mur d'enceinte. Ils montèrent un escalier en colimaçon et débouchèrent sur le chemin de ronde. En contrebas, le pont qui reliait le château au reste du monde disparaissait presque dans la brume. Plissant les yeux, Questor examinait la rive opposée.

– L'étranger semble parti, conclut-il.

Abernathy le dévisagea, surpris.

– À quoi t'attendais-tu ?

Perdu dans ses réflexions, Questor scrutait toujours l'horizon, en vain.

EDGEWOOD DIRK

L'aube ne se leva pas sur la silhouette prostrée de Ben Holiday désespérément agrippé à la herse qui lui barrait le portail de Bon Aloi, comme certains auraient pu s'y attendre... Le firmament n'avait pas même ôté son manteau de nuit qu'il avait déjà parcouru plus de quatre lieues en direction de la contrée des lacs. Et il avait bien l'intention d'en mettre le double entre lui et Bon Aloi, avant le crépuscule !

Son allure décidée aurait pu aisément tromper plus d'un observateur. Malgré les apparences, Ben ne s'était pas résolu à partir sans regret. Il était resté longtemps agenouillé dans l'obscurité et le froid, à regarder les lumières de Bon Aloi s'éteindre une à une sans comprendre ce qui lui arrivait. Stupéfaction, peur, révolte, désespoir se succédaient en une ronde infernale, aussi incessante que stérile. Il avait l'impression de vivre un cauchemar éternel. Il ressassait sans relâche les événements de la nuit, cherchant vainement une justification à cette malédiction qui le frappait. Mais, quelque raisonnement, quelque conjecture qu'il pût échafauder, il aboutissait inéluctablement au même constat : Meeks était dedans et lui, dehors !

Il lui fallut des heures pour se résigner à son triste sort. Il avait tout abandonné – Chicago, sa brillante situation d'avocat, son ami Miles, ses repères, ses valeurs, son univers enfin – pour rejoindre Landover. Il avait misé tout ce qu'il possédait dans le fol espoir d'un monde meilleur. Maints obstacles s'étaient dressés sur son chemin. Il les avait tous vaincus, parfois au péril de sa vie. Il avait réussi à concrétiser ce dont des millions d'autres n'avaient fait que rêver. Et, maintenant, alors qu'il allait enfin pouvoir cueillir le fruit de tant d'efforts, au moment où le pire était derrière lui et le meilleur à portée de main, tout ce pourquoi il s'était si farouchement battu lui était arraché d'un seul coup. Il se retrouvait seul, face à la cruauté d'une vérité irréfutable : il avait tout perdu.

« C'est impossible, se répétait-il sans cesse. C'est trop injuste ! »

Injustes ou non, les faits étaient les faits et Ben Holiday n'aurait jamais été une sommité du barreau s'il n'avait su reconnaître leur hégémonie. Il refoula donc ses sanglots de désespoir, balaya craintes et colère et décida qu'il était temps d'affronter la situation. Il avait beau passer en revue les derniers événements, il n'aboutissait à aucune déduction logique. La ruse de Meeks l'avait contraint à retourner dans l'autre monde et à ramener de lui-même le sorcier à Landover. Meeks lui avait tendu un piège et il était tombé dedans, la tête la première. Miles n'avait été qu'un appât et lui, pauvre idiot, avait mordu à l'hameçon ! Jusque-là tout était limpide. Mais pourquoi Meeks était-il revenu ? Et pourquoi avait-il créé les rêves des grimoires et de la licorne noire ? Il devait bien y avoir une explication. Il devait bien exister un lien entre ces trois rêves. Et puis, ce n'était sans doute pas un hasard s'ils étaient survenus la même nuit. Meeks avait dû choisir son moment. Le sorcier avait certes évoqué l'imminente destruction de tout ce qu'il avait mis des années à construire. Mais de quoi s'agissait-il au juste ? Sans le savoir, Ben avait bouleversé ses plans. Mais quelle était la nature de ces plans et quelle en était la finalité ? En réussissant là où tous les précédents candidats avaient échoué, Ben avait mis un terme à l'engrenage des perpétuelles ventes et reventes du royaume qui permettait à Meeks, en laissant le trône interminablement vacant, de régir Landover à sa guise. Il était également parvenu à l'évincer en l'exilant dans l'autre monde. Ces victoires n'étaient assurément pas négligeables, mais elles ne suffisaient pas à justifier le retour de Meeks à ce moment précis. Elles auraient pu tout aussi bien motiver une revanche beaucoup plus précoce. Non, Meeks avait sûrement une autre raison… une raison beaucoup plus impérieuse. Des choses – événements, circonstances ou autres – avaient obligé Meeks à revenir. Mais comment y voir plus clair ? Ben n'en avait pas la moindre idée.

Il savait seulement qu'en dépit des coups qu'il lui avait portés et qui constituaient, à eux seuls, une provocation largement suffisante, Meeks ne l'avait pas tué. Il avait été à sa merci et le sorcier n'en avait pas profité. Pourquoi ? Certes, Meeks le haïssait assez pour préférer, à une mort jugée par lui trop douce, une longue vie de souffrances ; mais ne prenait-il pas des risques bien inutiles en le laissant ainsi errer en toute liberté à travers le royaume ? Quelqu'un finirait bien, tôt ou tard, par le reconnaître et Meeks ne pourrait pas éternellement jouer son rôle sans éveiller les soupçons. En outre, il devait bien y avoir un moyen de rompre le sortilège de cette maudite amulette dont Meeks l'avait affublé. Il allait, en tout cas, s'employer à le trouver. Cependant, rien ne prouvait qu'il en aurait le temps. « Qui me dit qu'aucun piège mortel ne m'attend au détour du chemin ? » songeait-il. Le jeu serait peut-être achevé avant qu'il n'ait commencé à en comprendre les règles.

Si cette perspective l'épouvantait, elle présentait malgré tout l'avantage de l'inciter à la diligence. S'il voulait avoir la moindre chance d'agir, il fallait agir vite. Agir, certes ; mais comment ? En tout état de cause, ce n'était pas en contemplant le château endormi qu'il allait accomplir quelque chose de positif. Il perdait un temps précieux en restant ici. Il était devenu étranger dans sa propre demeure et, si ses meilleurs amis ne le reconnaissaient pas, qui le reconnaîtrait dans la vallée ? Meeks l'avait supplanté sur le trône de Landover et, à ce titre, serait – pour un certain temps tout au moins – le seul souverain légitime du royaume. Même si cette imposture le révoltait, c'était un fait. Un fait qu'il devait accepter puisque, pour l'heure, il ne pouvait rien y changer. Meeks était devenu Ben Holiday et Ben lui-même n'était plus qu'un espion qui s'était immiscé dans le château pour renverser le roi. S'il tentait de retourner à Bon Aloi, il risquait fort d'en ressortir plus mal en point qu'il ne l'était déjà... s'il en sortait vivant ! Peut-être était-ce précisément ce que Meeks attendait. Il aurait ainsi une excellente raison de le supprimer avec, de surcroît, la bénédiction de tous. Non, il ne fallait décidément pas tenter le diable.

Et puis, il avait mieux à faire. Même s'il ignorait les intentions de Meeks, il en savait suffisamment pour lui causer quelques sévères désagréments. Le tout est d'agir vite, se disait-il. Meeks a envoyé trois rêves, dont deux ont déjà atteint leur but. Il a réussi à revenir à Landover et, grâce à Questor, il a récupéré les grimoires perdus. « Et ne t'y trompe pas, s'admonestait-il, le pouvoir de ces manuscrits est déjà entre ses mains, aussi sûrement que le soleil se lève à l'est. Mais il reste le troisième rêve : celui de la licorne noire adressé à Salica. Meeks attend quelque chose de ce rêve. Il me l'a révélé, malgré lui, dans sa colère. Il compte sur Salica pour lui remettre la fameuse bride d'or qui tient la licorne en respect. Et pourquoi ne la lui donnerait-elle pas ? Selon son rêve, la licorne est une menace pour elle et la seule façon de s'en protéger est de me remettre la bride d'or. Pourquoi ne suivrait-elle pas à la lettre ces instructions ? Je suis bien allé trouver Miles ! Quant à Questor, il a suivi l'itinéraire que lui indiquait son rêve, au centimètre près. Seulement voilà : elle ignore que celui qui va l'accueillir n'est pas moi ! »

L'idée que Salica pourrait se jeter dans les bras de Meeks lui donna la nausée. Bien sûr ! Voilà ce qu'il devait faire : prévenir Salica. S'il réussissait à la trouver à temps, peut-être qu'à eux deux ils parviendraient à résoudre l'énigme de la licorne. Peut-être découvriraient-ils pourquoi Meeks tenait tant à se procurer cette bride magique. Et alors là ! Il se pourrait bien que tous les brillants stratagèmes du puissant sorcier s'écroulent comme un château de cartes. Oui ! Il n'était pas au bout de ses peines, le grand Meeks !

Ben était donc parti vers le sud. Certes, partir revenait à abandonner le royaume aux mains du sorcier. Mais, après tout, c'était aussi lui laisser sur les bras les problèmes du Conseil, des canaux d'irrigation, des Seigneurs de Vertemotte, de la levée de l'impôt et de tous ceux qui lui avaient demandé audience et faisaient toujours antichambre. Que Meeks se débrouille avec ça ! Pourtant, partir c'était également déserter. Ben ne pouvait y songer sans honte. Il avait l'impression de trahir tous ses compagnons. Cependant, il ne pouvait pas davantage faire faux bond à Salica. La trouver et la prévenir étaient une priorité. Cela fait, il pourrait toujours essayer de confondre Meeks et rétablir la vérité.

Malheureusement, trouver Salica ne serait pas chose facile. Il n'avait d'autre solution que de rejoindre la contrée des lacs puisque tel était le but de la sylphide. Mais elle était partie depuis presque une semaine et ses pérégrinations avaient très bien pu l'entraîner n'importe où. Ben ne serait qu'un étranger aux yeux de tous. Il ne pourrait compter sur son statut de roi pour obtenir des appuis. Il était même possible qu'on ne l'autorise pas à pénétrer dans la contrée ou qu'on l'en chasse comme un mécréant.

« Alors là, je serais dans de beaux draps ! » se dit-il.

Cependant, il était difficile d'imaginer situation plus précaire que celle dans laquelle il se trouvait déjà.

Il marcha toute la journée, recouvrant peu à peu la confiance en soi que confère l'action quand elle terrasse le désarroi. Les collines cédèrent la place aux prairies, les prairies aux forêts. Bientôt les futaies se firent plus touffues, l'humidité de l'air plus lourde. De petites flaques commencèrent à apparaître, de plus en plus nombreuses. Puis ce furent les mares, les étangs et, enfin, les lacs. Le silence se faufila entre l'inextricable végétation avec la brume du crépuscule, puis l'obscurité prit ses aises et la vie nocturne s'éveilla.

Ben découvrit une petite clairière, près d'un ruisseau, et décida d'y faire halte pour la nuit. Il n'avait ni couvertures ni nourriture et dut se contenter de quelques baies gracieusement offertes par les providentiels Bonnie Blues. Il mâchonnait distraitement, quand il crut percevoir une présence dans l'obscurité. Il leva la tête, aux aguets. Mais, en dépit de cette persistante sensation, il ne remarqua rien de suspect tout au long du repas. Il était seul.

Cette solitude le minait. Après tout, n'avait-il pas les meilleures raisons du monde pour baisser les bras ? Il avait perdu son château, ses gardes, son autorité, son titre, ses amis et même son identité ! Pire : il avait perdu le médaillon et, avec lui, le secours du Paladin. Il était complètement livré à lui-même dans une contrée aux innombrables dangers, une contrée imprégnée de magie et hantée par des êtres imprévisibles aux pouvoirs insoupçonnables. S'il pouvait s'estimer heureux d'être parvenu à franchir les brumes du monde des fées avec le médaillon, qu'allait-il devenir sans lui ? En plus, non seulement il l'avait perdu, mais il l'avait donné à Meeks ! Il se demandait encore comment une chose aussi inimaginable avait pu se produire. Comment Meeks avait-il pu l'inciter à commettre une telle énormité de son plein gré ?

Il était toujours plongé dans ces réflexions, quand il aperçut le chat.

L'animal était assis à l'orée de la clairière, à une dizaine de pas, et le regardait. Ben se demanda depuis combien de temps le chat l'observait ainsi. Il ne l'avait pas remarqué auparavant, mais le félidé se tenait dans une immobilité si parfaite qu'il pouvait fort bien occuper la même position depuis des heures. Ses yeux semblaient capter les rayons lunaires et flamboyaient dans la nuit. Son pelage était d'un gris argenté uniforme, à l'exception du bout des pattes, de la tête et de la queue qui étaient noirs. Il n'avait rien d'un chat sauvage, mais évoquait plutôt ces longilignes statuettes de chats égyptiens que Ben avait vues dans un musée, il ne savait trop où. Racé et d'une grâce toute féline, il paraissait totalement saugrenu en plein cœur d'une nature si inhospitalière. En fait, il avait tout d'un chat de concours échappé du salon de toilettage.

– Bonjour, le chat, fit Ben en se disant que, décidément, la solitude ne lui réussissait pas.

– Bonjour, répondit le chat.

Ben écarquilla les yeux, abasourdi. Devenait-il fou ? Ce chat venait-il de lui adresser la parole ?

– Pardon ? hasarda-t-il.

Le chat battit des paupières, avant de reprendre son impudente observation, en silence. Ben attendit quelques minutes, puis s'allongea en prenant appui sur ses coudes, sans quitter l'animal des yeux. Après tout, cela n'avait rien de si extraordinaire d'imaginer que ce chat pût être doué de parole. Strabo parlait bien, lui ! Si un dragon pouvait parler, pourquoi pas un chat ?

– Dommage que tu sois si réservé ! Nous aurions pu discuter, tous les deux, murmura-t-il, plus pour lui-même qu'à l'intention de son unique interlocuteur.

Il aurait certes apprécié de pouvoir enfin se délester de son fardeau. Bavarder lui aurait fait du bien. Il frissonna sous ses guenilles. Une brise fraîche s'était levée avec la nuit et il regrettait de n'avoir pu allumer de feu. La contrée était trop humide. Il ne fallait pas y compter.

Ah ! Si seulement il avait pu être dans son lit, sous la protection de son cher Bon Aloi ! se dit-il en fermant un instant les paupières pour mieux imaginer la scène, avant de jeter un nouveau coup d'œil au chat.

L'animal n'avait pas bougé d'un pouce. Il se contentait de l'observer, dans un immobilisme quasi minéral. Ben fronça les sourcils. Cette constante surveillance commençait à l'importuner. Et puis, que faisait un chat en pleine forêt, à cette heure de la nuit ? N'avait-il pas un panier douillet qui l'attendait quelque part ? Un maître qui le cherchait, sans doute ? Les pupilles d'or étincelèrent. Le regard de cet animal était étrangement perturbant et inquisiteur. Ben tourna les yeux vers les futaies environnantes, mal à l'aise. Il se demandait comment il allait bien pouvoir s'y prendre pour trouver Salica dans cette jungle. Il lui faudrait demander assistance au Maître des Eaux. Mais comment le convaincrait-il de sa véritable identité ? Il passa machinalement les doigts sur le pendentif. Ce médaillon-là ne lui serait assurément d'aucun secours.

– Avec son pouvoir magique, le Maître des Eaux pourra sans doute me reconnaître... songea-t-il à haute voix.

– Je n'y compterais pas, si j'étais vous.

Ben sursauta et tourna son regard dans la direction d'où provenait la voix. Il ne vit personne... que le chat.

– Je t'y prends, cette fois ! s'exclama-t-il, trop excité pour mesurer le ridicule de la situation. Tu peux parler, n'est-ce pas ?

– Si l'envie m'en vient, répondit posément le chat.

Ben essaya de dissimuler sa stupéfaction sous une désinvolture de façade.

– Je vois. Eh bien, tu pourrais au moins avoir la courtoisie d'en informer tes interlocuteurs, au lieu de t'amuser à leurs dépens.

– La courtoisie n'a aucune raison d'être, en l'occurrence, Seigneur Ben Holiday. Le jeu est le propre du chat. Nous narguons, nous rusons et faisons toujours selon notre bon plaisir. Jouer est l'essence même de notre personnalité. Quiconque souhaite entretenir une relation quelconque avec nous doit intégrer cette donnée fondamentale et comprendre que jouer est notre mode de communication. Celui qui se refuse à entrer dans le jeu témoigne d'un manque d'intelligence patent. Nous le dédaignons de façon rédhibitoire.

Ben regardait le chat, bouche bée.

– Com… Comment sais-tu qui je suis ? bredouilla-t-il, espérant avoir suffisamment recouvré son sang-froid pour exprimer quelque chose de cohérent.

– Qui seriez-vous d'autre que vous-même ? répliqua le chat, avec une manifeste lassitude.

Ben réfléchit à cette question un moment.

– Eh bien, personne, je pense, conclut-il. Mais comment se fait-il que tu sois le seul à me reconnaître ? Ne vois-tu pas quelqu'un d'autre que moi, quand tu me regardes ?

Le chat leva une patte antérieure à la pelote d'un rose immaculé et entreprit de la lécher avec application.

– Votre apparence extérieure m'importe peu, répondit-il finalement. Les apparences sont trompeuses. Je ne m'y fie jamais. Nous, les chats, pouvons emprunter tant d'apparences différentes ! Nous sommes passés maîtres dans l'art de la dissimulation. On ne peut abuser un maître. Je vous vois tel que vous êtes réellement et non tel que vous semblez être. Je ne peux d'ailleurs pas percevoir la différence puisque je ne vois que la réalité.

– Il y en a une, pourtant.

– C'est possible. Quoi qu'il en soit, vous êtes Ben Holiday, roi de Landover.

Ben observa un moment de silence. Allons bon ! se disait-il. À quoi avait-il affaire, à présent ? Et d'où cette curieuse créature sortait-elle ?

– Ainsi, tu parviens à reconnaître ma véritable identité en dépit du sort qui la dissimule, conclut-il. La magie ne t'abuse donc pas ?

Le chat le dévisagea un instant, puis pencha la tête de côté.

– La magie ne vous abuserait pas davantage si vous le vouliez.

– Qu'entends-tu par là ?

– Beaucoup de choses. Bien peu de chose. Nous ne sommes abusés que lorsque nous nous abusons nous-mêmes.

La conversation prenait un tour quelque peu sibyllin. Ben se redressa.

– Qui êtes-vous, sieur Chat ? lança-t-il, en désespoir de cause.

Le chat se leva, fit quelques pas silencieux, puis s'assit avec élégance.

– Je suis bien des choses, mon cher Seigneur. Je suis ce que vous voyez et ce que vous ne voyez pas. Je suis réel et imaginaire. Je suis un peu de votre vie passée, un peu de votre vie telle que vous la rêvez, sans l'avoir encore vécue. Je suis très singulier, en fait.

– Et d'une clarté absolue ! grommela Ben. Pourriez-vous préciser votre pensée ?

Le chat battit des paupières.

– Si fait. Regardez !

L'animal se mit soudain à scintiller dans la nuit, comme un diamant, tandis que son corps changeait de forme. Ben plissa les yeux, ébloui. Quand il parvint à les ouvrir sans ciller, le chat avait quadruplé de volume et n'avait, à dire vrai, plus rien d'un chat normal. Un visage aux traits vaguement humains était apparu entre le museau et les oreilles pointues, et les pattes antérieures s'achevaient par des mains. Il fouetta l'obscurité de sa queue avec un air satisfait.

Ben repoussa successivement une demi-douzaine de questions, aussi irrationnelles les unes que les autres, puis finalement se lança.

– Vous ne seriez pas une créature de magie, par hasard ?

– Quelle perspicacité, Messire !

– Mille mercis, grogna Ben. Auriez-vous l'extrême amabilité de me dire de quelle sorte de créature de magie il s'agit ?

– Quelle sorte ? Eh bien, voyons, hum… Hmmm. Je suis un chat prismatique.

– Mais encore ?

– Je ne pense pas être à même de vous expliquer cela, si tant est que je le veuille. Ce qui n'est pas le cas, bien entendu. Cela ne vous éclairerait pas davantage, de toute façon. N'étant qu'humain, vous ne pourriez pas comprendre. Disons, pour simplifier, que j'appartiens à une très ancienne et très rare espèce de chat. J'en suis d'ailleurs l'un des derniers représentants. Nous avons toujours été une race pure et ne nous sommes pas propagés, comme les animaux communs. Il en est ainsi de toutes les créatures de magie, ce que vous n'ignoriez pas, n'est-ce pas ? Ah ! Si ? Eh bien, c'est le cas. Les chats prismatiques sont rares par essence. Cette rareté est une condition *sine qua non* pour accomplir notre destinée.

– Et serait-ce abuser que de vous demander quelle destinée vous accomplissez dans les parages ? demanda Ben, qui commençait à s'interroger sur la cohérence de tout ce verbiage.

– Cela dépend, répondit le chat, en balançant négligemment la queue.

– Ça dépend de quoi ?

– Oh, mais de vous ! De votre… valeur intrinsèque.

Ben fixait le chat, ahuri. Il était complètement désarçonné et commençait à perdre pied. Il avait été assailli sous son propre toit et jeté dehors comme un intrus. Il avait perdu son identité. Il avait perdu ses amis. Il était transi. Il avait faim. Bref, s'il lui restait un tant soit peu de « valeur intrinsèque », il estimait qu'avec un peu de chance, elle ne devait guère se monter à plus de zéro.

Le chat s'étira langoureusement.

– J'hésite à devenir provisoirement votre compagnon, dit-il.

– Mon compagnon ?

– Oui. Vous en avez indubitablement besoin. Vous ne vous voyez pas tel que vous êtes réellement. Personne n'en est capable, d'ailleurs, sauf moi – ce qui ne laisse de m'intriguer –, et il se peut que je décide de rester un moment avec vous pour voir ce que l'avenir vous réserve.

Ben le fixait toujours, incrédule.

– Eh bien, le moins que l'on puisse dire c'est que vous êtes... spécial, que vous soyez chat, humain, créature de magie ou autre ! Cela dit, peut-être serait-il plus sage d'y réfléchir à deux fois, avant de vous choisir un compagnon tel que moi. Vous pourriez vous retrouver dans une situation plus inextricable que vous ne l'imaginez.

– J'en doute. Je suis rarement confronté à de telles difficultés, par les temps qui courent.

– Tiens donc ? railla Ben, que la suffisance du chat agaçait. (Il s'approcha de l'animal.) Eh bien, voyons cela, sieur Chat. Que diriez-vous si je vous racontais qu'un sorcier du nom de Meeks m'a volé mon identité, mon trône, ma vie, en somme, pour me condamner au statut de paria dans mon propre royaume ? Que diriez-vous si je vous annonçais que j'ai bien l'intention de récupérer le tout ; mais que, pour ce faire, je dois d'abord retrouver une sylphide qui, elle-même, est en ce moment à la recherche d'une licorne noire ? Que diriez-vous si je vous avertissais cordialement que, selon toute probabilité, on se débarrassera de moi – et de toute personne assez téméraire pour m'offrir son assistance – d'une façon fort déplaisante et assurément expéditive, si l'on découvre mes intentions ?

Le chat ne répondit pas, ne bougea pas, n'eut pas le moindre frémissement de vibrisse. « Que faut-il donc lui dire pour le faire réagir ? » se demanda Ben, dépité. Il reprit sa position d'appui, en soupirant. Ah ! Il pouvait être fier de lui ! Pour jouer cartes sur table, il n'aurait pu mieux faire ! Et pour se saborder, donc ! Il venait tout simplement de torpiller l'unique chance qu'il puisse jamais avoir de trouver de l'aide. « On ne peut pas jouer sur les deux tableaux à la fois », se dit-il, en guise de consolation.

– Nous ne nous laissons pas facilement décourager. Nous sommes très indépendants, voyez-vous. Une fois notre ligne de conduite déterminée, flatterie ou intimidation restent sans effet aucun. Je ne comprends d'ailleurs pas pourquoi vous vous abaissez à employer de telles tactiques avec moi, Messire.

– Telle n'était pas mon intention, sieur Chat, ronchonna Ben. Je voulais juste que vous sachiez à quoi vous en tenir.

– Je sais parfaitement à quoi m'en tenir, répliqua le chat en se levant. (Il fit le gros dos.) C'est vous qui êtes victime des apparences, pas moi. Mais il suffit de démasquer les apparences pour les neutraliser. Vous n'êtes cependant pas le seul à souffrir de ce manque de discernement. Vous partagez cet aveuglement avec la licorne noire, notamment.

– Vous avez entendu parler de la licorne noire ? s'exclama Ben, de plus en plus dérouté. Cette créature existerait réellement ?

– Pourquoi la chercheriez-vous, sinon ? rétorqua le chat avec dédain.

– C'est plutôt la sylphide que je cherche, s'empressa de rectifier Ben. C'est elle qui est en quête de la licorne noire. Meeks lui a envoyé un rêve dans lequel elle rencontrait cette créature. Il y avait aussi cette bride d'or pour la tenir en respect. Salica – je veux dire la sylphide – est partie pour les trouver. (Il sembla hésiter, puis se décida finalement à jouer le tout pour le tout.) Ce n'est pas le seul rêve que ce fourbe ait induit. J'en ai reçu un et Questor Thews, lui aussi magicien – le demi-frère de l'autre –, également. Je crois que ces trois rêves sont liés, mais je ne sais pas comment. En tout cas, Salica est sans doute en danger. Si je pouvais la retrouver avant que Meeks…

– Bien sûr, bien sûr, l'interrompit le chat. (Il s'assit de nouveau en bâillant.) Quoi qu'il en soit, il semblerait préférable que je vous accompagne. Sorciers et licorne noire ne sont pas menu fretin, voyez-vous.

– J'en suis convaincu, mais vous ne paraissez pas mieux loti que moi pour mener à bien cette affaire. Et puis, ce n'est pas votre problème, après tout. C'est le mien. Je n'aimerais pas vous voir risquer votre vie pour moi.

– Ce noble sentiment vous honore !

Ben aurait juré que l'animal se moquait de lui. Pourtant, les yeux d'or demeuraient indéchiffrables. Le chat se leva, décrivit quelques cercles et reprit sa place initiale.

– Quel chat n'est pas mieux « loti » que n'importe quel humain pour mener à bien n'importe quelle « affaire » ? fit-il. De plus, pourquoi persistez-vous à ne voir en moi qu'un chat ordinaire ?

– Qu'est-ce que je pourrais voir d'autre ? fit Ben avec un haussement d'épaules.

Le chat le dévisagea un long moment, puis se consacra à sa toilette. Il ébouriffa consciencieusement tous ses poils avant de les lisser à petits coups de langue appliqués. Ben l'observait sans mot dire. Quand l'animal parut satisfait de son œuvre, il tourna de nouveau son regard vers lui.

– Vous ne prêtez guère attention à mes propos, mon cher Seigneur. Je ne m'étonne plus que vous ne sachiez pas qui vous êtes ou que vous soyez devenu quelqu'un que vous ne souhaitiez pas être. À dire vrai, il n'est pas surprenant qu'à part moi nul ne puisse vous reconnaître. Je commence même à me demander si vous valez la peine que je perde mon temps.

Ben sentit la mortification lui brûler les oreilles, mais se tint coi. Le chat battit des paupières.

– Il fait froid dans ces bois, ne trouvez-vous pas ? demanda-t-il. Cette petite brise glacée s'avère fort désagréable. Je suis très soucieux de mon confort, voyez-vous, et je montre une très nette prédilection pour la chaleur. Que diriez-vous d'une flambée, Messire ?

– J'en rêverais, mais je ne vois pas comment…

– Certainement, certainement, l'interrompit une nouvelle fois le chat en s'étirant. Mais, moi, je vois. Regardez !

Une fois encore, le pelage du chat sembla irradier comme une gemme tandis que ses contours perdaient peu à peu toute définition. Le rayonnement s'amplifia, aveuglant, et l'animal disparut complètement pour laisser la place à une immense statue étincelante, une statue qui conservait la forme d'un chat aux traits vaguement humains mais paraissait taillée dans un énorme diamant à multiples facettes. Deux pépites d'or semblaient incrustées à la place des yeux qui flamboyaient plus que jamais. Chaque facette captait les rayons lunaires et les réfléchissait comme un minuscule miroir ; mais c'étaient les prunelles qui concentraient sur elles toute l'énergie lumineuse. Brusquement, chaque œil vira au vert pour projeter un rayon laser éblouissant qui se ficha dans un tas de bois mort. Les brindilles s'embrasèrent instantanément.

Ben se protégea le visage des mains. Le brasier diminua progressivement, comme le foyer d'un fourneau dont on règle la flamme et quand, un tant soit peu rassuré par la disparition des faisceaux fluorescents, Ben hasarda un coup d'œil vers le feu, il avait pris l'aspect d'une petite flambée domestique. Il tourna alors son regard vers la créature et ne vit qu'un chat, d'une élégance quelque peu déplacée en pleine nature, certes, mais un chat tout à fait ordinaire... apparemment.

– Vous vous souviendrez probablement, Messire, de ce que je vous ai dit de moi, dorénavant ?

– Prism... Vous êtes un chat prism... quelque chose.

– Prismatique. Ce qui signifie que je peux capter l'énergie lumineuse de n'importe quelle source, fût-elle à des milliards d'années-lumière, comme les huit lunes, par exemple. Rien qui ne relève de la physique la plus élémentaire, à la vérité. Toujours est-il que je suis doté de connaissances et de compétences en la matière qui dépassent largement les vôtres, Messire. Et vous n'avez vu là qu'un échantillon, bien entendu.

– Je vous crois sur parole, s'empressa d'acquiescer Ben, de moins en moins rassuré.

Le chat se redressa pour aller s'installer près du feu. Ben prit brusquement conscience du silence qui avait envahi la forêt. Une étrange tension flottait dans l'air.

– J'ai séjourné dans des lieux qui dépassent votre imagination. J'ai vu des choses et des créatures qu'aucun humain ne verra jamais ici, bien qu'elles puissent y être. Je connais toutes sortes de mystères, murmurait le chat. Venez donc vous réchauffer, Messire. Approchez !

Ben obéit. Le chat ne le quittait pas des yeux.

– Sorciers, grimoires, licornes blanches ou licorne noire n'ont aucun secret pour moi, affirma l'animal. J'ai même quelque... lumière sur la manipulation des apparences, de celle utilisée pour métamorphoser un être en ce qu'il n'est pas aux regards extérieurs et...

– Mais al...

– Paix, Messire ! ordonna le chat dans un sifflement agressif. Écoutez-moi ! Je ne suis guère enclin aux confidences habituellement et je vous conseille instamment de ne pas m'interrompre. Les mots sont pour les chats outils fort archaïques, mais leur savoir est proportionnel à leur discrétion. Je sais beaucoup de choses que vous ignorez. Certaines pourraient vous être utiles, d'autres pas. À cet égard, tout est question de discernement. Trier le bon grain de l'ivraie requiert un minimum de temps. Le jeu doit en valoir la chandelle. Je ne consacre mon temps qu'aux causes que je défends. Or, je ne m'implique que fort rarement. Cependant, comme je vous l'ai dit, vous m'intriguez. Il se peut donc que je fasse une exception en votre faveur. Qu'en pensez-vous ?

Ben aurait été bien en peine de répondre. Quels secrets ce chat dissimulait-il ? Que connaissait-il des licornes et des grimoires ? Son discours n'était-il que pure forfanterie ? Et, s'il savait effectivement quelque chose à ce sujet, ses connaissances étaient-elles génériques ou parlait-il de mystères le concernant spécifiquement ? Il brûlait de l'interroger, mais savait pertinemment que c'eût été en pure perte.

– Êtes-vous finalement décidé à venir avec moi ? demanda-t-il, faute de mieux.

Le chat cligna des yeux.

– J'y songe.

Ben hocha lentement la tête, demeura quelque temps plongé dans ses pensées, puis demanda à nouveau :

– Comment vous appelez-vous, si tant est que vous ayez un nom ?

Le chat pencha gracieusement la tête, en étirant le cou.

– J'ai autant de noms que d'apparences. Cela dit, Edgewood Dirk est celui qui a ma préférence en ce moment. Mais je vous autorise à m'appeler Dirk.

– Enchanté de faire votre connaissance, Dirk.

– Nous verrons si vous ne déchanterez pas d'ici peu, répondit le chat d'un ton négligent. (Il se détourna pour regarder le feu.) La nuit est soporifique, ne trouvez-vous pas ? Je pense que je vais me coucher.

Il se leva, décrivit cinq ou six cercles consécutifs, en piétinant minutieusement un bouquet d'herbe grasse, s'allongea puis se roula en boule. Dans cette position familière, rien ne le distinguait d'un chat ordinaire. Ben suivit son manège en silence.

– Bonne nuit, Messire.

– Bonne nuit, répondit machinalement Ben.

Il replia les jambes, les entoura de ses bras et posa le menton sur ses genoux, songeur. Il réfléchissait au discours du chat et cherchait à faire la part des choses. En tout état de cause, Edgewood Dirk pourrait lui apporter une aide qu'il n'était pas sûr de pouvoir trouver ailleurs, conclut-il en tendant les mains vers les flammes. Si seulement l'animal n'était pas si lunatique... La magie, probablement... Tout à coup, une hypothèse inattendue lui vint à l'esprit.

– Dirk, est-ce que, par hasard, vous ne seriez pas venu sciemment à ma rencontre ?

– Ah ! fit le chat.

– C'est ça ? Vous êtes venu ici parce que vous saviez m'y trouver ?

Edgewood Dirk sembla considérer sa première réponse comme suffisamment éloquente et ne jugea pas nécessaire d'approfondir le sujet.

La vie nocturne avait repris ses droits. La tension s'était dissipée. Les flammes léchaient les bûches en crépitant. Ben leva les yeux vers le chat. Il dormait. Une insolite sensation de sérénité l'envahit. Il inspira l'air de la nuit et soupira. Il n'était plus seul.

« Plus seul ? Avec ce maudit chat ? Non mais qui croyait-il berner ? »

Il poursuivait toujours son monologue intérieur quand il succomba au sommeil.

L'ONDIN GUÉRISSEUR

Ben Holiday s'éveilla à l'aube sur un lit d'herbe humide, au bord d'un ruisseau, dans une clairière, au cœur d'une forêt. Que faisait-il là ? Pourquoi diable n'était-il pas dans son lit, à Bon Aloi ? Et d'où tenait-il ces affreux haillons ? Assurément il dormait encore. Il regarda autour de lui, l'esprit en déroute. C'est alors qu'il aperçut Edgewood Dirk, assis sur une branche morte. Occupé à sa toilette, le chat se léchait consciencieusement, sans un regard pour son compagnon. Tous les événements des derniers jours déferlèrent comme un torrent dans sa mémoire et Ben regretta aussitôt de n'être pas victime d'un cauchemar. Non, il était bien éveillé. Hélas !

Il se leva, s'épousseta, alla se désaltérer au ruisseau, cueillit au retour quelques baies de Bonnie Blue et reprit sa place sur sa couche d'herbe humide pour déjeuner. Encore un bien frugal repas qui ne le rassasierait guère ! Il jeta, en mangeant, deux ou trois coups d'œil vers le chat. L'animal poursuivait sa toilette avec la même indifférence hautaine. Apparemment, pour sieur Chat, certaines choses étaient plus importantes que d'autres.

Sa toilette terminée, Dirk s'étira, se redressa et sembla prendre conscience d'une présence étrangère à ses côtés.

– J'ai décidé de vous accompagner, annonça-t-il.

Ben se contenta d'acquiescer d'un signe de tête.

– Pour un certain temps, tout au moins.

Ben hocha la tête une seconde fois.

– Parce que vous savez où je vais, bien entendu, persifla-t-il.

– Pourquoi ? Pas vous ? rétorqua Dirk en lui décochant un de ces regards dédaigneux qui semblaient dire : « Faut-il vraiment que vous fassiez montre d'une telle stupidité ? »

Ils levèrent le camp et se mirent en route. Le ciel était couvert. Il faisait lourd. Le soleil franchissait péniblement la cime des arbres, diffusant une morne pénombre hivernale. Ses faibles rayons s'immisçaient à travers un épais tapis de nuages cotonneux pour jeter quelques flaques éparses sur le sentier forestier. Ben était en tête. Dirk le suivait à quelques aunes de distance. Aucun bruit ne troublait le silence sépulcral de la forêt. Les futaies semblaient désertes.

Ils atteignirent l'Irrylyn en milieu de matinée et suivirent la piste qui courait à travers bois, le long de sa rive méridionale. Les nuages frôlaient presque la surface lacustre d'une immobilité parfaite. Plongé dans ses pensées, Ben se laissait bercer par ses souvenirs. Il se remémorait sa première rencontre avec Salica. C'était au début de son séjour à Landover. La légitimité de son pouvoir royal étant alors amplement controversée, il s'était rendu dans la contrée des lacs pour chercher l'appui du Maître des Eaux et lui demander allégeance. En cours de route, il avait fait halte pour la nuit sur la rive du lac Irrylyn. Il se baignait nu dans l'immense vasque liquide reflétant le firmament étoilé, quand il avait aperçu Salica. De sa vie, il n'avait vu plus belle créature. Elle avait fait naître en lui des émotions qu'il avait crues mortes avec Annie.

Ben hochait la tête en marchant, mélancolique. Son regard errait à la surface du lac, cherchant vainement à faire revivre cet instant magique. Il ne rencontrait que la brume.

Ils quittèrent la berge pour s'enfoncer dans la forêt et poursuivre leur pérégrination vers le sud. À peine atteignaient-ils le couvert des futaies que la pluie commençait à tomber. Découragé, le soleil abandonna la partie. L'obscurité reprit ses droits. Plus ils avançaient, plus la végétation devenait inextricable ; les troncs, torturés ; l'écorce, noire et humide. Sinistres sentinelles d'un monde glauque peuplé de spectres imaginaires dansant dans un brouillard mouvant, les seigneurs sylvestres serraient les rangs. Plus alarmants que rassurants, bruissements et mouvements furtifs attestaient la présence d'une vie secrète. Ben ralentit l'allure et s'essuya les yeux. Ce n'était certes pas son premier voyage dans la contrée des lacs, mais, chaque fois, Questor ou la sylphide l'avait accompagné et un guide dépêché par le Maître des Eaux les avait toujours accueillis. Il pouvait trouver son chemin jusqu'au lac Irrylyn sans escorte ; mais, au-delà, il était perdu. Les habitants de la contrée des lacs restaient confinés à Elderew et nul ne parvenait à trouver la mystérieuse cité sans y être invité. Le Maître des Eaux pouvait vous laisser errer indéfiniment ou vous ouvrir les portes de son domaine. Il régnait en maître absolu sur ses terres.

La piste devenait de plus en plus hasardeuse et, au bout de quelques aunes, disparut tout à fait. Ben s'immobilisa, perplexe. Pas la moindre indication, pas le moindre guide en vue.

– Y aurait-il un problème quelconque ?

Edgewood Dirk s'était subitement matérialisé à sa hauteur. Il s'était jusqu'alors montré si discret que Ben l'avait presque oublié. Assis à ses pieds, le chat baissait la tête, indisposé par la pluie.

– Je ne suis plus très sûr de la direction à prendre, admit Ben.

– Oh ? fit Dirk en lui adressant un regard que Ben jugea condescendant. Dans ce cas, je suggère que nous nous en remettions à mon instinct.

Il se leva et se dirigea à pas feutrés vers la gauche. Ben le regarda s'éloigner, incrédule, puis lui emboîta le pas. Après tout l'instinct de cette étrange créature valait sans doute mieux que le sien.

Ils slalomaient entre les arbres, esquivant les branches basses et les lianes poisseuses, enjambant les troncs morts mangés de mousse et de champignons, contournant les espaces marécageux et les étangs de vase noire. La pluie redoubla et Ben fut bientôt trempé jusqu'aux os. Végétation et écharpes brumeuses se mêlaient étroitement pour former une chape oppressante. La visibilité diminuait à mesure qu'ils progressaient. Ben percevait des bruits indistincts, des frôlements dans les feuillages touffus, mais ne discernait rien. Dirk, quant à lui, poursuivait son chemin sans la moindre hésitation, nullement perturbé par le lugubre décor dans lequel il évoluait avec une aisance stupéfiante.

Soudain, une ombre se détacha des arbres, juste devant eux. Ben et Dirk s'immobilisèrent de concert. Ils se trouvaient nez à nez avec un lutin des bois. À peine plus grand qu'un enfant de cinq ans, maigre, la peau tannée et rugueuse comme de l'écorce, la tête et les bras couverts d'une épaisse toison qui formait une sorte de crinière jusqu'aux épaules, il portait des vêtements couleur feuille morte et semblait faire partie de la forêt au même titre que les broussailles qui l'entouraient. Il pouvait assurément se fondre dans les futaies à volonté et sa subite apparition ne devait probablement rien au hasard. Il examina ses visiteurs sans même les saluer : Ben d'abord, puis, comme il apercevait le chat, il eut un léger froncement de sourcils, sembla hésiter et, finalement, les invita d'un geste à le suivre.

Ben soupira. La chance semblait enfin lui sourire.

Ils se remirent en marche. Le lutin suivait un chemin à l'invisible tracé, louvoyant entre de vastes étendues marécageuses, dissimulées dans un brouillard impénétrable doublé d'un rideau de pluie incessante. De petits yeux brillaient dans la pénombre puis disparaissaient subitement. Lutins, farfadets, nymphes, naïades, faunes, génies des bois et des eaux, esprits aux multiples apparences se matérialisaient furtivement entre deux taillis, surgissaient de la brume comme des fantômes pour s'évaporer aussitôt. Les illustrations fantasmagoriques des livres de contes qui avaient bercé son enfance semblaient prendre vie sous ses yeux et, comme toujours, Ben ne savait, de l'émerveillement ou de la peur, quelle émotion l'étreignait davantage.

Il ne reconnaissait rien de ce qui l'entourait. Chaque fois qu'il venait à Elderew, le Maître des Eaux semblait s'ingénier à lui faire emprunter un itinéraire différent : tantôt à travers des marais qu'il traversait, ceinturé d'eau saumâtre ; tantôt en suivant un sentier boueux qui semblait aspirer ses bottes à chaque pas. Quel que soit le chemin choisi, les marécages n'étaient jamais loin. Ben savait pertinemment que le moindre faux pas lui serait fatal. Il ne pénétrait jamais dans cette contrée sans appréhension. S'il ne pouvait y entrer seul, il ne pouvait davantage en sortir sans assistance. À dire vrai, il était à la merci du Maître des Eaux, considération qui ne l'avait jamais perturbé outre mesure auparavant. Roi de Landover, qu'aurait-il eu à craindre d'un fidèle vassal ? De plus, ayant toujours été en possession du médaillon, il se savait protégé par le Paladin. Mais, à présent, à la fois dépourvu de son talisman et de son identité, il n'était plus qu'un étranger et il ne doutait pas que le Maître des Eaux réservât aux étrangers de passage un tout autre sort qu'au roi.

Il en était à ce point de ses réflexions quand, franchissant un épais rideau de lianes, Ben sentit le sol se raffermir sous ses pas. La brume se leva. L'odeur d'eaux croupies se dissipa. Chênes et ormes remplacèrent ajoncs et fougères. Mousses, champignons et lianes disparurent tout à fait. Des guirlandes de fleurs multicolores vinrent égayer la grisaille, reliant entre eux des poteaux de bois sculpté alignés de part et d'autre d'un large chemin débroussaillé. Soulagé, Ben reconnut enfin la route qui montait en pente douce vers Elderew. La fin du voyage était proche. Il accéléra le pas.

Parvenu au sommet d'une petite éminence boisée, il put admirer la cité tout entière offerte à ses yeux : Elderew, capitale des créatures de magie qui, contraintes de fuir le monde des fées, avaient, depuis des générations, élu domicile dans la contrée des lacs. Un large amphithéâtre à ciel ouvert venait au premier plan. Formé de gigantesques arbres disposés en arc de cercle autour d'un parterre d'herbe drue et fleurie, il servait de cadre aux festivités locales et de salle d'audience. C'était ici que Ben avait été reçu par le maître des lieux lors de sa première visite. Pour l'heure, les bancs de rondins dégoulinaient de pluie ; les frondaisons versaient d'intarissables larmes. Ben avait connu ce lieu de réjouissance sous de meilleurs auspices. Désert et voilé par l'averse, l'endroit était sinistre. Par-delà l'arène sylvestre, se dressaient d'autres arbres, de monstrueux géants, deux fois plus hauts que les plus immenses séquoias de Californie. Leurs ramures abritaient la cité proprement dite. Échoppes et chaumières s'y nichaient confortablement. Tout un lacis de branchages formait un réseau de communications urbaines on ne peut plus efficace.

Figé sous l'averse battante, s'essuyant les yeux comme un gamin qui s'éveille après un long voyage au pays des rêves, Ben contemplait le spectacle, bouche bée. « Décidément, j'ai tout du petit campagnard qui découvre la ville », se dit-il. Oui, même s'il en était le souverain depuis plus d'un an, Ben Holiday ne serait jamais qu'un étranger dans ce royaume de légende. Cette réflexion eut pour effet de le rappeler à la précarité de sa situation. Il n'était qu'un vagabond, démuni et solitaire, à la merci de capricieux génies, aussi mystérieux qu'imprévisibles.

Surgissant d'un bouquet d'arbres, le Maître des Eaux apparut tout à coup, flanqué d'une demi-douzaine de gardes. Drapé dans une longue pèlerine verte sous laquelle son étrange peau écailleuse lançait quelques furtifs éclairs argentés, le seigneur de la contrée des lacs s'avança vers Ben d'un pas martial. Son visage aux traits durs n'augurait guère un accueil bienveillant. Habituellement d'un calme qui confinait à l'apathie, le monarque semblait singulièrement agité. Il s'adressa tout d'abord au guide dans un langage que Ben ne put identifier. Cependant, même si les mots demeuraient incompréhensibles, le ton incisif était parfaitement éloquent. Le lutin recula, rentra la tête dans les épaules et baissa les yeux.

Le Maître des Eaux se tourna alors vers Ben. Son diadème d'argent scintilla quand il releva la tête pour le dominer d'un regard méprisant qui n'engageait point à l'affabilité.

– Qui es-tu ? aboya-t-il. Que viens-tu faire ici ?

Ben ne s'attendait certes pas à la courtoisie de rigueur entre vassal et suzerain, mais il n'avait tout de même pas envisagé pareille hostilité. Il avait prévu que le Maître des Eaux ne le reconnaîtrait pas – et c'était assurément le cas – mais jamais il n'aurait imaginé qu'il se montrerait si inhospitalier, Non seulement le seigneur de la contrée des lacs n'était pas entouré des membres de sa famille qui l'accompagnaient toujours pour recevoir les visiteurs, mais il avait ordonné à ses gardes – dûment armés – de cerner son hôte. De plus, il n'avait pas attendu que Ben rejoigne l'amphithéâtre pour venir à sa rencontre, comme l'exigeait l'étiquette en vigueur à la Cour. Le ton qu'il employait à son égard trahissait colère et méfiance. Il se passait quelque chose d'épouvantablement anormal.

Ben prit une profonde inspiration.

– Je suis Ben Holiday, roi de Landover, déclara-t-il.

Devant l'impassibilité de son interlocuteur, il décida de plaider sa cause plus avant.

– Je sais, je ne me ressemble pas. Mais c'est parce que l'on m'a jeté un sort. Le sorcier qui fut Magicien de la Cour sous le règne du vieux roi – celui qui a abandonné Landover et qui se fait appeler Meeks dans le monde d'où je viens – s'est emparé de mon identité et de mon trône. C'est une histoire un peu compliquée et je n'ai guère le temps de vous l'expliquer. Pour aller à l'essentiel, disons que je viens ici pour retrouver Salica.

– Toi, tu es Ben Holiday ? s'exclama le Maître des Eaux, plein de morgue.

– Oui, en dépit des apparences, je suis bien le roi. En fait, tout a commencé quand je suis retourné...

– Silence ! tonna l'ondin. Qui que tu sois, ton histoire ne m'intéresse pas. Je ne veux savoir qu'une chose : comment as-tu osé te présenter devant moi en compagnie de ce chat ?

– Ce chat ? répéta Ben, ahuri, en essuyant la pluie qui lui brouillait la vue.

– Oui, ce chat-là ! fit le Maître des Eaux en désignant Dirk d'un index accusateur.

Ses branchies, habituellement dissimulées à la base du cou, s'ouvraient et se fermaient à une cadence effrénée avec l'ampleur d'un soufflet de forge. Le Maître des Eaux était, de toute évidence, fou de rage.

Ben se tourna vers Dirk, assis à dix pas derrière lui. Le chat se léchait le bout des pattes avec une ostensible désinvolture qui frisait l'insolence.

– Je ne comprends pas, répondit-il, dérouté. En quoi le fait que...

– Il me semble que c'est assez clair, non ? l'interrompit le Maître des Eaux, furieux.

– Euh !... Je... Non. Non, pas vrai...

– Le chat ! Qu'est-ce que fait ce chat prismatique sur mes terres ?

– Bon. Écoutez ! fit Ben, à bout de patience. Primo, je n'ai pas amené ce chat. C'est lui qui a décidé de me suivre. Secundo, nous avons conclu un marché, lui et moi : je ne lui pose pas de questions et réciproquement. Alors, tâchez de vous calmer et dites-moi enfin où vous voulez en venir. Tout ce que je sais, à propos des chats prismatiques, c'est qu'ils peuvent changer de forme et allumer une flambée d'un seul regard. Apparemment, vous en savez plus que moi sur le sujet.

– Indubitablement, rétorqua le Maître des Eaux. J'aurais pourtant cru que le roi de Landover se serait fait un devoir de connaître les mœurs de tous ses sujets. (Défiguré par la colère, le Maître des Eaux s'était avancé, menaçant.) C'est toujours le titre que tu revendiques, non ?

– Absolument.

– Même s'il n'y a pas la moindre ressemblance ? Même si tu portes des guenilles de mécréant et voyages sans escorte ?

– Je vous ai déjà dit que…

– Oui, oui ! Je sais ! En tout cas, à défaut du maintien, tu en as l'arrogance !

Il se tut et sembla s'accorder quelques minutes de réflexion. Le lutin s'était changé en statue et les sentinelles se tenaient au garde-à-vous. Ben attendit impatiemment le bon vouloir de son vassal. De petits visages apparaissaient entre les arbres. Le peuple d'Elderew, alerté par les éclats de voix de son seigneur et maître, venait satisfaire sa curiosité.

Finalement, l'ondin s'éclaircit la gorge.

– Bien. Je ne te reconnais aucun droit au trône de Landover. Mais qui que tu sois, laisse-moi t'apprendre une ou deux choses sur la créature que tu as l'impudence de présenter devant moi. Premièrement, sache que les chats prismatiques sont des créatures de magie à part entière, de vraies créatures de magie et non des exilés, comme les habitants de cette contrée ;

et, qu'en conséquence, ils ne quittent jamais les brumes du monde des fées. Deuxièmement, sache qu'ils fuient toujours les humains comme la peste. Troisièmement, qu'ils sont tous imprévisibles et n'ont de code d'honneur que le leur. Nul ne peut se targuer de prévoir leurs réactions. Et, quatrièmement, où qu'elles aillent, ces maudites créatures sèment le malheur comme les nuages la pluie. Tu as eu de la chance qu'on te laisse pénétrer sur mes terres en telle compagnie. Si j'avais su que tu voyageais avec un chat prismatique, je te jure que tu n'aurais jamais franchi mes frontières.

Ben hocha la tête en soupirant. Décidément, certaines superstitions avaient la vie dure, dans ce monde comme dans l'autre !

– D'accord, je vous promets de m'en souvenir à l'avenir. Il n'en demeure pas moins que vous m'avez bel et bien laissé parvenir jusqu'ici. Alors je me fiche que ce chat porte malheur ou pas et que vous me croyiez ou non légitime souverain de Landover. L'essentiel, c'est que vous m'aidiez à... (Une brusque rafale rabattit l'averse sur son visage. Il s'étouffa, toussa et frissonna dans ses haillons trempés.) Dites-moi, reprit-il d'un ton affable. Ne pourrions-nous pas poursuivre cette conversation au sec ?

Le Maître des Eaux le dévisagea, imperturbable.

– Votre fille est en danger. Il en va de sa vie, ajouta-t-il à voix basse.

Son interlocuteur l'examina encore quelques minutes, puis lui fit signe de le suivre. Il congédia le guide d'un geste vif qui éparpilla les curieux comme une volée de moineaux apeurés. Ben et son hôte marchèrent côte à côte jusqu'à une sorte de belvédère construit de troncs poncés et recouvert d'un toit de branchages. Ils pénétrèrent sous l'abri et prirent place sur deux bancs disposés de part et d'autre d'une petite table basse. Les gardes – qui ne les quittaient pas d'une semelle – demeurèrent en faction à l'entrée.

Dirk sauta d'un bond gracieux sur le banc, s'allongea tranquillement près de Ben et ferma les paupières.

Le Maître des Eaux fusilla le chat du regard, puis tourna les yeux vers son visiteur.

– Je t'écoute.

N'ayant de toute façon rien à perdre, Ben ne dissimula aucun détail, depuis le récit des trois rêves jusqu'à son exil de Bon Aloi. Son interlocuteur l'écouta dans un immobilisme minéral, le regard fixe, la bouche close. Son discours terminé, Ben attendit anxieusement la réaction du Maître des Eaux. L'ondin resta de marbre.

– Je ne sais que vous dire d'autre, insista Ben. Je n'ai rien omis, soyez-en certain.

Le génie des eaux hocha la tête, mais demeura muet.

– Écoutez ! Il faut absolument que je trouve Salica pour lui dire que ce rêve de licorne noire lui a été envoyé par Meeks et qu'elle est en danger. Je ne peux l'avertir sans votre concours. (Ben marqua un temps, troublé par ce qu'il s'apprêtait à révéler et qu'il s'était jusqu'alors refusé à reconnaître.) Salica représente beaucoup pour moi, Maître des Eaux. J'ai une profonde affection pour elle. Vous devez le savoir, n'est-ce pas ? Alors, dites-moi, par amour pour elle, si elle est venue ici.

Le Maître des Eaux s'enroula étroitement dans sa cape, le regard absent.

– Il se peut, en fin de compte, que tu sois celui que tu prétends être, répondit-il d'une voix lointaine. Oui, je crois que tu es peut-être le roi de Landover. Peut-être...

Il se leva, rejoignit le seuil et congédia tous ses gardes d'un signe de la main, puis revint se camper devant Ben. Il pencha alors son étrange visage luisant vers son hôte qui se recroquevilla sur son banc.

– Majesté ou habile fraudeur, dis-moi la vérité, maintenant : comment se fait-il que tu voyages en compagnie d'un chat prismatique ?

Ben se redressa et respira profondément pour conserver son calme.

– Le hasard, Maître des Eaux, simplement le hasard. J'ai rencontré ce chat alors que je m'apprêtais à passer la nuit sur les berges de l'Irrylyn. Il m'a convaincu que son assistance pouvait s'avérer précieuse. L'avenir me le dira.

Il baissa les yeux vers le chat, s'attendant à quelque confirmation de sa part. Mais Dirk ne se donna même pas la peine de soulever une paupière. Ben constata alors que le chat n'avait pas dit un mot depuis leur arrivée à Elderew et s'en étonna.

– Montre-moi ta main, ordonna subitement le Maître des Eaux. (Comme Ben obtempérait, il la lui saisit brutalement et l'enferma dans la sienne.) Je connais un moyen de savoir si tu mens ou non. Te souviens-tu de ta première visite à Elderew ? Nous avons traversé le village côte à côte en nous entretenant de la magie de mon peuple. (Ben acquiesça d'un signe de tête.) Te souviens-tu de la démonstration que je t'ai faite de mon pouvoir ?

La poigne d'acier lui broyait la main comme un étau. Ben grimaça de douleur, mais ne se déroba pas.

– Vous avez apposé les mains sur un buisson atteint par le mildiou et l'avez immédiatement guéri, répondit-il en regardant le Maître des Eaux droit dans les yeux. Vous vouliez ainsi me prouver que votre peuple pouvait très bien vivre en autarcie. C'est d'ailleurs pour cette raison que vous avez refusé de prêter allégeance à la couronne. (Il marqua une pause délibérée.) Mais vous avez changé d'avis depuis, Maître des Eaux. Et c'est à moi et à moi seul que vous avez prêté serment.

Le Maître des Eaux le dévisagea longtemps, sans mot dire, puis se redressa et, par la seule force du poignet, contraignit Ben à se lever.

– J'ai seulement reconnu que tu pouvais être Ben Holiday, murmura-t-il d'un ton comminatoire, en toisant son hôte. Je n'ai pas dit que je te reconnaissais comme tel. (Il s'empara de l'autre main de Ben avec violence.) J'ignore comment ton apparence a pu être altérée. Mais, si la magie est en cause, ce que la magie a fait, la magie peut le défaire. Je détiens le pouvoir de guérir, pouvoir qui assainit ce qui a été corrompu. Si ton apparence actuelle résulte d'une telle corruption, je peux peut-être t'aider. (La poigne d'acier resserra encore son étreinte. Ben se mordit la lèvre pour réprimer un cri.) Reste où tu es, commanda le Maître des Eaux d'une voix de stentor. Ne bouge pas !

Ben retint son souffle. La pression devenait intolérable. Une chaleur émanait du poing recouvert d'écailles pour gagner ses mains. Le Maître des Eaux baissa la tête et ferma les paupières. Son visage se crispa, comme sous l'effet d'un épuisant effort de concentration. Sa respiration se fit profonde, audible. La chaleur embrasa Ben tout entier. Il frémit, mais ne résista pas.

Au bout d'un moment – qui, pour Ben, sembla une éternité – le Maître des Eaux ouvrit le poing, recula et soupira, une lueur d'incrédulité dans le regard.

– Je ne peux rien faire pour toi, conclut-il. Tu es bien victime d'un sort. Ton apparence a bien été altérée par la magie. Mais ce sortilège n'est pas l'œuvre d'un autre. Tu en es toi-même l'auteur.

– Pardon ? s'exclama Ben, abasourdi.

– Tu t'es transformé par ta propre volonté, expliqua le Maître des Eaux. Tu es donc le seul qui puisse rompre le sortilège.

– Ça ne tient pas debout ! Je n'y suis pour rien. C'est Meeks qui a tout manigancé. Je l'ai vu faire, bon sang ! C'est lui qui m'a volé le médaillon. La preuve, fit-il en agrippant si violemment le pendentif attaché à son cou pour le présenter à son interlocuteur que la chaîne se tendit à se rompre. Voilà ce qu'il m'a donné en échange.

Le Maître des Eaux inspecta l'objet un instant, passa un doigt négligent sur la surface ternie, mais le repoussa en hochant la tête.

– Je ne vois rien, dit-il. Si une image est gravée sur cette amulette, quelque chose la dissimule à mes regards et ce quelque chose vient de toi.

Ben serra les dents et laissa retomber le pendentif sous ses guenilles d'un geste rageur. Il ne comprenait rien aux élucubrations de ce maudit génie des eaux. S'il y avait bien magie, comment pourrait-elle être la sienne ? Il ne possédait pas le moindre pouvoir ! Soit le Maître des Eaux se moquait de lui, soit il était lui-même victime de quelque mystification. À moins qu'il ne cherche sciemment à le tromper pour le mettre à l'épreuve…

– Choisis ou non de me croire, reprit l'ondin, comme s'il avait lu dans ses pensées. Je ne te dis que ce que je ressens. (Il sembla hésiter.) Mais si cette amulette t'a été effectivement donnée par ton ennemi, pourquoi ne t'en sépares-tu pas ?

Ben soupira.

– Meeks affirme qu'elle lui permet de connaître mes moindres faits et gestes et je me passerais volontiers de cette perpétuelle surveillance. Mais il m'a aussi fait comprendre que si je tentais de l'ôter, j'étais un homme mort.

– Et s'il t'avait menti ?

Ben avait déjà envisagé cette éventualité. Après tout, Meeks était bien la dernière personne au monde à laquelle il pouvait faire confiance. Cependant, la seule façon d'en avoir le cœur net pouvait lui coûter la vie.

– J'y ai pensé… répondit-il d'une voix songeuse, en soulevant le pendentif.

À peine esquissait-il ce geste que Dirk relevait brusquement la tête et ouvrait les yeux. On aurait pu croire que le chat sortait expressément de sa torpeur pour observer sa réaction. L'étrange regard jaune, d'une fixité de sphinx, restait rivé sur Ben, deux pépites d'or scintillant dans leur écrin de fourrure argentée.

– Mais je me suis dit que, dans le doute, il était plus sage de s'abstenir, acheva-t-il en laissant lentement glisser l'amulette le long de sa chaîne.

Dirk sembla se rendormir à la seconde. Un coup de tonnerre déchira le silence. À la fois honteux de sa lâcheté et soulagé d'y avoir cédé, Ben se sentit brusquement gagné par un accès de colère qu'il préféra imputer au comportement fantasque de son compagnon. À quoi jouait ce chat de malheur, à la fin ?

Le Maître des Eaux se dirigea vers le seuil du belvédère, puis se retourna.

– Ce n'est pas ici que tu trouveras Salica. Il te faut aller chercher ailleurs. Le plus tôt sera le mieux, ajouta-t-il en lorgnant le chat.

Sentant sa seule chance de salut lui échapper, Ben rejoignit son hôte d'un bond.

– Dites-moi au moins où je peux la trouver. Elle avait l'intention de venir ici pour résoudre l'énigme de son rêve. C'est sans doute vers vous qu'elle se tournerait en cas de besoin, n'est-ce pas ?

Le Maître des Eaux l'observa un moment en silence, comme on jauge celui auquel on s'apprête à faire quelque importante révélation, puis hocha la tête.

– Certainement pas. (Il revint sur ses pas, en s'enroulant dans sa cape.) Je ne suis que son père et ce n'est certes pas auprès de moi qu'elle viendrait chercher assistance. Cela n'a jamais été le cas. J'ai une nombreuse descendance. Certains enfants me sont plus proches que d'autres, mais pas Salica. Elle ressemble beaucoup trop à sa mère, une créature sauvage qui s'entend nettement mieux à défaire les liens qu'à les resserrer. Aucune des deux n'a jamais cherché à se rapprocher de moi. Sa mère n'est venue vers moi qu'une seule fois, pour s'en retourner aussitôt dans la forêt... à jamais... (Il resta songeur un long moment.) Je ne connais même pas son nom. C'est un génie des bois, une étincelle, un joyau, une écharpe de soie... Elle m'a ébloui comme une étoile filante enflamme le firmament. Je l'ai perdue avant même d'avoir pu la saisir. C'est sans doute pour cela que j'ai également perdu Salica. J'ai fait peser sur la fille la rancune que je portais à la mère. Salica a dû supporter les effets de ma rancœur et s'est peu à peu détachée de moi. J'ai tellement aimé sa mère que je n'ai jamais pu lui pardonner la souffrance qu'elle m'avait infligée. Quand j'ai autorisé Salica à quitter Elderew pour vivre à Bon Aloi, j'ai tranché le dernier fil qui nous reliait encore. En gagnant son indépendance, elle a cessé d'être ma fille. Elle ne voit plus en moi, désormais, qu'un homme qui a trop d'enfants pour être un bon père.

Le Maître des Eaux se détourna, perdu dans ses pensées. Quelle étrange confession ! pensa Ben. Pas le plus petit tressaillement, pas le moindre tremblement dans la voix. Le Maître des Eaux s'était livré sur un ton froid, presque didactique. Il tenait encore à sa fille, pour en parler de la sorte, mais ne manifestait pas le moindre regret de l'avoir perdue. Il s'était juste contenté de constater un état de fait et s'était exprimé avec une rigueur d'huissier. Cette indifférence troubla Ben. Il en vint à se demander quelle était la nature exacte des sentiments qu'il éprouvait lui-même pour cette enfant si mal aimée.

L'ondin regardait tomber la pluie, subitement muet.

– Je peux guérir tant de choses ! reprit-il tout à coup. Pourtant, je n'ai rien pu faire. Je ne savais même pas comment m'y prendre avec elle...

Il se redressa brusquement, semblant s'éveiller de quelque rêverie, et regarda Ben comme s'il le voyait pour la première fois.

– Mais pourquoi te raconter tout cela, à toi ? s'enquit-il à mi-voix, une lueur d'étonnement dans les prunelles.

Ben baissa les yeux, embarrassé par le regard du Maître des Eaux qui le fixait comme s'il venait de voir une apparition. Au bout de quelques minutes d'un silence contraint, le seigneur d'Elderew haussa les épaules.

– Quoi qu'il en soit, tu perds ton temps, ici, fit-il d'une voix cassante. Si Salica est effectivement dans la contrée, c'est sa mère qu'elle est allée voir. Tu la trouveras dans la clairière des vieux pins où sa mère vient danser… quand elle daigne se manifester.

– Bien, fit Ben en prenant congé. J'y vais de ce pas. (Le Maître des Eaux le suivit des yeux, sans mot dire.) Inutile de me procurer un guide. Je connais le chemin. (L'ondin hocha la tête. Ben fit quelques pas, puis se retourna.) Voulez-vous m'accompagner ? demanda-t-il impulsivement.

Les yeux dans le vague, le visage blême, le corps d'une rigidité cadavérique, le Maître des Eaux ne manifesta pas la moindre réaction. Ses branchies frémissaient à peine.

– Il ne vous entend pas, intervint Edgewood Dirk. (Ben sursauta. Le chat se tenait à ses pieds.) Il s'est retranché en lui-même. C'est une réaction naturelle, quand on vient de révéler involontairement un secret si bien gardé depuis des années. Il se demande encore pourquoi il vous a ainsi ouvert son cœur.

– Comment ça, « un secret si bien gardé » ? Ce qu'il m'a dit à propos de Salica et de sa mère ? interrogea Ben en fronçant les sourcils. (Il s'accroupit près du chat.) Dirk, pourquoi m'a-t-il confessé tout cela ? Il n'était même pas convaincu de mon identité. On ne confie pas de telles choses à un étranger de passage.

Dirk leva les yeux vers lui.

– La magie peut prendre bien des formes, Messire. Elle permet de réaliser des miracles qui sautent aux yeux. Elle peut aussi agir plus discrètement. Certains sorts font exploser la foudre, d'autres agissent sur le corps, l'esprit ou… le cœur. Certains emprisonnent, d'autres libèrent. Certains cachent, d'autres… révèlent…

– Admettons, mais pourquoi…

– Écoutez-moi, quand je vous parle ! l'interrompit Dirk d'une voix sifflante. Les humains ne savent pas écouter. Ils ne cessent de jacasser. Notre présence les rassure. Nous ne posons aucune question et ne portons aucun jugement. Ils parlent et nous les écoutons. C'est si réconfortant une oreille attentive ! Ils nous disent tout : leurs pensées les plus secrètes, leurs rêves les plus fous, tout ce qu'ils n'osent révéler à personne. Et parfois, Messire, ils se confient sans même s'en rendre compte et, leur confession achevée, se demandent encore pourquoi ils se sont laissés aller à tant de confidences.

Dirk se tut. Ben comprit tout à coup que, loin de pérorer gratuitement, le chat traitait là d'un cas bien particulier. Il leva les yeux. Son regard rencontra la silhouette immobile du Maître des Eaux.

– Dirk, qu'est-ce que…

– Chut ! Ne perturbez pas inutilement le silence, Messire ! Laissez-le vous parler, si vous le pouvez ; mais ne le perturbez pas !

Le chat se redressa et trottina élégamment pour disparaître entre les arbres. Les nuages, immense couverture filandreuse et sale, recouvraient le ciel d'un bout à l'autre de l'horizon. Il tombait des hallebardes avec un bruit qui troublait le silence pesant. Chaumières, ponts suspendus, escaliers, allées, amphithéâtre, tout était désert et composait un décor sinistre sur lequel se détachait la silhouette rigide du

Maître des Eaux. Ben tendit l'oreille. Le silence était si dense qu'il semblait lui parler.

Mais que lui disait-il ? Quel enseignement le silence prodiguait-il à ceux qui savaient l'écouter ? Ben hocha la tête, perplexe. Il n'en avait pas la moindre idée.

Dirk avait disparu dans la brume. Ben haussa les épaules et s'empressa de le suivre.

ENFER ET PARADIS

Pour Ben Holiday, qu'Edgewood Dirk fût une créature on ne peut plus singulière ne faisait plus l'ombre d'un doute. Oh, bien sûr ! Tous les chats ont leur singularité, me direz-vous. À plus forte raison un chat venu du monde des fées. Mais la singularité de Dirk dépassait de loin tout ce qu'on pouvait imaginer. À côté de lui, même le chat d'*Alice au pays des merveilles* aurait fait piètre figure ! Avec Dirk, le mot « chat » prenait une tout autre dimension. Et le pire c'est que Ben avait beau se torturer les méninges, ce maudit chat demeurait une énigme ambulante !

Qui était Edgewood Dirk et que faisait-il là ? Ben aurait payé cher pour le savoir. Mais il n'avait guère le temps de s'appesantir sur le sujet. Dirk avait, une fois de plus, pris la direction des opérations – présomptueux comme un chat qu'il était ! Il n'avait plus qu'à le suivre. Et en quatrième vitesse, s'il vous plaît ! La nuit fondait sur lui comme une malédiction, et le vent, comme la pluie, le giflait à plaisir. Il était transi, mort de faim, épuisé. Son courage fondait telle la neige au soleil. Que n'aurait-il donné pour un lit douillet et des vêtements secs ! Mais autant demander les huit lunes ! Il devait déjà s'estimer heureux que le Maître des Eaux ait toléré sa présence sur ses terres. Toutefois la tolérance ne seyant guère au personnage, sa patience aurait des limites. Autant profiter du peu de temps qui lui restait pour retrouver Salica, avant que cet ondin, aussi versatile que ses semblables, ne changeât d'avis. Ce qui, à n'en pas douter, ne saurait tarder.

Il traversa Elderew sur la pointe des pieds, puis s'enfonça dans les bois. Les lumières de la cité disparurent progressivement. Il fit bientôt noir comme dans un four. Des écharpes de brume s'enroulaient autour des arbres, le frôlant au passage, lambeaux de linceul soulevés par le vent dans le sillage de quelque invisible spectre. Mais Ben avançait d'un pas assuré. Il ne comptait plus les fois où il s'était rendu dans la fameuse clairière des vieux pins. Il y serait allé les yeux bandés.

Quelques minutes plus tard, il atteignait son but. Edgewood Dirk l'y attendait déjà. Ben jeta un coup d'œil à la ronde. La clairière était déserte. Il s'accroupit, espérant trouver quelques empreintes. Avec ce temps de chien, autant chercher une aiguille dans une meule de foin ! Edgewood Dirk le suivait des yeux. Ben aurait juré qu'il riait sous cape, Quand, dépité, il se tourna vers lui, le chat avait déjà quitté son poste pour inspecter à son tour l'herbe détrempée.

– Elle est venue ici il y a deux nuits, Messire, conclut-il en venant s'asseoir avec élégance aux pieds de Ben, qui s'était réfugié sous un bouquet de pins. Elle s'est agenouillée à quelques pas de l'endroit où vous vous trouvez. Après avoir regardé sa mère danser, elle s'est métamorphosée au centre de la clairière. Elle est partie le lendemain, à l'aube.

– Comment pouvez-vous savoir tout ça ? s'exclama Ben, sidéré.

– Question de flair, répondit le chat avec dédain. L'odorat permet souvent de déceler des choses imperceptibles aux autres sens, Messire. Mon nez me montre ce que vos yeux ne voient pas.

Ben se rapprocha du chat et s'accroupit pour se mettre à sa hauteur, indifférent aux gouttes de pluie qui dégoulinaient sur son visage.

– Et votre nez vous dit-il où elle est allée ?

– Non.

– Non ?

– Inutile de jouer les perroquets, lança Dirk, hautain.

– Pourtant, si votre nez vous a dit tout le reste, pourquoi ne vous dit-il pas ça ? insista Ben. Votre odorat serait-il sélectif ?

– Vous donnez dans le sarcasme, Messire ? Cela ne vous sied guère, rétorqua le chat en inclinant la tête pour se passer la patte sur l'oreille. En outre, ce n'est pas digne de moi. Dois-je vous rappeler que je suis, jusqu'à nouvel ordre, votre seul compagnon et soutien dans cette aventure ?

– Ce qui d'ailleurs mériterait quelques explications, serais-je tenté de dire, sieur Chat, répliqua Ben du tac au tac. Vous prétendez détenir un incommensurable savoir, mais vous vous gardez bien de m'en faire profiter. Vous daignez, certes, me gratifier de quelques cours magistraux – et encore ! Quand cela vous chante ! Mais, pour ce qui est des réponses explicites, c'est pire que l'administration, ma parole ! Je reconnais que vous avez quelque excuse pour agir de la sorte, étant un chat, mais puis-je me permettre de vous faire remarquer que cela ne me facilite guère les choses ? Ça me les complique même singulièrement, pour être clair ! Je vous ai simplement demandé comment vous pouviez savoir que Salica est venue ici, que sa mère a dansé pour elle, qu'elle s'est changée en saule et, cependant, ne pas être fichu de me dire où…

– Je l'ignore.

– … elle a bien pu aller… Comment ça, vous l'ignorez ? Vous ignorez quoi au juste ?

– J'ignore pourquoi je ne sais pas.

Désarçonné par cette réponse inattendue, Ben resta interdit.

– Je devrais pouvoir lire ses traces et en déduire la direction qu'elle a prise, mais je ne le peux pas, expliqua calmement le chat. Il semblerait que ce soit le but recherché.

Ben considéra quelque temps cette surprenante information, puis secoua la tête, incrédule.

– Pourquoi Salica aurait-elle voulu qu'on ne sache pas où elle allait ?

Pour toute réponse, Dirk se leva d'un bond en émettant un sifflement qui ressemblait fort à un avertissement. Ben l'imita aussitôt et suivit son regard. Le Maître des Eaux venait de franchir l'orée de la clairière et se dirigeait vers lui à grandes enjambées. Ben balaya les environs d'un coup d'œil inquisiteur. Le seigneur de la contrée semblait seul.

– Salica est-elle venue ici ? demanda l'ondin, sans autre préambule.

– Venue et repartie. Le chat affirme que sa mère a dansé pour elle ici même, il y a deux jours.

Un éclair de colère étincela dans les prunelles du seigneur d'Elderew.

– Évidemment, pour sa fille, elle daigne se manifester, bien entendu ! maugréa-t-il entre ses dents. Elles communient par la pensée. La danse de sa mère lui aura révélé ce qu'elle cherchait… (Il poursuivit ses déductions en silence.) Avez-vous déterminé quelle direction elle a prise, Monseigneur ?

Ben tressaillit malgré lui. Le Maître des Eaux ne venait-il pas de l'appeler « Monseigneur » ? L'aurait-il enfin reconnu ? Il lança à l'ondin un regard méfiant.

– Ses traces ont été dissimulées. Délibérément, au dire du chat.

Le Maître des Eaux jeta un coup d'œil en coin à Dirk, en fronçant les sourcils.

– C'est possible. Cela dit, la ruse n'est pas dans la nature de Salica. Quant à sa mère, le voudrait-elle qu'elle ne le pourrait pas. Si dissimulation il y a, elle émane d'une autre source. Certaines personnes n'hésiteraient pas à aider ma fille, à mon insu. J'en connais… (Il se tut. Un nouvel éclair de colère zébra ses prunelles, puis disparut.) Peu importe. J'ai le pouvoir de la retrouver, de toute façon. Entre autres… (Il fit brusquement volte-face.) Mais le temps presse. La pluie et l'obscurité vont déjà suffisamment perturber mes ondes, sans attendre à plus tard. Je dois faire vite. (Son débit s'accélérait de façon alarmante.) Je ne tolérerai pas qu'on se joue de moi, derrière mon dos. Je saurai la signification de ce rêve de licorne noire et de bride d'or, que Salica et sa nymphe de mère le veuillent ou non !

Il disparut dans les futaies au pas de charge, sans même s'assurer si Ben le suivait. Ce qui d'ailleurs eût été une précaution bien inutile. Ben ne l'aurait pas laissé filer pour tout l'or du monde.

Edgewood Dirk les regarda s'éloigner, puis entreprit de se lisser le pelage avec soin. Il ne releva plus la tête avant d'avoir achevé sa toilette.

Ben demeurait sceptique. Le Maître des Eaux avait opéré un tel revirement qu'il avait peine à le croire. Un quart d'heure plus tôt, il s'était totalement désintéressé de son histoire de licorne noire et du péril qui menaçait sa fille ; et voilà, à présent, qu'il brûlait de découvrir de quoi il retournait et ne tolérait pas le moindre délai. Tel un flibustier fendant les flots pour se lancer à l'abordage, il éventrait les broussailles en direction de la cité, hélant ses gardes en chemin, lançant des ordres à la cantonade. Des serviteurs surgissaient à chaque pas, aussitôt dépêchés vers quelque tâche qui ne souffrait aucun retard. Génies, naïades, lutins et farfadets jaillissaient de toutes parts pour se fondre aussitôt dans la nuit. Le Maître des Eaux aboyait à chacun ses instructions sans s'arrêter une seconde. Il contourna les abords de la cité et s'enfonça de nouveau dans la forêt, sans un regard pour Ben qui le suivait comme son ombre.

Ils se dirigeaient au nord-est d'Elderew, dans une obscurité que seuls les éclairs lacéraient par intermittence. Ben ne voyait rien à dix pas. Le tonnerre grondait sans interruption et la pluie tombait à torrents.

La tempête s'annonçait apocalyptique. Le Maître des Eaux semblait parfaitement indifférent aux conditions climatiques, immergé dans un monde intérieur dont rien ne paraissait le distraire.

Ben commençait à se demander quelles étaient précisément les intentions de son guide, quand le rideau d'arbres s'ouvrit brusquement sur le versant d'une colline qui descendait en pente douce vers un grand lac. Deux rivières, gonflées par la pluie, dévalaient de profondes gorges creusées dans de hauts plateaux pour l'alimenter. Agitée par ces flux tempétueux, la vasque liquide bouillonnait comme un volcan en éruption. Les éclairs ricochaient sur les tourbillons d'eau noire qui semblaient cracher des étincelles. Des torches zigzaguaient sur le versant, embrasant la colline de milliers de flammèches. Ben s'arrêta, le souffle coupé, ébloui par ce spectacle. Tous les habitants de la contrée des lacs semblaient s'être donné rendez-vous pour quelque mystérieux sabbat.

Le Maître des Eaux s'immobilisa à son tour et se retourna pour lui désigner un surplomb. L'orage éclata tandis qu'ils rejoignaient la plate-forme rocheuse qui dominait la vallée, offrant un vaste panorama sur le lac, ses affluents et la colline tout entière. Exposés sur le promontoire à la furie des éléments déchaînés, le Maître des Eaux et son hôte se serraient l'un contre l'autre. Leurs voix se perdaient dans le hurlement du vent.

– Regardez, Monseigneur ! s'écria l'ondin. Je ne peux peut-être pas obliger la mère de Salica à danser pour moi, mais je peux mettre au pas toutes ses sœurs. Je saurai ce que l'on me cache ! Et ce, dès maintenant !

Ben hocha la tête en silence. Les yeux du Maître des Eaux étincelaient. Il semblait en proie à une excitation sauvage. Sur un signe de lui, une silhouette d'une maigreur squelettique émergea de l'ombre. De frustes hardes flottaient autour d'une sorte de marionnette. Des barbes de maïs composaient sa chevelure et ses traits paraissaient sculptés dans un masque de bois brut. Sa main droite se refermait sur une flûte de Pan.

– Joue ! ordonna le Maître des Eaux en embrassant la colline d'un geste. Appelle-les !

Le fifre s'assit en tailleur sur la pierre ruisselante et porta la flûte à ses lèvres. Une douce mélopée s'éleva, notes suaves se faufilant entre les fracas de la tempête, puis faisant progressivement corps avec elle, harmonieuse symphonie dévalant la colline pour s'enrouler autour de chaque créature comme une soierie brochée d'or.

– Écoutez ! Écoutez ! siffla le Maître des Eaux à l'oreille de Ben, d'un ton frémissant d'exultation.

Le joueur de flûte montait peu à peu les octaves et la musique, de plus en plus aiguë, domina bientôt les fracas de l'orage. Elle semblait charmer et le vent et la pluie ; tant et si bien que, peu à peu, la tempête s'apaisa. L'ouragan glacé devenait rafale ; la rafale, douce brise printanière ; l'averse torrentielle, bruine vespérale ; la bruine, gouttes de rosée ; l'obscurité laissait progressivement place à l'aurore. Ben se sentait soulevé de terre. Il avait l'impression de flotter sur un coussin d'air. Il écarquillait les yeux, ébahi. Tout autour de lui, le paysage changeait d'aspect. Les formes, les matières, le temps même, tout semblait se métamorphoser d'un coup de baguette magique. Cette étrange mélodie ensorcelait les êtres et la terre. Le pouvoir de ces quelques notes surpassait toute la magie qu'il lui avait été donné de voir dans ce royaume où elle régnait en maître. Ce pouvoir-là pouvait même commander aux éléments. Il ordonnait et la toute-puissante nature obéissait.

Les torches flamboyèrent brusquement de toutes parts, comme si le feu, enchanté lui aussi, répondait à quelque injonction d'Hadès. Le versant sembla aussitôt s'embraser, mais eussent-ils été des milliers, jamais flambeaux n'auraient suffi à créer pareil rayonnement. L'air lui-même étincelait, comme illuminé d'une nuée de lucioles tourbillonnantes. Le lac en était irradié. Les flots furieux, caressés par l'envoûtante mélopée comme les cheveux en bataille d'un enfant par une main maternelle, s'étaient figés en un miroir luminescent. Une constellation d'étoiles dansait sur les berges. La lumière paraissait vivante.

– Là ! Là ! Regardez ! pressa le Maître des Eaux.

Virevoltant comme une pluie de paillettes dans une bourrasque, les étoiles prenaient corps. Chaque note faisait naître un nouvel être phosphorescent. Ben reconnut aussitôt ces surnaturelles créatures scintillant telles des gemmes dans le flamboiement des torches : des nymphes ! Oui, ces êtres immatériels dansaient comme la mère de Salica avait dansé devant lui. Leurs membres graciles accrochaient la lumière et projetaient de subtiles lueurs couleur de jade. De longues chevelures d'argent flottaient au rythme de la mélodie. De ravissants minois enfantins se levaient, par centaines, vers le firmament. Elles prenaient vie comme des comètes tombées du ciel, tourbillonnant sur les berges, fragiles, gracieuses, époustouflantes de beauté.

La musique se fit plus forte. La luminosité sembla croître. On eût dit que le soleil se levait sur un beau jour d'été, réveillant les couleurs endormies sous le drap noir de la nuit. Une explosion de couleurs se mêlait et se répandait sur la toile du paysage comme sous le pinceau de quelque peintre céleste. Ben se sentait transporté dans un autre monde, en un autre temps. Il se voyait rajeunir et se croyait revenu à l'aube de la Création. Le paradis ! se disait-il. Je suis au paradis ! L'impression d'apesanteur s'intensifiait jusqu'à l'ivresse. Il flottait dans les airs avec, à ses côtés, le Maître des Eaux et le fifre, emportés eux aussi comme des plumes par une brise tissée de croches, de blanches, de noires et de couleurs. Les nymphes dansaient, là, en dessous, plus légères et plus vives que jamais. Tels d'inlassables derviches tourneurs, elles tourbillonnaient des berges vers le lac, sans toucher le sol ; puis glissaient sur le miroir liquide, comme des patineuses sur la glace. Tandis qu'elles convergeaient vers le centre en un étourdissant ballet, une image commençait à prendre forme au-dessus d'elles. On eût dit que l'air se concentrait pour donner corps à un être encore indéfini.

– Ça y est ! exulta la voix du Maître des Eaux quelque part dans les nuées. Elle vient !

La forme aérienne se précisait à mesure et, soudain, Salica apparut. Elle atterrit doucement sur la berge. Dans sa main droite, scintillait la bride d'or. Drapée de soieries immaculées, elle resplendissait. Sa beauté était telle qu'elle reléguait l'éblouissante chorégraphie des nymphes au second plan. Elle leva un visage radieux vers le ciel, sa longue chevelure ondulant comme un océan de verdure. Elle tendit la bride d'or à deux mains devant elle, en offrande, et attendit.

– Attention ! avertit soudain une voix si faible qu'elle se distinguait à peine d'un souffle de vent.

Arraché malgré lui à l'angélique vision de sa compagne, Ben aperçut Edgewood Dirk qui l'appelait, loin, loin, en dessous de lui, à peine plus gros qu'un frelon. Il allait ouvrir la bouche pour l'interroger quand, tout à coup, la musique s'amplifia. Le ciel, la terre, le haut, le bas, la droite, la gauche, brusquement plus rien n'avait de sens. Il n'y avait plus que le vertigineux tourbillon des nymphes et l'envoûtante image de Salica, belle, si belle… Ben n'avait jamais connu telle félicité. Il pleurait devant tant de splendeur. Il se sentait en parfaite harmonie avec l'univers, comme s'il se fondait en lui. Il n'était plus un être humain évoluant dans un monde complexe et hostile, mais un bout de ce monde, une partie d'un tout, un…

Soudain, quelque chose se matérialisa sur la rive, de l'autre côté du lac, quelque chose d'à la fois magnifique et de terrifiant. Ben crut percevoir le cri du Maître des Eaux : une exclamation de triomphe. Le maelström de couleurs et de notes sembla se mouler sur une forme rigide, comme un film plastifié épouse l'objet qu'il protège. La forme bondit dans la lumière : la licorne noire !

Ben eut la sensation que son cœur cessait de battre. Il n'avait jamais rien vu d'aussi merveilleux. Même l'époustouflante beauté de Salica pâlissait devant celle de la créature de légende. Sa robe de jais luisait contre le flux incessant des couleurs. Son rostre d'ébène se dressait vers le ciel dans une explosion d'étincelles magiques.

– Attention ! souffla le vent.

Le Maître des Eaux réapparut subitement devant lui. Il secouait la tête. Ses traits semblaient animés par une avalanche d'émotions successives. Ben percevait sa voix et, pourtant, sa bouche ne remuait pas. Les paroles de l'ondin surgissaient directement de son esprit ! comprit-il, stupéfait.

– Je l'aurai ! Elle sera mienne ! Toute la magie des éléments, toute la puissance de cette créature, tout m'appartiendra. Le pouvoir, Monseigneur ! Le pouvoir conféré à mon peuple, à ma terre, sera colossal ! Elle doit m'appartenir. Je la veux !

C'est alors que Ben comprit enfin ce qui se cachait derrière la féerie de musique, de lumière, de couleurs et d'images. Non, ce n'était pas pour son plaisir ou pour déployer devant lui toute la puissance de sa magie que le Maître des Eaux avait convoqué le fifre et sa flûte enchantée. Ce n'était pas pour l'inviter à ce fabuleux spectacle qu'il avait appelé les nymphes, non ! Ce n'était pas même pour découvrir ce que Salica et sa mère avaient ourdi à son insu. Il voyait plus grand, plus haut ! Musique ensorceleuse et ballet féerique n'étaient que prétexte. Le Maître des Eaux n'avait eu d'autre but que de faire surgir la licorne noire. Il n'avait créé l'illusion de Salica et de sa bride d'or que pour attirer la mythique créature sur les berges du lac où il pourrait s'emparer d'elle. Oh ! Pour croire son histoire, il l'avait crue ! Mais il avait décidé que le pouvoir de la licorne servirait mieux ses intérêts que celui d'un pauvre roi déchu et dépossédé de son identité. Il s'était approprié le rêve de Salica pour le plier à son désir. Musique et danse n'étaient qu'un gigantesque piège ; Salica et sa bride qu'un formidable appât. Et, ô mon Dieu ! Son stratagème avait réussi au-delà de toute espérance : la licorne était venue !

Ben ne pouvait détacher son regard émerveillé de la mythique créature, fasciné par tant de splendeur. Il fallait pourtant qu'il fasse quelque chose pour empêcher le piège de se refermer, mais il ne parvenait pas à rompre le sortilège qui le paralysait. La licorne scintillait comme un diamant noir dans son écrin arc-en-ciel. Elle secouait sa crinière au rythme de l'enchanteresse flûte et piaffait devant la vision de Salica tendant la bride d'or comme un présent des dieux. C'était comme si un conte de fées avait brusquement pris vie dans la vallée. Subjugué par tant de magnificence, Ben s'abîmait dans une contemplation de vestale devant l'apparition de son dieu. Il oubliait tout. Il s'oubliait lui-même. Les sabots frappèrent le sol et la queue de lion fouetta l'air. La licorne avança d'un pas. Le piège allait se refermer sur elle d'une seconde à l'autre.

« Il faut arrêter ça ! »

Ben entendit le hurlement dans sa tête. Comme cette voix ressemblait à la sienne ! se dit-il, étonné.

Brusquement, derrière la licorne, le maelström de couleurs se fractura comme une voile cède sous la violence d'une bourrasque. Un être de cauchemar s'engouffra par la déchirure. C'était une énorme créature, un repoussant amalgame d'écailles, de piques, de crocs et de serres. Son corps semblait couvert d'une vase brûlante qui, au contact de l'air, laissait échapper d'épaisses fumerolles. Elle déploya ses ailes et une substance visqueuse et noire dégoulina sur le sol. Chaque goutte provoquait une éruption sulfureuse, comme du vitriol. Improbable croisement de loup et de serpent, elle approchait de la licorne, détruisant sur son passage le décor féerique et trompeur pour laisser place à la nuit et à l'orage. Un éclair aveuglant zébra l'obscurité.

Ben sentit son sang se figer dans ses veines. Il avait déjà vu cette créature monstrueuse. C'était un démon d'Abaddon, la réplique de celui que chevauchait la Marque d'Acier quand elle l'avait attaqué le jour de son couronnement.

Le démon se rua sur la licorne. La merveilleuse créature de nuit poussa un hennissement de terreur. Son rostre d'ébène se mit à luire comme la lame d'une dague prête à frapper. Le monstre se jeta sur elle. Elle fit un écart et se cabra, puis, tout à coup, bondit comme une gazelle et disparut dans la nuit.

Le Maître des Eaux hurla de dépit. Le monstre fit volte-face et, ouvrant largement une gueule étincelante de crocs terrifiants, cracha un flot de venin bilieux qui submergea le fifre pour le dissoudre instantanément. La musique se tut, emportant toutes les couleurs avec elle. Salica et sa bride d'or s'évaporèrent dans les airs. Ben se retrouva debout sur un surplomb rocheux, exposé à la furie du déluge.

Là, en contrebas, les nymphes, emportées par le tourbillon de leur étourdissante danse, semblaient ne jamais devoir s'arrêter. Elles tournaient, tournaient jusqu'au vertige sur les berges du lac, fragiles lucioles dans la tempête. Les trombes d'eau déversées par les cieux en fureur eurent raison des flammes vacillantes des torches. Seules dans la tourmente, les nymphes étincelaient comme des pierres précieuses brodées sur le manteau de la nuit. Attiré par ces joyaux scintillants, le monstre fondit sur elles en vomissant des torrents d'acide. Les minuscules créatures disparaissaient par dizaines sous le flot corrosif. Leurs cris d'agonie s'élevaient en cascade, déchirants comme des cris d'enfants suppliciés. Le Maître des Eaux hurla de désespoir. Mais il était trop tard : il ne pouvait plus rien pour elles. Mouchées comme des chandelles, les lueurs s'éteignaient, une à une, sur le passage du démon en furie.

Ben se tordait les mains, impuissant devant l'intolérable carnage dont la vue le torturait et, pourtant, le fascinait irrésistiblement. Il ne pouvait en détacher les yeux. Soudain, parvenu au paroxysme de l'horreur, sans même penser à ce qu'il faisait, il agrippa le pendentif en poussant un hurlement de rage et le brandit dans la nuit comme il l'avait fait autrefois avec le médaillon magique.

La monstrueuse tête d'écailles ruisselantes fouetta l'air pour se tourner vers lui. Le serpent-loup, alerté par son cri, délaissa ses proies étincelantes pour se ruer vers le promontoire.

Ben prit subitement conscience de ce qui l'entourait : Edgewood Dirk assis à ses pieds, le Maître des Eaux à ses côtés et le démon qui se ruait sur lui. Il comprit en une fraction de seconde qu'il venait, en attirant la colère du démon, de signer son arrêt de mort.

Un éclair foudroyant zébra le firmament. Le pendentif ensorcelé sembla capter l'éclat éblouissant. Le monstre émit un sifflement de haine, avec un bruit de geyser déchirant la croûte terrestre, puis fit brusquement demi-tour pour disparaître dans la nuit.

Tremblant de peur, Ben regarda le démon s'éloigner, incrédule. Que s'était-il passé ? Il ne s'expliquait pas la réaction de la chimère et moins encore le fait qu'il soit encore en vie !

Près du lac, les nymphes rescapées s'étaient enfuies pour regagner le refuge des futaies. La nuit trônait, souveraine. Le vent et la pluie balayaient un paysage d'apocalypse.

Quand Ben parvint enfin à maîtriser le tremblement de ses mains, il glissa le pendentif sous ses guenilles. Le métal terni lui brûla la poitrine.

Le Maître des Eaux s'était effondré à genoux. L'ondin braquait sur lui un regard flamboyant de haine.

– Cette horreur t'a obéi ! Elle t'a reconnu, s'écria-t-il d'une voix vibrante de colère.

– Mais non ! Jamais je…

– Ton amulette ! l'interrompit l'ondin. Elle a répondu à l'appel de ton amulette. (Il se leva, le souffle court.) J'ai tout perdu par ta faute ! Tu as fait fuir la licorne. Tu as fait massacrer mon peuple. Tu es responsable de la mort de mon fifre et de mes nymphes. Toi ! Toi et ton chat de malheur ! Je te l'avais bien dit : les chats prismatiques sèment la malédiction sur leur passage. Regarde ce que tu as fait ! Regarde ce désastre ! Tout est ta faute !

– Je n'ai…

– Disparais ! Je ne veux même plus savoir qui tu es. Cela m'est égal. J'exige que tu quittes mes terres avec ton maudit chat sur-le-champ. Si jamais je te trouve encore dans ma contrée à l'aube, je jure que tu n'en sortiras pas vivant. Je te ferai jeter dans les marécages. Disparais ! Hors de ma vue !

Le Maître des Eaux était au comble de la rage. Ben comprit qu'il ne pourrait jamais se disculper. L'ondin avait vu son rêve de puissance sur le point de se réaliser et le trésor qu'il convoitait lui échapper à la minute même où il allait s'en emparer. Il en imputait la faute à Ben. Que ses désirs aient été indignes, qu'il ait voulu s'approprier une créature sur laquelle il n'avait aucun droit, tout cela n'avait plus aucune importance. Le dépit l'aveuglait. Il ne voyait qu'une chose : il avait échoué et Ben portait la responsabilité de sa défaite.

Ben sentit un immense dégoût l'envahir. Comment avait-il pu croire qu'un tel monstre d'égoïsme assoiffé de pouvoir lui aurait apporté son aide ?

Il tourna les talons sans un mot et s'enfonça dans l'obscurité.

GAÏÉRA

Ses guenilles dégoulinantes de pluie, les cheveux en bataille, marchant dans la boue comme un automate, hanté par les images dantesques du massacre auquel il venait d'assister, Ben Holiday n'était plus que l'ombre de lui-même. Les nymphes brûlaient vives devant ses yeux. Leurs petits cris d'enfant au supplice lui vrillaient le crâne. Les images de Salica, du Maître des Eaux, du démon, de la licorne, émergeaient alternativement d'un torrent de couleurs et de flammes. L'émerveillement le disputait à l'horreur alors que, immergé au cœur même des plus intolérables visions de massacre, il se sentait à nouveau grisé par l'enivrante liberté d'une surnaturelle apesanteur. Il mettait un pied devant l'autre sans savoir où aller, guidé par un seul impératif : fuir, quitter cette contrée à jamais, laisser derrière lui toute cette folie meurtrière. Mais chaque pas en avant semblait l'entraîner à rebours vers le visage du Maître des Eaux, défiguré par la colère, ulcéré de voir la licorne noire lui échapper ; vers la gueule au souffle mortel du monstre ailé, arrêté dans sa course par l'éclat du pendentif, comme s'il obéissait à quelque mystérieuse injonction émanant… Ou du pendentif lui-même, semblait-il… ou du personnage qu'il représentait…

Bon sang ! Que s'était-il donc passé ? Le serpent-loup se ruait sur lui, prêt à le réduire en cendres et, tout à coup, il s'était arrêté, comme s'il avait buté contre un mur. Était-ce vraiment le fait de l'amulette que Meeks lui avait donnée ? Était-ce en le voyant lui, ou Edgewood Dirk, ou Dieu seul sait qui, que le monstre avait tourné bride ?

Le Maître des Eaux, quant à lui, semblait persuadé que le pendentif était responsable de ce stupéfiant revirement. Il était convaincu que la bête et l'amulette étaient liées d'une façon ou d'une autre. La bête, l'amulette et Meeks, bien entendu. Ben frissonna. Ce n'était pas impossible. L'image du sorcier aurait très bien pu suffire à détourner le démon. Mais alors…

Ben s'immobilisa, horrifié. Mais alors, cela signifierait que Meeks avait conjuré la bête de se manifester, comme lui-même pouvait autrefois invoquer le Paladin. Et pourquoi pas ? Le sorcier n'avait-il pas déjà convoqué tous les démons d'Abaddon à la mort du vieux roi ? Ben se remit en marche. Oui, bien sûr. Ce ne pouvait être que Meeks. Il avait appelé le monstre à la rescousse pour empêcher le Maître des Eaux de capturer la licorne noire. Donc, il savait que le seigneur de la contrée des lacs était près de s'approprier un gigantesque pouvoir qu'il devait se réserver. Comment l'avait-il su ? L'amulette ! Oui, l'amulette devait l'avoir averti. Meeks ne l'avait-il pas prévenu qu'il pourrait, grâce à elle, suivre ses moindres faits et gestes ? Dans ce cas… Seigneur ! Mais alors, le Maître des Eaux avait raison quand il le rendait responsable du massacre des nymphes !

Une fois encore, les insupportables cris d'agonie résonnèrent à ses oreilles. Avant d'assister à leur terrible trépas, jamais il ne les avait vraiment considérées comme des êtres vivants. Elles n'avaient été, pour lui, que des créatures féeriques sans réelle existence, des étincelles, des étoiles, de lumineuses allégories de la danse, de la grâce et de la légèreté, de fragiles cristaux qu'un souffle d'air peut briser…

Les images se mirent à tourbillonner dans sa tête. Il les chassa d'un geste brusque de la main, comme on repousse un essaim de guêpes. Plus il réfléchissait, plus les questions surgissaient. Il semblait ne jamais devoir trouver de réponses, seulement des questions, toujours des questions…

La pluie tambourinait sur les feuilles et dessinait des milliers de rigoles dans la terre du chemin. Ben en suivait inconsciemment le parcours des yeux. Il sentait le froid s'infiltrer sous sa peau, lui glacer le sang. L'obscurité l'enserrait comme un étau. Que n'aurait-il donné pour un peu de chaleur et de lumière !

Il marchait toujours sans savoir où. Loin, en tout cas. Loin du Maître des Eaux et de son insatiable soif de pouvoir. Loin de cette contrée. Loin de… Salica. Chaque pas réduisait d'autant ses chances de la retrouver avant Meeks. Mais que pouvait-il faire ? Où la chercher désormais ?

Il jeta un coup d'œil circulaire à la recherche d'Edgewood Dirk. Ah ça ! Pour se manifester au moment le plus inopportun, il était toujours au rendez-vous ! Mais quand on avait besoin de lui... Dirk semblait toujours savoir où aller. Il semblait savoir tant de choses. Ne l'avait-il pas alerté avant même que la licorne n'apparaisse ? « Attention ! lui avait-il dit. Attention ! »

Ben s'arrêta de nouveau, plongea la main sous ses guenilles, suivit les maillons de la chaîne pendue à son cou et souleva le pendentif. L'image ternie de Meeks le nargua à la faveur des éclairs. Il ressentit une formidable envie de jeter cette maudite amulette aux orties. En arrachant cette chaîne qui le lestait comme un boulet, il aurait eu l'impression de réparer le carnage des nymphes dont il portait l'intolérable responsabilité. Il serait libre. Il pourrait repartir de zéro...

– Ah ! Vous voilà, Messire ! Vous errez comme une âme en quête de sa dernière demeure, me semble-t-il. Je croyais vous avoir perdu.

Edgewood Dirk apparut entre les arbres, son pelage luisant de pluie, ses vibrisses pendant lamentablement vers le sol. Il rejoignit une branche morte et s'y assit avec une grâce étudiée.

– Où diable étiez-vous passé ? s'insurgea Ben, en replaçant négligemment le pendentif sous ses haillons.

– Je vous cherchais, Messire. Il semble en effet que vous ayez besoin que l'on s'occupe de vous.

– Tiens donc !

Ben était transi, épuisé, démoralisé – entre autres choses –, mais surtout las d'être traité comme un chaton égaré par ce maudit chat prismatique.

– Et, bien sûr, on ne peut rêver plus prévenant compagnon que vous, je suppose ? ironisa Ben. Edgewood Dirk, sauveur des âmes en perdition. Qui, mieux que vous, sait lire dans l'âme humaine comme dans un livre ouvert ? Qui serait à même de discerner la réalité des apparences avec cette infaillible constance qui n'appartient qu'à vous ? Dites-moi, Dirk, comment se fait-il que vous sachiez tant de choses ? Comment avez-vous pu soupçonner les intentions du Maître des Eaux, avant même que le moindre indice ne permette de les imaginer ? Comment avez-vous pu savoir qu'il allait attirer la licorne noire dans un piège ? Et, si vous le saviez, pourquoi m'avoir laissé prendre part à cette infamie ? Ces nymphes, là-bas, sont probablement mortes à cause de moi. Comment avez-vous pu laisser faire une chose pareille ?

Le chat le dévisagea sans mot dire, puis se mit à sa toilette. Ben patienta quelques instants, pensant que Dirk préparait sa réponse. Il dut se rendre à l'évidence : le chat ignorait ostensiblement sa présence.

– Alors ? insista-t-il.

Edgewood Dirk consentit à le gratifier d'un regard.

– Vous avez encore beaucoup de questions de ce genre, Messire ? Oui, je le suppose, fit-il en passant une petite langue rose sur son museau. Un tel aveuglement en génère fatalement pléthore. Non que cela me surprenne, d'ailleurs. Ce qui m'intrigue davantage, en revanche, c'est pourquoi vous persévérez à m'en demander les réponses ?

– Bon sang ! Parce que vous semblez avoir réponse à tout. Voilà pourquoi !

– Ce qui semble et ce qui est sont deux choses fort différentes, Messire. C'est une leçon que vous devriez déjà avoir apprise. Nous, les chats, rehaussons notre bon sens naturel d'un instinct qui nous est propre. Nous pouvons donc parfois déceler certaines choses qui échappent aux humains. Cependant, je ne suis pas, pour autant, un distributeur automatique de réponses. En outre, vous vous méprenez toujours sur la nature de notre relation. Je suis un chat. Je n'ai pas à vous dire de faire ou de ne pas faire certaines choses. Je suis certes votre compagnon, mais non votre mentor. Je suis ici pour satisfaire mon caprice. Je peux vous fausser compagnie quand bon me semble. Je n'ai de comptes à rendre à personne et de réponses à donner sur commande pas davantage. Si vous cherchez des réponses à vos questions, je vous suggère donc de les trouver vous-même. Elles crèvent les yeux et vous les verriez aussi bien que moi, si vous vous donniez la peine de regarder.

– Vous auriez pu m'avertir du drame qui se préparait !

– Vous auriez dû vous en douter. Mais vous avez préféré vous voiler la face. Vous devriez déjà m'être reconnaissant de vous avoir averti.

– Oui, mais les nymphes…

– Pourquoi faut-il que vous vous entêtiez à exiger d'autrui des services qui ne vous sont pas dus ? Je ne suis pas votre *deus ex machina* !

Ben faillit s'étouffer. *Deus ex machina* !

– Parce que vous parlez latin, en plus ?

– Et je lis le grec, Messire.

Au comble de la stupéfaction, Ben resta court. Ce chat était le mystère incarné ! Prenant conscience de son évidente hébétude, Ben se ressaisit.

– Aviez-vous prévu le sort qui serait réservé aux nymphes des bois ? insista-t-il. Saviez-vous que le monstre n'en ferait qu'une bouchée ?

Le chat émit un chuintement qui ressemblait fort à un soupir.

– Je savais que la chimère ne vous détruirait pas.

– Et pourquoi donc ?

– Parce que vous êtes le roi de Landover.

– Un roi que nul ne reconnaît, dois-je vous le rappeler ?

– Un roi qui ne se reconnaît pas comme tel lui-même.

Ben fut tenté de rétorquer que le problème n'était pas là, qu'un sortilège avait modifié son apparence et que le pendentif… Mais ils avaient déjà fait le tour de la question.

– Puisque le serpent-loup ne pouvait pas me reconnaître, comment saviez-vous qu'il ne me détruirait pas ?

– Le pendentif, évidemment ! répliqua le chat avec un imperceptible mouvement qui ressemblait fort à un haussement d'épaules dédaigneux.

Ben hocha la tête.

– C'est lui qui a attiré le monstre et causé la mort des nymphes. C'est lui qui est responsable de tout. Si je comprends bien, il ne me reste plus qu'à m'en débarrasser, n'est-ce pas ?

Le chat se redressa et s'étira voluptueusement.

– Vous devriez d'abord demander à cette bestiole boueuse ce qu'elle veut.

Ben suivit le regard de son interlocuteur. À peine visible dans l'obscurité et la pluie, se dessinait la silhouette sombre de ce qui semblait être un petit animal tapi à l'abri d'un buisson. À la faveur d'un éclair, Ben distingua une sorte de castor à longues oreilles. Ses prunelles d'un étrange jaune phosphorescent luisaient dans l'ombre.

– Qu'est-ce que c'est que ça ?

– Une créature qui se nourrit des déchets d'autrui. Une espèce d'éboueur à quatre pattes.

– Qu'est-ce qu'il fait là ?

– Comment le saurais-je ? Demandez-le-lui.

Ben soupira. Dirk se montrait décidément peu coopératif. Mais, après tout, il ne risquait rien à interroger l'animal.

– Puis-je faire quelque chose pour vous ? demanda-t-il, affable.

L'animal boueux se redressa, s'éloigna de quelques pas, s'immobilisa, se retourna, se remit en marche, puis s'arrêta de nouveau en tournant la tête dans sa direction.

– Ne me dites rien, fit Ben à l'attention de Dirk. Je parie qu'il veut nous emmener quelque part.

– Quelle perspicacité !

Ils suivirent l'animal qui se dirigeait vers le nord, à travers les futaies. Après quelques milles, la pluie diminua et les nuages laissèrent filtrer de pâles rayons lunaires. L'air ne se réchauffa pas pour autant, mais Ben était déjà trop engourdi par le froid pour en ressentir la morsure. Plongé dans ses pensées, il pataugeait dans la boue, sur les talons de son curieux guide. Où allaient-ils ? Pourquoi cet animal était-il venu les chercher ? D'où sortait-il ? Que devrait-il faire du pendentif ? Qui était Edgewood Dirk ? Les interrogations se succédaient au rythme de ses pas, toujours plus nombreuses et toujours aussi insolubles. Le chat trottinait derrière lui, sautant gracieusement pardessus les flaques, évitant soigneusement de maculer son pelage argenté.

Comme le chat de M. Tout-le-monde, se dit Ben.

Sauf que, qu'il le veuille ou non, Edgewood Dirk était tout, excepté un chat ordinaire. L'énigme de cette étrange créature demeurait entière. L'essentiel était de savoir s'il allait longtemps supporter sa compagnie. Voyager avec Dirk était aussi pénible que de voyager avec ces personnes âgées qui ne cessent de vous prendre pour un gamin, tout en vous reprochant perpétuellement de vous comporter comme tel. Dirk avait sans doute de bonnes raisons pour être là, avec lui, mais il commençait à suspecter que ce maudit chat lui serait peut-être plus néfaste qu'utile. « Tu ne vas pas te mettre à devenir superstitieux, toi aussi ! » se tança-t-il intérieurement.

Les arbres s'écartaient progressivement. Le sol devenait spongieux. La forêt allait bientôt laisser place aux marécages. De fines écharpes de brume s'infiltraient peu à peu entre les troncs. Le bouclier des nuages s'était reformé, arrêtant les lances des huit lunes landovériennes. L'air glacé s'était adouci, tant et si bien qu'il régnait sous la voûte sylvestre une moiteur poisseuse. Ben se sentait gagné par un malaise diffus.

– Est-ce que ces créatures ont pour habitude de guider ainsi les étrangers ? chuchota-t-il à l'attention de Dirk.

– Jamais, répondit le chat, péremptoire.

Il éternua alors avec une retenue des plus aristocratiques.

Ben lui jeta un regard noir. « J'espère bien que c'est le début d'une pneumonie », songea-t-il, exaspéré par l'attitude condescendante de son compagnon.

Ils déambulaient dans la nuit, se faufilant entre bouquets de saules et de cyprès, évitant la broussaille des plantes aquatiques. Chaque pas exigeait un effort pour résister à la succion de l'humus fangeux qui semblait avide de les engloutir. Chaque empreinte laissait une flaque d'eau noire. Le crachin cessa. Un silence étouffant envahit les marais. Lesté par ses guenilles trempées, Ben courbait l'échine comme s'il portait tout le malheur du monde sur les épaules. La brume formait désormais un impénétrable voile gluant. Il ne voyait plus à deux pas et se prit à songer que sa fin était proche, qu'ils allaient se perdre à jamais dans les sables mouvants et périr étouffés.

La bestiole boueuse s'arrêta brusquement devant une large étendue marécageuse qui disparaissait dans le brouillard, attendit que ses deux poursuivants le rejoignent et se volatilisa dans l'obscurité. Ben inspecta le marais, perplexe. L'eau stagnante et noire éructait quelques bulles sulfureuses en silence. Il se tourna vers Dirk, le regard interrogateur.

Pendant quelques minutes, ils restèrent immobiles sur les berges. Soudain, à quelques aunes de la rive, un geyser gicla vers le ciel et une silhouette féminine jaillit de l'onde.

– Salut à toi, Roi de Landover ! fit-elle d'une voix d'outre-tombe.

Elle se tenait debout, près de la surface de l'eau, sans autres atours qu'une épaisse couche de boue qui couvrait son corps des pieds à la tête. Suspendue au-dessus du marais, elle fixait Ben d'un regard étrangement scintillant, presque liquide. Elle semblait en lévitation et, apparemment, s'accommodait parfaitement de cette étrange posture.

– Bonjour, répondit Ben d'un ton incertain.

– Je te vois accompagné d'un chat prismatique, commenta la voix dépourvue de timbre. La chance est avec toi.

Loin d'en être convaincu, Ben refoula sa désapprobation pour hocher docilement la tête. Dirk ne risqua aucun commentaire.

– On me nomme Gaïéra, Terre Nourricière en landovérien ancien, poursuivit l'apparition. Le peuple de la contrée des lacs m'a baptisée ainsi. Comme lui, je suis une créature de magie assujettie à ce royaume. Mais, contrairement à lui, je suis ici de mon plein gré. J'ai élu domicile en ce monde, à l'aube de sa création, quand il requérait plus que jamais mon assistance. Je suis l'âme de la terre, une sorte de jardinier de Landover, si tu préfères. Je fertilise son sol et prends soin de sa végétation. Cette mission n'est certes pas mon apanage. Ceux qui vivent en surface en partagent avec moi la responsabilité. Mais, sans moi, le sol resterait à jamais stérile. Je suis la fécondité de la terre, j'offre ses richesses. Les autres ne font que les exploiter pour en tirer les fruits. (Elle marqua un temps.) Me suis-je bien fait comprendre, Roi de Landover ?

– Je... je crois.

– Vois-tu, la terre et moi ne sommes qu'un. Elle est ma chair et mon sang. Je suis ses yeux, ses oreilles, sa voix. Cette intimité fait que rien de ce qui se passe à Landover ne m'échappe. Aucun habitant de ce royaume ne m'est totalement inconnu. Bien sûr, certains me sont plus proches que d'autres. Toi, par exemple. Car la magie qui te lie à cette terre est mienne. Il existe un indestructible lien entre le souverain de Landover et son royaume. Landover et son roi sont inséparables. Tu comprends cela, n'est-ce pas ?

– Je l'ai appris, oui. Est-ce la raison pour laquelle vous savez qui je suis, en dépit de mon apparence ?

– J'ai ceci de commun avec les chats prismatiques : je ne me fie jamais aux apparences. (Ben crut déceler un soupçon d'ironie bienveillante.) J'ai été témoin de ta venue sur cette terre et j'ai suivi le déroulement de ton existence depuis lors. Tu es courageux et déterminé, mais tu manques de discernement. Tu ignores trop de choses encore. Le savoir viendra avec le temps. Cette terre est un mystère qui ne se laisse pas facilement dévoiler.

– Les mystères ne manquent pas, en effet, acquiesça Ben, touché par la compassion de cette créature qui se montrait assurément plus clémente que le présomptueux Dirk.

– Ils sont bien moins nombreux que tu ne le crois, affirma l'apparition avec un geste de la main qui provoqua un remous dans la brume. (Un singulier éclat brillait dans son regard, comme celui d'yeux baignés de larmes.) J'ai dépêché mon messager auprès de toi pour que je puisse te parler de Salica.

– Vous l'avez vue ? s'empressa de demander Ben, brusquement anxieux.

– Oui. Sa mère l'a conduite jusqu'ici. Vois-tu, la mère de Salica et moi partageons cette affinité des créatures de magie pour les éléments. Nous puisons notre pouvoir à la même source. Le Maître des Eaux n'a pas su l'accepter pour elle-même. Il voulait seulement la posséder. En cela, il ressemble fort aux mortels – dont tu es, Roi de Landover – qui cherchent à dominer, au lieu de chercher à comprendre. C'est une terrible erreur que, j'espère, il reconnaîtra en temps voulu. La terre et ses bienfaits ne se possèdent pas. Ses richesses n'appartiennent à personne. Elle les offre généreusement à tous ceux qui veulent bien prendre soin d'elle. La terre est bonté. Elle est le bien de tous, pour le bien de tous. Elle ne saurait en rien servir les intérêts privés de quelques-uns. Cette prodigalité, hélas, n'a pas souvent été appréciée à sa juste valeur, que ce soit à Landover ou dans tous les autres univers. Les forts ont toujours cherché à dominer les faibles et à s'approprier tous la terre. (Elle s'interrompit pour pousser un douloureux soupir.) Le Maître des Eaux n'est pas pire que les autres. Il est même meilleur que la plupart. Pourtant, lui aussi cherche à dominer la terre, même si ses motifs et les moyens qu'il utilise pour y parvenir sont plus subtils. Il voudrait utiliser ses pouvoirs pour purifier la terre à sa façon. Il ne conçoit pas qu'on puisse voir les choses autrement. Il est persuadé de son bon droit. Guérir les maux de la terre est certes louable et même nécessaire, mais la perfection n'est pas de ce monde, fût-elle souhaitable. Destruction et décomposition font partie du processus de régénération qui est l'essence même de toute vie. Nul ne peut intervenir dans le déroulement de ce cycle éternel sans dommages. Vouloir éradiquer tout ce qui n'est, pour certains, qu'anomalie, imperfection, voire calamité, reviendrait à enrayer ce processus de régénérescence. Le Maître des Eaux n'a pas le recul nécessaire pour comprendre les conséquences fatales de ses bonnes intentions, tout comme il ne comprend pas pourquoi la mère de Salica ne peut lui appartenir. Il ne perçoit que l'immédiat. Il ne sait pas voir au-delà. Il n'est que la proie de ses désirs.

– Comme celui de posséder la licorne noire, par exemple ? intervint impulsivement Ben.

La Terre Nourricière l'examina longuement.

– Oui, Roi de Landover, comme celui que provoque la licorne noire. Un désir auquel maints preux peuvent succomber. Même toi, peut-être. (Elle se tut. Sa voix résonna sous la voûte brumeuse comme un funeste présage.) Mais je m'égare. Je t'ai fait venir ici pour te parler de Salica et non de son père. Je connais la nature du sentiment qui vous unit. J'en ai senti les vibrations. Elles sont prometteuses, De cette union peut naître quelque chose que j'attends depuis longtemps. Je ferai tout pour la préserver, ajouta-t-elle d'un ton comminatoire. (Elle leva une main impérieuse.) Écoute-moi bien, Roi de Landover. La mère de Salica m'a amené sa fille il y a deux jours, à l'aube, parce qu'elle ne pouvait lui apporter l'aide que Salica lui demandait. Elle espérait que je le pourrais. Salica a, par deux fois, rêvé de la licorne noire. Ces rêves sont un écheveau de mensonges et de vérités. Elle ne peut le démêler. Je ne le peux davantage. Les rêves sont fruits de l'esprit. Ils échappent au savoir de la terre. Elle voulait que je lui révèle si la licorne noire était maléfique ou bénéfique. Je ne pouvais lui répondre qu'une chose : bien et mal sont intimement liés. La licorne noire demeurera à la fois maléfique et bénéfique, tant que sa véritable nature n'aura pas été élucidée. Elle m'a alors demandé si je connaissais la véritable nature de la licorne noire. Je lui ai répondu qu'il n'était pas en mon pouvoir de la lui dévoiler. Elle m'a ensuite demandé si j'avais entendu parler d'une bride d'or. Je lui ai dit qu'effectivement j'avais eu connaissance d'un tel talisman. Elle est partie à sa recherche.

– Où ?

Gaïéra sembla hésiter.

– Roi de Landover, tu dois me promettre quelque chose. Je sais que tu es seul face à une terrible adversité. Je sais que tu as peur, que tu es désemparé. La route qui s'ouvre devant toi est semée d'embûches qui mettront ton courage à rude épreuve. Mais tu dois me promettre que, quoi qu'il arrive, tu feras tout ce qui sera en ton pouvoir pour protéger Salica.

Ben réfléchit, troublé.

– Pourquoi me demandez-vous cela ?

– Parce que je le dois. Parce que l'essence même de mon être en dépend. Tu dois te contenter de cette réponse, je le crains.

Ben fronça les sourcils.

– Et si je ne pouvais pas prendre cet engagement ? Et si, ma parole donnée, je ne la respectais pas ?

– La parole donnée ne peut être reprise. Tu respecteras ton engagement parce que tu ne pourras pas faire autrement. (L'intensité du regard humide était telle que Ben se sentait transpercé jusqu'à l'âme.) C'est à moi que tu prêtes serment, ne l'oublie pas. Une promesse qui nous unit ne peut être brisée. Le lien qui existe entre le roi de Landover et sa terre ne saurait être rompu. C'est un lien magique. Il est indestructible.

Ben tergiversa un long moment. Non que l'idée de défendre Salica envers et contre tout le perturbât. Non, ce qui l'embarrassait, c'était plutôt la promesse en elle-même. Elle exigeait qu'il s'engageât sans connaître les différentes options qui s'offriraient à lui. C'était un saut dans le vide, les yeux bandés.

Cela dit, n'était-ce pas ce que la vie requérait de tous, à tout moment : un choix en aveugle ?

– Je le jure, dit-il enfin avec un petit pincement au cœur.

– Salica est partie vers le nord, reprit Gaïéra. Elle se dirige actuellement vers le Gouffre Noir.

– Le Gouffre Noir ! s'exclama Ben, glacé d'effroi.

– La bride que cherche Salica est un objet magique forgé par les sorciers des temps anciens. Elle est passée de main en main, à travers les âges, au point de tomber dans l'oubli. À ma connaissance, c'est Nocturna qui la possède en ce moment. Elle l'a dérobée et ajoutée à son trésor secret. Elle accumule ainsi les objets qui attisent sa convoitise, comme tant d'autres. Strabo n'est pas en reste. Les rivalités entre le dragon et la sorcière sont notoires. La bride a d'ailleurs fait l'objet d'une incessante joute entre eux. Strabo s'en est emparé à plusieurs reprises. Cependant, à ce jour, c'est Nocturna qui détient le talisman que cherche ta compagne.

Nocturna ! Ce seul nom suffisait à provoquer un déferlement de sinistres souvenirs dans l'esprit de Ben Holiday. Les endroits dans lesquels il avait juré de ne plus s'aventurer à Landover étaient légion. Mais le Gouffre Noir était assurément le premier de la liste.

Cependant, Nocturna ne s'était-elle pas perdue dans les brumes du monde des fées… ?

– Salica est partie dès que je lui ai dit où se cachait la bride d'or, poursuivit l'apparition, brisant ainsi le cours de ses sombres pensées. Il y a deux jours de cela. Tu dois faire vite, si tu veux la rattraper.

Ben hocha machinalement la tête. Les nuages avaient déjà fardé leurs joues rebondies pour accueillir l'astre diurne. L'aube ne tarderait pas.

– Bonne chance, Roi de Landover, acheva Gaïéra avant de s'enfoncer dans l'eau noire. Trouve Salica et protège-la. N'oublie pas ta promesse !

Ben voulut la retenir – tant de questions se bousculaient dans sa tête – mais, avant même qu'il pût proférer le moindre mot, la créature avait disparu. Il demeura les bras ballants, à regarder fixement la surface liquide.

– Enfin ! Je sais où est partie Salica, soupira-t-il. C'est mieux que rien. Il ne me reste plus qu'à sortir de ces maudits marécages.

À peine formulait-il cette pensée que l'animal boueux réapparaissait, le regardait en inclinant la tête, faisait quelques pas, se retournait, avançait, se tournait une nouvelle fois et l'attendait.

« Dommage que tous mes souhaits ne se réalisent pas si promptement ! » songea Ben, en lançant un coup d'œil vers Dirk pour s'assurer qu'il ne s'était pas volatilisé. Dirk lui rendit son regard, hautain.

– Ça vous dirait, sieur Chat, de faire un petit bout de chemin vers le nord, hum ? fit-il en affichant un enthousiasme de façade.

Comme il fallait s'y attendre, Dirk ne se donna pas la peine de répondre.

LA BATTUE

Quatre jours s'étaient écoulés depuis que Ben Holiday avait quitté Elderew en compagnie d'Edgewood Dirk pour rejoindre le Gouffre Noir. Ils traversaient Vertemotte, quand ils avaient rencontré le chasseur.

– Elle était noire, aussi noire que le charbon des mines du nord. Par Abaddon ! Elle m'est passée sous le nez, si près qu'en étendant la main j'aurais pu la toucher. Une merveille ! Elle caracolait comme si que la terre pouvait pas la tenir. Comme un vrai courant d'air qu'elle s'est sauvée ! Le vent, tu le sens, mais que tu peux pas l'attraper. Elle, c'était pareil. Oh ! C'est pas que je l'aurais fait, si j'avais pu. J'aurais même pas osé porter la main sur une chose si... si pure. Tiens ! C'est comme du feu cette créature-là : ça purifie tout, mais ça brûle si tu t'approches trop près. Je voulais pas l'approcher, moi. Ça non ! Elle était bien trop belle.

La voix du chasseur trahissait des émotions encore mal contenues. Il était assis devant le feu de camp que Ben avait allumé à l'abri d'un bouquet de chênes, en contrebas d'une petite butte. Le pourpre et le parme se disputaient les faveurs du ciel. La nuit s'apprêtait en coulisses. L'air était encore doux ; la tempête qui s'était déchaînée quatre jours plus tôt, complètement oubliée. Les oiseaux saluaient la fin du jour et les fleurs embaumaient.

Ben écoutait le chasseur et le dévisageait. Grand, fort, la peau brunie par le soleil et tannée par le vent, les mains calleuses, le visage long aux pommettes hautes tout en arêtes et méplats comme sculpté dans le roc, les traits durcis par les coups du sort, le regard acéré du guetteur perpétuellement sur le qui-vive, il arborait la panoplie du traqueur solitaire : la tunique et les braies de toile rêche sanglées d'un gros ceinturon patiné, sous lequel scintillait une dague effilée, et les hautes bottes de cuir assouplies par les longues marches. Une arbalète, un grand arc et un carquois garni de flèches gisaient à ses pieds. Un homme dangereux, à n'en pas douter, et qui devait en effrayer plus d'un. Mais pas ce soir, se disait Ben. Non, ce soir, l'homme qui racontait sa rencontre avec la licorne noire avait les yeux brillants d'un enfant émerveillé.

– Mais je me laisse entraîner, marmonna tout à coup le chasseur, qui se tançait lui-même plus qu'il ne s'adressait à son auditeur. (Il passa une grosse main rugueuse sur son front et se rapprocha du feu.) J'ai bien failli rater ça, tu sais. J'aurais déjà dû être en route pour chasser le gros dans le Melchor. J'avais déjà le paquetage au dos, quand Dain m'est tombé dessus à la croisée. Il courait derrière moi comme s'il avait le feu aux fesses, en hurlant comme un damné. Je me suis arrêté et je l'ai attendu. Ah ! j'avais l'air malin, tiens, planté comme un pot de fleur au milieu de la route à regarder l'autre qui frétillait comme un gardon hors de l'eau ! « Il y a une battue qui se prépare, qu'il me dit. C'est le roi lui-même qui l'organise. Ses gens sont partout à enrôler les chasseurs les plus rapides du pays pour coincer tu ne croiras jamais quoi : une licorne noire ! Oui, mon vieux ! qu'il me dit. Une licorne noire qu'il veut chasser, le roi. Et un mois durant s'il le faut. On doit traquer la bête d'un bout à l'autre de la vallée. C'est pour nous, ça ! qu'il me dit. Ils donnent vingt piastres la journée et le manger. Et, si c'est toi qui l'attrapes, la bête, ils en mettent cinq mille au bout. »

Le chasseur eut une espèce de petit ricanement silencieux.

– Cinq mille piastres ! J'en ai jamais vu autant de toute ma vie. J'ai regardé Dain et je me suis dit qu'il avait encore dû forcer sur l'absinthe. Mais c'est là que j'ai remarqué la petite lumière qu'il avait dans les yeux et j'ai compris que c'étaient pas des histoires, qu'il y avait bien une battue avec cinq mille piastres à la clef et qu'un hurluberlu – le roi ou un autre – croyait pour de vrai qu'il y avait une licorne noire qui se baladait dans la nature.

Ben jeta un regard en coin vers Dirk. Le chat se tenait à quelques pas de lui, les yeux rivés sur le chasseur. Il n'avait pas bougé d'un pouce, ni ouvert la bouche, depuis que le chasseur s'était approché d'eux pour proposer à Ben de partager son repas. Roulé en boule, pattes antérieures repliées, avec son petit museau rose et son pelage lustré, rien ne le distinguait d'un chat ordinaire. Ben aurait donné cher pour savoir ce qu'il mijotait.

– Alors Dain et moi, on y est allé. Nous et deux mille autres comme nous qui devaient en penser pas moins. On est allé dans le Rhyndweir, puisque c'est de là que la battue devait partir. Quand on est arrivé, la plaine grouillait de chasseurs qui avaient dressé le camp en attendant. Il y en avait de toutes les sortes : des rabatteurs, des veneurs, des pisteurs... Il y avait même Messire Kallendbor en personne et tous les autres grands seigneurs du comté avec une flopée de chevaliers en armure et de fantassins. Et avec ça, des mules, des chevaux, des tas de charrettes avec des provisions jusqu'à plus soif, des porteurs, des laquais... une marée humaine qui gesticulait dans tous les sens avec un vacarme à faire déguerpir le moindre mulot à dix milles à la ronde ! Par Abaddon ! C'te pagaille ! Mais, bon, y m'en faut bien plus pour m'impressionner ! Tu penses, j'allais pas lâcher un tel trésor pour si peu ! Et puis... ça commençait à me turlupiner cette histoire de licorne noire. Je savais bien que ça n'existait pas, bien sûr, mais... Et si y en avait une ? Et si elle était là, à deux pas ? Oh ! C'est pas tant que je voulais la capturer, non. Mais la voir... Oh ! Ventre bleu ! Rien que la voir !

» C'est le même soir qu'on nous a rassemblés devant l'enceinte du château. Le roi n'y était pas, mais le magicien y était, lui ; celui qu'ils appellent Questor Thews. Ah ! Il valait le coup d'œil avec ses robes bariolées, le vieux ! Un vrai épouvantail à moineaux ! Et puis mieux ! Y avait ce chien en habits qui se tenait debout sur ses pattes de derrière. Il paraît qu'il peut causer comme toi et moi. Enfin, je l'ai jamais entendu ni aboyer ni rien, le clébard ! Mais bon, c' que j'en dis, hein ! Bref, ils étaient tous les deux avec Messire Kallendbor à se faire des messes basses. Le magicien, il avait une tête de cadavre à faire peur tellement qu'il était blanc. On aurait dit qu'il venait de voir la Grande Faucheuse soi-même. Mais pas Kallendbor. Dame ! Y a rien qui lui fait peur à celui-là. Il nous a parlé avec sa grosse voix qui roulait sur les plaines comme un rocher de montagne qui dévalerait le Melchor. Il nous a dit que la licorne noire c'était une bête comme les autres et qu'on pouvait la capturer pas moins. Il nous a dit, qu'à tout ce qu'on était, ce serait bien malheureux si on l'attrapait pas. Après, il nous a dit qu'on nous donnerait nos places et il nous a montré comment on ferait une grande chaîne qui ratisserait toute la vallée. Et puis il nous a dit d'aller dormir, que la chasse commencerait à l'aube.

Le chasseur se tut, les yeux dans le vague, plongé dans ses souvenirs.

– Ah ! C'était drôlement exaltant, tu sais ! Avec tous ces bonshommes réunis là, ensemble. La battue la plus gigantesque que j'aie jamais entendu parler. Il paraît même que les grands trolls du Melchor en étaient et qu'ils bouclaient toute la frontière nord. Et pareil au sud, avec les tribus de la contrée des lacs qui devaient empêcher la bête d'entrer sur leur territoire. C'est bizarre, d'ailleurs. Pourquoi que la licorne noire, elle serait pas déjà au sud, je me disais. Ils semblaient penser que non. Leur plan c'était de partir de la frontière est et de rabattre vers l'ouest, en bouclant les deux frontières au nord et au sud. Ça faisait comme un énorme filet qui se refermerait d'un bout à l'autre. Les rabatteurs et les cavaliers partiraient de l'est, tandis que les chasseurs seraient postés à l'ouest en petits groupes. C'était drôlement bien combiné, leur histoire.

Il esquissa un petit sourire ironique.

– À l'aube, tout le monde était sur le pied de guerre. La ligne de l'est a commencé à se diriger vers l'ouest, en rang serré. Ils auraient pas pu laisser filer une sauterelle à ce train-là. Les chasseurs étaient grimpés sur les collines de l'ouest. On pouvait voir tout ce qui bougeait à deux milles. Les autres battaient la campagne par centaines. C'était quelque chose tout ce déploiement d'hommes et de moyens. On aurait dit que tout le royaume participait à la battue du siècle. Comme si le monde entier s'y était mis. La ligne de l'est s'est avancée comme ça toute la journée, jusqu'à Rhyndweir et même plus loin, rabatteurs, veneurs, limiers, traqueurs, cavaliers, fantassins et les charrettes de ravitaillement qui allaient et venaient entre les châteaux et les villages. Je ne sais pas comment ils ont pu mettre tout ce tremblement sur pied si vite et le faire marcher quand même. Pour marcher, ça marchait ! Mais c'est pas pour autant que j'ai vu quelque chose qui ressemblait, de près ou de loin, à une licorne. Ils ont tous dressé le camp à la tombée de la nuit. Avec tous les feux de camp, d'où on était, Dain et moi, sur les collines avec les autres chasseurs, ça faisait comme un serpent de lumière qui rampait des contreforts du Melchor aux murs de Bon Aloi. On a pas rejoint les campements. On est comme ça, nous, les chasseurs. On est mieux dans not' coin. Et puis, tels qu'on était là, postés sur la colline, on pouvait mieux voir ce qui se passait. Les chasseurs, c'est comme les chats, ça voit aussi bien le jour que la nuit, ajouta-t-il en désignant Dirk d'un geste de la main. De toute façon, c'était pas l' moment de fermer l'œil. Il faut toujours s' méfier de c' qui peut rôder dans l' noir.

» Le lendemain, on a remis ça. Ils ont rabattu tout le jour et on a rien vu. Au crépuscule, ils ont dressé le camp et, nous, on a fait l' guet toute la nuit.

En écoutant le chasseur décrire le déroulement de la battue, Ben mesurait tout le temps qu'il avait perdu en venant d'Elderew jusqu'ici. Il avait mis quatre jours. Quatre jours ! Il y avait d'abord eu la tempête qui avait notablement ralenti leur progression à travers la contrée des lacs. Et puis, il avait été obligé de contourner Bon Aloi par l'est, pour éviter toute rencontre avec les gardes royaux – ses gardes ! Ils auraient pu le reconnaître, non pas comme leur souverain, mais comme l'espion que le roi avait banni de la vallée. De plus, il avait été contraint de voyager à pied, n'ayant pas le sou pour acheter une monture, ni la malhonnêteté d'en voler une. En fait, il avait une vingtaine d'heures de retard sur la battue et se demandait s'il n'allait pas le payer cher.

Le chasseur saisit une petite outre pendue à son ceinturon et la lui tendit. Il avala une gorgée avec peine, tant il avait la gorge serrée. Le chasseur se désaltéra et reprit son récit.

– Ça commençait à sérieusement renâcler chez certains. Il y en avait plus d'un qui s' disait qu'ils perdaient leur temps. Même à vingt piastres la journée, personne n'aime se faire pigeonner. Et puis les grands seigneurs en rajoutaient à reprocher que certains n' faisaient pas leur part, qu'on s' la coulait douce et qu'on regardait pas comme il fallait ; que, fainéants comme on était, ce serait pas étonnant qu' la bête nous passe sous l' nez. Nous, on savait que c'était pas possible, qu'on avait veillé jour et nuit et que même une taupe, on l'aurait vue. Mais ils voulaient rien entendre. Alors, on leur a dit qu'on regarderait mieux. Mais, entre nous, on commençait à s' demander si on nous faisait pas l' coup de la chasse au dahu.

» Le troisième jour, on a refermé le piège sur les montagnes de l'ouest et c'est là qu'on l'a trouvée. (Les prunelles sombres s'allumèrent tout à coup.) C'était la fin d'après-midi. Le soleil se couchait derrière les montagnes et la brume du soir s'était levée. On battait les bois des collines et on se serait presque cru au beau milieu de la nuit, tellement qu'y faisait sombre. Tu sais, c'est l' moment entre chien et loup où tu t'imagines voir des ombres bouger même quand y a rien. On s'était attaqué à une pinède entourée de vieux sapins hauts comme des montagnes, avec des troncs que j' fais même pas le tour avec mes deux bras. Y avait des fougères qui t'arrivent à la taille, des broussailles et des ronces qui s'accrochent aux bottes. Pouh ! Une vraie jungle ! Avec Dain et les autres, ça nous mettait à six. On entendait les autres chasseurs tout alentour et puis les cris des rabatteurs portés par le vent d'est. En plus de ça, il faisait une chaleur ! Bizarre à c'te heure-là, d'ailleurs. On était tous fourbus. Ça faisait déjà deux jours qu'on fermait pas l'œil à chasser ce fichu fantôme. On sentait bien qu' la battue allait se finir là et qu'on repartirait Gros-Jean comme devant. Sans compter les insectes qui se mettaient d' la partie et la sueur qui t' collait les frusques à la peau. On peut pas dire qu'on allait de l'avant avec les crampes et toutes ces fichues courbatures. Ça faisait peine à voir, tiens ! On n'y pensait même plus à cette satanée licorne. Tout ce qu'on voulait, c'était voir le bout de toute c'te mascarade et rentrer chez nous. On se disait qu'on s'était bien payé not' tête et que tout ça, cette histoire de licorne noire, c'était rien qu'une vaste rigolade.

Il s'éclaircit la gorge et se pencha vers Ben, la mine soudain confidentielle.

– Et puis là, juste, il y a eu comme un mouvement dans les buissons. Oh ! Une ombre quoi, rien de plus. Je m' suis dit que la fatigue me jouait des tours. J'allais me tourner vers Dain pour lui demander s'il avait vu quelque chose – il était à deux pas, sur ma gauche – et puis j'ai pensé qu' j'allais encore me faire prendre pour un crétin et j'ai tenu ma langue. Mais je m' suis quand même arrêté pour regarder dans les buissons si ça bougeait encore.

Il prit une profonde inspiration. Ses mâchoires se contractèrent.

– C'était comme si un nuage venait de cacher l' soleil, tant y faisait tout sombre. Je m' souviens exactement de ce que j'ai ressenti à c' moment-là. Y faisait lourd. Y avait pas un souffle de vent. Je regardais c' buisson et, brusquement, les broussailles se sont écartées d'un coup. Elle était là. La licorne ! Noire et brillante comme l'eau d'un puits sans fond. Et si fragile, si menue ! Elle me fixait sans bouger. Je sais pas combien de temps ça a duré, mais ça semblait une éternité. Les sabots de bouc, la queue de lion, la longue crinière scintillante comme d' la soie et la corne torsadée qu'on aurait dite en ébène, tout y était, juste comme dans la légende des anciens. Mais bien plus belle encore que tout c' que j'avais imaginé. Par Abaddon ! C'te merveille ! J'arrivais à pas l' croire. Mais les autres aussi, ils l'ont vue. Du moins, ceux qu' étaient là. Dain m'a dit qu'il l'avait entr'aperçue et deux autres qu'ils l'avaient vue comme j' te vois. Mais y en avait pas un qui l'a vue comme moi. Ventre bleu ! Ça non ! J'étais près de la toucher ! Oui, dame ! J'étais juste devant, droit dessus !

» Et, d'un coup, la voilà qui bondit comme l'éclair. Non, même pas ! Elle a pas filé comme qui dirait une biche ou un sanglier acculé, non. C'était comme si elle volait. Elle m'est passée à ça, fit-il, exalté, en rapprochant le pouce et l'index pour ne laisser que l'espace d'un brin d'herbe. Oh ! C'te grâce ! C'te légèreté qu'elle avait ! On aurait dit l'ombre d'un ange projetée par le soleil. En un clin d'œil, pfuit ! Elle avait disparu. Et moi j' suis resté comme un benêt, bouche bée, à m' demander si j'avais pas rêvé ou quoi, sûr pourtant que j'étais d' l'avoir vue et comment qu' c'était une merveille que t'imagines même pas ! J'arrêtais pas d' me dire qu' c'était pour de vrai, qu' j'aurais pu la toucher, que…

Il bredouillait, tant les mots déferlaient plus vite qu'il ne pouvait les prononcer, se tordait les mains quand l'émotion s'amplifiait. Transfiguré, il rayonnait. Ben retenait son souffle, impressionné par l'aura presque mystique qui nimbait le visage illuminé de cet homme fruste, bouleversé par une apparition.

Le chasseur baissa les yeux. Ses mains retombèrent lourdement sur ses genoux.

– J'ai entendu dire, après, qu'elle s'était jetée droit dans la gueule du loup, qu'elle a foncé au beau milieu d' la mêlée, comme une rafale qui traverse la forêt. Ils sont des dizaines à l'avoir vue. Et p't-être même qu'ils auraient pu l'attraper, note bien. Mais j'arrive pas à croire qu'on puisse arrêter le vent. Elle a bondi pardessus les filets. Ils lui ont couru après, tous ceux qui en étaient. Et tu sais quoi ? (Il releva les yeux.) Elle a filé droit sur les seigneurs de Vertemotte et les gens du roi. Et le magicien – celui-là même qui menait tout c' beau monde –, il a rien trouvé d' mieux que d' jeter un sort à la noix. Il s'est mis à tomber des fleurs et des papillons comme s'il en pleuvait. Quelle pagaille ! Ça courait dans tous les sens. Mais la licorne, elle, elle s'est fait la malle avant qu'ils aient eu le temps de dire ouf ! (Il eut un petit rire ironique.) Des fleurs et des papillons ! Non mais t'imagines ça ?

Ben sourit. Oui, pour imaginer, il imaginait !

Le chasseur replia les genoux sur sa poitrine. Son sourire s'évanouit. Son regard se perdit dans les flammes.

– Et voilà ! La chasse était terminée. On pouvait tous aller s' rhabiller. Après ça, ça a été la débandade. Y en a bien qui disaient qu'il fallait reformer la chaîne et repartir vers l'est, mais personne voulait plus rien entendre. Le cœur n'y était plus. C'était comme si tout le monde était bien content qu'elle se soit pas fait prendre, finalement. Ou p't-être bien qu'ils savaient tous qu'une créature pareille, ça s'attrape pas. Jamais. (Une moue dégoûtée tordit sa bouche.) On vit une drôle d'époque ! Il paraît qu'après ça, le roi a jeté le magicien et le chien dehors. Il paraît qu'il n'avait pas plus tôt entendu raconter toute l'histoire, qu'il les chassait du château comme des malpropres. Ce serait à cause de c' que le magicien avait fait – ou plutôt pas fait, je dirais. Enfin, si tu veux mon avis, il aurait pas pu faire grand-chose, le pauv' bougre. Pas avec une créature de cette trempe-là. Personne n'aurait pu faire quoi que ce soit contre elle. C'est pas de c' monde, une créature pareille. C'est comme un fantôme, pour nous autres. Une apparition magique... Un... Un rêve... Oui, c'est comme un rêve de gosse...

Les yeux du chasseur scintillaient singulièrement. Ben fut surpris d'y voir briller des larmes.

– J' crois bien que j' l'ai touchée, oui. Quand elle est passée là, tout près, j' crois bien qu'elle m'a frôlé l' bout des doigts, tu sais. Oh ! Par Abaddon ! Je sens encore la caresse de sa robe là, fit-il d'une voix étranglée, en tendant les mains vers Ben. D' la soie, c'était ! Ou, plutôt, comme quand tu traverses les flammes avec ta main, comme ça. (Il allia le geste à la parole.) Du feu ou... oui, comme une caresse de femme, p't-être bien. J'ai connu une femme qui m'a touché comme ça une fois, y a bien longtemps de ça... (Il sembla soudain s'absorber dans ses souvenirs, une infinie tristesse dans les prunelles.) C'est comme ça que j' l'ai sentie, la licorne. Jamais plus j' pourrai oublier ça. J'essaie bien de penser à aut' chose, de m' raisonner. Mais ça m' colle à la peau comme...

comme une caresse de femme... (Il tenta de se reprendre, le visage tendu par l'effort qu'il faisait pour maîtriser son émotion.) Depuis, j' passe mon temps à la chercher. J' me dis qu'un homme tout seul aurait p't-être plus de chance qu'une meute beuglante comme on était là-bas. Oh ! C'est pas que j' veuille la capturer vraiment. Ça non ! Et puis, j' le voudrais que je l' pourrais pas. Non, j' veux juste la revoir encore une fois, l'effleurer une seconde, juste une seconde...

Il se replongea dans ses pensées, le regard de nouveau perdu dans les flammes. Le feu crépita dans le silence, un craquement sec comme une brisure d'andouiller. Personne ne bougea. La nuit était tombée sur la vallée. Les lunes et les étoiles scintillaient dans le ciel. Ben jeta un coup d'œil vers Dirk. Le chat avait les yeux fermés.

– Rien qu'une seule fois, répéta sourdement le chasseur. Juste une fois...

Il tourna un regard vide vers Ben. Le roi de Landover, troublé, laissa le silence lui répondre.

Cette nuit-là, Salica rêva une fois encore de la licorne noire. Elle dormait, couchée sur le côté, les genoux repliés contre la poitrine, cachée dans un fourré, à deux pas du fidèle Ciboule, à l'orée du Gouffre Noir. Cela faisait maintenant cinq jours qu'elle avait quitté la clairière des vieux pins. Elle ne devançait Ben que de quelques heures. La battue l'avait retardée toute une journée. Elle ignorait à quoi rimait une chasse aussi gigantesque, mais s'était bien gardée d'y prendre part. Elle ignorait aussi que Ben, quelque part, non loin de là, la cherchait désespérément.

Le rêve s'était glissé dans son sommeil au milieu de la nuit, comme une mère se faufile dans la chambre de son enfant endormi qui, sans pourtant s'éveiller, sent tout à coup près de lui une présence chaude et rassurante. Elle n'avait pas eu peur cette fois-ci. Elle marchait sans crainte dans la forêt et la licorne la regardait avancer. Elle ne la voyait jamais complètement. C'était plutôt comme si l'ombre d'un ange était projetée sur les arbres par le soleil. Elle apparaissait, puis disparaissait tour à tour. Là, derrière le tronc de ce vieil érable ; puis, là, dans cette petite trouée d'herbe drue. Elle semblait ne pas avoir de réelle consistance, tel un spectre flottant dans les airs, et de contours pas davantage. Mais il y avait ses yeux, ces yeux d'un vert flamboyant qui reflétaient toute la tristesse du monde, une tristesse infinie, inconsolable.

Salica n'avait pu retenir ses larmes. Elle pleurait dans son sommeil. Le regard émeraude exprimait une intolérable souffrance, une souffrance indicible dont l'intensité défiait l'imagination. Cette licorne-là n'avait rien d'un démon surgi d'Abaddon. C'était un être délicat, terriblement fragile et qui semblait soumis à une perpétuelle torture…

Salica s'éveilla en sursaut, l'image de la licorne noire aussi claire dans son esprit que si la créature avait été juste devant elle. Bien que son rêve se fût brisé, le regard flamboyant demeurait braqué sur elle. Salica se tourna vers Ciboule. Il dormait toujours d'un sommeil paisible. L'aube était encore loin et elle frissonna dans la fraîcheur de la nuit, hantée par les images oniriques, sentant que chacune d'elles renfermait un message, un message comme seule une créature de magie peut le déchiffrer.

« Ce rêve est réel, se dit-elle tout à coup. Ce que j'ai vu, là, c'est la vérité. La vérité, j'en suis certaine. »

Elle se redressa, s'adossa au tronc rugueux d'un pin séculaire et avala sa salive, la gorge sèche. Il fallait qu'elle déchiffre ce rêve. Quelque chose l'y poussait irrésistiblement. Cette terrible lueur dans le regard de la licorne, peut-être. Cette urgence dans ses yeux terrifiés. Ces yeux-là lui parlaient, la suppliaient. Elle ne pouvait plus se contenter de retrouver la bride d'or pour la remettre à Ben, comme son premier rêve le lui avait dicté. Les dernières images de la nuit remettaient tout en question. La licorne de ce rêve-là n'avait plus rien de comparable avec la précédente. La première était dangereuse. C'était un démon menaçant dont elle devait se garder, un terrifiant prédateur. Alors que la seconde était une victime aux abois, une… proie ? Salica réfléchit. Cette déchirante supplique dans ses yeux flamboyants ressemblait tellement à un appel au secours. Serait-elle celle qui devait y répondre ?

Elle sut aussitôt qu'il en serait ainsi. Pourtant… Elle tressaillit. À quoi songeait-elle donc ? Ne savait-elle pas qu'approcher la licorne c'était se perdre à jamais ? Non. On lui avait menti. Elle devait oublier cette monstrueuse créature de cauchemar. Et, cependant, si… Ben, elle irait voir Ben et…

Elle laissa cette pensée en suspens, se recroquevilla dans sa robe diaphane et frissonna, désemparée. Si seulement sa mère pouvait être près d'elle pour la réconforter ! Si seulement elle pouvait encore interroger Gaïéra ! Et, par-dessus tout, si seulement elle pouvait être dans les bras de Ben !

Mais aucun d'eux n'était là pour lui porter assistance. À l'exception du kobold, elle était seule. Si seule !

Les minutes s'écoulaient en silence. Elle se leva brusquement et, glissant comme une ombre, abandonna Ciboule aux bras de Morphée pour plonger dans le Gouffre Noir. Inutile de chercher à comprendre. Elle suivrait son instinct. Et son instinct lui disait qu'elle pouvait s'aventurer seule dans le Gouffre Noir, qu'elle reviendrait saine et sauve.

Quand l'aube se leva, Salica était déjà de retour, les mains vides. Elle n'avait pas eu besoin de pénétrer dans l'antre maudit de Nocturna. Son sixième sens l'avait alertée, bien avant qu'elle n'y soit parvenue. Ce que Gaïéra n'avait pu lui révéler, son instinct le lui avait dévoilé. La bride d'or n'était déjà plus aux mains de Nocturna. Avant même que la déesse de la terre ait pu en être informée, la bride avait encore une fois disparu.

Salica éveilla Ciboule, puis, avec un dernier regard pour le sinistre Gouffre Noir, se mit en route vers l'est.

GNOMES

8

Quand Ben Holiday et Edgewood Dirk s'éveillèrent le lendemain matin, le chasseur avait disparu. Aucun des deux ne l'avait entendu partir. Il s'était évanoui sans laisser de traces. Déjà le souvenir de ses traits s'estompait. Seul son récit de chasse à la licorne demeurait aussi captivant et vivace que la veille.

– J'espère qu'il trouvera ce qu'il cherche, marmonna Ben, entre deux baies de Bonnie Blue.

– C'est impossible, répondit posément Dirk.

– Et pourquoi ça, sieur Chat ?

– Parce que cela n'existe pas, affirma le chat.

Ce qui eut pour effet de plonger Ben dans un abîme de perplexité. Certes, la licorne s'envolait toujours en fumée dès que quelqu'un l'apercevait. Elle semblait aussi volatile qu'une écharpe de brume et tout aussi immatérielle. On ne l'avait jamais vue plus de quelques secondes et toujours comme une ombre insaisissable. Ne serait-elle qu'une légende ? Ceux qui se targuaient de l'avoir approchée ne seraient-ils que de consentantes victimes de leur imagination ? Auraient-ils pris leurs désirs pour des réalités ? À moins qu'elle n'existât vraiment, mais sans être plus qu'une illusion, quelque lubie d'enchanteur facétieux, disparu depuis des lustres en laissant, par inadvertance, un peu de sa magie lui échapper ? À Landover, on pouvait s'attendre à tout.

Il aurait volontiers soumis ses hypothèses à Dirk, mais s'y refusa. De toute façon, le chat ne lui répondrait pas. Au mieux, il lui concocterait quelque charade sibylline et il en avait plus qu'assez de jouer aux devinettes avec ce maudit animal.

Il décida de changer de sujet.

– Dirk, j'ai réfléchi à ce que nous a dit la Terre Nourricière au sujet de la bride d'or. Elle a révélé à Salica qu'elle était aux mains de Nocturna, mais elle n'a pas précisé ce qu'était devenue la sorcière depuis que je l'ai expédiée dans les brumes du monde des fées. (Il marqua un temps.) Vous le saviez, n'est-ce pas, que j'avais expédié Nocturna dans les brumes du monde des fées ?

Assis sur une branche morte, Dirk semblait absorbé dans quelque exercice matinal : il s'entraînait nonchalamment à rentrer et à sortir ses griffes.

– Oui.

– Elle avait jeté mes amis dans l'enfer d'Abaddon et j'avais décidé de lui faire voir de quel bois je me chauffe, poursuivit Ben. Les fées m'avaient procuré de la poussière d'Io, une poudre magique qui, respirée par la victime, l'assujettit aux ordres de son adversaire. Très efficace ! J'en ai d'ailleurs fait usage sur Strabo, par la suite. En tout cas, c'est comme cela que j'ai obligé Nocturna à se métamorphoser en corbeau et à s'envoler pour le monde des fées. (Il resta pensif un instant.) Cela dit, je n'ai jamais su ce qui lui était arrivé après ça.

– Cette énumération de vos hauts faits – fort ennuyeuse au demeurant – est supposée aboutir à quelque fascinante conclusion, je présume ?

Ben serra les dents, les joues en feu.

– Je me demandais simplement si Nocturna était parvenue à rompre le charme pour retourner dans le Gouffre Noir. Ça me paraît intéressant de connaître ce petit détail, avant de foncer tête baissée dans son antre.

Dirk prit le temps de terminer sa gymnastique : après la patte antérieure droite, la gauche, puis chacune des postérieures alternativement. Rouge de colère, Ben rongeait son frein. Enfin, le chat releva la tête.

– Je n'ai pas eu l'occasion de m'aventurer dans le Gouffre Noir depuis quelque temps, Messire. Cependant, j'ai cru comprendre que Nocturna pourrait effectivement être de retour.

Ben mit une bonne dizaine de minutes pour intégrer cette information. Un affrontement avec Nocturna ! songeait-il. Il ne manquerait plus que ça ! Que pourrait-il faire contre une sorcière aussi maléfique que Nocturna, alors qu'il ne pouvait même plus compter sur la protection du médaillon ? Si, par malheur, Nocturna venait à le reconnaître, il pourrait manger les pissenlits par la racine ! Et, même si elle ne le reconnaissait pas, il était peu probable qu'elle l'accueillît à bras ouverts. Pas plus que Salica, d'ailleurs. Surtout quand elle saurait ce que la sylphide venait chercher. Nocturna n'était pas du genre à lui offrir la bride d'or sur un plateau, quelque convaincants que puissent être les arguments de Salica. Elle la changerait plutôt en crapaud ! Pour peu qu'elle lui en fasse autant, ils feraient la paire ! Il pensait avec regret à la poussière d'Io. Il se serait damné pour en avoir quelques pincées sous la main. Ce qui lui aurait au moins donné une chance sur cent de s'en tirer. Pour peu que…

Il se mit à fixer intensément le chat.

– Que diriez-vous d'un petit séjour dans votre patrie d'origine ? lui demanda-t-il à brûle-pourpoint. J'y suis bien allé une fois. Je ne vois pas pourquoi je n'y retournerais pas. Les fées me reconnaîtront, médaillon ou pas médaillon. Peut-être pourraient-elles même me rendre mon apparence. Au moins, pourraient-elles me faire grâce d'un peu de poussière d'Io pour combattre Nocturna. Après tout, j'ai juré à Gaïéra de protéger Salica. Et je ne vois pas comment j'y parviendrais sans armes.

Dirk le dévisagea un moment, battit des paupières et bâilla.

– Le problème auquel vous êtes confronté ne peut en aucun cas être résolu par un autre que vous. Et par les fées, encore moins.

– Et pourquoi ? glapit Ben, exaspéré par la suffisance de son compagnon.

– Parce que, premièrement, votre apparence actuelle résulte d'un sortilège dont vous êtes seul responsable, comme on vous l'a dit et répété au moins une demi-douzaine de fois, à ce jour. Et que, deuxièmement, les fées ne sont pas censées vous aider, uniquement parce que vous le leur demandez. Les créatures de magie ne s'ingèrent dans les affaires d'autrui que quand et où elles le veulent. (Le chat fronça son museau avec dédain.) Ce que vous ne pouviez ignorer, lorsque vous m'avez posé cette ridicule question, Messire.

Ben écuma en silence. Ce maudit chat avait raison, bien sûr. Il l'avait toujours su. Les fées n'avaient pas levé le petit doigt quand il était arrivé à Landover et que le royaume était en butte aux agissements de la Marque d'Acier et menaçait de perdre son éclat. Pourquoi l'aideraient-elles maintenant ? Après tout, il était roi et les problèmes du royaume ne concernaient que lui.

Certes, mais cela ne l'éclairait pas davantage sur la façon de les résoudre.

– Allez, venez ! lança-t-il brusquement, en se levant d'un bond. J'ai une idée. Je suis sûr que ça peut marcher. (Il remit ses guenilles en ordre – peine perdue – en attendant vainement que Dirk lui demande quelle était cette soudaine illumination.) Vous ne voulez pas savoir ce que j'ai en tête ? demanda-t-il, toute honte bue.

Le chat s'étira et sauta de sa branche pour se poster à ses pieds.

– Non.

Ben contracta les mâchoires. « Puisque c'est comme ça, se jura-t-il intérieurement, tu peux toujours attendre, mon p'tit vieux ! Les poules auront des dents avant que je te dise le moindre mot là-dessus ! »

Ils cheminèrent cap au nord, contournant les prairies verdoyantes de Vertemotte pour rejoindre les contreforts du Melchor. Ben était en tête ; mais, comme toujours, Dirk semblait parfaitement connaître l'itinéraire d'un parcours dont, fidèle à sa promesse, Ben ne lui avait rien révélé. Il se faufilait entre les hautes herbes, traçant un chemin parallèle à celui de son compagnon, sans se soucier le moins du monde de sa trajectoire. Dirk demeurait pour Ben un indéchiffrable mystère. Cependant, même s'il ne parvenait guère à l'oublier complètement, il s'efforçait de se concentrer sur le nouveau but qu'il s'était fixé. Tenter de percer le secret de ce maudit chat le rendait fou. Autant accepter Dirk comme on doit accepter les changements de temps.

La battue avait laissé de profondes cicatrices. Les empreintes de bottes abondaient. L'herbe avait été piétinée et les broussailles, fauchées sans vergogne. Des monceaux de détritus attestaient l'incurie des milliers d'hommes engagés dans la chasse à la licorne. La brande portait les stigmates d'innombrables feux de camp. Vertemotte ressemblait à un gigantesque terrain de pique-nique un lendemain de fête nationale. Ben fronçait le nez, dégoûté. Meeks s'était déjà approprié la terre pour la maltraiter à loisir.

Mais il y avait pire : les arbustes, les feuilles des arbres, les fougères portaient les marques brunes du mildiou. Comme aux premiers jours de son règne, Ben décelait partout l'épidémie en marche et ne s'y trompait pas : le pouvoir du roi de Landover s'amenuisait. Landover puisait sa force dans la magie que le médaillon dispensait à son souverain. C'était l'une des premières choses que Ben avait apprises en arrivant ici. Landover, à cette époque, était dépourvu de véritable roi depuis des lustres et la terre s'étiolait. Meeks n'était pas le monarque légitime du royaume. Même s'il donnait admirablement le change, il ne pourrait jamais abuser Landover. La terre commençait déjà à donner des signes de faiblesse. Oh ! Des signes encore infimes, mais qui deviendraient de plus en plus manifestes. Si Ben Holiday ne remontait pas sur le trône, la ternissure s'attaquerait bientôt à Bon Aloi et le royaume tout entier y succomberait. Brusquement conscient de l'urgence, Ben accéléra machinalement le pas, comme si sa précipitation pouvait changer le cours des choses.

Une caravane de marchands, en route pour s'approvisionner en outils métalliques et en armes auprès des trolls, croisa leur chemin en fin de matinée. Ben accepta de partager leur repas. Les marchands ne tarissaient pas d'anecdotes au sujet de la fameuse chasse à la licorne et des derniers événements qui secouaient le royaume. Le roi s'était replié à Bon Aloi, refusant de voir qui que ce soit, pas même les seigneurs de Vertemotte. Tous les projets d'intérêt général avaient été interrompus ; les délibérations du Conseil, suspendues ; tous les émissaires, renvoyés dans leur foyer. En deux mots, les affaires du royaume étaient au point mort. Nul ne savait de quoi il retournait. Des bruits couraient à travers la vallée selon lesquels des monstres ailés hantaient la nuit, égorgeant le bétail, s'emparant des enfants égarés pour les dévorer dans leur antre, comme les dragons d'autrefois. Certaines rumeurs affirmaient même que la responsabilité en incombait au roi. Il aurait soi-disant signé un pacte avec les démons d'Abaddon, promettant de leur livrer Landover en échange de la fameuse licorne noire.

En fait, la discussion tournait en rond. On en revenait toujours à cette mystérieuse créature de légende. Le roi aurait laissé entendre, on ne peut plus clairement, qu'il était bien décidé à la capturer et que quiconque la lui amènerait recevrait une mirobolante récompense.

– C'est simple, plaisanta l'un d'eux. Tu inventes un attrape-fumée et ta fortune est faite !

Ses compagnons s'esclaffèrent. Ben ne partageait guère leur hilarité. À peine le déjeuner achevé, il les salua précipitamment et se remit en route vers le nord, sans perdre une seconde. Les choses commençaient à mal tourner pour Landover. La culpabilité le taraudait.

En milieu d'après-midi, il atteignait le territoire des gnomes cavernicoles.

Les gnomes cavernicoles, encore appelés « lutins mutins » par les Landovériens, vivaient essentiellement dans de souterraines galeries connues d'eux seuls et où ils entreposaient leur butin. Ben avait déjà eu affaire à deux d'entre eux, aux premiers temps de son règne. Petites créatures couvertes de poils, qui fuyaient l'eau comme la peste, les gnomes cavernicoles ressemblaient vaguement à des taupes géantes. Fouineurs de détritus et voleurs patentés, ils étaient aussi dignes de foi que votre chien-chien préféré, s'il vous venait l'idée saugrenue de lui confier la garde du rôti dominical. En tout cas, il aurait été mal venu de l'abandonner en compagnie de ces charmantes créatures qui l'auraient indubitablement trouvé à leur goût. De fait, pour les gnomes cavernicoles, chiens, chats et autres ravissants animaux de compagnie constituaient des morceaux de choix. Abernathy les traitait de cannibales et Questor de catastrophes ambulantes, mais tous s'accordaient pour les considérer comme une véritable calamité.

Deux d'entre eux, baptisés Fillip et Sott, s'étaient rendus à Bon Aloi pour quémander le secours du nouveau souverain qui venait tout juste de s'asseoir sur le trône. Leurs congénères avaient été embrigadés par les trolls de roche pour travailler dans les mines du Melchor. C'est du moins ce qu'ils lui avaient raconté à l'époque. Il s'était avéré par la suite que les trolls avaient surpris une poignée de gnomes en flagrant délit, au moment où ils capturaient et dépeçaient leurs paresseux apprivoisés, pour les faire rôtir à la veillée. Ben avait bien failli laisser sa peau dans l'expédition qu'il avait entreprise pour délivrer leurs congénères mais reconnaissait néanmoins que les lutins mutins étaient sans doute, de tous ses sujets, les plus loyaux, à défaut d'être les plus civilisés.

Or, Fillip et Sott s'étaient targués de connaître le Gouffre Noir comme leurs poches.

– Voilà exactement les complices qu'il nous faut ! assura Ben, qui s'était parjuré moins de douze heures après avoir prêté serment de ne rien dévoiler au chat. Nocturna ne donnera jamais la bride d'or de son plein gré. Salica doit bien le savoir, mais elle essaiera tout de même de la convaincre. Et, telle que je la connais, elle n'ira pas par quatre chemins. Salica est trop honnête pour être prudente. Toujours est-il que, si elle est dans le Gouffre Noir, il y a de grandes chances pour qu'elle soit en danger. Elle aura besoin d'aide. C'est en cela que Fillip et Sott nous seront utiles. Ils pourront se faufiler dans le Gouffre sans se faire voir et nous rapporter ce qu'il s'y passe. Si Salica ou Nocturna y sont déjà, ils pourront nous le dire. Si la bride d'or est encore aux mains de Nocturna, ils pourront peut-être la dérober. Vous comprenez ? Ils peuvent aller là où nous n'entrerons jamais.

– Parlez pour vous, Messire.

– Pourquoi ? Vous avez un meilleur plan, peut-être ? répliqua Ben, piqué au vif.

– Je n'ai pas à avoir ou à ne pas avoir de plan. C'est votre problème. Pas le mien.

– Oh ! Votre compassion vous honore, sieur Chat ! Cela dit, et comme j'imagine que vous n'entreprendriez pas ce petit repérage et cet emprunt dans l'antre de Nocturna vous-même…

– Certainement pas ! Je suis votre compagnon, pas votre laquais.

– Vous êtes un raseur, mon cher Dirk.

– Je suis un chat, Messire.

Ben haussa les épaules et se dirigea vers la cité souterraine des gnomes cavernicoles. Les gnomes cavernicoles vivent sous terre, dans des sortes de grottes reliées entre elles par des galeries, le tout formant une cité à la manière des fourmilières. Les sentinelles de la cité étaient depuis longtemps en alerte, que Ben n'avait pas encore aperçu le moindre trou. Quand il parvint aux abords de leur territoire, tous les gnomes avaient disparu. Il ne restait qu'un vaste désert, percé de terriers apparemment désaffectés. Ben avança jusqu'à ce qu'il estima être approximativement le centre de la cité, s'assit sur un tronc mort couché dans l'herbe et attendit. Il avait déjà fait de nombreuses visites aux gnomes cavernicoles et connaissait les usages.

Quelques minutes plus tard, Dirk le rejoignit, se mit en boule à ses côtés, sans un mot, et ferma les paupières.

Peu de temps après, un museau pointu émergea d'un terrier. De petits yeux fureteurs clignèrent, aveuglés par la lumière du jour, et un petit nez à longues moustaches tactiles flaira timidement l'air du crépuscule.

– Bonjour, monsieur, fit le gnome en touchant la calotte à plumet rouge qu'encadraient ses petites oreilles pointues.

– Bonjour.

– Vous vous promenez, sans doute ?

– Un petit bol d'air frais ne fait de mal à personne.

– Oh ! Non, non, bien sûr. Il faut pourtant prendre garde aux coups de froid, à l'automne. Un petit courant d'air et vous pouvez attraper mal. Il faut se montrer prudent.

– Assurément. Il faut se méfier.

Ils jouaient au chat et à la souris et Ben se conformait patiemment aux règles de ce jeu délicat. Les gnomes cavernicoles se comportaient toujours ainsi en présence d'étrangers. En réalité, ils étaient littéralement morts de peur. Le protocole exigeait donc qu'un des leurs soit envoyé en reconnaissance. Il était supposé vous tester. Si vous ne représentiez pas une menace à ses yeux, le reste de la tribu pouvait se montrer. Mais, à la moindre alerte, il disparaissait dans son trou et vous pouviez toujours attendre pour en voir un autre se manifester.

– J'espère que votre famille se porte bien, poursuivit Ben, sur le ton d'une conversation anodine.

– Oh ! Mais bien sûr, monsieur. Merci, monsieur. Tout va pour le mieux.

– J'en suis ravi.

– De même, monsieur, de même, répondit le gnome, en jetant quelques coups d'œil furtifs alentour pour s'assurer que Ben était seul et ne dissimulait aucune arme. Vous semblez venir de loin, monsieur. Seriez-vous un émissaire ?

– Pas vraiment, non.

– Un marchand, peut-être ?

Ben hésita une seconde, puis hocha la tête.

– À l'occasion, oui.

– Oh ? fit le gnome en plissant les yeux pour l'examiner plus attentivement. Vous êtes sans doute en quête de marchandise car je ne vois rien que vous puissiez négocier.

– Ah ! Mais les apparences sont parfois trompeuses. Certaines marchandises peuvent être de très petite taille (il tapota ses guenilles au niveau de la ceinture) et tenir dans la poche.

Le gnome esquissa un sourire contraint, qui découvrit ses petites dents pointues comme des griffes.

– Bien sûr, bien sûr. Seraient-ce vos affaires qui nous valent l'honneur de votre visite, monsieur ?

– C'est fort possible, fit Ben, assuré d'avoir lancé l'hameçon auquel le poisson ne manquerait pas de mordre.

« Question de patience », se dit-il, à juste titre.

– Et ces affaires concernent-elles quelqu'un de particulier ?

Ben haussa négligemment les épaules.

– Il m'est certes arrivé, par le passé, de traiter avec deux éminents membres de votre communauté. Fillip et Sott, je crois. Les connaîtriez-vous ?

– Fillip et Sott ? Mais bien entendu, monsieur.

Ben offrit alors son sourire le plus désarmant.

– Seraient-ils dans les parages, par un heureux hasard ?

Le gnome lui rendit son sourire.

– Peut-être. Oui, probablement. Voudriez-vous vous donner la peine d'attendre quelques instants, s'il vous plaît ?

Ben courba obligeamment la tête en signe d'assentiment et le gnome disparut dans son terrier.

Les minutes s'écoulaient et le lutin mutin ne réapparaissait pas. Ben n'avait pas quitté son poste et, sentant des dizaines de regards braqués sur lui, s'évertuait à dissimuler son impatience sous une mine de promeneur jouissant plaisamment d'un agréable moment de repos. Cependant, le doute commençait à s'immiscer dans son esprit. Et si Fillip et Sott l'observaient de loin et décidaient qu'ils ne voulaient pas avoir affaire à cet inconnu ? Après tout, il ne ressemblait plus au Ben Holiday qu'ils avaient côtoyé. De plus, sa mise n'avait rien d'engageant. Il avait tout d'un va-nu-pieds et Fillip et Sott pouvaient fort bien estimer qu'un si pitoyable négociant ne valait pas le déplacement. Auquel cas il n'aurait jamais l'occasion de leur parler directement et pourrait faire son deuil de leur précieuse collaboration.

Les ombres du crépuscule s'allongeaient peu à peu et, sous ses dehors de désinvolture étudiée, Ben bouillait d'impatience. Il coula un coup d'œil furibond vers Edgewood Dirk : rien à attendre de ce côté-là. Paupières closes, respiration à peine perceptible, ce maudit chat n'aurait pas davantage donné signe de vie s'il avait été empaillé.

Les terriers lui bâillaient toujours à la face avec la même insolence. Le soleil rejoignait paisiblement sa couche occidentale. Toujours rien en vue.

Ben venait tout juste de se décider à jeter l'éponge, quand une petite tête hirsute émergea d'un trou à deux aunes de là, aussitôt imitée par une seconde. Deux museaux noirs de crasse se mirent à flairer la fraîcheur du soir, tandis que deux paires de petits yeux de taupe scrutaient les environs.

Ben poussa un soupir de soulagement.

– Bonsoir, monsieur, le salua Fillip.

– Bonsoir, monsieur, répéta Sott.

– Bonsoir, fit Ben, rayonnant.

– Vous vouliez parler affaires, monsieur ? demanda Fillip.

– Vous vouliez parler affaires avec nous ? précisa Sott.

– Absolument, absolument, s'empressa de répondre Ben. Mais pour cela, verriez-vous quelque inconvénient à vous approcher, messieurs ? De façon que mon offre vous soit parfaitement audible. Comprenez-moi, je ne tiens pas à éveiller quelque curiosité indiscrète.

Les lutins mutins se consultèrent du regard, puis se glissèrent prudemment hors de leur terrier. Deux créatures, à peine plus grandes qu'un humain de deux ans, vêtues de hardes – qui semblaient tout droit sorties d'une décharge – et couvertes de poussière et de crasse s'avancèrent vers Ben. Barbes et moustaches – si souillées que l'on pouvait y déchiffrer le menu des deux dernières semaines – dissimulaient des faciès chafouins aux yeux minuscules, mais au regard affûté et au museau retroussé pour humer l'air ambiant.

Pas de doute, c'étaient bien Fillip et Sott.

Ben attendit qu'ils fussent à moins de dix pas et leur fit signe d'approcher.

– J'apprécierais, messieurs, que vous me prêtiez toute votre attention. Écoutez-moi bien. Je suis Ben Holiday, roi de Landover. Un sort a modifié mon apparence, mais cette transformation ne saurait être que très provisoire. Je retrouverai la mienne tôt ou tard et je saurai me souvenir de ceux qui m'auront prouvé leur loyauté. Tout comme je n'oublierai pas ceux qui m'ont fait faux bond. Or, j'ai besoin de votre aide, messsieurs. Et ce, dès aujourd'hui.

Il dévisagea anxieusement les deux lutins qui le regardaient sans mot dire, le regard fureteur et le museau palpitant. Ils se consultèrent une nouvelle fois, puis se tournèrent de concert vers leur interlocuteur.

– Vous n'êtes pas le roi, monsieur, affirma Fillip.

– Non, monsieur, renchérit Sott.

– Le souverain de Landover ne se présenterait pas sans escorte, argumenta Fillip.

– Le souverain de Landover serait accompagné de ses amis : le magicien, le chien qui parle, les kobolds et la belle sylphide Salica, précisa Sott.

– Le souverain de Landover viendrait sous bonne garde, reprit Fillip.

– Le souverain de Landover viendrait avec son étendard et ses chevaliers, ajouta Sott.

– Vous n'êtes pas le roi, monsieur, répéta Fillip.

– Non, monsieur, fit Sott à son tour.

Ben prit une profonde inspiration.

– J'ai perdu tous les emblèmes de la royauté au profit d'un puissant sorcier. Celui-là même qui m'a fait venir à Landover et que nous avons tous vu dans le cristal, après avoir échappé aux trolls de roche. Vous vous en souvenez, n'est-ce pas ? C'est même vous qui êtes venus me trouver à Bon Aloi afin de requérir mon assistance. Vous vouliez que je vous aide à libérer vos compatriotes, prisonniers des trolls pour avoir dévoré les paresseux qui sont leurs animaux de compagnie favoris. Si je ne suis pas le roi, comment saurais-je tout cela ?

Fillip et Sott se regardèrent, incertains.

– Nous l'ignorons, reconnut Fillip.

– Oui, nous n'en avons pas la moindre idée, admit Sott.

– Mais vous n'êtes pas le roi, réitéra Fillip.

– Non, vous n'êtes pas le roi, insista Sott.

Ben inspira une nouvelle fois, pour juguler une irritation croissante.

– J'ai détruit le cristal en le jetant contre un rocher, quand nous avons compris son usage. Questor nous a même avoué sa part de responsabilité dans cette affaire. Vous étiez là. Salica et Abernathy étaient là. Les kobolds, Navet et Ciboule, étaient là. Ensuite, nous sommes allés dans le Gouffre Noir. C'est même vous qui nous avez servi de guide, à Salica et à moi. Vous vous en souvenez, maintenant ? Nous avons fait respirer de la poussière d'Io à Nocturna pour qu'elle se change en corbeau et nous l'avons envoyée se perdre dans les brumes du monde des fées. Puis, nous nous sommes rendus chez Strabo. Vous vous souvenez bien du dragon, tout de même ? Comment saurais-je tout cela, si je n'étais pas le roi ?

Les deux gnomes se balançaient d'un pied sur l'autre, embarrassés.

– Nous l'ignorons, dit Fillip.

– Oui, nous l'ignorons, fit Sott en écho.

– Quoi qu'il en soit, vous n'êtes pas le roi de Landover, persista Fillip.

– Non, vous n'êtes pas le roi de Landover, répéta Sott.

En dépit de ses bonnes résolutions, Ben commençait à perdre patience.

– Et, d'abord, comment savez-vous que je ne suis pas le roi ? fit-il d'un ton provocateur.

Fillip et Sott se trémoussaient et se tordaient les mains en lançant des regards désespérés à la ronde.

– Vous n'avez pas son odeur, lança finalement Fillip.

– Non, vous avez la nôtre, précisa Sott.

Ben écarquilla les yeux, s'empourpra et perdit le peu de sang-froid qu'il lui restait.

– Bon, maintenant, ça suffit. Je suis le roi de Landover. Je suis Ben Holiday. Et vous feriez mieux d'accepter cette évidence, dès maintenant, ou je vous garantis que vous allez avoir de sérieux ennuis. Plus sérieux encore que ceux dans lesquels vous vous êtes fourrés en volant ce malheureux chiot, pour le manger, après le banquet qui célébrait ma victoire sur la Marque d'Acier. Je vous ferai pendre par les pieds et dessécher comme des harengs ! Regardez-moi ! (Il agrippa le pendentif, en masquant de la paume l'image de Meeks, et le brandit comme une arme.) Ça vous dirait de goûter de ça ?

Tremblant comme des feuilles, Fillip et Sott se plaquèrent au sol, comme si une main géante les avait tirés par les pieds.

– Oh non ! Grand Roi de Landover ! gémit Fillip.

– Oh non ! Votre Très Grande et Très Puissante Majesté, glapit Sott.

– Vous êtes maître de nos vies, Grand Roi de Landover, sanglota Fillip.

– Oh oui ! Grand Roi de Landover, fit Sott en reniflant bruyamment.

– Pardonnez-nous, Noble Seigneur ! supplia Fillip.

– Ayez pitié, Puissant Seigneur ! renchérit Sott.

Voilà qui est mieux, pensa Ben. Apparemment, un soupçon d'intimidation s'avérait beaucoup plus efficace qu'une kyrielle d'explications rationnelles, avec ces misérables gnomes. Il n'était pas très fier de lui ; mais il était aux abois et, dans l'urgence, toutes les tactiques se valaient pour peu qu'elles se montrent efficaces.

– Relevez-vous, ordonna Ben.

Les lutins mutins obéirent incontinent, en lui adressant un regard suppliant.

– Rassurez-vous, leur dit-il avec douceur. Je comprends votre confusion. Vous êtes simplement victimes des apparences et je ne peux vous en vouloir pour cela. N'en parlons plus, d'accord ?

Les deux têtes de fouine opinèrent sur-le-champ.

– Bien. Maintenant, venons-en à l'affaire qui m'amène. Salica – la belle sylphide Salica – est peut-être, en ce moment même, en grave danger. Nous devons l'aider, comme elle nous a aidés quand les trolls de roche nous retenaient dans leur enclos. Vous vous le rappelez ? Salica est descendue dans le Gouffre Noir pour y chercher quelque chose et nous devons la retrouver pour nous assurer qu'il ne lui est rien arrivé.

– Je n'aime pas beaucoup le Gouffre Noir, se plaignit Fillip.

– Moi non plus, se lamenta Sott.

– Ni moi. Mais vous m'avez dit un jour que vous pouviez vous y faufiler sans être vus. Ce que je suis incapable de faire. Tout ce que je vous demande, c'est de descendre dans le Gouffre et d'y rester assez longtemps pour pouvoir me dire avec certitude si Salica y est ou non et aussi me rapporter quelque chose dont j'ai besoin et qui s'y trouve caché. Ça ne devrait pas être trop compliqué pour vous. Juste jeter un œil sans vous faire voir. C'est l'enfance de l'art pour vous.

– Nocturna est revenue, Noble Seigneur, annonça Fillip.

– Nous l'avons vue, Puissant Seigneur, confirma Sott.

– Elle en veut au royaume tout entier, maintenant, Monseigneur, l'informa Fillip.

– Et à vous plus particulièrement, Monseigneur, ajouta Sott.

Un lourd silence flotta sur l'assistance. Ben tentait de mesurer la haine que lui vouait désormais la terrible sorcière et celle-ci lui paraissait abyssale. Il n'en voyait pas le fond. C'était aussi bien. Il se pencha vers les gnomes, la mine conspiratrice.

– Vous êtes donc retournés dans le Gouffre, si je comprends bien ?

Piteux, Fillip et Sott acquiescèrent d'un même hochement de tête.

– Et personne ne vous a surpris, puisque vous êtes là ?

Mêmes hochements de tête pitoyables.

– Dans ce cas, vous pouvez aisément y retourner. Vous pourriez bien faire ça pour moi et pour Salica. Ce serait une faveur à laquelle je serais immensément sensible et dont je me souviendrais... généreusement.

Un nouveau silence plana sur les trois interlocuteurs. Fillip et Sott regardèrent Ben, puis se consultèrent à voix basse. Ils étaient visiblement passés de l'anxiété à l'excitation et s'agitaient frénétiquement, chuchotant avec force gestes des mains et de la tête. Finalement, ils se tournèrent vers Ben.

– Si nous faisions ce que vous nous demandez, Monseigneur, nous donneriez-vous le chat en échange ?

– Oui, Monseigneur, le chat en échange, répéta Sott.

Ben les dévisageait, ahuri. Il avait complètement oublié Dirk. Il lui jeta un coup d'œil, puis décocha un regard offusqué aux deux gnomes.

– Vous n'y pensez pas ! s'insurgea-t-il. Ce chat-là n'est pas un chat ordinaire.

Fillip et Sott hochèrent la tête, la mine renfrognée, mais les yeux toujours rivés sur le chat.

– Je vous aurais prévenus, insista Ben.

Les gnomes hochèrent une nouvelle fois la tête avec docilité, mais il était clair qu'ils n'en démordraient pas si facilement. Outre leur crasse, l'entêtement des lutins mutins était de notoriété publique. Ben soupira.

– Bon. Nous allons passer la nuit ici et partir à l'aube, décida-t-il. Et tâchez de vous souvenir de ce que je vous ai dit au sujet de ce chat. À vos risques et périls. C'est clair ?

Les gnomes opinèrent pour la troisième fois. Leurs petits yeux scintillants n'avaient pas quitté Dirk une seconde.

Ben dut encore se contenter d'un dîner spartiate : baies de Bonnie Blue et eau de rivière. Il regarda le soleil disparaître à l'horizon, en songeant à l'autre monde, à sa vie à Chicago. Pour la première fois depuis bien longtemps, il se demandait s'il n'aurait pas mieux fait de rester là-bas au lieu de s'embarquer sur cette galère. Mais il savait les regrets inutiles et, se pelotonnant contre le tronc d'arbre mort, se coucha pour chercher l'oubli dans le sommeil.

Dirk n'avait pas quitté son poste, allongé sur l'écorce rugueuse : une momie !

Un hurlement déchira la nuit, si terrifiant que Ben se retrouva debout sans savoir comment, secoué d'incoercibles tremblements. Il lui avait semblé qu'on lui avait crié dans les oreilles tant le hurlement était proche, juste au-dessus de lui. Quand il eut recouvré son calme, il inspecta les environs, mais ne vit que Dirk, dressé sur le tronc d'arbre mort, toutes griffes dehors, écumant de rage. Une étrange vapeur semblait émaner de son pelage hérissé.

Quelque part, dans le noir, s'élevaient des sortes de sanglots étouffés.

– Ces gnomes sont d'une obstination qui confine à la bêtise, commenta Dirk, en reprenant sa pose de sphinx aux yeux d'or, étincelant dans l'obscurité.

Les sanglots cessèrent et Ben se recoucha.

Apparemment ses mises en garde n'avaient pas été suffisantes. Mais Fillip et Sott retiendraient désormais la leçon. Certains enseignements requéraient la manière forte.

Cette nuit-là, à quelques milles au sud du Rhyndweir, devant les restes d'un enclos à bestiaux déserté et flanqué d'une masure au toit de chaume éventré, un vieil épouvantail à barbe blanche et un chien au pelage mité, tous deux aussi délabrés que leur demeure, s'envoyaient à la tête un tir nourri d'accusations – avec une véhémence telle qu'elle suffisait à réfuter des années d'indéfectible amitié – sous le regard indifférent d'une créature velue à face simiesque, dotée d'oreilles d'éléphant et dont un rictus énigmatique découvrait les crocs étincelants.

– Tu n'espères tout de même pas que je puisse comprendre ce que tu as fait et encore moins le pardonner, aboyait le chien au visage cramoisi du vieil épouvantail. Je te tiens pour unique responsable de la situation désastreuse dans laquelle nous nous trouvons. Tout est ta faute !

– Ton manque de compassion n'a d'égal que ta fatuité, rétorqua l'épouvantail. Tout autre être humain – ou chien, en l'occurrence – se montrerait plus charitable que toi.

– Ha ! Tout autre être humain – ou chien, en l'occurrence – t'aurait fait ses adieux depuis belle lurette. Tout autre être humain – ou chien, en l'occurrence – aurait eu la présence d'esprit de se choisir une compagnie plus décente pour endurer son exil.

– Je vois ! Eh bien, il n'est jamais trop tard pour bien faire. Va donc chercher compagnie ailleurs – décente ou non !

– N'aie crainte, j'y songe très sérieusement en ce moment même.

Les deux interlocuteurs s'empourprèrent comme les flammes jaillissaient des maigres brindilles amassées à leurs pieds, accrochant d'infernaux éclats à leurs regards meurtriers. Le spectateur simiesque surveillait placidement la scène, muet.

Abernathy repoussa ses besicles.

– Je ne parviens toujours pas à concevoir comment tu as pu laisser échapper la licorne, le mage, reprit-il sur un ton radouci. Elle se tenait juste devant toi et tu connaissais l'incantation propre à la capturer. Que s'est-il donc passé pour qu'au lieu de cela tu déclenches une avalanche de papillons et de fleurs ? Comment peux-tu justifier une telle ineptie ?

– Ineptie que nul autre n'est plus à même de comprendre que toi, répliqua Questor Thews, en désignant son interlocuteur du menton avec dédain.

– Je préfère imaginer que tu t'es laissé envahir par la panique. Qu'une fois de plus, tu n'as pas su maîtriser ton pouvoir au moment crucial, répondit le scribe. Et, d'ailleurs, qu'entends-tu au juste par une « ineptie que nul autre n'est plus à même de comprendre que moi » ?

– Je veux dire le genre d'inepties qui donnent à toute créature l'opportunité de prendre l'apparence qui convient le mieux à son identité profonde !

– Attends un peu. Serais-tu en train de me dire que tu as sciemment laissé échapper la licorne ? Que cette ridicule averse florale et lépidoptère n'avait rien de fortuit ?

– Félicitations, le scribe ! Une aussi clairvoyante – quoique tardive – perspicacité force mon admiration, railla Questor, en tournicotant nerveusement sa barbe. Évidemment que je l'ai fait sciemment !

Un lourd silence tomba sur les deux compères qui, toujours fulminants, se dévisageaient sans concession. Ils avaient marché sans relâche depuis l'aube, chacun de son côté ruminant les derniers événements et leurs funestes conséquences, l'un comme l'autre affichant une ostensible hostilité à l'égard de son compagnon d'infortune. Ils n'avaient pas pipé mot de la journée et c'était la première fois qu'ils discutaient ouvertement de ce qui leur échauffait la bile : la fuite de la licorne noire.

Cette joute oratoire achevée, Questor soupira et détourna les yeux le premier. Il s'enveloppa étroitement dans ses robes bariolées pour se protéger de la fraîcheur nocturne. Son visage, que le temps n'avait pas épargné, s'était creusé de nouvelles rides. Ses robes étaient couvertes de poussière et déchirées par endroits. Abernathy n'avait guère plus belle allure. On les avait dépouillés de tout. Le roi les avait congédiés, dès qu'il avait eu vent de leur échec. Il ne leur avait pas même laissé le temps de s'expliquer, pas plus qu'il ne s'était donné la peine de justifier sa décision. Ils n'avaient pas franchi l'enceinte de Bon Aloi qu'un émissaire porteur d'un bref message, écrit de la main royale, se présentait devant eux. Par cette missive, le roi leur signifiait leur mise à pied. Ils pourraient aller où bon leur semblait, mais étaient proscrits à jamais de la Cour.

Navet, qui semblait avoir eu la chance de décider seul de son sort, les avait suivis, sans leur offrir la moindre explication.

– À la vérité, quand la chasse a commencé, je n'avais aucune intention de laisser échapper la licorne, avoua Questor à mi-voix. Je comptais bien la capturer et la livrer au roi comme il en avait donné l'ordre. Je n'en pensais pas moins, cependant. L'entreprise était hasardeuse. Je savais que la licorne noire portait malheur. Cela dit, le roi a toujours su si brillamment tourner la malchance à son avantage... (Il sembla réfléchir, troublé.) Je dois reconnaître que l'empressement dont Sa Majesté faisait preuve pour capturer la licorne et son entêtement à ne pas vouloir nous en donner la raison m'inquiétaient. Néanmoins, les ordres sont les ordres et j'avais bien l'intention d'obéir. (Il poussa un profond soupir.) Mais quand je l'ai vue devant moi, là, à quelques pas... Quand j'ai contemplé cette splendeur... Eh bien, je me suis dit que je ne pouvais pas autoriser qu'on capturât une telle merveille. Je ne sais pas pourquoi, mais c'était plus fort que moi. (Il s'éclaircit la gorge.) Non, ce n'est pas vrai. Je sais très bien pourquoi. Parce que j'avais la conviction que c'était une terrible erreur. Oui, je sentais au plus profond de moi que c'était mal. Ne l'as-tu pas senti, toi aussi, Abernathy, que la licorne ne devait pas appartenir au roi, qu'elle ne devait appartenir à personne ? (Il dévisagea son compagnon, incertain.) Alors, j'ai utilisé mon pouvoir pour m'assurer qu'elle resterait libre. Je l'ai laissée volontairement échapper.

Abernathy goba au vol un insecte importun, repoussa ses besicles sur son museau et éternua.

– Tu aurais dû m'avouer tout cela avant, le mage, au lieu de me laisser croire qu'une fois de plus la magie s'était jouée de toi. Explication, tu me le concéderas, on ne peut plus rationnelle. Cela, tout au moins, je pouvais le comprendre.

– Ah oui ? fit Questor, penaud. Eh bien, moi, j'aimerais bien. J'ai agi contre la volonté du roi, au service duquel j'ai juré de consacrer ma vie, et tout ce que je trouve à dire, pour ma défense, c'est que le servir dans ces circonstances me semblait blâmable. Il a eu parfaitement raison de me limoger.

– Moi aussi, je suppose ?

– Non, toi, tu n'y étais pour rien.

– Le fait est qu'il n'aurait dû nous renvoyer ni l'un ni l'autre.

– Il est le roi. Qui sommes-nous pour oser mettre en doute la clairvoyance du roi ? fit Questor, avec un geste d'impuissance.

– Humpf ! Cette battue est un parfait exemple d'aveuglement s'il en fut ! Il connaît les légendes. L'histoire de la licorne noire n'avait aucun secret pour lui. Nous lui avions bien dit qu'une telle créature ne s'attrapait pas comme un vulgaire gibier. Il n'a rien voulu savoir. Jamais il n'avait ignoré nos conseils de la sorte. Tu veux connaître le fond de ma pensée, le mage ? Il est obsédé par cette damnée licorne. Il ne pense plus à rien d'autre. Pas même à Salica. C'est tout juste s'il a mentionné son nom en notre présence. Et encore ! Pour se plaindre d'elle, parce qu'elle ne lui avait pas encore rapporté la bride d'or. Il manque à tous ses devoirs de souverain. Il se calfeutre dans sa chambre et ne veut voir personne. Les grimoires n'ont pas été évoqués une seule fois depuis que tu les as retrouvés ! J'avais escompté qu'à tout le moins, l'idée de chercher en leur sein un moyen de me rendre mon apparence humaine l'effleurerait. Il fut un temps où il n'aurait même pas eu besoin d'y songer à deux fois…

Le scribe s'abîma un instant dans la contemplation des flammes, avec une mine tragique qu'il jugeait de circonstance.

– Mais qu'importe ! reprit-il avec un coup de patte théâtral. Le fait est, Questor Thews, que le roi n'est plus lui-même ces derniers temps. Non, il n'est plus lui-même…

La face de hibou rabougrie fit une grimace.

– Non… (Il jeta un coup d'œil machinal vers le kobold et fut surpris de le voir acquiescer d'un hochement de tête virulent.) Non, assurément.

– Et ça dure depuis…

– Depuis que l'on a découvert l'imposteur dans sa chambre ?

– Exactement. Depuis cette nuit-là.

Ils se replongèrent de concert dans un silence méditatif. Leurs regards se croisèrent. Voyant se refléter dans leurs prunelles la même lueur soupçonneuse, ils sursautèrent en chœur.

– Se pourrait-il que… s'aventura Abernathy.

– Que l'imposteur en question fût effectivement le roi ? acheva Questor, en haussant les sourcils. Je n'aurais jamais osé penser une chose pareille avant. Mais maintenant…

– Cependant, nous n'avons aucune preuve de ce que nous avançons et aucun moyen de le vérifier, l'interrompit vivement Abernathy.

– Non, aucun, admit le magicien.

Le feu crépita. Un souffle de vent souleva les cendres. Un cri d'oiseau de nuit s'éleva au loin. Questor frissonna dans ses robes carnavalesques.

– J'ai horreur de dormir à la belle étoile, grogna Abernathy. Je hais les puces, les tiques et autres charmants parasites qui tentent d'investir ma fourrure.

– J'ai un plan ! s'écria tout à coup Questor.

Abernathy lui lança un regard appuyé, de ceux dont il gratifiait toute assertion qu'il aurait préféré ne pas entendre.

– Me faut-il vraiment te demander de quoi il s'agit ? murmura-t-il, du bout des babines.

– Allons voir Strabo.

L'indéchiffrable rictus du kobold s'élargit.

– Tu appelles cela un plan ? s'exclama Abernathy, horrifié.

Questor se pencha vers le feu, les yeux pétillant d'excitation.

– Mais bien sûr ! Ça tombe sous le sens ! Qui en sait plus long sur les licornes que les dragons ? Je concède qu'autrefois licornes et dragons furent les plus grands ennemis de la création, les plus vieux adversaires du monde des fées. Mais, maintenant, la licorne noire est la dernière survivante de son espèce et Strabo, le dernier dragon. Ils doivent faire cause commune. Ils sont désormais liés par une affinité naturelle. Nous pourrons sans nul doute apprendre beaucoup de Strabo au sujet de la licorne. Peut-être même parviendrons-nous à éclaircir son mystère et à comprendre pourquoi elle est revenue hanter Landover.

Abernathy le regardait, atterré.

– Dois-je te rappeler que ledit dragon ne nous porte guère dans son cœur, Questor Thews ? Aurais-tu oublié ce détail ? Tout ce que nous pouvons attendre de lui, c'est qu'il nous rôtisse en guise de petit déjeuner. (Il s'interrompit, songeur.) De surcroît, je ne vois pas l'utilité d'en apprendre davantage sur cette damnée licorne. Elle nous en a assez fait voir comme cela !

– Mais, Abernathy, si nous parvenons à découvrir la raison de sa présence ici, nous pourrons peut-être comprendre pourquoi elle obsède le roi à ce point, insista le magicien. Nous pourrions même trouver le moyen de nous faire de nouveau accepter à la Cour. Ce n'est pas impossible, après tout. Et puis, tu sais, le dragon ne nous fera aucun mal, une fois que nous lui aurons expliqué l'objet de notre visite. De plus, dragons et magiciens entretiennent des relations très particulières. Ils ont en commun des pouvoirs puisés à la même source. La nature et la pérennité de cette relation d'ordre… professionnel ont toujours exigé de chacun un minimum de respect à l'égard de l'autre.

– Balivernes !

Mais déjà Questor ne l'entendait plus.

– Cette relation donnait lieu à de spectaculaires joutes entre sorciers et dragons, jadis. Des joutes de magie et d'adresse qui auraient rebuté les plus braves, tu peux me croire. Si Strabo se montrait récalcitrant, une ou deux joutes s'avéreraient sans doute nécessaires, mais je suis passé maître en cet art et ce serait amusant de…

– Tu déraisonnes, le mage ! coupa Abernathy, consterné.

Il en aurait fallu davantage pour miner l'enthousiasme du magicien. Il se leva d'un bond, les yeux brillants, et se mit à tourner autour du feu comme une toupie.

– Pense ce que tu veux, le scribe. Le devoir m'appelle et j'ai pris ma décision. Je vais aller trouver Strabo. (Il marqua un temps.) Navet viendra avec moi, n'est-ce pas, Navet ?

Le kobold opina du bonnet en grimaçant un large sourire, plus machiavélique que jamais. Le magicien battit des mains.

– Voilà qui est rondement mené ! Et puisque Navet vient avec moi, tu dois venir aussi, Abernathy.

Sa haute stature d'épouvantail se ratatina tout à coup, comme sous le poids d'une inéluctable malédiction. Ses mains retombèrent mollement.

– Nous devons y aller, Abernathy. Parce que, tout compte fait, que pouvons-nous faire d'autre ?

Il lança à son compagnon un regard que le scribe lui rendit. Un nouveau silence vint arbitrer la lutte sans merci que se livraient doute et conviction dans les prunelles des deux protagonistes. Des souvenirs de triste mémoire venaient alternativement obscurcir leurs pensées. Non, ils ne pouvaient accepter que le temps du déclin et de la Marque d'Acier revienne. Tout plutôt qu'attendre passivement le retour des ténèbres.

– Soit, acquiesça Abernathy avec un soupir à fendre l'âme. Plus on est de fous, plus on rit ! conclut-il lugubrement.

Personne ne songea à le contredire.

MASQUES

Quand le soleil se leva, Fillip et Sott étaient déjà au garde-à-vous, fidèles au poste, leur paquetage sur le dos, leur calotte à plumet rouge sur la tête. Ils se tenaient à distance respectueuse et, dans la pénombre de l'aube, Ben les avait tout d'abord pris pour des arbustes. Mais, une fois sorti des brumes du sommeil, après s'être étiré à son aise pour dénouer ses muscles endoloris par le froid et la rudesse de sa couche, il vit les deux silhouettes rabougries s'animer pour avancer à sa rencontre et le saluer maladroitement. Les deux gnomes semblaient encore plus nerveux qu'à l'accoutumée et lançaient des regards furtifs à la ronde, comme s'ils s'attendaient à voir surgir, d'un instant à l'autre, une invasion de trolls.

Au bout d'un moment, Ben comprit que cette crainte n'avait rien d'imaginaire, mais trouvait sa justification dans la seule présence d'Edgewood Dirk.

Le chat, quant à lui, les ignorait souverainement. Il était tout à sa toilette quand Ben, suivant les coups d'œil anxieux des gnomes, se tourna vers lui. Il ne daigna pas répondre à son salut matinal et ne consentit à quitter son perchoir que sa tâche achevée et seulement pour venir laper dignement l'eau fraîche que Ben lui avait procurée dans une coupelle végétale de sa fabrication. C'est en le regardant s'abreuver que Ben réalisa, pour la première fois, que Dirk ne semblait jamais avoir besoin de nourriture. De quoi se sustentait-il ? C'était là un nouveau mystère. Ben renonça immédiatement à le résoudre. Il avait déjà assez de problèmes, sans se préoccuper de ce maudit chat !

Ils se mirent en route dès que Ben eut terminé son frugal petit déjeuner de baies sauvages. Dirk et lui partirent en tête comme d'habitude, Dirk semblait connaître leur itinéraire avant même que Ben l'ait lui-même défini – et les gnomes les suivirent à bonne distance. Manifestement, Fillip et Sott ne voulaient plus approcher le chat et le regardaient de loin comme on observe un serpent prêt à mordre. Fillip claudiquait et Sott avait le poil roussi au niveau des poignets et sur le dos des mains. Aucun des deux ne jugeant nécessaire d'éclaircir les raisons de ces handicaps, Ben les laissa tranquilles. De toute façon, il avait déjà sa petite idée sur la question.

Ils marchèrent ainsi toute la matinée. Le ciel était dégagé. Fleurs et fruits sauvages exhalaient un parfum doucereux qui leur chatouillait agréablement les narines. Cependant, des signes de flétrissure se manifestaient à chaque pas. Ben songeait à Meeks, à son imposture, à son pacte avec les démons d'Abaddon, à l'affaiblissement du pouvoir magique qui régissait le royaume et à ses inéluctables conséquences sur la fertilité de la terre dont le sorcier était responsable. Une fois encore, il sentait le temps lui filer entre les doigts. Il n'avait cependant pas avancé d'un pouce : il ignorait toujours de quel sort il avait été victime, pourquoi la licorne noire était revenue à Landover et pourquoi elle attisait tant la convoitise de Meeks. Tout ce qu'il savait, c'est qu'il existait forcément un lien entre tous ces événements et qu'il lui faudrait le dénouer s'il entendait rétablir l'ordre dans son royaume.

Il en vint à penser à Edgewood Dirk. Que ce chat s'ingéniât sciemment à entretenir son mystère l'exaspérait. Ben était désormais convaincu que, d'un mot, cette maudite créature pouvait lever le voile. Il était sûr que leur rencontre ne devait rien au hasard et que Dirk avait délibérément croisé son chemin. Il aurait parié que le chat ne l'accompagnait pas simplement pour satisfaire une lubie, mais obéissait à une raison impérieuse. Cependant, il savait également qu'il était inutile de ruminer ces questions. Dirk ne s'en expliquerait que lorsqu'il le déciderait et, vu la nature particulièrement capricieuse de cet animal, il y avait autant de chances pour que ladite explication lui soit offerte gracieusement que pour les gnomes de prendre un bain. Ce qui ne l'empêchait pas de ressasser ses déconvenues et d'échafauder quelques nouveaux stratagèmes pour délier la langue du chat, à la première occasion.

Le soleil atteignait son zénith quand le Gouffre Noir se profila à l'horizon. Ben se décida alors à tenter une nouvelle fois sa chance. Il avait ratiociné durant toute l'expédition et, las de son monologue intérieur, se disait qu'après tout, qui ne risquait rien…

Le sujet principal de ces délibérations avait été – comme il fallait s'y attendre – la fameuse licorne noire. Il s'était attaché à trouver un possible rapport entre les différentes licornes dont il avait entendu parler jusqu'alors. À bien y réfléchir, il en avait déjà rencontré à trois reprises : il y avait la licorne noire, bien sûr, les licornes dessinées sur le grimoire – celui qui n'avait pas été calciné – et, enfin, les licornes dépêchées par les créatures de magie auprès des pauvres mortels, des siècles auparavant, et qui s'étaient évaporées dans la nature alors qu'elles s'apprêtaient à porter la bonne parole par-delà les brumes du monde des fées. Il était déjà persuadé qu'une relation existait entre la licorne noire et celles du grimoire. Sinon, pourquoi Meeks les aurait-il convoitées au point d'envoyer deux rêves les concernant respectivement ? Mais ce qui le préoccupait davantage, c'était de savoir si cette relation pouvait s'étendre aux licornes disparues. Il n'était pas sans admettre que l'existence effective d'un lien relèverait d'une curieuse coïncidence ; cependant, il commençait à se demander si l'absence d'une quelconque corrélation ne serait pas une coïncidence bien plus curieuse encore. Non, il y avait sans doute un point commun entre toutes ces licornes, indubitablement. Et il n'était pas difficile d'en deviner l'origine : la magie, bien sûr. Ben aurait même mis sa main à couper que c'était précisément la possession de ce pouvoir qui obnubilait Meeks.

– Dites-moi, Dirk, vous avez dû beaucoup voyager et voir bien des choses, lança-t-il, sur un ton des plus anodins. Que pensez-vous donc de cette légende selon laquelle une kyrielle de licornes se seraient évaporées dans la vallée, autrefois ?

– Rien, fit le chat, sans quitter le sentier des yeux.

– Ah, vraiment ? Pourtant, quand nous nous sommes rencontrés, vous m'avez bien dit que vous aviez quelques lumières sur les licornes blanches disparues, n'est-ce pas ?

– Oui.

– Celles que les créatures de magie avaient envoyées vers les univers d'au-delà des brumes ?

– Celles-là mêmes.

– Et alors, que pensez-vous qu'il leur soit arrivé ? Comment auraient-elles disparu, selon vous ?

– « Comment » ? fit Dirk, hautain. Mais elles ont été capturées, naturellement.

Ben fut si stupéfait d'obtenir une réponse directe, qu'il n'eut pas la présence d'esprit de saisir la balle au bond. Il se reprit cependant, craignant de voir le chat s'enfermer derechef dans son habituel mutisme dédaigneux.

– Mais… mais, capturées par qui ? bredouilla-t-il.

– Par quelqu'un qui avait tout intérêt à les posséder, Messire. Cela va de soi, me semble-t-il.

– Mais… mais encore ? hasarda Ben.

– Par quelqu'un qui avait les moyens nécessaires pour les capturer et un pouvoir suffisant pour les retenir.

– Et qui cela pourrait-il bien être ? insista Ben.

– À votre avis ? gronda Dirk, exaspéré.

Ben hésita.

– Un sorcier peut-être ?

– « Un sorcier peut-être », imita Dirk, en minaudant. Des sorciers ! Une armée de sorciers ! Les sorciers pullulaient à cette époque. Ce n'était pas comme aujourd'hui où deux malheureux sorciers se battent en duel ! C'était une véritable guilde ! Oh ! Certes, mal organisée, mais d'une influence considérable quand elle le voulait. Landover regorgeait de magie, en ces temps reculés. Au point que les magiciens louaient même leurs services au plus offrant ! Ils étaient très puissants, alors, et le seraient indubitablement restés, s'ils n'avaient eu l'imprudence de défier le roi.

– Que s'est-il passé ?

– Le roi n'a pas tergiversé longtemps. Il a invoqué le pouvoir de son champion royal. Le Paladin les a purement et simplement éradiqués. C'est depuis ce temps-là que, par ordre du souverain, cette guilde, autrefois si pléthorique, ne devait plus compter qu'un unique représentant : le Magicien de la Cour.

– Mais que sont devenues les licornes après la disparition des sorciers ? Pourquoi ne les a-t-on pas libérées ?

– Nul ne savait où elles étaient emprisonnées.

– Ne les a-t-on pas cherchées ? N'auraient-elles pas dû être retrouvées ?

– Si et encore si.

– Eh bien, alors, pourquoi ne l'ont-elles pas été ?

Dirk s'immobilisa et poussa un profond soupir.

– La question cruciale que nul ne s'est posée à leur sujet, en ce temps-là, est exactement celle qui se dérobe à votre esprit aujourd'hui, Messire : dans quel but les avait-on capturées ?

Ben s'arrêta, rebroussa chemin pour se mettre à la hauteur du chat et se caressa le menton, perplexe.

– Elles devaient être très belles et les sorciers voulaient sans doute se réserver le plaisir de les admirer, lança-t-il en haussant les épaules.

– Mais oui, bien sûr ! railla Dirk. C'est tout ce que vous avez à proposer ?

– Euh... bredouilla Ben, qui se sentait revenu sur les bancs de la maternelle. Bon sang ! Pourquoi ne répondez-vous jamais directement, au lieu de tourner sans arrêt autour du pot ? s'insurgea-t-il, au bout d'un moment.

Dirk lui jeta un regard appuyé.

– Parce que telle n'est pas ma volonté, répliqua le chat d'un ton fielleux. Je tiens à vous réapprendre la lucidité.

Ben lui décocha un coup d'œil assassin, se tourna vers les deux gnomes, furieux de se faire ainsi ridiculiser par un vulgaire animal domestique ; puis, constatant que Fillip et Sott, terrifiés par le chat, s'étaient arrêtés trop loin d'eux pour les entendre, fit volte-face et croisa les bras. Il savait inutile de discuter avec Dirk et jugea plus sage de profiter de la volubilité inespérée dont il faisait montre, quitte à ranger son amour-propre au placard.

– D'accord, d'accord. Laissez-moi une seconde chance. Les sorciers se sont emparés des licornes parce que... parce que...

Il s'interrompit, stupéfait. L'image du grimoire de sorcellerie venait de se présenter à son esprit avec une évidence désarmante.

– Parce qu'ils voulaient leur dérober leur pouvoir ! Voilà ce que signifient les dessins de licornes ! Le rapport est clair.

– Vous croyez, Messire ? demanda Dirk, en penchant la tête de côté.

Ben s'était attendu à quelque réticence, mais certes pas à cette réaction. Le chat semblait manifestement aussi surpris par cette déduction que lui. Ben décida de pousser son avantage.

– Oui, je pense que les licornes disparues et les grimoires sont intimement liés. Je pense également que la licorne noire a un rapport avec les deux.

– C'est un argument rationnel, en effet.

– Pourtant, je me demande comment les sorciers ont pu capturer toutes ces licornes. Comment ont-ils pu leur dérober leur pouvoir ? La magie des licornes n'était-elle pas aussi puissante que la leur ?

– Je l'ai entendu dire.

– Mais alors comment s'y sont-ils pris ? Et, qui plus est, comment ont-ils bien pu cacher des centaines de licornes ?

– Ils pourraient les avoir... transformées. Peut-être portent-elles un masque.

– Un masque ?

– Comme vous, Messire. Peut-être sont-elles là, mais leurs masques nous empêchent de les voir.

– Comme moi ?

– Auriez-vous l'obligeance de cesser de jouer les perroquets ?

– Mais, bon sang ! Qu'est-ce que c'est que tout ce charabia ?

Dirk lui lança son habituel regard qui semblait dire : « Croyez-vous vraiment que je vais vous répondre ? » et huma l'air ambiant comme si la solution flottait à portée de narine.

– La soif me tenaille, Messire. Voudriez-vous vous désaltérer ?

Il se redressa et, sans attendre, se faufila entre les arbres sur la droite du sentier. Ben fulmina en silence, le regarda s'éloigner un instant, puis lui emboîta le pas. Ils atteignirent aussitôt un petit plan d'eau, alimenté par un ruisseau qui dévalait une colline, et se penchèrent vers l'onde fraîche. Ben but à rapides gorgées, étonné de n'avoir pas réalisé plus tôt qu'il mourait de soif. Dirk, quant à lui, prenait son temps, lapant doucement, s'interrompant régulièrement, prenant soin de ne pas se mouiller les pattes. Exaspéré par cette insupportable préciosité, Ben détourna les yeux pour chercher les gnomes. Ils se tenaient à l'écart, toujours scrupuleusement respectueux des distances. Ben se retourna, les nerfs à vif. Il était dévoré d'impatience à l'idée que Dirk puisse lui faire une nouvelle révélation. Car il allait bien dire quelque chose, ce maudit chat, tout de même !

Quelques minutes et petits coups de langue appliqués plus tard, Dirk s'assit sur ses pattes de derrière et leva les yeux vers lui.

– Regardez-vous dans l'eau, Messire, ordonna-t-il.

Ben haussa les sourcils, mais obtempéra. Il aperçut son visage, quelque peu défait, certes, mais tout à fait ressemblant.

– Maintenant, regardez-vous, sans l'aide du miroir.

Ben passa en revue ses guenilles, constata sans surprise qu'une couche de crasse et de poussière recouvrait ses jambes et ses bras, passa la main sur son visage et sentit le contact râpeux d'une barbe broussailleuse.

– Bien. Maintenant, regardez-vous à nouveau dans l'eau. Regardez-vous très attentivement.

Comme il scrutait consciencieusement son visage, l'image se mit brusquement à se déformer sous ses yeux pour prendre les traits d'un inconnu qui portait les mêmes hardes que lui. Il releva la tête, affolé.

– Mais ce n'est pas moi ! s'écria-t-il, pris de panique. Ce n'est pas possible ! Je ne me reconnais plus !

– Et pour la bonne raison, Messire, que vous commencez à vous perdre vous-même, murmura Dirk. Le masque que vous portez est en train de vous supplanter. (La petite tête de siamois se tendit vers Ben. Les yeux d'or étincelaient dans le soleil inondant la clairière.) Trouvez votre véritable identité, Ben Holiday ! Faites vite, avant qu'il ne soit trop tard. Ôtez votre masque et peut-être parviendrez-vous à démasquer les licornes.

Ben se pencha précipitamment au-dessus de l'onde et, à son grand soulagement, constata que son vrai visage s'y reflétait. Cependant, ses traits semblaient étrangement effacés, comme si... Oui, comme s'ils disparaissaient ! Il se redressa pour se tourner vers Dirk, mais le chat s'éloignait déjà, provoquant au passage la débandade des deux gnomes qui, pris au dépourvu, détalaient devant lui comme des lapins.

– Vous ne devriez pas vous attarder, Messire, lança-t-il sans se retourner. Le Gouffre Noir n'est pas un endroit des plus propices à la méditation, après la tombée de la nuit.

Ben le suivit des yeux. Non seulement il n'était pas beaucoup plus avancé, mais il avait gagné des crampes d'angoisse par-dessus le marché !

– Pourquoi faut-il toujours que j'aille interroger ce maudit chat, aussi ? marmotta-t-il.

Puis, hochant la tête de dépit, il se mit en devoir de rattraper son tortionnaire attitré.

En milieu d'après-midi, le Gouffre Noir s'ouvrait devant eux, aussi sombre et impénétrable qu'autrefois, immuable abîme de ténèbres tapi au cœur de la forêt inondée de soleil, telle la gueule de quelque monstre des enfers prête à engloutir ses victimes. Ombres et serpents brumeux rampaient insidieusement dans une jungle d'arbres torturés, de marécages putrides et de nuit. Nulle autre forme de vie ne se manifestait. Ceux qui avaient élu domicile dans cet antre de la mort savaient que chacun d'eux lui paierait son tribut. Engagés dans une perpétuelle et traîtresse lutte, seuls les plus forts étaient épargnés. Le silence de catacombes n'était troublé que de bruits étouffés. Bannies de cette nécropole, les couleurs semblaient s'être retirées, chassées par une uniforme grisaille. Seule la camarde régnait ici et son règne serait éternel. Immobiles sur le rebord du Gouffre, Ben et ses compagnons contemplaient ces insondables ténèbres, plongés dans des pensées toutes plus sinistres les unes que les autres.

– Bon. Il ne reste plus qu'à y aller, murmura Ben, moins pour stimuler ses compagnons que pour se donner du courage.

Il se remémorait sa dernière visite en ces funestes lieux. Nocturna avait, à son intention, convié tout un cortège de cauchemars pour l'accueillir, mélange indiscernable d'illusion et de réalité : lézards grouillant au fond d'un infranchissable ravin, bras humains sortant de terre pour happer les intrus, chauves-souris géantes, torrent de piranhas et consorts. Quant à sa rencontre avec la sorcière, elle avait bien failli lui coûter la vie. Il n'avait nulle envie de réitérer ses exploits de jadis, si tant est qu'il le pût, ce dont il doutait fort.

– Bon, répéta-t-il sans conviction.

Le son de sa voix se perdit dans les entrelacs vaporeux. Nul n'y prêta attention. Couché à ses pieds, les paupières mi-closes, Dirk semblait dormir. Les gnomes, immobilisés à distance respectueuse du chat, chuchotaient discrètement.

– Fillip et Sott ! appela Ben.

Les gnomes se ratatinèrent sur place et détournèrent la tête, feignant de n'avoir rien entendu.

– Venez ici, tout de suite ! ordonna Ben d'un ton tranchant.

Il avait épuisé des trésors de patience avec ce maudit chat. Il ne lui en restait plus une once pour qui que ce fût.

Les deux lutins mutins s'approchèrent prudemment, décrivant un large détour pour ne pas se retrouver nez à nez avec Dirk qui, comme à son habitude, les ignorait souverainement. Quand ils furent parvenus aussi près de lui que leur terreur l'autorisait, Ben s'agenouilla à leur hauteur et leur assena un regard menaçant.

– Vous êtes sûrs que Nocturna est là-dedans ?

– Oui, Noble Seigneur.
– Oui, absolument sûrs, Puissant Seigneur.
Ben hocha la tête.
– Bien. Vous allez donc devoir vous montrer extrêmement prudents, leur dit-il sur un ton radouci.
Colère et menaces ne feraient qu'effrayer davantage ces deux couards. Tout ce qu'il pourrait gagner à les houspiller serait de les voir déguerpir illico,
– Vous m'avez bien compris ? insista-t-il. Je ne veux en aucun cas mettre vos vies en péril. Cela ne m'avancerait à rien. Donc, prudence ! Contentez-vous de descendre dans le Gouffre et d'y jeter un œil. Tout ce que je veux savoir c'est si Salica s'y trouve ou, même, si elle est venue ici et repartie. Voilà pour l'essentiel. Maintenant...
Il s'interrompit. Les gnomes se trémoussaient nerveusement et lançaient des regards désespérés en tous sens. Ben attendit qu'ils recouvrent un calme apparent, avant de poursuivre.
– Maintenant, il y a autre chose. Nocturna a caché quelque part une bride tressée de fils d'or. Je veux que vous la cherchiez et, si vous le pouvez, que vous la lui voliez.
Les quatre petits yeux de taupe s'élargirent démesurément.
– Non, non, n'ayez pas peur ! les rassura Ben. Je ne vous demande pas de lui voler la bride sous le nez. Je vous demande seulement de la dérober, si Nocturna n'est pas dans les parages, ou si vous savez comment vous y prendre sans qu'elle s'aperçoive de rien. Contentez-vous de faire ce qu'il est possible de faire sans risques. Je vous protégerai.
C'était sans doute là le plus énorme mensonge qu'il ait jamais proféré. Mais il n'avait pas d'autre moyen de les sécuriser et savait qu'à la moindre alerte ils prendraient la poudre d'escampette. Rien ne prouvait qu'ils ne le feraient pas, de toute façon, mais il espérait néanmoins que la majesté de son rang les tien-

drait en respect assez longtemps pour qu'ils remplissent leur office.

– Mais, Monseigneur, la sorcière va nous faire du mal ! gémit Fillip.

– Beaucoup de mal ! renchérit Sott.

– Il n'y a aucune raison pour que Nocturna sache que vous vous baladez dans son domaine, insista Ben. C'est à vous de faire preuve de discrétion. Vous êtes déjà descendus dans le Gouffre Noir, n'est-ce pas ? (Les deux gnomes opinèrent de concert.) Et Nocturna ne vous a jamais vus, n'est-ce pas ? (Mêmes hochements de tête affirmatifs.) Alors pourquoi vous verrait-elle aujourd'hui ? Je vous le répète : soyez prudents et tout ira bien.

Fillip et Sott se lancèrent un interminable regard dubitatif. Si la crainte, reflétée dans leurs pupilles, avait pu être couchée sur le papier, tous les livres de l'histoire de l'humanité n'y auraient pas suffi. Finalement, ils se tournèrent en chœur vers Ben.

– Une seule fois, alors, supplia Fillip.

– Oui, une seule, pleurnicha Sott.

– D'accord, d'accord. Vous descendez, vous regardez bien, vous cherchez soigneusement et, si vous le pouvez, vous ramenez la bride. Après cela, vous remontez et c'est fini. Mais dépêchez-vous d'y aller ! ajouta-t-il en jetant un regard anxieux vers le disque solaire qui rosissait déjà. Je n'ai aucune envie de passer la nuit ici !

Les gnomes opinèrent en silence et se glissèrent furtivement dans l'obscurité abyssale. Ben les regarda s'éloigner jusqu'à ce que l'obscurité se refermât sur eux, puis s'assit.

En attendant le retour de Fillip et Sott, il se prit à repenser aux allusions d'Edgewood Dirk au sujet des masques. Il portait un masque, lui avait-il affirmé. Comme lui, les licornes disparues se cachaient derrière un masque. Bon sang ! Qu'est-ce que ce maudit chat pouvait bien vouloir dire, à la fin ? Il alla se caler contre un tronc d'arbre, à une dizaine d'aunes de Dirk qui semblait toujours somnoler, indifférent au reste du monde. Il était temps qu'il fasse travailler ses méninges pour élucider tous ces mystères. De toute façon, il n'avait rien de mieux à faire, et puis, bon sang ! il avait beau être dans un autre univers, il avait beau être roi de ce damné royaume, il restait avocat dans l'âme et il n'aurait jamais si bien réussi à Chicago, s'il n'avait su élucider les affaires qu'on lui avait confiées. « C'est ton job, après tout, de réfléchir, se tançait-il. Alors, réfléchis, nom d'un chien ! Réfléchis ! »

Il réfléchissait, certes. Mais ne parvenait à rien. Des masques ! Des masques ! C'étaient les mômes, les acteurs ou les cambrioleurs qui portaient des masques. Ils les portaient pour se déguiser, pour emprunter une autre identité, pour dissimuler leur vrai visage. Quel rapport y avait-il avec lui ? Ou avec ces mystérieuses licornes ? « Je n'ai jamais voulu me déguiser, moi ! C'est Meeks qui m'a travesti, pas moi ! » Était-ce à dire que les licornes avaient été métamorphosées, elles aussi ? Mais par qui ? La réponse lui vint à l'esprit, avant même qu'il ait le temps de s'appesantir sur la question : les sorciers qui les avaient capturées, bien sûr. Il se leva d'un bond. Cela tombait sous le sens ! Les sorciers avaient transformé les licornes pour les cacher. Bon, se dit-il en hochant la tête, circonspect. Et alors ? Quels masques avaient-ils utilisés ? Les auraient-ils changées en vaches, en arbres, ou quelque chose du genre ? « Non, non, se répondit-il en silence, les sourcils froncés. Ça ne va pas du tout ! Peu importe, continue ! Réfléchis, allez ! Les sorciers ont emprisonné les licornes – Comment ? Ça, mystère ! – pour leur dérober leur pouvoir. Ils voulaient s'approprier leur magie. Bon. Mais, pour quoi faire ? Et qu'est devenue cette magie, depuis lors ? »

Ses yeux s'agrandirent. Le seul véritable sorcier encore en vie, à ce jour, n'était autre que Meeks. La source de son pouvoir résidait dans les grimoires autrefois disparus, mais désormais retrouvés. Ces manuscrits étaient censés contenir la quintessence de toute magie, accumulée au cours des siècles par tous les sorciers de Landover, depuis la nuit des temps. Si ces recueils étaient aussi exhaustifs que le prétendait la légende, la magie que les sorciers avaient volée aux licornes devait s'y trouver. Forcément ! Donc, les licornes dessinées dans le grimoire intact devaient être les mêmes licornes que celles capturées par les sorciers.

Mais pourquoi les avoir dessinées ? À moins que...

Les croquis représentant les licornes seraient-ils les licornes elles-mêmes ?

– Mais bien sûr ! se surprit-il à clamer, stupéfait.

Comment avait-il pu ne pas comprendre cela plus tôt ? Les mythiques licornes envoyées par les fées, les licornes disparues de Landover depuis des siècles, ces mêmes licornes étaient emprisonnées dans le grimoire des sorciers ! Piégées, mais intactes !

Il se dirigea vers Dirk, prêt à lui faire part de sa découverte, mais s'arrêta net. À quoi bon demander au chat s'il avait raison ? Dirk ne ferait que l'emberlificoter davantage avec ses sempiternelles charades. « Non ! Non ! se dit-il. Débrouille-toi tout seul ! »

Les licornes avaient été métamorphosées en images de papier, enfermées dans les grimoires. Voilà pourquoi Meeks avait envoyé le rêve des grimoires disparus à Questor. Voilà pourquoi il tenait tellement à récupérer ces vieux manuscrits. Et cela expliquait, par là même, la métaphore des masques utilisée par Dirk.

Il ferma les yeux, pour retrouver son calme. « Ne t'emballe pas ! s'admonesta-t-il. Tu n'es pas au bout de tes peines. Tu viens seulement de trouver le fil, mais tu es loin d'avoir démêlé l'écheveau. »

Et la licorne noire dans tout cela ? D'où sortait-elle ? Se serait-elle échappée du grimoire ? Non, toutes les licornes du grimoire intact étaient blanches. De l'autre grimoire, alors ? Celui qu'on avait retrouvé calciné ? Pourquoi serait-elle devenue noire, si elle était blanche à l'origine ? Est-ce qu'en brûlant le livre aurait déposé de la suie ou des cendres sur sa robe ? Ridicule ! Et puis, cette licorne-là était différente des autres. Elle s'était manifestée à plusieurs reprises, au cours des siècles. Elle n'y serait pas parvenue si elle avait été emprisonnée avec les autres. Et pourquoi Meeks était-il obsédé par sa capture ? Pourquoi déployait-il tant d'efforts et de moyens pour s'en emparer ? Et pourquoi maintenant ?

Il marchait de long en large, en proie à une incontrôlable fébrilité.

Meeks lui avait certes laissé entendre qu'il avait déjà fait échouer une partie de ses plans. Mais qu'avait-il fait au juste ? Il n'en avait pas la moindre idée. Cependant, il se pouvait fort bien que cela ait un rapport avec les licornes blanches ou avec la licorne noire. Lequel ? Mystère !

Découragé, Ben alla se rasseoir contre le tronc d'arbre. Plus il avançait dans son raisonnement, plus les énigmes s'accumulaient. Il se prit la tête entre les mains pour se concentrer. Quand il la releva, le soleil avait disparu derrière les cimes et les ombres avaient envahi la forêt. Peu à peu, l'obscurité et la brume du Gouffre Noir sortaient de leur cachette diurne pour rejoindre les ombres de la nuit, enveloppant Ben et Dirk d'un épais manteau de ténèbres. La chaleur du jour avait fui avec lui, aussitôt relayée par un froid mordant.

Ben coupa court à ses méditations solitaires pour jeter un œil dans l'abîme ombreux. Pourquoi Fillip et Sott n'étaient-ils pas encore de retour ? N'auraient-ils pas dû être déjà revenus depuis longtemps ? Il se pencha plus avant. Pas un mouvement ne venait troubler la jungle abyssale. Il se mit à longer le Gouffre, scrutant taillis, broussailles et ronces enrubannés de brume. Rien. Il sentait l'étreinte de l'angoisse se resserrer peu à peu. Il n'avait pas réellement cru que les gnomes seraient en danger dans un territoire qu'ils avaient tant de fois parcouru. Sinon, jamais il ne les aurait laissés descendre seuls. À moins qu'il n'ait préféré faire l'autruche pour ne pas avoir de remords sur la conscience...

Il revint sur ses pas et reprit son poste près de Dirk, le regard plongé dans les profondeurs du Gouffre. Les périls de cet antre du diable n'avaient jamais semblé beaucoup impressionner les gnomes, auparavant. Le Gouffre Noir aurait-il subi, lui aussi, l'effet des terribles bouleversements qui secouaient Landover depuis quelques jours ? Bon sang ! Il aurait dû y aller avec eux !

Il lança un coup d'œil désespéré vers Dirk. Mais le chat semblait toujours dormir du sommeil du juste. Alors, il s'assit près du bord et attendit. Que pouvait-il faire d'autre ? Mais les minutes passaient, interminables. L'obscurité et la brume devenaient de plus en plus oppressantes et rien ne bougeait alentour.

Soudain, un bruit sourd de piétinement l'alerta. Il se redressa, aux aguets. Brusquement, le rideau d'un hallier s'écarta et Fillip et Sott émergèrent des broussailles.

– Grâce au ciel vous êtes...

Les deux gnomes se tenaient raides comme des piquets. Leurs faciès velus étaient figés dans une grimace de terreur, leurs museaux ouverts sur un cri muet et leurs petits yeux de fouine écarquillés d'horreur. Ils ne regardaient ni à droite, ni à gauche, ni même Ben, mais droit devant eux, comme hypnotisés. Ils semblaient tétanisés, en arrêt devant les broussailles dont ils venaient de surgir, littéralement paralysés d'effroi.

Ben se rua vers eux, fou d'inquiétude.

– Fillip ! Sott !

Il s'agenouilla près d'eux, passant la main devant leurs yeux dans le vain espoir de briser le sortilège dont ils semblaient être victimes.

– Regardez-moi, bon sang ! Qu'est-il arrivé ?

– *Je* suis arrivée, fantoche royal ! siffla une voix affreusement familière.

Ben leva les yeux. Une immense silhouette noire venait de se matérialiser derrière les deux malheureux gnomes changés en statues.

Ben Holiday se retrouva face à face avec Nocturna.

Ben Holiday restait sans voix, le regard rivé sur les yeux verts de la sorcière, comme un enfant qui voit se matérialiser devant lui son plus effroyable cauchemar. S'il avait pu fuir, il aurait déjà pris ses jambes à son cou, mais il savait que l'on n'échappait pas à Nocturna. Son regard glacial suffisait à vous enchaîner. Elle n'avait nul besoin de piège pour capturer ses proies, ni de geôle pour retenir ses victimes. Sa seule présence vous emprisonnait aussi sûrement que les plus épaisses murailles d'un cachot.

– Je n'aurais jamais imaginé que tu sois assez stupide pour oser revenir ici, persifla-t-elle, dans un murmure qui fit tourner les sangs de son interlocuteur.

« Ah ça ! Pour être stupide ! » se disait-il en attrapant les deux malheureux gnomes par le bras pour les arracher à l'emprise de la sorcière. Fillip et Sott s'effondrèrent contre sa cuisse comme des poupées de chiffon, enfouissant leur petite tête hirsute dans ses guenilles.

– Par pitié, aidez-nous, Monseigneur ! gémit Fillip.

– Par pitié ! répéta Sott.

– Tout va bien. Tout va bien, les rassura Ben, convaincu du contraire.

Nocturna s'esclaffa. Elle n'avait pas changé. Immense, le visage taillé à la serpe, la peau blanche et lisse comme du marbre, la chevelure tombant jusqu'aux chevilles – uniformément noire à l'exception d'une longue mèche argentée qui partait du milieu du front –, la silhouette mince et anguleuse drapée de robes noires, Nocturna était toujours aussi belle, de cette beauté intemporelle propre aux statues des terrifiantes déesses païennes qui, d'un seul regard, foudroyaient les mortels infidèles. Ses traits ne trahissaient aucune émotion. Son regard semblait dénué de la moindre expression. Il vous captivait comme celui d'un serpent qui paralyse sa proie avant de lui infliger sa morsure mortelle et Nocturna ne paraissait pas avoir d'autre intention.

Quand le dernier écho de son rire démoniaque se fut éteint, la sorcière s'approcha et le dévisagea.

– Mais... tu as changé... chuchota-t-elle, troublée. Pourtant tu es bien le roi, n'est-ce pas ? Tu l'es forcément puisque les lutins te donnent du « Monseigneur », cependant...

Elle lui agrippa le menton. Ben refréna un mouvement de recul. Les doigts de la sorcière lui faisaient l'effet de serres métalliques prêtes à le broyer. Nocturna le contraignit à lever le visage dans la clarté lunaire. Elle l'examina un long moment.

– Tu es effectivement différent. Pourtant... je te reconnais. Que t'a-t-on fait, roi fantoche ? Ou... chercherais-tu à te jouer de moi ? Tu es bien Holiday, n'est-ce pas ?

Trop terrifié pour répondre, Ben serrait contre lui les deux gnomes qui tremblaient comme des feuilles et enfonçaient leurs petites griffes dans sa chair.

– Oh mais oui ! siffla Nocturna. Je sens de la magie là-dessous. Qui t'a fait cela ? demanda-t-elle en le repoussant sans ménagement. Réponds !

– M... Meeks, parvint à articuler Ben, la gorge serrée. Il est revenu, m'a volé mon identité et m'a transformé en... ça !

– Meeks ? Ce misérable charlatan ? Comment aurait-il pu acquérir un tel pouvoir ? (Sa bouche se tordit en une grimace dédaigneuse.) Il n'est même pas capable de lancer une boule de feu sans se brûler ! Comment serait-il parvenu à te jeter un tel sort ?

Ben baissa la tête. Qu'aurait-il pu répondre ? Nocturna l'observait toujours en silence, manifestement intriguée.

– Où est le médaillon ? fit-elle tout à coup. Montre-le-moi !

Comme Ben, trop terrifié pour agir, n'obtempérait pas assez rapidement à son goût, Nocturna fit un geste négligent de la main et Ben sentit la sienne se glisser d'elle-même sous ses haillons pour sortir le pendentif et le présenter à la sorcière. Elle l'examina un moment, puis releva les yeux pour darder sur lui un regard de prédateur prêt à fondre sur sa proie.

– Bien, murmura-t-elle avec un petit sourire sardonique.

Ben comprit tout à coup que Nocturna avait élucidé l'énigme qui le narguait depuis plus de cinq jours. Elle savait ce qu'on lui avait fait subir et de quel sortilège il était victime. C'était rageant ! Il en aurait pleuré de dépit. Quand il pensait au temps qu'il avait passé à tenter de résoudre cette énigme et que, par-dessus le marché, jamais il ne parviendrait à lui arracher la solution qu'elle n'avait même pas mis deux secondes à découvrir !

– Tu es pathétique, pauvre roi fantoche ! lança-t-elle avec une mine dégoûtée. Tu as toujours eu de la chance, mais pas une once d'intelligence. Seulement, voilà : ta chance t'abandonne. Tu sais, je serais presque tentée de te laisser moisir dans ta médiocrité. Presque. Mais je ne pourrai jamais oublier le tour que tu m'as joué. Et je veux être sûre que tu vas le payer. Oui, tu vas souffrir, roi fantoche ! (Une lueur de cruauté féroce embrasa les prunelles vertes.) Je parie que tu es surpris de me revoir. Tu pensais t'être débarrassé de moi pour toujours, je suppose. Tu me croyais perdue à jamais dans les brumes du monde des fées, perdue et peut-être même morte ! Quel idiot ! (Elle se pencha pour se mettre à sa hauteur et lui décocha un regard si étincelant de haine que Ben en eut un haut-le-corps.)

Je me suis envolée vers les brumes, comme tu me l'avais ordonné. La poussière d'Io m'assujettissait à ton autorité et je ne pouvais qu'obéir. Si tu savais à quel point je t'ai haï alors ! Mais je ne pouvais rien faire contre toi. J'ai effectivement parcouru les brumes, mais je volais lentement, aussi lentement que possible et, pendant tout ce temps, je luttais contre l'emprise de la poussière magique. Je luttais avec toute la puissance de ma sorcellerie. (Le sourire revint s'épanouir sur ses lèvres décolorées, plus sarcastique que jamais.) Et j'ai fini par briser le sortilège. J'ai fait demi-tour sans perdre une seconde. Mais il était déjà trop tard ! J'avais, depuis trop longtemps, franchi la frontière du monde des fées, et quand je suis parvenue à me libérer, j'étais déjà en leur pouvoir. J'ai souffert comme jamais je n'avais souffert de toute mon existence. Une douleur atroce que tu ne peux même pas imaginer, toi, par la faute de qui on me l'a infligée. J'ai tout juste pu sauver ma peau, mais j'avais tout perdu. Il m'a fallu des mois pour regagner ne serait-ce qu'un centième de mes pouvoirs. Je me cachais dans les marais, comme une pauvre bête traquée. J'étais détruite, anéantie. Mais je n'ai jamais cessé de lutter contre la souffrance et la peur qui me tenaillaient. Ma vengeance suffisait à me soutenir. Je ne me raccrochais qu'à une seule chose : au supplice que je te ferais subir quand je parviendrais à te retrouver. Je savais qu'un jour ou l'autre je trouverais le moyen de te faire revenir et alors... (Elle s'interrompit pour respirer profondément, comme pour contrôler une rage dévastatrice.) Mais je n'aurais même pas osé rêver que tu puisses revenir si vite, pauvre idiot ! Quelle chance inouïe ! Qu'est-ce qui a bien pu te conduire jusqu'à moi ? Réponds, roi fantoche ! De toute façon, tu sais très bien que je te ferai avouer, que tu le veuilles ou non.

Bien sûr qu'il le savait ! On ne pouvait rien dissimuler à ce suppôt du diable ! Ben lisait dans le regard haineux le sort qui lui était réservé. Parler serait la seule chose qui pourrait retarder une mort certaine. Tant qu'il y a de la vie, il y a de l'espoir, se répétait-il pour se donner du courage.

– Je suis venu chercher Salica, confessa-t-il en empoignant les gnomes pour les cacher derrière lui.

Il ignorait encore ce qu'il pourrait faire pour se sortir de là, mais il avait bien l'intention de saisir la moindre occasion et il valait mieux que les deux malheureux gnomes ne soient pas dans ses jambes, au moment propice. Cependant, Fillip et Sott ne le lâchaient pas, collés à lui comme des sangsues.

– La fille du Maître des Eaux ? La sylphide ? demanda Nocturna, manifestement surprise. Que viendrait-elle faire ici ?

– Tu veux dire que tu ne l'as pas vue ? s'exclama Ben, stupéfait.

– Non, je n'ai vu nul autre que toi. Toi et tes taupes ridicules. Qu'est-ce que la sylphide viendrait chercher ici ?

Ben hésita, puis prit une profonde inspiration et se lança.

– La bride d'or.

Inutile de ruser avec Nocturna. C'était trop risqué. En revanche, en lui révélant petit à petit toute l'histoire, peut-être obtiendrait-il d'elle quelques précieuses informations.

– La bride d'or ? Pour quoi faire ? demanda-t-elle.

La surprise de la sorcière paraissait sincère. Ben décida d'en tirer profit.

– Parce que Meeks le lui a demandé. Il lui a envoyé un rêve au sujet d'une licorne noire. D'après ce rêve, seule une bride magique tressée de fils d'or permettrait de contrôler la licorne. Salica devait récupérer la bride pour me la remettre. Mais, puisque Meeks a pris mon identité, c'est à lui qu'elle va la rapporter. On lui a indiqué que cette fameuse bride se trouvait dans le Gouffre Noir. Elle aurait dû parvenir ici bien avant moi.

– Dommage qu'elle ne soit pas venue plus tôt. Je n'ai guère plus de sympathie pour elle que je n'en ai pour toi. La réduire en cendres m'aurait donné presque autant de plaisir que de te détruire. (Elle marqua un temps, songeuse.) La licorne noire, hein ? Elle serait de retour... Mais c'est très intéressant, ça. Et la bride pourrait la contrôler ? Pourquoi pas ? Après tout, elle a été forgée par un sorcier. Et c'est à un sorcier qúe je l'ai volée, il y a des années de ça... (Elle s'esclaffa. Une lueur sarcastique alluma ses prunelles.) Et ces pitoyables créatures ont été envoyées dans mon antre pour me la dérober, c'est ça ?

Plaqués dans son dos, Fillip et Sott lui labouraient la peau comme s'ils voulaient se creuser un terrier à même sa chair. Mais Ben n'y prêtait guère attention. Il était trop absorbé par les révélations que Nocturna lui fournissait sans même s'en rendre compte. Le sorcier dont parlait Nocturna aurait-il été Meeks lui-même ? Et si Meeks avait été en possession de la bride d'or autrefois, cela signifiait-il qu'il contrôlait la licorne noire, à cette époque ? Lui aurait-elle échappé ? Meeks aurait-il envoyé le rêve de la licorne à Salica uniquement pour récupérer sa prisonnière ? Mais pourquoi avait-il pris la peine de forger le rêve des grimoires disparus ? Quel rapport y avait-il avec les licornes blanches ? À moins que...

– Ne te donne pas la peine de me répondre, roi fantoche, reprit Nocturna, interrompant le cours de ses réflexions De toute façon, je lis dans tes yeux que j'ai vu juste. Ainsi, tu as envoyé ces misérables rongeurs dans mon antre pour me voler, hein ? Pour qu'ils viennent fourrer leur museau dans mes trésors ? Et tu croyais peut-être que ces misérables souris échapperaient aux griffes du chat ?

Au mot « chat », Ben pensa soudain à Edgewood Dirk. Où se cachait-il donc ? Il jeta un coup d'œil en coin.

– Tu cherches quelqu'un ? demanda aussitôt la sorcière, en scrutant l'obscurité des futaies de son regard d'aigle. Il n'y a personne pourtant. Tu vois, même tes plus fidèles serviteurs t'abandonnent. (Elle examina cependant les alentours un long moment, avant de se tourner de nouveau vers sa victime.) Quant à tes apprentis cambrioleurs, ils se sont montrés aussi stupides que toi ! Ils se croient invisibles, sans doute. Mais je ne vois que ce que je décide de voir. Il faut dire qu'ils m'ont un peu forcé la main. Leurs efforts de discrétion étaient si manifestes que, même sans le vouloir, je les ai repérés. À peine les avais-je en mon pouvoir qu'ils te réclamaient à cor et à cri : « Monseigneur ! Très puissant Seigneur ! » Les imbéciles ! Ils t'ont trahi, avant même que j'aie eu le temps de les questionner !

Fillip et Sott sursautèrent si violemment, sous le coup de cette accusation, que Ben faillit perdre l'équilibre. Il glissa une main dans son dos pour tenter de les calmer. Il se sentait responsable de leur sort et s'en voulait de les avoir entraînés dans cette funeste mésaventure.

– Puisque je suis à ta merci, Nocturna, pourquoi ne laisses-tu pas ces malheureuses créatures en paix ? Ils sont sans intérêt pour toi. Ce ne sont que de pauvres bougres sans cervelle. Ils se demandent encore ce qu'ils font ici. Ils ne savent rien qui puisse t'être de quelque utilité. Ils n'ont fait que m'obéir.

– C'est bien là leur malheur. Qui te sert est mon ennemi, sache-le, roi fantoche. (Elle leva la tête et rejeta sa longue chevelure de nuit en arrière. Ses yeux perçants scrutèrent une fois encore la forêt.) Mais ne restons pas ici, Ta Majesté. Viens donc chez moi ! Nous serons plus à notre aise pour converser, ricana-t-elle en lui décochant un regard méprisant.

Elle étendit les bras. Ses vastes robes noires, soulevées par l'ampleur du geste, claquèrent comme les voiles d'un navire dans le vent. Une bourrasque glacée se leva soudain, courbant les arbres. Au même instant, la brume du Gouffre Noir surgit des abîmes pour les ensevelir. Lunes et étoiles disparurent. Ben sentit le sol se dérober sous ses pieds. Les gnomes l'agrippèrent comme on agrippe une bouée de sauvetage. Il y eut une sorte d'assourdissant sifflement, comme un bruit de succion. Ben se crut pris dans une tornade de poussière et de brume. Il ferma les yeux. Puis, plus rien. Le silence.

Quand Ben ouvrit de nouveau les paupières, il faisait clair. Nocturna se tenait devant lui, un sourire figé sur ses lèvres incolores. Une épouvantable pestilence assaillit ses narines. Les miasmes des marécages, se dit-il. Nous sommes dans le Gouffre. La clarté provenait de torches fichées dans les parois de ce qui semblait être une salle déserte. Des tables et des bancs luisaient dans la pénombre. Ben s'aperçut avec un haut-le-cœur qu'ils étaient faits d'ossements humains. Inutile de s'interroger davantage. Ils étaient dans l'antre de Nocturna.

– Tu sais ce qui t'attend, maintenant, roi fantoche ? susurra doucereusement Nocturna.

Il avait certes sa petite idée sur la question et refrénait à grand-peine les délires de son imagination qui lui dépeignaient une profusion de supplices propres à écourter le temps qu'il lui restait à vivre. Sa bonne étoile semblait décidément l'avoir délaissé. Il eut une pensée pour Salica et se demanda ce qui avait bien pu la retarder. Gaïéra l'avait pourtant bien envoyée ici. Pourquoi n'était-elle pas venue ? Et où était-elle ? Mais à quoi bon s'interroger ? Il était désormais entre les mains de Nocturna. Il avait échoué. La sorcière avait raison : sa chance l'avait abandonné et même Dirk… Mais où donc était Dirk ?

Le sifflement vipérin de Nocturna le rappela à la réalité.

– Voyons : vais-je te faire rôtir dans les flammes d'Abaddon ou te choisir une torture plus raffinée ? À moins que je ne joue encore un petit peu avec toi ? Rien ne presse, après tout. Pourquoi ne pas en profiter pour nous distraire ? (Elle semblait sur le point d'ajouter quelque chose, quand un éclair de triomphe zébra son regard.) Non ! J'ai une meilleure idée. Voilà un trépas bien plus digne de ton rang, Ta Majesté ! (Elle se pencha vers lui, avec une mine de conspiratrice.) Sais-tu que la bride d'or n'est plus en ma possession ? Non ? C'est bien ce que je pensais. On me l'a dérobée. On a profité de ma faiblesse. J'étais alors trop épuisée par les souffrances que *tu* m'avais infligées. Sais-tu qui la détient, à présent ? Strabo, roi fantoche. C'est le dragon qui possède ma bride magique. L'ironie du sort n'est-elle pas pleine de surprises ? Tu viens te jeter dans mes griffes pour chercher quelque chose que je n'ai même plus. Autant dire que tu es venu à la rencontre de la mort… pour rien !

La longue mèche argentée scintillait dans la pénombre. Le visage à la pâleur cadavérique n'était plus qu'à deux doigts de celui de Ben. Il sentait son souffle létal sur sa peau.

– Et voilà que tu me donnes une chance de récupérer mon bien, précisa-t-elle. Strabo raffole de l'or. Il ne s'empare d'objets précieux que pour le puéril plaisir de les amasser. Il ignore leur véritable valeur, particulièrement quand ces objets sont dotés de pouvoirs magiques. La bride ne l'intéresse que pour son métal. Il ne me la rendra jamais et je ne pourrai jamais la lui reprendre, tant qu'il la cachera dans les Sources de Feu. Mais il l'échangerait volontiers contre un trésor d'une valeur supérieure. Un trésor… inestimable ! (Le sourire de la sorcière se fit féroce.) À ton avis, bouffon royal, qu'est-ce qui, aux yeux de Strabo, vaut tout l'or du monde ? Non, vraiment, tu ne sais pas ? Ah ! Je vois à ta soudaine pâleur que tu as trouvé la réponse. Mais oui, bien sûr. Strabo donnerait n'importe quoi pour tenir le roi de Landover entre ses pattes !

Ben avait également utilisé la poussière d'Io contre le dragon et Strabo avait juré qu'un jour ou l'autre il se vengerait. Ben sentit son estomac se nouer. Il eut l'impression de se vider de son sang. Il essaya de dissimuler son désarroi. En vain. Le sourire de Nocturna s'était élargi. Elle se réjouissait déjà de sa terreur.

– Mais oui, misérable fantoche. Je serai ravie de confier à Strabo le choix des armes qui mettront un terme à ta pitoyable existence.

Elle leva brusquement les bras au ciel. Un tourbillon de poussière et de brume s'éleva aussitôt dans une tornade de vent glacé.

– Voyons comment notre très cher Strabo va se distraire avec son nouveau jouet ! ricana la sorcière.

Les gnomes gémirent en s'enroulant des bras et des jambes autour des cuisses de Ben qui sentait le sol se dérober sous lui. Déjà, le Gouffre Noir s'éloignait dans la nuit…

Les contrées orientales offraient le spectacle de leurs vastes étendues désolées dans la lumière rasante de fin d'après-midi. Questor Thews, Abernathy et Navet cheminaient depuis l'aube, traînant les pieds dans la poussière, contournant arbustes desséchés et rochers dénudés, escaladant ravins pierreux et crêtes stériles, luttant d'un même effort contre la fatigue et l'angoisse, bien décidés à rejoindre l'antre du dragon avant le coucher du soleil. Mais déjà leurs ombres s'étiraient devant eux. Le crépuscule était proche.

Aucune créature ne vivait dans ces contrées désertiques. Aucune, à l'exception de Strabo qui en avait fait son domaine depuis son éviction du monde des fées, des siècles auparavant. Cette désolation seyait à sa solitude. Il y trouvait un reflet de sa propre nature misanthrope et en gardait jalousement les frontières. Tous les habitants de Landover le fuyaient comme la peste et il s'accommodait fort bien de l'aversion unanime dont il faisait l'objet. Il était le dernier à pouvoir franchir les passages spatio-temporels qui reliaient encore Landover aux univers d'au-delà des brumes ; le dernier, avec Ben Holiday. Il pouvait même s'aventurer brièvement dans le monde des fées, si cela lui chantait. Il était un être d'exception. Il était unique, le dernier survivant d'une race éteinte et il en était fier.

Autant dire qu'il n'était guère hospitalier ; un trait de caractère que n'ignorait aucun des trois aventureux pèlerins qui, bien qu'épuisés, pressaient le pas pour gagner son antre avant la nuit.

Malgré leurs efforts, les huit lunes de Landover se levaient déjà quand ils atteignirent la crête d'une colline caillouteuse qu'illuminaient des feux ondoyants, dissimulés sur l'autre versant. Quand ils franchirent le sommet, leur regard rencontra le flamboiement infernal des Sources de Feu. Les Sources de Feu : le repaire de Strabo ! Ils touchaient enfin au but.

Les Sources se composaient d'une série de cratères poignardant la terre pour en faire jaillir un magma bouillonnant qui crachait fumerolles noirâtres, pluie de cendres et vapeurs soufrées, au milieu d'une gerbe de flammes jaunes, vertes et bleues. Confinées au centre d'un immense ravin aux versants éboulés, elles se voilaient derrière un nuage de fumée et de cendres que déchiraient spasmodiquement des geysers de vapeur brûlante et de pierres incandescentes dans un vacarme de fin du monde.

Les trois voyageurs localisèrent aussitôt le dragon, couché sur le flanc au centre du ravin, la tête posée sur le bord d'un large étang de lave. N'eût été la longue langue bifide qui lapait négligemment les flammes, on eût pu le croire assoupi. Son corps s'étendait le long de quatre cratères contigus, amas grisâtre d'écailles horizontales et verticales qui se fondaient dans le paysage torturé des Sources comme un rempart montagneux. De petits jets de vapeur bleue sortaient de ses naseaux à chaque expiration. Sa queue s'enroulait autour d'un éperon rocheux et ses ailes repliées couvraient la partie antérieure de son dos. Griffes et crocs, épais comme des défenses de mammouth et noirs comme du charbon, avaient adopté des angles et des contours singuliers. Poussière et cendres recouvraient le monstre des pieds à la tête, épaisse couche grisâtre qui semblait s'être accumulée là depuis deux mille ans.

Une paupière d'écailles se souleva lentement, tel un judas secret dissimulé dans sa carapace. Un œil écarlate scintilla dans la pénombre.

– Qu'est-ce que vous faites là ? gronda le dragon.

Ben Holiday avait été stupéfait d'entendre Strabo parler comme un humain quand il l'avait rencontré pour la première fois. Mais Ben Holiday était un étranger et n'entendait rien à la magie de Landover. Pour Questor et Navet, seul le mutisme de Strabo les aurait étonnés. Quant à Abernathy, qui pouvait mieux comprendre un tel phénomène qu'un terrier blond à poils longs doté lui-même de la parole ?

– Nous souhaiterions nous entretenir avec vous un court instant, répondit Questor avec componction.

Abernathy se contenta d'un hochement de tête affirmatif tout en se disant qu'il fallait être complètement fou pour vouloir discuter avec une créature aussi horrible que Strabo.

– Ce que vous voulez ou non m'est complètement égal, tonna Strabo, en exhalant un jet de vapeur. Je n'ai aucune envie de parler avec vous. Fichez le camp !

– Juste une minute, pas davantage, insista Questor.

– C'est déjà trop. Fichez le camp avant que je ne vous fasse griller comme des gorets.

Questor s'empourpra, vexé.

– Dois-je vous rappeler à qui vous parlez ? Compte tenu de la longévité de notre relation, j'estime que vous me devez quelques égards et vous prierais de vous montrer poli, s'insurgea le magicien, en avançant d'un pas pour donner plus de poids à sa requête.

À la lumière des flammes, Questor Thews ne semblait guère plus effrayant qu'un tas de brindilles enveloppé dans un ballot de chiffons bariolés. Navet découvrit ses crocs menaçants dans un sourire énigmatique. Abernathy repoussa ses besicles sur son museau et tenta d'estimer la distance qui le séparait du refuge rocheux le plus proche.

Strabo battit des paupières et redressa la tête.

– Tu ne serais pas Questor Thews, par hasard ?

– Lui-même, acquiesça le magicien, en bombant son torse squelettique.

Strabo soupira.

– C'est bien ma veine ! Si encore tu étais de quelque conséquence, j'aurais pu m'amuser un tant soit peu à tes dépens, mais tu ne vaux même pas la peine que je me fatigue à ouvrir les mâchoires pour te carboniser. Allez ! Déguerpis avant que je ne perde le peu de sang chaud qui me reste !

Questor se raidit, ulcéré. Ignorant la patte qu'Abernathy venait de poser sur son épaule pour l'apaiser, il fit un second pas en avant.

– Mes amis et moi avons effectué un très long et pénible voyage pour venir vous parler et nous ne partirons pas avant de l'avoir fait ! Si vous préférez dédaigner la très honorable et pérenne alliance entre magiciens et dragons, c'est à vos risques et périls. Mais sachez néanmoins qu'en cela, vous nous faites grand tort à tous deux !

– Dis-moi, tu sembles d'une humeur de chien, aujourd'hui ! lança le dragon, en lorgnant Abernathy. Tu devrais changer de fréquentations !

Son rire tonitruant résonna dans le ravin. Sa queue fouetta l'air pour retomber dans un cratère, provoquant une éruption de lave. Un pan entier du versant au sommet duquel étaient juchés les trois visiteurs s'effondra, à quelques aunes d'eux.

– Trêve de plaisanteries ! Je pourrais te faire remarquer que les magiciens n'ont rien fait pour aider les dragons depuis des siècles, sinon je ne serais probablement pas le dernier survivant de cette noble race. Alors je ne vois vraiment pas pourquoi tu t'entêtes à invoquer une prétendue alliance. Une alliance, humpf ! Foutaises ! Je pourrais aussi ajouter que si mon statut de dragon ne fait aucun doute, j'en ai plus d'un au sujet de tes pouvoirs.

– Inutile de me provoquer, Strabo ! s'emporta Questor. Je ne partirai pas d'ici avant que vous m'ayez entendu !

Le dragon cracha de dégoût. En touchant le sol, sa salive creusa un petit cratère d'où s'échappa une fumée jaunâtre

– Je devrais tout bonnement vous faire rôtir, Questor Thews, toi, le chien et cette chose-là. Un kobold, n'est-ce pas ? Je devrais vous faire rôtir et vous manger pour mon dîner. Mais je suis déjà repu et je me sens d'humeur charitable, ce soir. Profitez-en pour filer pendant qu'il en est encore temps.

– Peut-être pourrions-nous prendre congé et… suggéra timidement Abernathy.

– Hors de question ! l'interrompit Questor. Personne ne fait demi-tour avant que nous n'ayons obtenu la réponse que nous sommes venus chercher, fit-il en se campant fermement sur les manches à balai qui lui servaient de jambes.

– Ah, non ? siffla Strabo entre ses dents.

Sa tête de monstre préhistorique se tourna brusquement vers les trois petites silhouettes accrochées au versant occidental du ravin. Il ouvrit la gueule et un flot de flammes écarlates fusa dans leur direction.

La lance incendiaire frappa le roc, à deux pas du magicien qui fut propulsé dans les airs. Au même moment, Navet et le scribe sautaient de côté pour éviter l'explosion de pierres, de poussière et de flammèches. Questor retomba brutalement sur le sol, dans une volée de robes multicolores.

– Très amusant, ricana le dragon, en se pourléchant les babines. Vraiment très drôle !

Questor se remit péniblement d'aplomb, cracha un nuage de poussière, s'épousseta et fit front.

– Ce… C'est… C'est une… une infamie ! bredouilla-t-il, étouffé par la colère, en essayant de recouvrer sa dignité malmenée. Je… Moi aussi je peux jouer à… à ces petits jeux-là, puisque c'est comme ça !

Il tendit le bras, pointa l'index sur le dragon, avança d'un pas, se prit les pieds dans l'ourlet déchiré de sa robe, glissa sur les pierres éboulées en battant l'air à grand renfort de moulinets des deux bras et, finalement, tomba sur son séant pour freiner sa chute. Un petit éclair bleu crépita au-dessus du dragon et une averse de feuilles – carbonisées par la chaleur des Sources avant même d'atteindre leur but – le submergea.

Strabo se roulait par terre, fouettait l'air de sa queue en tous sens, provoquant d'innombrables éboulis.

– Tu voulais… peut-être… me faire mourir de rire ! hoqueta-t-il en éructant des torrents de flammes qui embrasèrent le moindre arbuste rabougri.

Projeté dans la poussière par les hoquets sismiques du dragon, Questor blêmit de rage.

– Peut-être devrions-nous revenir une autre fois, hasarda Abernathy, aplati derrière un petit tertre, en se couvrant la tête de ses pattes.

Mais Questor Thews ne voulait plus rien entendre. Il se releva une nouvelle fois, les lèvres pincées, et s'épousseta à petits gestes saccadés.

– Ah, vous voulez vous moquer de moi ! s'écria-t-il, hors de lui. Vous osez tourner un grand maître des arts occultes en ridicule. Soit ! Alors, rira bien qui rira le dernier !

Ce disant, il leva les bras au ciel, puis marmonna quelque mystérieuse incantation. Tout à coup, alors même que Strabo s'apprêtait à cracher un nouveau torrent de flammes, un gigantesque nuage noir se matérialisa au-dessus du ravin et, dans un fracas de fin du monde, explosa en déversant des cataractes sur le dragon.

– Arrête ça tout de suite ! gronda Strabo, avant de plonger la tête dans un cratère de lave.

Quand il émergea pour reprendre son souffle, il n'avait plus une écaille de sèche. Questor fit un geste négligent de la main et la pluie cessa aussitôt.

– Tu vois, quand je veux, lança Questor, radieux, à l'intention d'Abernathy. Il y réfléchira à deux fois, maintenant !

Puis il se tourna vers le dragon.

– Très, très amusant, effectivement ! lui lança-t-il.

Strabo battit des ailes pour les sécher, s'ébroua, puis riva sur le magicien un regard flamboyant de colère.

– Si je comprends bien, tu as décidé de m'empoisonner l'existence jusqu'à ce que je t'écoute, tête de pioche ! Ou jusqu'à ce que je te change en torche vivante ! Tu n'as pas froid aux yeux pour un vulgaire faiseur de pluie ! Tu as de la chance : j'aime les audacieux ! Alors vide ton sac, qu'on en finisse !

– Merci, répondit Questor, hautain. Pouvons-nous nous approcher pour discuter plus aisément ?

Le dragon tourna la tête pour la reposer lourdement sur le bord de son cratère.

– Comme ça t'arrange !

Questor fit signe à ses compagnons et tous trois descendirent précautionneusement le versant à demi éboulé, pour s'arrêter à une douzaine d'aunes du monstre. Paupières closes, reniflant à grand bruit les vapeurs soufrées du cratère, Strabo les ignorait ostensiblement.

– Nous sommes venus ici pour en apprendre davantage sur les licornes, annonça le magicien.

Strabo éructa insolemment.

– Tu ne sais pas lire ?

– Pour tout dire, j'ai déjà lu tous les manuscrits traitant de ce sujet, répondit Questor, en feignant d'ignorer l'insulte. Mais aucun ne m'a procuré les informations que je cherchais et que vous détenez. Il est de notoriété publique que les dragons et les licornes sont les plus anciennes créatures de magie et les plus vieux ennemis de Landover. Chaque représentant de ces deux races en connaît plus sur l'autre qu'aucun humain, landovérien ou même fée. J'ai besoin de savoir quelque chose à propos des licornes que nul autre que vous ne peut me révéler.

– Pour quoi faire ? fit Strabo d'un ton plein d'ennui. Et puis, pourquoi est-ce que je devrais t'aider ? Tu es à la botte de ce maudit humain qui m'a pris au piège de la poussière d'Io pour me faire jurer de ne plus chasser dans la vallée tant qu'il serait roi. Il est bien toujours roi, celui-là, je parie ? Bah ! Évidemment ! Sinon, ça se saurait. Ben Holiday, roi de Landover ! Ah ! Celui-là, s'il a le malheur de remettre les pieds ici, je n'en ferai qu'une bouchée !

– N'y comptez pas trop, Strabo ! Il y a peu de chances pour que le roi revienne errer dans les parages. Quoi qu'il en soit, tel n'est pas mon propos.

Questor jugeait plus prudent de ne pas s'appesantir sur le sujet. Strabo s'était autrefois fait un plaisir de ravager le royaume, enflammant récoltes et granges, dévorant bétail et gibier à l'envi. Il s'y serait volontiers adonné de nouveau. Et il se pourrait bien qu'il en ait très prochainement l'occasion, si le roi ne changeait pas rapidement de comportement. Inutile de lui faire miroiter cette possibilité. Il n'avait guère besoin d'encouragements.

Le magicien s'éclaircit la gorge.

– Je suppose que vous avez entendu parler de la licorne noire ?

Les yeux écarlates s'ouvrirent instantanément. Le dragon releva la tête.

– La licorne noire ? Oui, bien sûr. Serait-elle de retour ?

– Depuis quelque temps déjà, oui. Je suis même étonné que vous n'en sachiez rien. La battue organisée pour la capturer a ratissé le royaume de long en large.

– La capturer ? La licorne noire ? (Strabo s'étrangla de rire, le corps secoué de spasmes.) Les Landovériens, capturer une licorne ? Ça, c'est la meilleure ! Comme si on pouvait capturer une licorne ! Même un pauvre faiseur de pluie comme toi doit savoir que c'est impossible. Les licornes sont intouchables !

– Certains pensent le contraire.

– Certains sont des crétins ! rétorqua Strabo avec une moue dédaigneuse.

– Donc la licorne est insaisissable ? Rien ne peut l'arrêter ? Rien qui puisse la contrôler ?

– Absolument rien !

– Pas même de jeunes vierges ? Pas même un rayon de lune ensorcelé ?

– Balivernes !

– Aucune magie ?

– Magie ? Euh…

– Aucune bride tressée de fils d'or, par exemple ?

Le dragon tourna les yeux vers le magicien. À sa grande surprise, Questor y décela une lueur d'indécision. Il s'éclaircit la gorge.

– Je disais : « Pas même une bride tissée de fils d'or » ?

Ce fut à ce moment précis qu'une tornade glacée se leva. Le magicien ferma les yeux pour se protéger du tourbillon poussiéreux. Quand, le calme revenu, il put enfin ouvrir les paupières, Nocturna, l'étranger qui se prenait pour Ben Holiday et deux malheureux lutins mutins tremblant comme des feuilles se tenaient à dix pas de lui.

OR ET FEU

Aussi impénétrable que la nuit, le silence avait enseveli les Sources de Feu. Les regards se croisaient, se rencontraient, s'arrêtaient, puis recommençaient leur ronde, tous aussi incrédules les uns que les autres. Le dragon cracha soudain une gerbe de flammes.

– Qu'est-ce qui me vaut le désagrément de ta visite, Nocturna ? gronda-t-il en se redressant. (Ses griffes crissèrent sur le roc. Le sol trembla sous le poids de sa masse titanesque.) Tu sais pourtant que tu n'es jamais la bienvenue.

La haute silhouette noire se détacha en ombre chinoise sur le rideau de feu qui se désagrégeait déjà en une myriade d'étincelles. La sorcière émit un ricanement démoniaque qui résonna dans le ravin, répercuté de pierre en pierre, comme si des milliers de monstres minéraux s'esclaffaient tour à tour. Quand l'ultime écho de son rire se fut éteint, Nocturna toisa le dragon.

– Il se pourrait que je le sois, aujourd'hui, répondit-elle, hautaine. Car j'ai là quelque chose pour toi.

Apercevant les deux gnomes cavernicoles cachés derrière l'imposteur, Questor Thews se tourna vers Abernathy, une lueur de surprise dans son regard de chouette.

– Mais ce sont Fillip et Sott !

– J'ai vu, merci ! rétorqua le scribe. Qu'est-ce que ces cannibales viennent faire par ici ?

Questor secoua la tête, manifestement dépassé par les événements.

Dardant sa langue fourchue, Strabo émit un sifflement d'avertissement. Un jet de vapeur s'échappa de chaque narine.

– Et pourquoi te donnerais-tu la peine de m'apporter quoi que ce soit ?

Nocturna croisa les bras dans une envolée de robes noires.

– Tu ne me demandes pas ce que c'est ? murmura-t-elle d'un ton doucereux.

– Tout ce qui vient de toi empeste le traquenard à plein nez.

– Même si c'est ce que tu désires le plus au monde ?

Ben Holiday lançait des regards affolés en tous sens. Comment se sortir de là ? Il n'avait aucun appui à attendre de quiconque. Ses amis ne le reconnaissaient pas et ses ennemis que trop ! Questor, Abernathy et Navet le prenaient pour un espion. Fillip et Sott, convaincus ou non de sa souveraineté, ne souhaitaient rien tant pour l'heure que disparaître sous terre à la première occasion. Nocturna ne l'avait maintenu en vie que pour le livrer à Strabo et le dragon se ferait un plaisir de le faire rôtir pour assouvir sa vengeance. Il cherchait désespérément une échappatoire et n'en voyait aucune.

Strabo fouetta de la queue un étang de lave. Une éruption incandescente embrasa la nuit. Ben se mit à trembler irrépressiblement.

– Je ne suis pas d'humeur à jouer aux devinettes. Viens-en au fait !

Les yeux verts de la sorcière virèrent au rouge sang.

– Que dirais-tu si je t'offrais le roi de Landover en pâture, Strabo ? Celui qu'on appelle Ben Holiday, hum ? Qu'est-ce que tu dirais de ça ?

Le dragon retroussa ses babines noircies. Les mots jaillirent de sa monstrueuse gueule dans une gerbe de flammes.

– Je m'empresserais d'accepter !

Ben eut un réflexe de recul, mais ne put faire un pas. Marmonnant d'incohérentes supplications, les deux gnomes s'agrippaient toujours de toutes leurs forces à ses jambes, lui interdisant le moindre mouvement. Il essaya de les repousser discrètement. Leur étreinte ne s'en resserra que davantage.

– Le roi de Landover ! Mais il est à Bon Aloi, s'exclama brusquement Questor. Tu n'as aucun pouvoir sur lui, tant qu'il est au château, Nocturna. De plus, si tu avais la folie d'aller l'y chercher, il débarrasserait Landover de ta félonie à jamais. Et je serais le premier à m'en réjouir.

– Vraiment ? susurra la sorcière, une lueur perfide dans les prunelles. (Elle pointa un index griffu sur le magicien.) Quand j'en aurai fini, ici, et que ton précieux souverain ne sera plus que cendres, tu peux être sûr que je m'occuperai de toi, misérable épouvantail ! (Elle se retourna vers le dragon, referma sa main glacée sur le bras de Ben et le projeta devant elle.) Tiens ! Le voilà, celui que ce minable bouffon croit si bien protégé derrière les remparts de Bon Aloi ! Regarde, Strabo ! Ben Holiday, roi de Landover ! Regarde-le bien ! Sous la magie, se cache celui qui s'est joué de toi. Regarde au-delà des apparences et tu trouveras l'objet de ton ressentiment.

Strabo éclata d'un rire tonitruant, éructa quelques flots incendiaires et soupira.

– Ça ? Ça, Ben Holiday ? Tu deviens folle, ma pauvre Nocturna ! (Il pencha la tête vers Ben, les narines frémissantes et dégoulinantes de suie.) Ce misérable cul-terreux lui ressemble comme Abaddon au paradis ! À quoi veux-tu jouer avec… Attends ! (Il renifla bruyamment. Ben sentit le souffle brûlant du dragon lui dessécher la peau et crut sa dernière heure arrivée. Il était livide.) Mais oui, tu as raison, il y a de la magie là-dessous. Qu'est-ce que…

– Regarde bien ! insista la sorcière, en poussant Ben si violemment que sa tête bascula en arrière avec un sinistre craquement des cervicales.

– Mais oui ! siffla Strabo, en donnant un virulent coup de queue qui projeta une averse de pierrailles. Oui, c'est bien Holiday ! Mais comment se fait-il que toi et moi seulement…

– Nous seuls possédons des pouvoirs suffisamment antérieurs à cette magie-là pour être capables de la déceler, s'impatienta Nocturna. Ne reconnais-tu pas le sort dont il est victime ?

Aussi désespérée que puisse être sa situation, Ben n'en était pas moins dévoré de curiosité. Il se savait condamné mais, quant à mourir, autant ne pas mourir idiot ! se disait-il en dressant l'oreille.

– Mais enfin ! s'insurgea Questor, n'y tenant plus. Ce n'est pas le roi ! Cet imposteur ne peut pas être le roi ! (Il semblait de moins en moins convaincu.) Il ne peut pas être le roi parce que… s'il était le roi, alors… Alors, le roi serait…

Il s'interrompit tout à coup, les yeux écarquillés d'horreur. Son regard hurlait le nom qu'il se refusait à prononcer, le nom honni de son propre demi-frère : Meeks ! Navet le tirait par le bras dans l'espoir de le calmer. Abernathy marmottait dans son coin comme un vieux perroquet : « Je l'avais bien dit ! Je le savais ! Je le savais ! »

Nocturna et Strabo, accaparés par leurs affaires, ne se souciaient guère des trois figurants qui s'agitaient frénétiquement en coulisse.

– Et pourquoi me ferais-tu un tel présent, Nocturna ? s'enquit le dragon d'un ton suspicieux.

– Un présent ? Qui parle de présent, Strabo ? susurra la sorcière, le regard étincelant de ruse. J'ai dit que je t'apportais quelque chose, nuance. Il ne te reste plus qu'à me demander ce que tu vas me donner en échange.

– Un échange ? Mais tu le hais autant que moi, si ce n'est plus, ce misérable étranger ! Il t'a humiliée et presque détruite. Il t'a fait perdre tous tes pouvoirs. Pourquoi voudrais-tu t'en séparer ? Et que pourrais-tu désirer davantage que te venger de lui ?

– Oh oui, je le hais ! Et je ne souhaite rien tant que le voir hurler de douleur et périr sous mes propres yeux. Mais je t'en laisse l'initiative, Strabo. Le prix à payer est bien insignifiant pour toi, qui plus est.

– Crache ton venin, sorcière, qu'on en finisse ! s'emporta le dragon, dans un jet de vapeur brûlante.

– Rends-moi la bride !

– La bride ? s'étouffa le dragon, en crachant moult flammèches. Quelle bride ?

– La bride ! siffla Nocturna, les yeux luisants de convoitise. La bride qu'en profitant de ma faiblesse tu as osé me voler ! La bride qui m'appartient de droit.

– Bah ! Rien de ce que tu possèdes ne t'appartient de droit, Nocturna. Tu l'as toi-même volée à ce vieux sorcier, autrefois.

– Et quand bien même ! C'est cette bride que j'exige en échange et tu me la donneras si tu veux que je te livre Ben Holiday.

– Bien, bien ! Si tel est ton prix, après tout... (Le dragon semblait hésitant.) Cependant, Nocturna, j'ai tant d'autres trésors plus à même de te satisfaire... Pourquoi accordes-tu tant de valeur à une simple tresse d'or ? Je suis sûr que ta cupidité ne saurait se contenter de si peu.

– Tu veux jouer au plus fin avec moi, Strabo ? menaça la sorcière, en plissant dangereusement les yeux. Prends garde ! Si je te demande la bride, c'est que je la veux. Je la veux et je l'aurai !

Les deux adversaires se fusillaient du regard, oublieux du malheureux enjeu de leur querelle qui en profita pour se replier derrière la sorcière. Les deux gnomes ne le lâchaient pas. Questor, Abernathy et le kobold l'examinaient avec insistance. Qu'il pût à la fois être une personne et en paraître une autre les plongeait manifestement dans un abîme de perplexité. Terriblement conscient du danger qui les menaçait et dont ils semblaient parfaitement ignorants, Ben gesticulait comme un beau diable, s'efforçant par toutes les mimiques et les signes qui lui venaient à l'esprit de les exhorter à fuir avant d'être carbonisés.

– Ce qui me chagrine, insistait le dragon en soulevant son énorme tête pour dominer la sorcière, c'est que je ne vois pas pourquoi tu attaches tant de valeur à une simple bride d'or.

– Et moi, je ne vois pas ce que ça change à nos affaires ! rétorqua Nocturna, en se redressant à son tour. Et surtout, je ne vois pas pourquoi tu fais toute une histoire pour me rendre ce qui, de toute façon, a toujours été mon bien.

Strabo éructa négligemment un formidable jet de vapeur qui rasa les cheveux de Nocturna.

– Je n'ai pas de comptes à te rendre, sorcière !

– Je ne t'en demande aucun. Tu vas me donner cette bride, un point c'est tout !

– Je ne pense pas. Tu la désires trop ardemment.

– C'est toi qui ne désires pas Holiday suffisamment !

– Oh que si ! Mais pourquoi ne l'échanges-tu pas plutôt contre un coffre rempli d'or et de joyaux ou contre un sceptre magique qui change les rayons de lune en pièces d'argent ? Pourquoi ne préfères-tu pas cette gemme gravée de runes qui appartenait aux grands sorciers trolls, du temps de leur splendeur ? Une gemme qui révèle toujours la vérité à celui qui la possède ?

– Je ne veux pas de ta vérité de pacotille ! Ni de ton or, ni de ton sceptre minable, ni de quoi que ce soit d'autre qui t'appartienne, espèce de vieux dinosaure encroûté ! hurla la sorcière en furie. Je veux la bride !

Donne-la-moi ou tu peux faire ton deuil du roi de Landover à jamais !

Elle s'était avancée, menaçante, abandonnant derrière elle le roi de Landover et ses sangsues. Ben vit là l'occasion tant attendue de prendre la fuite. Tandis que les éclats de voix de ses deux ennemis jurés ne cessaient de croître, il commençait à se dire que – peut-être – la porte de sortie qu'il cherchait désespérément depuis sa rencontre avec Nocturna dans le Gouffre Noir s'ouvrait devant lui.

Il saisit Fillip à bras-le-corps, l'arracha de sa jambe droite et, tout en le maintenant solidement coincé dans le creux de son bras droit, tenta de libérer sa jambe gauche.

– Pour la dernière fois, Dragon, sifflait la sorcière, échangeras-tu la bride contre Holiday, oui ou non ?

Strabo poussa un soupir dévastateur. Les dernières broussailles encore épargnées périrent carbonisées.

– J'ai bien peur, très chère Nocturna, d'être dans l'impossibilité de satisfaire ta requête, fit-il, mielleux.

– Ne me dis pas que… s'étrangla la sorcière, au comble de la rage. Tu ne l'as plus, c'est ça ? Voilà pourquoi tu t'ingénies à me fourguer ta pacotille ! Tu ne l'as plus !

– Hélas, non !

– Espèce de vieux lézard délabré ! l'injuria Nocturna, hors d'elle. Qu'est-ce que tu en as fait ?

– Ça me regarde ! rétorqua le dragon. (Il soupira une fois de plus, manifestement dépité.) En fait, si tu veux savoir, je l'ai déjà donnée.

– Donnée ? s'exclama Nocturna, ulcérée.

Strabo laissa échapper une petite gerbe de flammes vers le sol, calcinant la roche sur dix pas à la ronde, battit des paupières comme une gamine émoustillée et perdit son regard de braise dans les profondeurs du cratère le plus proche.

– Je l'ai offerte à une créature enchanteresse qui m'a charmé de sa voix d'or. Elle a chanté pour moi la splendeur des dragons d'autrefois. Elle a chanté la beauté et la lumière des flammes. Elle a chanté tout ce qu'un vieux dragon comme moi rêvait d'entendre depuis des millénaires. J'aurais donné bien plus qu'une simple bride d'or pour le plaisir de m'abandonner encore un peu à la féerie de son chant.

– Tu l'as donnée contre une vulgaire ritournelle ? explosa Nocturna.

– Contre la magie d'un souvenir qui vaut plus que tous les trésors du monde, rectifia Strabo. Les dragons ont toujours eu un faible pour les gentes damoiselles au geste délicat et au sourire gracieux. Un lien nous unit, un lien plus solide que cette prétendue alliance que certains revendiquent ! ajouta-t-il avec un regard en coin pour Questor Thews. Elle a chanté pour moi et m'a demandé la bride d'or en échange. Je la lui ai offerte de bon cœur. (Un curieux rictus retroussa les babines dégoulinantes de suie, comme si le dragon grimaçait un sourire.) Elle était si belle, cette sylphide !

Ben sursauta. Une sylphide ? Salica !

Le dragon pencha la tête vers Ben avec solennité.

– Je lui ai sauvé la vie, autrefois, murmura-t-il. Tu t'en souviens, Holiday ? Tu m'as ordonné de la tirer des griffes des démons d'Abaddon et de la transporter jusqu'à la contrée des lacs pour qu'on y panse ses blessures. Oh ! Cela ne m'a pas coûté beaucoup ! Non que j'aie obéi de gaieté de cœur à tes ordres, Holiday. Je te haïssais déjà trop pour ça. Mais voler au secours de la sylphide me rappelait ma jeunesse, du temps où sauver les jouvencelles en détresse était encore l'apanage des dragons. (Il hésita, fronça ses épaisses écailles frontales qui se chevauchèrent en grinçant.) Ou n'était-ce pas plutôt pour les dévorer ? C'est curieux, je ne parviens jamais à m'en souvenir !

– Pauvre imbécile ! fulmina Nocturna.

Le dragon inclina la tête, comme s'il réfléchissait très sérieusement au bien-fondé d'un tel emportement, puis brusquement ouvrit largement la gueule, révélant par là même l'intégralité de sa denture. Leur implantation fantaisiste mise à part, ses crocs – chacun de la taille d'un bras – avaient tout de même de quoi terrifier le plus flegmatique.

– Ah ? Tu crois vraiment ? Moi ? Un imbécile ? Plus stupide que toi, peut-être, Nocturna ? Assez stupide, par exemple, pour m'aventurer dans l'antre de mon pire ennemi, sans protection ?

Le silence retomba sur les Sources de Feu, comme un couperet. Nocturna semblait changée en statue.

– Je n'ai nul besoin de protection, vieux débris. Mes pouvoirs y pourvoient amplement. Méfie-toi !

– Me méfier ? Ce conseil, venant de ta part, n'en est que plus touchant, Nocturna. Touchant, vraiment ! (Soudain le dragon se détendit comme un ressort.) Mais je suis las de tes invectives. J'ai supporté patiemment tes injures et écouté sans broncher tes balivernes. Maintenant, c'est mon tour, espèce de tas d'os pathétique. Tu fais honte à la guilde des sorciers. Tu te crois dotée de pouvoirs incommensurables, mais tu ferais tout juste peur à une mouche. Tu t'incrustes chez moi, sans y être invitée. Tu oses me donner des ordres, me traiter de tous les noms d'oiseaux, toi, dont la cervelle n'est guère plus grosse que celle d'un volatile. Tu exiges des choses sur lesquelles tu n'as aucun droit et tu crois peut-être qu'en prime, tu vas repartir d'ici avec ma bénédiction ! Tu te trompes, Nocturna. Si j'avais encore eu la bride en ma possession, peut-être l'aurais-je échangée contre ton prisonnier. Peut-être. Mais je ne regrette jamais ce que je fais et le don de cette bride d'or à la belle sylphide, moins encore. Je ne l'ai plus et je ne souhaite même pas la récupérer. (Il faisait lentement osciller sa monstrueuse tête au-dessus de la sorcière. Sa voix se muait peu à peu en sifflement reptilien.) Toujours est-il, Nocturna, que Holiday est encore à ma portée. Et, puisque tu l'as amené ici expressément à mon intention, je crois que je devrais te faire au moins l'honneur de le garder. Qu'en penses-tu ?

La sorcière fusillait le dragon d'un regard assassin. Elle avait levé la main devant son visage blafard et ses doigts d'albâtre aux interminables ongles s'étaient repliés comme des griffes.

– Ne crois pas que tu vas me voler une nouvelle fois, tas de suie ! Ni maintenant ni jamais !

– Oh ! Mais tu ne peux t'en prendre qu'à ton éloquence, Nocturna. Tu as si bien su m'allécher que je ne saurais résister à la tentation. Bride d'or ou pas, il me le faut ! Holiday m'appartient et tu ferais mieux de me le livrer de ton plein gré, vieille harpie, sinon...

Sans plus attendre, la gigantesque gueule vomit un torrent de feu sur la sorcière. Au même instant, Ben se libérait de Sott et, le plaquant contre sa poitrine, bondissait de côté pour éviter le flot destructeur ; Questor Thews se précipitait vers son souverain avec force gesticulations ; Navet se ruait à sa suite, toutes oreilles rabattues, et Abernathy tombait à quatre pattes pour ramper à l'abri des rochers les plus proches.

Ben se relevait à peine que Strabo crachait déjà un nouveau geyser de flammes. Une averse de pierres et d'étincelles inonda le ravin. Nocturna accueillit ce déluge sans frémir, intacte, ses longues robes noires volant dans la tourmente comme les ailes d'un démon surgi des enfers. Elle releva son visage de marbre et projeta les bras en avant. Deux lances vertes fusèrent sur un Strabo ahuri. Il battit des ailes pour résister au coup de boutoir, tant et si bien qu'il bascula dans un cratère de lave en provoquant un véritable raz de marée magmatique.

– Sire ! Sire ! Attention ! hurla soudain Questor.

Nocturna pivota en un éclair, juste à temps pour subir l'effet du sort que le pauvre magicien, empêtré dans ses robes bariolées et haletant, venait de jeter à la volée. Elle se retrouva prise dans une tempête de neige miniature et, chassant d'un geste agacé les flocons qui obstruaient son champ de vision, invectiva Questor en pointant sur lui un index meurtrier. Un jet de lumière verte zébra la pénombre des Sources. Ben se plaqua au sol, face contre terre, étouffant dans l'élan les deux gnomes sous son poids. Le rayon mortel fusa à deux doigts d'Abernathy, enflammant son arrière-train au passage. Le scribe déguerpit dans la nuit, en jappant de douleur.

C'est alors que Strabo émergea du volcan en rugissant. Avec une détente surprenante pour son âge canonique, il balaya le ravin d'un vigoureux coup de tête, crachant une avalanche de lave qui incendia l'intégralité des Sources. Nocturna fit aussitôt volte-face, poussa un hurlement féroce et le bombarda de boules de feu. Ben ne demanda pas son reste et fila ventre à terre. Les projectiles sifflèrent dans la nuit. Un souffle torride lui rôtissait déjà l'échine, quand, parvenu à deux pas, Questor agita frénétiquement les bras dans sa direction. Les boules de feu ricochèrent à moins d'une aune de Ben Holiday, comme arrêtées par quelque invisible bouclier surgi du néant pour le protéger. Un gnome pleurnichard dans chaque bras, il reprit sa course pour fuir le ravin transformé en gigantesque bûcher. Au même moment, Navet le soulevait de terre avec son fardeau gémissant et l'entraînait vers le sommet du versant éboulé qui marquait la frontière des Sources de Feu. Hors d'haleine, Questor leur emboîta le pas.

Quelques minutes plus tard, ils franchissaient la ligne de faîte et, crachant, pantelant, s'effondraient sous un hallier, dans un invraisemblable imbroglio de bras et de jambes. Sortant on ne sait d'où, Abernathy les rejoignit avec de petits jappements pitoyables.

De l'autre côté, sorcière et dragon poursuivaient leur duel dans une cacophonie de hurlements et d'insultes. Tout à leur bataille incendiaire, les deux terribles adversaires ne s'étaient pas encore aperçus que l'objet de leur querelle leur avait échappé.

Quand tous se furent assurés de la convenable répartition de leurs membres respectifs, Ben lança un regard éloquent à chacun de ses compagnons. Des battements de paupières voilèrent l'éclat blanc des yeux qui luisaient dans la nuit. Tous s'étaient compris. Inutile de s'attarder dans les parages. Ils se reposeraient plus tard. Le dragon et la sorcière se rendraient compte de leur désertion d'un instant à l'autre. Leur fureur serait dévastatrice.

Se remettant d'aplomb, sans plus attendre ils se fondirent dans la nuit.

LA TRAQUE

Il était plus de minuit. De gros nuages noirs fuyaient Vertemotte, poussés par un vent d'ouest furibond qui mouchait les étoiles à la volée. Le tonnerre annonçait à grand fracas la tempête imminente. Effrayées par tant de vacarme, les huit lunes de Landover s'étaient retranchées dans leur cachette diurne. La foudre profitait de cette désertion pour lacérer le ciel d'éclairs argentés qui ferraillaient sans vergogne. La pluie ne tarda pas à se mettre de la partie, envoyant au front son artillerie lourde. Le grésil pilonnait déjà les contrées orientales, quand Ben Holiday et ses compagnons trouvèrent refuge dans une pinède.

Assis sous les branches massives d'un vieux pin, la petite troupe contemplait la tourmente en silence. Le vent s'engouffrait en rafales glacées entre les fûts. L'averse diluvienne formait alentour un rideau impénétrable, isolant l'oasis végétale, comme un radeau à la dérive sur les flots déchaînés.

Ben s'adossa au tronc centenaire et scruta, l'un après l'autre, le visage de ses compagnons d'infortune.

– Je suis vraiment Ben Holiday, leur dit-il au bout d'un long moment. Je suis le roi de Landover. Vous devez me croire.

Ils se consultèrent tous du regard.

– Oh ! Monseigneur ! pleurnicha Fillip. Sauvez-nous ! Sauvez-nous, par pitié !

– Oh oui ! Sauvez-nous ! gémit Sott en écho.

Les deux gnomes cavernicoles s'étaient métamorphosés en rats d'égout détrempés. Leur pelage pouilleux, collé par la pluie, formait sur leurs petits corps grelottants une gangue gluante à peine voilée de hardes déchirées et souillées de boue. Ils tendirent leurs pattes griffues vers leur mentor en essayant de lui agripper les jambes.

– Ça suffit ! grogna Ben, en les repoussant mollement. Il n'y a plus de danger maintenant.

– Le dragon... insista Fillip.

– La sorcière... gémit Sott.

– Ils sont loin et ne nous pourchasseront pas dans cette mélasse. De toute façon, quand ils seront fatigués de s'envoyer tout le feu des enfers à la tête et d'ici à ce qu'ils s'aperçoivent de notre fuite, la pluie aura effacé nos empreintes. Alors, arrêtez de piailler et calmez-vous. Tout ira bien.

Navet découvrit ses crocs dans une grimace énigmatique. Sa face simiesque demeurait indéchiffrable ; mais, à la façon dont il le regardait, Ben se sentait métamorphosé en gobelin des marais, casse-croûte favori des kobolds. Manifestement, Navet avait faim. Abernathy, quant à lui, semblait plutôt éviter le regard de son souverain.

Questor Thews s'éclaircit la gorge. Ben se tourna vers lui, plein d'espoir. Leurs regards se rencontrèrent et, brusquement, le magicien sembla perdre ses moyens.

– Je... C'est... Tout cela est bien délicat, bredouilla-t-il. (Il dévisagea Ben, hésitant.) Ainsi, vous prétendez toujours être le roi de Landover ? La sorcière et le dragon auraient vu juste en vous prenant pour lui ?

Ben acquiesça d'un hochement de tête las.

– Et l'histoire que vous nous avez racontée à Bon Aloi serait vraie, elle aussi ? On vous aurait jeté un sort ?

Ben hocha la tête une deuxième fois.

– Et Meeks serait vraiment revenu à Landover pour vous supplanter et… et aurait pris votre apparence ?

Ben eut pour la troisième fois la même réaction.

Le faciès de hibou se rabougrit si intensément sous l'effet de la réflexion que Ben craignit, une seconde, un dommage irréparable.

– Mais… Mais, enfin, comment ? demanda finalement le magicien – ce qui, apparemment, était le fruit d'une profonde méditation – en retrouvant un aspect, si ce n'est avenant, du moins normal.

Ben soupira.

– Ah ça ! J'ai bien peur que ce ne soit la question subsidiaire.

Il consentit cependant à reprendre, depuis le début, le récit de sa confrontation avec Meeks, relatant une fois de plus comment le sorcier l'avait transformé en étranger aux yeux de tous et pourquoi, abandonné par ses amis et banni de Bon Aloi, il avait décidé de partir pour la contrée des lacs.

– Et je n'ai cessé de chercher Salica depuis lors, conclut-il.

– Ah, tu vois ! aboya Abernathy. Je te l'avais bien dit.

– Qu'est-ce que tu m'avais bien dit ? rétorqua le magicien, en lorgnant le scribe sans aménité.

Sa face de hibou s'était racornie de plus belle, tant et si bien qu'il finissait par ressembler à un vieux bout d'écorce vermoulue.

– Que le roi n'était plus lui-même ces derniers temps ! Que plus rien ne rimait à rien ! En fait, le mage, je t'ai dit un tas de choses et tu t'en souviendrais si tu voulais bien te donner la peine de faire fonctionner ce qui te sert de cervelle. (Le scribe repoussa ses besicles constellées de pluie sur son museau, avant de poursuivre sa diatribe.) Je t'ai dit que ces rêves ne nous apporteraient que des ennuis. Je t'ai dit que c'était folie de se fier à ces élucubrations insensées !

Il se tourna brusquement vers Ben, avec le regard halluciné du visionnaire qui voit ses prophéties réalisées.

– Vous aussi, je vous avais prévenu ! Je vous ai dit de rester à Bon Aloi ! Je vous ai dit que Meeks était trop dangereux pour vous ! Mais vous n'avez rien voulu entendre, n'est-ce pas ? Vous n'avez rien voulu entendre, ni l'un ni l'autre ! Eh bien, regardez où votre obstination nous a menés ! (Il éternua et s'ébroua avec virulence en éclaboussant tout l'entourage.) Désolé, marmonna-t-il d'un ton qui signifiait « bien fait ! ».

– Humpf ! fit Questor, en plissant l'interminable appendice qui lui servait de nez. Je suppose que tu as déchargé toute ta bile et que te voilà soulagé.

Ben jugea plus sage de couper court aux invectives, pendant qu'il en était encore temps.

– Abernathy a raison. Nous aurions dû l'écouter. Mais ce qui est fait est fait. Alors, inutile de ressasser le passé. Le principal c'est que nous soyons de nouveau réunis.

– Grand bien nous fasse ! rétorqua Abernathy, qui ne décolérait pas.

– Cela pourrait grandement améliorer les choses, avec un peu de bonne volonté, répliqua Ben, en décochant au scribe un regard noir. À nous six, nous pourrons sans doute accomplir bien plus que je ne pourrais le faire seul.

– « À nous six » ? Comment cela, six ? s'écria Abernathy, en plissant dédaigneusement la truffe, avec un coup d'œil en coin pour les deux gnomes. Vous devez faire erreur, Messire, car si je compte bien, nous ne sommes que quatre. En outre, je ne suis toujours pas persuadé que vous soyez effectivement notre souverain. Questor Thews est un peu sénile et le pauvre se laisse berner aisément. (Le magicien était déjà monté sur ses ergots, prêt à riposter, mais Ben le musela d'un geste.) Nous nous sommes déjà fait gruger une fois et je ne vois pas pourquoi on n'essaierait pas de nous gruger une fois de plus. Comment pouvons-nous être sûrs que tout ceci n'est pas une nouvelle galéjade ? Qui nous dit que ce n'est pas une nouvelle ruse de Meeks ?

Ben réfléchit un instant.

– Moi. Et vous n'avez d'autre choix que de me croire sur parole. Vous devez me faire confiance et... écouter ce que vous dicte votre instinct. (Il soupira.) Franchement, croyez-vous que Meeks pourrait tromper à la fois Strabo et Nocturna ? (Il marqua un temps, cherchant une fois encore des preuves tangibles de sa bonne foi.) Croyez-vous que je porterais encore ça, si je n'avais pas été victime d'une perfidie de Meeks ?

Il avait plongé la main sous ses guenilles pour en extraire le pendentif. Le métal terni accrocha l'éclat aveuglant de la foudre. L'image du sorcier scintilla dans l'obscurité.

– Justement, pourquoi le portez-vous encore ? l'apostropha Questor, revêche.

Le magicien ruminait toujours les insultantes insinuations du scribe et ne pardonnait pas à Ben de l'avoir empêché d'y répondre.

– J'ai peur de m'en défaire, admit Ben en secouant piteusement la tête. Si Meeks disait vrai et qu'en ôtant ce pendentif je dusse perdre la vie, qui préviendrait Salica ? Elle ignore tout de ce qui se trame depuis son départ. Elle ne sait pas que Meeks est l'auteur de son rêve et, plus grave encore, elle ignore tout du danger qui la menace. Je tiens trop à elle, Questor. Je ne peux pas l'abandonner. Je ne peux pas prendre le risque qu'elle tombe dans le même piège que moi et se retrouve seule face à Meeks.

Un long moment de silence s'ensuivit.

– Non, Monseigneur, non, vous ne le pouvez pas, reconnut le magicien. (Il se tourna alors vers Abernathy.) Crois-tu vraiment que notre Ben Holiday penserait une seconde à une chose pareille ?

Abernathy hésita, puis soupira.

– Non, je suppose que non, admit-il en consultant le kobold du regard. (Navet hocha la tête.) Bien. Puisque mes compagnons semblent reconnaître votre légitimité, je m'incline.

– Merci, Abernathy, fit Ben avec plus d'émotion dans la voix qu'il ne l'aurait voulu.

– Mais je n'en pense pas moins que le nombre n'arrange rien à l'affaire et que ce n'est pas parce que nous sommes quatre... (Il lorgna une fois de plus vers les gnomes)... ou même six – si tant est que l'on puisse compter sur l'efficace collaboration de certains – que vous êtes mieux loti pour autant. Que pourrions-nous faire à six que vous ne pourriez faire par vous-même ?

Tous rivèrent sur Ben le même regard interrogateur. « Ils m'attendent au tournant », se dit-il, les yeux fixés soudain sur l'obscurité pluvieuse. Il remonta ses genoux contre sa poitrine et frissonna.

– Trouver Salica, répondit-il. La protéger.

Ses compagnons le dévisageaient toujours, muets comme des carpes. Visiblement, la perspective d'une nouvelle quête ne déchaînait guère l'enthousiasme.

– Écoutez, je suis sûr que c'est dans le rêve de Salica que nous trouverons le pot aux roses. Tout ce qui s'est passé jusqu'à maintenant part de là. La bride est la clef de ce rêve et nous savons qu'elle est entre les mains de Salica, puisque Strabo la lui a donnée. Reste à savoir ce qu'elle va en faire...

– Oui, oui, Monseigneur, que va-t-elle en faire ? trépigna Fillip.

– Oui, oui, Puissant Seigneur, que va-t-elle en faire ? répéta Sott.

– Elle va forcément vous l'apporter, Mess... (Questor s'interrompit brusquement.) Ou, du moins, elle va l'apporter à celui qu'elle prendra pour vous.

– Absolument, Questor, murmura Ben. C'est ce que son rêve lui a dicté et elle obéira sans nul doute, Elle retournera à Bon Aloi pour me la remettre. Mais ce n'est pas moi qu'elle va trouver au château. C'est Meeks. C'est dans les bras de Meeks qu'elle va tomber. Et que croyez-vous qu'il va lui arriver ?

– Il faut la retrouver avant, admit Questor.

– Oui, il faut partir à sa recherche dès que possible, renchérit Abernathy.

Ben hocha la tête.

– Et, à nous six, nous avons six fois plus de chances de la trouver.

– Navet, à lui tout seul, a cent fois plus de chances de la trouver que nous tous réunis, fit Abernathy en éternuant. Je crois que je suis en train d'attraper froid, marmonna-t-il. Quel temps de ch... Atchoum !

– Je ne te le fais pas dire ! persifla Questor. Mais, pour une fois, tu as raison ! poursuivit-il en feignant d'ignorer le regard furibond du scribe. Un kobold traque cent fois mieux que n'importe quel humain. Si Salica a laissé la moindre trace, Navet la repérera immédiatement. (Il consulta le kobold des yeux. Navet grimaça un large sourire simiesque en guise d'assentiment.) Navet la trouvera pour nous, c'est certain. Vous pouvez compter sur lui. (Il haussa les épaules.) Du moins, dès que la pluie voudra bien cesser.

Ben secoua la tête.

– Nous ne pouvons plus attendre. Nous n'avons plus le...

– Nous ne pouvons pas faire autrement, insista Questor.

– Mais nous ne pouv...

– Nous n'avons pas le choix, trancha le magicien. Il est impossible de traquer dans une telle tempête, Noble Seigneur. Vous l'avez reconnu vous-même, la pluie aura effacé la moindre empreinte. (La face de hibou se pencha vers Ben, compatissante.) Sire, vous avez parcouru un très long chemin depuis votre départ de Bon Aloi. Regardez-vous ! Vous êtes hâve, à bout de forces. J'ai vu des mendiants plus vigoureux que vous.

– Oui, renchérit le scribe, vous paraissez plus mort que vif.

– Il faut vous reposer, Monseigneur, conseilla Questor, en lui tapotant amicalement le bras. Vous avez besoin de dormir. Il sera bien temps de reprendre nos recherches à votre réveil.

– Je ne suis pas fatigué, Questor, affirma Ben en secouant la tête avec véhémence. Et puis, je ne peux pas…

– Vous le devez, Sire, l'interrompit le magicien d'une voix douce.

Une longue main osseuse passa sur le visage de Ben Holiday. Ses paupières se firent lourdes, si lourdes qu'il avait peine à garder les yeux ouverts. Une immense lassitude envahissait peu à peu tout son corps.

– Reposez-vous, Sire. Dormez !

Ben tenta de se lever pour secouer sa torpeur, mais n'y parvint pas. Pour une fois que la magie de Questor Thews se montrait efficace, il fallait que cela tombe sur lui, songea-t-il vaguement, en s'affaissant. Pourvu que je ne me réveille pas transformé en crapaud ! Il s'effondra sur la couche d'aiguilles de pin. Ses amis l'entourèrent aussitôt. Le museau à lunettes d'Abernathy lui apparut à travers un nuage. Les crocs du kobold étincelèrent dans le brouillard. Fillip et Sott semblaient marmonner quelque berceuse au loin, si loin ! Ses amis, tous ses amis enfin près de lui. Tous sauf Ciboule et… Salica.

– Salica !

Il avait voulu crier, mais sa voix n'était déjà plus qu'un faible murmure. À peine avait-il prononcé le nom de sa compagne qu'il sombrait dans un profond sommeil.

Il rêva d'elle et son rêve fut une telle révélation que, même dans son sommeil, il la reçut comme un coup de poing à l'estomac. Il la cherchait. Forêts, collines et prairies défilaient sans transition et sa quête semblait interminable. Il était seul, désemparé, mais une force quasi magnétique l'attirait toujours plus avant. Les contrées qu'il traversait lui paraissaient à la fois familières et inconnues : patchwork d'ombre et de lumière qui miroitait comme un reflet à la surface de l'eau. Il percevait mouvements furtifs et bruissements alentour, mais ne distinguait rien. Il marchait et marchait sans relâche, parcourant Landover de long en large d'un pas décidé. En vain.

Il éprouvait une impression d'urgence absolue. Retrouver Salica était devenu une nécessité si impérieuse qu'elle défiait l'entendement. Il avait peur pour elle, une peur irraisonnée qui ne le quittait pas. Il avait besoin de la sentir près de lui, un besoin désespéré, vital et pourtant inexplicable. Il se sentait sous l'emprise d'émotions qui le dépassaient, comme si son corps obéissait à d'obscures pulsions dont il ressentait la puissance mais ignorait la cause. À chaque pas, il avait la sensation presque palpable que Salica était à portée de sa main, qu'il allait la voir apparaître d'un instant à l'autre, qu'elle l'attendait au détour du chemin, ici, derrière cet arbre, là, de l'autre côté de la colline. Encore un effort, quelques centaines d'aunes et il la rejoindrait. Il ne ressentait ni la fatigue ni les crampes qui nouaient ses muscles endoloris, seulement cette force qui l'animait comme un marionnettiste insuffle la vie à son pantin.

Il commença bientôt à entendre des voix. Certaines le mettaient en garde, d'autres l'encourageaient. Il reconnut celle du Maître des Eaux qui l'exhortait à retrouver sa fille ; puis celle de Gaïéra qui le rappelait à son serment et le sommait de l'honorer ; celle du chasseur qui évoquait fébrilement la licorne noire et cette furtive caresse de soie pour laquelle il se serait damné ; celle de Meeks, chuintement guttural et haineux qui jurait la ruine du royaume si la sylphide et sa bride d'or lui échappaient. Pourtant, pas un seul instant il ne ralentit l'allure.

– Pourquoi courez-vous si vite, Ben Holiday ?

Edgewood Dirk ! Cette fois, Ben s'arrêta, pantelant. Son cœur battait la chamade. Le sang lui cognait aux tempes et sa respiration sifflante lui déchirait les tympans. Il se trouvait dans une petite trouée, abritée par l'enchevêtrement des ramures qui dessinait, sur un tapis de mousse fraîche, un vitrail solaire serti d'ombres feuillues. Élégamment assis sur un petit tertre herbeux, le pelage lustré, le regard énigmatique, Dirk le dévisageait.

– Salica, hoqueta Ben, le souffle court. Je dois retrouver Salica.

– Pourquoi devez-vous la retrouver ?

– Parce qu'elle est en danger.

– Est-ce la seule raison ?

Ben réfléchit un instant.

– Parce qu'elle a besoin de moi.

– C'est tout ?

– Parce que personne d'autre ne peut l'aider.

– C'est tout ?

– Parce que…

Les mots lui échappaient, aussi insaisissables que la sylphide elle-même. Pourtant, il savait ce qu'il devait dire, n'est-ce pas ? Mais comment le formuler ?

– Vous vous donnez tant de mal pour régenter votre existence, déclara Dirk, un soupçon de tristesse dans la voix. Vous vous donnez tant de mal pour faire coïncider toutes les pièces du puzzle. Pourtant vous ignorez la raison qui vous y incite. La vie n'est pas une simple mosaïque d'événements qui s'imbriquent les uns dans les autres selon une suite logique, Messire. La vie est sensations, émotions et non raison.

– Mais j'ai des émotions. Je ressens les choses.

– Vous les contrôlez, nuance, rectifia Dirk. Vous gouvernez votre royaume, vos sujets, votre travail et votre vie. Vous organisez tout, ici ; comme vous organisiez tout, là-bas. Vous commandez comme vous plaidiez. Vous analysez, classez, répertoriez, puis ordonnez. Vous vous comportez, à la cour de Bon Aloi, comme vous vous comportiez au tribunal. En politique, comme en droit, vous appliquez la même méthode rigoureuse et sans faille. Vous agissez et réagissez avec diligence et compétence. Mais vous ne ressentez rien. Vous n'écoutez que votre raison, jamais vos émotions.

– Non, je…

– Le cœur de la magie bat au rythme des émotions, Messire. La vie est émotion. C'est l'émotion qui insuffle la vie et c'est la vie qui génère la magie. Comment pouvez-vous espérer comprendre la magie et la vie, si vous ne ressentez rien ? Vous cherchez Salica, mais comment pourriez-vous la reconnaître si vous ne comprenez pas ce qu'elle est ? Vous cherchez avec vos yeux quelque chose que les yeux ne peuvent voir. Vous cherchez avec votre corps et vos sens quelque chose qui échappe aux lois physiques et aux sensations. C'est avec votre cœur qu'il vous faut chercher, Messire. Avec votre cœur. Essayez ! Essayez et dites-moi ce que vous voyez.

Ben ferma les paupières. Ne plus suivre ce que lui dictait sa raison. Ne plus voir ce que lui montraient ses yeux. Puiser dans la manne des émotions. Écouter son cœur. Ben se concentrait de toutes ses forces, mais ne voyait autour de lui qu'obscurité ; un mur d'obscurité qu'il ne parvenait pas à franchir. Il plongea en lui-même, profondément, plus profondément qu'il ne l'avait jamais fait. Oui, il y avait bien des passages inconnus. Il les pressentait, mais ne pouvait les suivre. Il avait beau s'acharner contre l'obstacle noir, toutes les issues semblaient bloquées. Il luttait, luttait…

Brusquement Salica passa devant lui, insaisissable vif-argent, visage rayonnant de beauté, chevelure d'émeraude ruisselant jusqu'aux reins, corps de liane à peine voilé de soie immaculée dont la vue seule lui embrasa les sens. Son regard rencontra le sien et l'air lui manqua. Le désir de la toucher, le besoin de l'étreindre le consumaient si ardemment que c'en était torture. Elle lui sourit, un sourire tendre, affectueux qui lui noua douloureusement la gorge ; puis elle lui parla dans un murmure inaudible à l'oreille mais si doux à son cœur. Nul danger ne la menaçait, chuchotait-elle. Elle était en paix avec elle-même. Elle était sereine.

– Pourquoi courez-vous si vite, Ben Holiday ? demanda au loin la voix de Dirk.

– Je dois retrouver Salica.

– Pourquoi devez-vous la retrouver ?

– Parce que...

De nouveau, les mots lui manquaient. La vision de Salica commençait à s'estomper peu à peu. Le mur d'obscurité se reformait.

– Parce que...

Salica disparaissait progressivement. Ben cherchait ses mots comme un fou. Il devait dire, il voulait dire, il... Mais les mots semblaient se jouer de lui. Il les avait là, là, sur le bout de la langue, et pfuit ! Ils se sauvaient à la dernière seconde. Impossible de les formuler. Il enrageait. Plus l'apparition devenait floue, plus la sensation d'urgence s'accentuait et plus le péril qui menaçait la sylphide se précisait. Il étendit les bras dans un réflexe désespéré pour la retenir, mais elle était déjà hors d'atteinte. Il semblait enraciné dans la terre, incapable de bouger.

– Parce que...

Le mur d'obscurité se rapprochait, se rapprochait. Il allait l'étouffer. Il allait...

Ben ouvrit les yeux. Dirk avait disparu et la sylphide n'était plus qu'une fragile étincelle qui vacillait dans sa mémoire.

– Salica !

Il se réveilla en sursaut et se redressa d'un bond. Ses guenilles étaient trempées de sueur. Il haletait. La nuit avait enseveli les contrées orientales. De lourds nuages noirs obstruaient le firmament. La pluie avait cessé. Ses compagnons dormaient paisiblement autour de lui. Tous... sauf un. Navet ! Le kobold était déjà parti à la recherche de Salica. La traque avait commencé.

Ben inspira profondément pour recouvrer son calme. Les images de son rêve étaient encore vives et les paroles de Dirk résonnaient à ses oreilles. Il expira lentement et, soudain, les mots, ces mots qu'il avait tant cherchés lui vinrent spontanément à l'esprit.

– Parce que... Parce que je... je l'aime, acheva-t-il dans un souffle.

Et Ben Holiday sut immédiatement, et avec une effrayante certitude, que ces mots-là disaient la vérité.

Seul avec ses réflexions, Ben regarda ses amis endormis pendant un long moment, puis, las de sa solitude, s'allongea de nouveau sur sa couche végétale et dormit jusqu'à l'aube. Quand il s'éveilla, Navet n'était toujours pas revenu et les autres dormaient encore. Ben roula sur le dos puis, levant les yeux au ciel, sursauta. Edgewood Dirk était allongé sur une branche basse, juste au-dessus de lui. Les paupières closes, il semblait dormir. Mais à peine Ben l'avait-il aperçu, qu'il ouvrait les yeux.

– Bonjour, Messire.

– Bonjour, fit Ben de mauvaise grâce, en se redressant sur les coudes. Où étiez-vous donc passé ?

– Oh ! Ici, là-bas...

– Plus souvent là-bas qu'ici, ce me semble ! rétorqua Ben, cinglant. (Toute sa colère refoulée remontait à la surface, d'autant plus virulente que trop longtemps contenue.) Je n'aurais pas refusé un petit coup de main, quand je me suis retrouvé face à Nocturna, dans le Gouffre Noir. On peut dire que vous avez l'art de disparaître à point nommé ! Encore une chance que Nocturna ne se soit pas débarrassée de moi sur-le-champ ! Cela dit, elle s'est tout de même empressée de me jeter en pâture au dragon ! Je suppose que cela ne vous fait ni chaud ni froid, de toute façon. Merci pour votre précieuse collaboration, vraiment !

– Je vous en prie, répondit posément Dirk. Je vous rappellerais cependant, une fois de plus, que je suis votre compagnon, non votre protecteur. En outre, vous ne semblez pas plus mal en point pour autant.

– Mais j'aurais très bien pu l'être, bon sang ! À l'heure qu'il est, je pourrais parfaitement être réduit en chair à pâté dans un estomac de dragon !

– « J'aurais pu », « je pourrais » ! Avec des « si » et des « mais »... (Dirk bâilla.) Au lieu de perdre votre temps à ressasser le passé, vous feriez mieux d'aller de l'avant.

– Ce qui veut dire ?

– Que vous avez, en ce moment, d'autres chats à fouetter que moi !

Ben allait se rebiffer, quand le souvenir de son rêve s'imposa tout à coup à son esprit avec une acuité stupéfiante. Sa quête désespérée, la bride d'or, la licorne noire, Meeks et... Salica ! Je l'aime, se dit-il en formant silencieusement chaque syllabe comme un enfant cherche à s'approprier un langage inconnu. Que ces mots lui furent doux ! Et qu'il était simple et rassurant de voir enfin la vérité en face !

– Certains prétendent que les rêves ne sont que des manifestations de nos désirs inconscients, disserta doctement le chat. Les rêves ne reflètent pas fidèlement les événements qui ont généré ces désirs insoupçonnés ; mais ils ont le mérite de mettre en évidence, d'une façon extrêmement vivace, les émotions qui les sous-tendent. Cependant, comme nous nous retrouvons plongés dans d'étranges situations, immergés dans un flot ininterrompu d'événements sans rapport les uns avec les autres, nous avons tendance à réduire le tout à un amas d'élucubrations irrationnelles : réaction, somme toute, très naturelle ; mais provoquée par un surmoi castrateur. Pourtant, sous cet incompréhensible amphigouri, se cachent souvent des vérités essentielles révélatrices de notre personnalité profonde. Des vérités qui ne demandent qu'à se faire entendre, mais que nous refusons d'écouter en état de veille. Alors elles se glissent dans notre sommeil, empruntent les méandres du rêve pour obtenir une reconnaissance qui leur revient de droit et qui nous aide parfois à mieux nous connaître nous-mêmes. (Il marqua une pause délibérée pour ménager ses effets rhétoriques.) L'amour est une de ces vérités.

Ben se redressa, observa un long moment ce philosophe métamorphosé en chat et secoua la tête.

– Feriez-vous référence à Salica ?

– Évidemment ! (Le chat leva les yeux au ciel, puis reprit son discours.) Quelquefois, la narration du rêve est trompeuse et ce n'est qu'au réveil que la vérité se fait jour.

– Bon sang ! Vous ne pourriez pas faire simple, pour changer ? s'écria Ben, qui jugeait Dirk d'un pédantisme exaspérant. Pourquoi faut-il que vous ne puissiez jamais appeler un chat un chat ?

Dirk battit des cils avec une affectation de jouvencelle.

– Parce que je suis un chat.

– Ah, ça !

– Parce qu'il est grand temps que vous appreniez à résoudre certaines choses par vous-même.

– Ben voyons !

– Ce pour quoi vous ne semblez pas particulièrement doué, je le crains.

– Assurément.

– En dépit de mes efforts incessants et de mes tentatives répétées pour vous y inciter.

Brusquement saisi d'une irrésistible envie de tordre le cou à ce maudit animal, Ben détourna le regard et s'abîma dans la contemplation de ses amis endormis pour refréner ses pulsions meurtrières.

– Comment se fait-il que tout le monde dorme sauf moi ?

Dirk surveilla l'assistance assoupie.

– Peut-être vos compagnons sont-ils très fatigués, suggéra-t-il aimablement.

Ben lui décocha un regard soupçonneux.

– Qu'est-ce que vous avez encore fait ? Un petit tour de magie, peut-être ? Le genre de tour que m'a joué Questor, par exemple ? C'est ça, hein ?

– C'est possible.

– Et pourquoi vous donneriez-vous donc cette peine ?

Dirk se leva, s'étira voluptueusement, sauta sur le sol, s'assit dans l'herbe aux pieds de Ben et, sans un regard pour lui, se mit en devoir de procéder à sa toilette. Ben rongeait son frein en silence, tandis que le chat se léchait avec application, ébouriffant consciencieusement tous ses poils avant de les lisser tout aussi méticuleusement. Il ramena ensuite la patte droite sous son museau et se plongea dans l'inspection pointilleuse de ses pelotes digitales. Cela fait, il releva la tête. Ses yeux d'or scintillèrent dans la pénombre de l'aube.

– Le problème c'est que vous n'écoutez pas. Je vous ai dit tout ce que vous aviez besoin de savoir, mais vous ne semblez rien entendre. Cela devient franchement décourageant, soupira-t-il. J'ai fait en sorte que vos amis ne s'éveillent pas pour vous apprendre une ultime et décisive leçon sur le rêve. Vous ne parviendrez jamais à élucider ce qui s'est passé, si vous ne comprenez pas le fonctionnement du rêve. Enfin ! (Il poussa un second soupir à fendre l'âme.) Observez le comportement de vos amis quand ils vont s'éveiller. Et tâchez d'être attentif, cette fois, voulez-vous ? Parce que ma patience s'amenuise singulièrement et cette tentative pourrait bien être la dernière.

Ben grimaça un assentiment de commande. Edgewood Dirk reprit sa pose de chat égyptien et tous deux attendirent le réveil des dormeurs. Quelques minutes plus tard, Questor Thews s'agita sous ses robes de carnaval, Abernathy bâilla à s'en décrocher la mâchoire et les deux gnomes s'ébrouèrent de concert. Tous clignaient des paupières pour chasser le sommeil. Enfin, tous quatre se redressèrent sur leur séant et jetèrent des regards à la ronde. Ils aperçurent d'abord Ben, puis Dirk.

– Ah ! Bonjour, Noble Seigneur ! Bonjour, Dirk ! claironna Questor, jovial. Bien dormi, j'espère ?

Abernathy grommela en aparté que, de toute façon, les chats étant des créatures noctambules, ils n'avaient pas besoin de dormir, fussent-ils prismatiques, et que, quitte à perdre son temps, il y avait mieux à faire qu'à s'occuper de leur petite santé.

Fillip et Sott dévoraient le chat de leurs petits yeux de taupe, sans manifester la moindre crainte.

Ahuri, Ben observait la scène, tandis que la conversation se poursuivait le plus naturellement du monde. Tout se passait comme si le chat avait toujours fait partie du paysage. Aucun ne semblait surpris de le voir. Questor et Abernathy se comportaient comme si Dirk était fidèle à un rendez-vous prévu de toute éternité, et les gnomes, comme si les conséquences cuisantes de leur première rencontre avec Dirk ne leur avaient laissé aucun souvenir.

Ben les dévisageait l'un après l'autre, stupéfait.

– Mais qu'est-ce que…

– C'est normal, Messire, chuchota Dirk. Ils m'ont déjà rencontré dans leur rêve. J'étais alors si réel, que ma présence en chair et en os leur semble aller de soi.

Ne comprenez-vous pas ? Ce que nous tenons pour vrai n'est jamais que ce que nous voulons voir, que ce soit dans la réalité ou en rêve.

Non, Ben ne comprenait pas. Il avait observé attentivement et écouté sagement, comme on le lui avait conseillé. Mais il ne comprenait toujours rien. À quoi servaient ces subtilités et quel rapport avaient-elles avec les événements des derniers jours ?

Mais il ne put s'appesantir sur la question, car, au même moment, Abernathy aboya et tous se tournèrent dans la direction qu'il indiquait d'une patte impérieuse. Les fougères à la lisière de la pinède s'écartèrent et…

– Ciboule ! s'exclama Ben.

Navet apparut derrière lui. Les deux kobolds étaient trempés et maculés de boue des pieds à la tête. Ils souriaient ou, plus précisément, grimaçaient, leur habituel rictus sardonique découvrant leurs crocs effrayants. Ben s'était figé, glacé d'effroi. Ciboule était censé protéger Salica. Or, la sylphide n'était pas à ses côtés. Bon sang ! Que lui était-il arrivé ? Refoulant son angoisse, il s'avança pour accueillir les kobolds, comme Questor et Abernathy s'étaient empressés de le faire, et s'arrêta net. Ciboule lui jetait un regard d'une telle hostilité que, sur un geste vif de Questor, il recula. Le magicien attira le kobold à l'écart et, avec force gesticulations, se mit en devoir d'éclairer la lanterne du pauvre Ciboule qui ne pouvait évidemment savoir à qui il avait affaire. Il s'ensuivit un échange de sons gutturaux que Ben identifia comme le dialecte propre aux kobolds. Navet se mit activement de la partie. Enfin, Questor se tourna vers Ben.

– Ciboule a veillé sur Salica depuis son départ de Bon Aloi, comme vous l'aviez ordonné, Sire. Jusqu'à hier. Salica l'a alors congédié sans lui donner un mot d'explication. Comme il refusait d'obtempérer, elle a fait usage de son pouvoir et s'est évanouie dans la nature. Même un kobold ne peut résister aux sorts d'une sylphide, Noble Seigneur. Ciboule affirme qu'elle est effectivement en possession de la bride d'or et qu'elle... qu'elle est partie à la recherche de la licorne noire. (Il secoua la tête, en réponse au regard incrédule de son souverain, et se mit à tire-bouchonner sa barbe blanche.) Je sais, c'est aussi incompréhensible pour moi que pour vous. Ciboule n'est pas plus avancé que nous. Il semblerait qu'elle ait finalement décidé de ne pas vous apporter la bride.

Ben sentit son estomac se nouer. Bon sang ! Qu'est-ce que c'était encore que ce mystère ? Qu'est-ce que cela pouvait bien signifier ?

– Où est-elle ?

– Ses empreintes mèneraient vers le Melchor, Sire, répondit le magicien en hochant sa face de hibou.

Il hésita, fronça les sourcils, puis reprit :

– Ciboule affirme qu'elle se dirige vers Mirwouk.

Mirwouk ? L'ancienne forteresse trolle dans laquelle Questor avait retrouvé les grimoires perdus ? Qu'irait-elle faire là-bas ? La crispation abdominale de Ben ne s'en accentua que davantage.

– Ce n'est pas tout, Sire, intervint Abernathy, en repoussant vivement la main de Questor qui tirait sur sa manche pour le faire taire. Strabo et Nocturna se sont mis en chasse, probablement après vous, mais aussi après Salica et la bride d'or. Pire encore, un démon – une chose gigantesque qui volerait et sèmerait la désolation sur son passage – ravagerait le royaume. Navet l'a aperçu la nuit dernière.

– Le serpent-loup de Meeks ! murmura Ben, tandis que les terribles images du carnage des nymphes revenaient hanter sa mémoire.

Edgewood Dirk et ses sibyllines leçons étaient déjà oubliés. Ben n'avait plus en tête qu'une seule obsession : sauver Salica.

– Nous devons la rejoindre avant eux ! fit-il d'une voix caverneuse qui dissimulait mal sa terreur. Nous devons absolument la trouver. Il le faut ! Elle n'a plus que nous.

Abernathy acquiesça d'un jappement incongru. Les deux gnomes se trémoussèrent et les deux endurants kobolds firent aussitôt demi-tour, prêts à s'embarquer pour de nouvelles aventures. Questor posa la main sur le bras de son souverain.

– Nous allons la trouver, Sire. Ne vous inquiétez pas. Nous allons la trouver.

Tous se mirent aussitôt en route : l'inconnu sous l'apparence duquel se cachait le roi de Landover, le Magicien de la Cour, le scribe royal, les kobolds et les deux gnomes cavernicoles. Tous, sauf Edgewood Dirk qui, sagement assis au pied du centenaire sylvestre, suivait négligemment des yeux la petite troupe disparaissant dans le lointain.

GOLEMS

Le soleil dardait ses rayons verticaux à travers le lacis de feuillage. Salica avait soif. Elle contourna un amas rocheux, escalada la pente abrupte pour rejoindre une petite corniche tapissée d'herbes folles et se retourna. Landover s'étendait à ses pieds : forêts et champs, collines et plaines, étangs et lacs, jetés pêle-mêle sur une palette verdoyante, ocellée de bleu, que vernissaient les méandres pastel des rivières miroitant dans la chaleur de midi. Salica soupira. Tout semblait si parfait, si éclatant de vie. Comment imaginer que, sous un ciel si pur, puissent rôder d'invisibles menaces ? Comment pourrait-il arriver malheur par un si beau jour ?

La sylphide avait laissé derrière elle les contreforts steppiques, les hauts plateaux plantés de conifères et se rapprochait déjà des pics arides du Melchor. L'ascension sous ce soleil de plomb lui desséchait la gorge. Elle n'avait aucune provision d'eau. Cela faisait plusieurs heures – depuis qu'elle avait emprunté le sentier qui serpentait à flanc de montagne – qu'elle n'avait pas senti la proximité d'un cours d'eau ; mais, là, elle percevait une fraîcheur qui ne pouvait tromper. Elle étancherait bientôt sa soif.

Elle restait cependant immobile à contempler la vallée. Son regard s'arrêta sur un voile de brume au loin, vers le sud. Derrière cette gaze vaporeuse se cachait Bon Aloi. Elle eut une pensée pour Ben. Elle aurait tant voulu qu'il fût près d'elle. Elle aurait tant voulu comprendre pourquoi elle n'était pas là-bas, à ses côtés. Petite silhouette accrochée au versant de la montagne, elle paraissait si fragile. Elle se sentait si seule.

Que faisait-elle ici ?

Le fardeau enveloppé de toile rêche lui sciait l'épaule. Elle le fit glisser le long de son bras et le prit à deux mains. Une étincelle s'en échappa, comme elle soulevait un coin de toile. La tresse de fils d'or cliqueta faiblement. Elle rajusta le tissu protecteur et balança le ballot sur l'autre épaule. La bride était lourde et plus encombrante qu'elle ne l'avait imaginé. Elle la positionna du mieux qu'elle put et se redressa. Elle avait eu de la chance que le dragon ait accepté de la lui donner. Son chant magique avait agi au-delà de toute espérance. Strabo avait été charmé. Elle en était encore tout étonnée. Qu'elle ait pu savoir, avant même de l'expérimenter, que ce sortilège lui procurerait ce qu'elle désirait ne laissait de la surprendre. Rêves, visions et pressentiments, tels avaient été ses guides depuis son départ de Bon Aloi et elle avait la sensation de n'être qu'une feuille morte ballottée par le vent du hasard.

Cette nuit encore, elle avait fait un rêve. Son beau visage diaphane s'assombrit à ce souvenir. Une légère brise souleva ses cheveux de soie. Elle leva la tête pour bénéficier de cette fraîcheur inespérée. Comme ce rêve avait été étrange ! Quelle part y prenaient réel et imaginaire ? Des peurs et des espoirs qu'il avait suscités, lesquels l'emporteraient ? Une fois de plus, elle avait rencontré la licorne noire. La créature se cachait dans l'ombre, entre les arbres, solitaire et terrorisée. Tout d'abord effrayée, Salica avait fini par pleurer, émue par tant de désarroi. Elle ignorait ce qui épouvantait ainsi la créature, mais se sentait happée par ce regard qui l'appelait irrésistiblement. « Viens ! lui disait-il. Renonce à rapporter la bride d'or au roi. Surmonte ta peur. Ne me fuis pas, comme ce démon que tu vois en moi. Cherche plutôt à comprendre ce que je suis. Cherche la vérité, Salica. Viens à moi ! Viens ! »

Oui, un simple regard avait suffi pour exprimer tout cela et d'une façon si limpide, si évidente ! Un rêve, certes, mais ô combien réel ! Voilà pourquoi elle était venue ici. Elle avait fait confiance à son instinct. Elle était persuadée que ce sixième sens, propre aux créatures de magie, était le seul qui ne puisse la tromper. Sourde à l'injonction de son premier rêve, elle avait donc renoncé à rejoindre Ben pour partir en quête de... De quoi ? De la vérité ?

– Pourquoi ces rêves sont-ils si contradictoires ? murmura-t-elle.

Les feuilles se mirent à bruire sous la caresse du vent, mais sa question resta sans réponse. Elle respira à pleins poumons, puis se détourna. L'obscurité des futaies l'attirait étrangement. Elle se laissa guider, docile. Mirwouk est toute proche, à présent, se dit-elle. À peine à quelques milles, juste de l'autre côté de ce piton rocheux. L'ombre l'enveloppa doucement et elle accueillit sa bienfaisante fraîcheur avec soulagement. Cheminant entre les conifères, elle se mit en quête de la source, dont elle sentait la vibration croissante, et découvrit bientôt une petite cascade dévalant les parois rocheuses pour tomber dans un minuscule bassin d'eau limpide. Elle posa avec précaution son fardeau sur l'herbe et s'agenouilla pour boire à petites gorgées le liquide glacé.

Quand elle releva la tête, la licorne noire se dressait devant elle. Salica se figea, le souffle coupé. La créature se tenait à moins de dix pas, partiellement dissimulée dans l'ombre des futaies, immobile. Son regard d'émeraude la fixait. Miracle de grâce et de beauté, robe d'ébène, sabots de bouc, queue léonine, yeux flamboyants, improbable incarnation d'une surnaturelle divinité... Tous les poèmes chantés par tous les bardes du monde depuis des temps immémoriaux n'auraient pu parvenir à décrire tant de splendeur.

Salica sentit monter en elle un irrépressible flot d'émotion qui la remua jusqu'au tréfonds de l'âme. Elle crut que son cœur allait exploser. Elle n'avait jamais vu de licorne et n'avait jamais imaginé qu'un être puisse, à lui seul, faire pâlir toutes les merveilles de la nature.

– Oh ! Merveille des merveilles ! s'extasia-t-elle dans un souffle, les larmes aux yeux, la gorge serrée.

Elle avait parlé si bas qu'elle se croyait entendue d'elle seule. Pourtant, la licorne hocha la tête en réponse et son rostre torsadé s'embrasa d'étincelles magiques. Les yeux d'émeraude étincelèrent et Salica se sentit comme soulevée de terre. Elle s'agrippa machinalement aux herbes. Sa main se referma sur la bride d'or.

« Oh ! Te garder pour toujours, songea-t-elle en brandissant l'objet magique. Faire de toi ma compagne fidèle, mon ombre, mon double ! »

Mais le regard flamboyant la clouait sur place et lui murmurait son lancinant message : « Viens à moi ! Cherche ma vérité ! »

Le rêve de la nuit lui revint en mémoire, l'embrasant comme une torche. « Viens à moi ! » disaient les battements de son cœur. « Viens à moi ! » criait son âme. Puis, le bûcher qui la dévorait s'éteignit tout à coup et Salica frissonna. Elle mesura la distance qui la séparait de la créature. Son regard s'arrêta sur la petite cascade. Elle avait pris les proportions d'un infranchissable torrent. Brusquement, le chant des oiseaux s'amplifia, symphonie mélodieuse qui la transportait vers les nuées et lui volait tous ses secrets pour les confondre en une hymne céleste. Elle sentait la magie se déchaîner en elle avec une puissance qu'elle n'avait jamais soupçonnée. Elle n'était déjà plus qu'un flambeau ensorcelé. Elle se consumait pour l'être qui l'enflammait de ses yeux flamboyants. Déjà Salica n'était plus elle-même. Elle appartenait à cette créature divine qui l'hypnotisait de son regard de feu. Elle aurait fait n'importe quoi pour elle. Tout, tout ce qu'elle lui demanderait.

Et, brusquement, la licorne disparut. Si subitement, si intégralement qu'il semblait impossible qu'elle ait jamais pu apparaître. L'avait-elle vraiment vue ? Avait-elle rêvé ? Salica fixait désespérément l'endroit que la merveilleuse créature occupait quelques secondes plus tôt. Il ne restait plus que l'ombre des feuillages dansant dans la brise. Une poignante tristesse la submergea.

L'apparition était-elle réelle ? N'était-elle que le fruit de son imagination débridée ?

Ces questions l'étourdissaient jusqu'au vertige. Elle se sentait dévastée, anéantie. Enfin, au terme d'un long et pénible moment d'hébétude, elle secoua sa longue chevelure, se leva lentement, sangla son précieux fardeau sur l'épaule et se mit en route. Là-haut, quelque part, aux confins des sommets stériles du Melchor, se cachait la réponse qu'elle attendait. C'est donc là qu'elle irait la chercher.

Elle chercha tout le jour. Étrange quête en vérité ! Elle avait l'impression tenace et incompréhensible que ses pas suivaient une direction imposée. Elle escaladait les hauteurs escarpées du Melchor pour trouver quelque chose qui n'existait peut-être pas. Elle crut pourtant apercevoir la licorne noire à plusieurs reprises. Oh ! Rien, de brefs éclairs incertains : ici, un reflet moiré de robe noire ; là, un œil flamboyant ; là-bas, un rostre étincelant de magie. Cependant, jamais elle ne douta que ses efforts se voient récompensés. Elle traquait, portée par une sorte de délire fougueux et insatiable. Elle savait que la licorne noire l'attendait quelque part, tout près. Elle sentait sa présence à chaque détour. Elle sentait son regard vigilant constamment posé sur elle. Elle avait beau ignorer à quel appel elle répondait, elle en percevait l'urgence et l'impérieuse nécessité.

La nuit la surprit à un mille à l'ouest de Mirwouk. Elle était exténuée, désespérément seule. Elle avait traversé la forêt qui cernait la forteresse, fendant les broussailles droit devant elle et, pourtant, ne cessait de tourner en rond. Elle avait beau marcher jusqu'à l'épuisement, elle semblait ne jamais devoir se rapprocher de son but. Elle demeurait néanmoins persuadée que, tôt ou tard, elle rattraperait l'ensorceleuse créature. À l'aube, elle reprendrait la traque.

Elle s'étendit sur un tapis de mousse, au pied d'un bouleau, serra la bride d'or enveloppée de toile contre sa poitrine, se laissa caresser par la brise nocturne et s'endormit. Une fois encore le rêve vint visiter son sommeil. Des licornes blanches, des centaines de licornes blanches enchaînées l'appelaient au secours. Elles poussaient de déchirants hennissements de désespoir et suppliaient qu'on les délivrât. Leurs plaintes l'habitaient, comme le délire saisit la victime d'une fièvre mortelle. Elle ne pouvait y mettre un terme et ne parvenait pas davantage à se réveiller.

À deux pas, dans l'ombre, des yeux d'émeraude flamboyants surveillaient la dormeuse. Ils ne la quittèrent pas de la nuit.

Ben Holiday et ses compagnons passèrent cette nuit-là dans le Melchor, eux aussi. Ils avaient dressé le camp à quelques encablures des premiers plateaux et s'estimaient heureux d'être parvenus jusque-là. La traversée des contrées désolées de l'est leur avait pris la majeure partie de la journée et ils avaient dû cheminer dans la pénombre du crépuscule pour atteindre les contreforts du Melchor. Ben s'était montré inflexible. Les kobolds avaient repéré les empreintes de Salica à l'aube et il ne désespérait pas de la rejoindre avant la nuit. Cependant, l'obscurité étant désormais totale et Questor ne cessant de l'en supplier instamment, Ben accepta d'ajourner les recherches.

À l'aube, ils étaient de nouveau sur les traces de la sylphide. En milieu de matinée, ils n'étaient déjà plus qu'à un mille de Mirwouk. C'est à ce moment-là que les choses commencèrent à se gâter.

D'abord, les empreintes de Salica les guidaient indubitablement vers Mirwouk. Or, que venait-elle faire dans cette vieille forteresse délabrée ? Puisqu'elle avait renoncé à lui rapporter la bride d'or – à lui, ou plutôt à Meeks –, que pouvait-elle bien avoir l'intention d'en faire ? Chercherait-elle la licorne ? Probablement. Quoique, son rêve lui ayant dépeint cette créature comme un démon maléfique, cela paraissait insensé.

Ensuite, les kobolds avaient remarqué que, par deux fois déjà, les pas de Salica revenaient sur eux-mêmes. Or, les sylphides étant des créatures dotées de pouvoirs surnaturels, il était extrêmement improbable qu'elles se perdent. Donc, soit Salica cherchait quelque chose qu'elle ne trouvait pas ; soit elle suivait quelque chose qui tournait en rond. Cependant, rien ne permettait de deviner la nature de cette chose.

Enfin, Edgewood Dirk était toujours porté disparu. Nul ne l'avait vu, depuis qu'ils avaient quitté la pinède. Ben, trop absorbé par la quête de sa compagne, n'avait guère prêté attention à cette absence jusqu'à présent. Mais, confronté à toutes ces énigmes et presque sans y penser, il s'était retourné pour interroger le chat. C'est alors qu'il s'était aperçu que Dirk n'avait toujours pas reparu.

Ben analysait la situation tout en marchant et, faute de pouvoir prétendre à quelque assistance de la part de ses compagnons, les incita à presser le pas.

Ils retrouvèrent les traces de Salica une troisième fois, à moins d'un jet de pierre de la forteresse. Les kobolds hésitèrent. Cette piste était, de toutes, la plus fraîche. Devaient-ils la suivre ?

Ben acquiesça d'un signe de tête.

En début d'après-midi, ils avaient pratiquement fait le tour complet de Mirwouk et avaient croisé une quatrième fois les empreintes de Salica. Or, celles-ci s'éloignaient de la forteresse. Ciboule les examina pendant quelques minutes, le nez presque collé au sol, et annonça, finalement, que cette dernière piste semblait aussi récente que la précédente.

Les membres de la petite troupe se consultèrent un moment en silence, perplexes. La sueur luisait sur tous les visages et les gnomes ne cessaient de geindre. Abernathy haletait comme un lévrier en fin de course. La poussière desséchait les gorges ; les rayons verticaux blessaient les yeux et tous grimaçaient dans la fournaise. Ils étaient épuisés, découragés et en avaient plus qu'assez de tourner en rond sous ce soleil de plomb.

Bien qu'impatient, Ben commençait à reconnaître qu'une halte s'imposait, quand un fracas de tous les diables le fit sursauter. C'était à n'en pas douter un bruit de chute de pierres. Il provenait de Mirwouk. Ben lança un regard interrogateur à la ronde. Nul ne s'aventura à lui soumettre une hypothèse.

– Ça ne coûte rien d'aller voir, déclara-t-il finalement, en se dirigeant d'un pas décidé vers la forteresse.

Ses compagnons lui emboîtèrent le pas, avec un enthousiasme nettement plus modéré.

Ils se faufilèrent entre les broussailles du sous-bois. Remparts et tourelles se profilaient à travers les ramures. Créneaux et merlons à demi éboulés découpaient le ciel. Des chauves-souris s'envolaient à leur approche. Le grondement d'avalanche s'amplifiait à mesure qu'ils avançaient. La petite troupe sortit de la forêt et s'immobilisa à quelques centaines d'aunes du portail béant. Le bruit s'était tu.

– Je n'aime pas ça du tout, annonça Abernathy d'un ton funeste.

– Sire, peut-être serait-il plus sage de…

D'un regard, Ben musela le magicien.

– ... d'aller voir de quoi il retourne, acheva-t-il.

Il prit la tête de l'expédition, les deux kobolds sur les talons. Les autres suivirent le mouvement de mauvaise grâce. Ils franchirent le portail, traversèrent la cour extérieure, puis se glissèrent dans le sombre passage qui traversait le mur d'enceinte pour déboucher dans la cour intérieure. Ben plissa le nez de dégoût et accéléra l'allure. Ce corridor empestait le moisi. Un silence de catacombes avait envahi la citadelle.

Ben devançait le reste de la troupe d'une vingtaine de pas et atteignit la fin du couloir, en bon premier. Il se disait justement qu'il aurait été plus prudent d'envoyer Ciboule en éclaireur, quand il aperçut le colosse de pierre. On eût dit l'ébauche grossière de quelque malhabile sculpteur s'échinant à reproduire, à coups de masse, une gigantesque statue d'Hercule. L'effet de ce monstre de pierre était saisissant. Il se dressait, tel un gardien minéral, au sommet d'un éboulis de moellons corrodés qui occupait le centre de la cour intérieure. Brusquement, dans un épouvantable crissement de pierre raclant la pierre, la statue s'anima. Ben réalisa alors avec stupeur que ladite statue était, en fait, bien vivante.

Il s'était figé et se demandait encore quelle réaction adopter, quand un bruit de cavalcade l'alerta. Ses compagnons déboulaient à sa suite et l'auraient renversé s'il ne s'était écarté à temps. Les gnomes cavernicoles avaient troqué leurs habituelles jérémiades contre des hurlements de chats écorchés. Questor et Abernathy s'égosillaient de concert et les kobolds poussaient des sifflements stridents en montrant les crocs. Ben mit tout de même une seconde à saisir que ses compagnons ne manifestaient pas une terreur – fort compréhensible – à la vue de ce qui les attendait, mais fuyaient à toutes jambes quelque chose qui les poursuivait. Il se tordit le cou pour jeter un œil par-delà cette meute aux abois. Un second géant de pierre les avait pris en chasse.

Questor lui agrippa le bras.

– Sire ! Sire ! Un golem ! Un golem ! haletait-il en le secouant comme un prunier. Il va nous réduire en poussière, s'il parvient à nous rattraper. Vite ! Vit... Argh ! (Le magicien s'étrangla en découvrant la seconde créature qui se mouvait, non plus derrière, mais devant lui.) Par Abaddon ! s'exclama-t-il, au comble de la panique. Deux ! Ils sont deux ! Vite, Monseigneur, courez ! Par ici !

Les kobolds avaient déjà pris la direction des opérations, guidant la troupe vers un second passage qui s'enfonçait dans la forteresse proprement dite. Les deux golems de pierre, qui s'étaient rejoints, se mirent à leur poursuite, tels des bulldozers faisant trembler le sol sous le poids de leur masse titanesque.

La troupe s'engouffra en trombe dans le passage qui débouchait sur un escalier en colimaçon et gravit les marches quatre à quatre.

– Questor, c'est quoi un... golem ? ahana Ben, le souffle court.

Hors d'haleine, le magicien se tourna vers son souverain, se prit les pieds dans ses robes et trébucha.

– Diantre ! jura-t-il en se rétablissant tant bien que mal. Les golems... des aberrations, de nos jours. Créatures pétries de... sorcellerie antédiluvienne. Des... statues vivantes. Extrêmement dangereux ! Créés par des sorciers pour... garder la citadelle. Je les croyais... disparus depuis des siècles. (L'ascension lui coupait le souffle, hachant son discours au rythme des degrés qu'il gravissait péniblement)... Pensent pas... Mangent pas... Dorment pas... Voient et sentent pra... pratiquement rien... Mais entendent le... moindre murmure... Devaient chasser les intrus autrefois... Semble qu'après si longtemps... n'ont pas perdu la main... Ouf ! (Il s'arrêta pour reprendre haleine, la mine préoccupée.) Curieux que je n'en ai pas rencontré quand je suis venu la dernière fois.

Ben leva les yeux au ciel et le propulsa en avant.

Ils émergèrent bientôt sur une plate-forme jonchée de gravats. Un second escalier se profilait à l'autre extrémité. Tous se ruèrent vers cette unique sortie. Un tas de planches et de moellons en obstruait le seuil.

– De quoi reconstruire une forteresse entière ! grogna Ben, dépité.

Les golems de pierre surgirent en haut du premier escalier, tournèrent lentement la tête d'un côté, puis de l'autre, et se remirent en marche dans la direction des fuyards. Ciboule et Navet bondirent en avant, pour protéger la troupe.

Ce fut au tour de Ben d'agripper Questor par le bras.

– Bon sang, Questor, jamais les kobolds ne pourront arrêter de pareils monstres ! Fais quelque chose !

Questor se précipita à l'assaut, dans une envolée de robes bariolées, agitant les bras comme s'il s'apprêtait à décoller. Il marmonna quelques mots inintelligibles, leva les mains au ciel puis embrassa la plate-forme d'un large effet de manche. Soudain, d'énormes nuages de fumée noire s'élevèrent du néant, puis, comme animés d'une furie d'ouragan, balayèrent le palier, soulevèrent les gravats au passage et se précipitèrent sur les deux monstres minéraux. Les golems sortirent indemnes du tourbillon de caillasse qui, en revanche, frappa de plein fouet le magicien. Questor s'effondra sans connaissance, le visage criblé de balafres sanguinolentes.

Ben et les deux kobolds se portèrent aussitôt à son secours pour le tirer à l'écart. Nullement ralentis, les deux monstres s'approchaient dangereusement, écrasant au passage les blocs de pierre et les gravats comme des brindilles sous les chenilles d'un char d'assaut.

Ben s'accroupit au chevet du magicien.

– Questor ! Questor ! Relève-toi ! Questor ! Nous avons besoin de toi !

Il lui assena quelques gifles retentissantes, frotta les longues mains exsangues, le secoua sans ménagement mais n'obtint aucun résultat.

Ben se redressa d'un bond. Chacun des membres de la troupe aurait peut-être été assez agile pour échapper à ces titans – peut-être, mais aucun ne s'en sortirait s'ils devaient transporter le magicien et il était hors de question de l'abandonner. Il agrippa machinalement le pendentif et le laissa retomber aussi vite. Inutile de tenter d'invoquer le Paladin avec cet ersatz de médaillon à la solde de Meeks. Sans le médaillon et sans Questor, tout recours à la magie était désormais exclu.

Mais, bon sang ! Il fallait bien faire quelque chose !

– Abernathy !

– Sire ?

– Ces créatures ne voient pas, ne sentent pas, mais sont dotées d'une ouïe exceptionnelle, n'est-ce pas ?

– Je me suis laissé dire qu'ils pouvaient percevoir la chute d'une aiguille à cinquante pas, cependant il me semble que…

– Abrège ! coupa Ben, en lui saisissant la patte pour le tourner face à lui. Peux-tu monter jusqu'au contre-ut ?

– Plaît-il ?

– Le contre-ut, bon sang ! Peux-tu hurler assez fort pour tenir un contre-ut ?

– Sire, je ne vois pas…

Les golems n'étaient plus qu'à une dizaine de pas et Ben commençait à perdre son sang-froid.

– Le peux-tu, oui ou non ? insista-t-il en rudoyant le malheureux scribe.

Ulcéré par un tel manquement à l'étiquette, Abernathy releva le museau et lui aboya en plein visage.

– Ouaf !

– Alors, fais-le !

La plate-forme tremblait si violemment sous les pas des titans qu'elle menaçait de s'écrouler. Les gnomes s'étaient de nouveau accrochés aux jambes de Ben, en gémissant comme des âmes errantes. Les kobolds s'étaient ramassés sur leurs puissantes pattes arrière, prêts à bondir. Les golems de pierre étaient si près qu'on eût dit deux tours de guet sur le point de s'effondrer sur les minuscules fourmis qui s'agitaient à leurs pieds.

C'est alors qu'Abernathy poussa son hurlement de loup affamé. Fillip et Sott se plaquèrent au sol, enfouissant leur petite tête de fouine entre leurs pattes griffues et le rictus des kobolds se métamorphosa en grimace de douleur. Le hurlement s'éleva dans les airs, d'une stridence à déchirer les tympans. Les golems s'immobilisèrent sur-le-champ et se prirent lentement la tête entre les mains. Le cri déchirant leur vrillait le crâne jusqu'au supplice. Ben regardait Abernathy avec des yeux écarquillés. Jamais il n'aurait cru que son scribe royal possédait tant de ressources dramatiques.

Au bout d'un long moment de torture auditive – c'est qu'il avait du souffle, en plus, le bougre ! – les deux géants de pierre se fendillèrent comme un mur se lézarde et, tout à coup, volèrent en éclats. Bras, jambes, mains, têtes se dispersèrent aux quatre vents. Un nuage de poussière s'éleva, masquant provisoirement la scène. Quand elle retomba, il ne restait plus des deux colosses qu'un amas de cailloux inoffensif.

Abernathy se tut. Le silence s'installa, pesant. Le scribe se tourna alors vers Ben, le poitrail bombé, les yeux étincelant de rage.

– Je n'ai jamais été aussi humilié de toute ma vie ! gronda-t-il. Vous m'avez obligé à me comporter comme un animal ! Jamais je n'aurais cru m'abaisser à ce point ! Hurler à la mort comme un chien, moi ! Moi, le scribe royal !

Ben s'éclaircit la gorge, embarrassé.

– Tu nous as sauvé la vie, Abernathy.

Les prunelles flamboyantes d'indignation, le scribe inspira profondément, expira de même, se redressa encore davantage et renifla avec dédain.

– Dès que nous récupérerons ces fameux grimoires, reprit-il d'une voix frémissante de colère, je prie Votre Très Auguste Majesté de retrouver, séance tenante, l'incantation propre à me rendre ma dignité d'être humain !

Ben s'empressa de dissimuler le sourire qui lui aurait valu une haine éternelle.

– Accordé séance tenante !

L'honneur bafoué d'Abernathy étant désormais restauré, Ben et les deux kobolds se précipitèrent vers le corps inanimé de Questor. Comme le magicien ne revenait toujours pas à lui, ils décidèrent de le transporter hors de la forteresse pour panser ses blessures. Tous reprirent donc l'escalier en sens inverse. Ils sortirent de Mirwouk sans encombre et sans plus rencontrer de golem ou autre engeance des lieux. Peut-être ces deux colosses étaient-ils les derniers à hanter Landover, pensait Ben en rejoignant le couvert des futaies. Et, bien sûr, il a fallu que cela tombe sur nous !

– Tout de même, murmura-t-il en aparté, c'est étrange que Questor n'en ait pas vu, quand il est venu chercher les grimoires.

– Étrange ? objecta Abernathy, qui le talonnait de si près qu'il avait surpris son monologue. Pas tant que cela, si vous considérez que Meeks les a placés là – après qu'il eut recouvré ses chers grimoires – pour empêcher quiconque de retourner à Mirwouk ! (Ben s'était retourné pour l'écouter, mais le scribe gardait les yeux obstinément rivés au sol.) Vraiment, Sire, j'aurais pensé que vous auriez pu faire vous-même cette déduction d'une simplicité enfantine.

Ben encaissa la rebuffade avec un silence stoïque. Il aurait certes pu y songer lui-même, mais ne l'avait pas fait. Et alors ? Ce qu'il ne parvenait toujours pas à concevoir c'était la raison pour laquelle Meeks se serait donné la peine de poster de telles sentinelles dans une forteresse en ruine. Après tout, il avait déjà les grimoires en sa possession. Alors, à quoi bon ?

Ajoutant ce nouveau mystère sur la liste déjà considérable des énigmes insolubles, il consacra toute son attention au malheureux magicien qui demeurait dans un état préoccupant. Les kobolds l'avaient étendu sur un tapis d'herbes drues, à l'ombre d'un vénérable sapin. Navet déchira un pan de sa manche, nettoya tant bien que mal le visage ensanglanté, puis déploya des trésors de patience insoupçonnés pour le ranimer. Au bout de quelques minutes, Questor reprit enfin ses esprits. Navet pansa ses blessures et, en deux temps trois mouvements, toute la troupe se retrouva sur pied.

– Cette fois-ci, nous suivons les empreintes de Salica à la trace, et ce jusqu'à ce que nous la retrouvions ! décréta Ben.

– Si nous la retrouvons, rectifia fielleusement Abernathy.

Les autres firent la sourde oreille et la petite troupe se remit en marche.

DÉCOUVERTE

Inflexible tyran campé sur son trône zénithal, sa majesté céleste affirmait son empire. Sous son joug caniculaire, les forêts du Melchor transpiraient. La fraîcheur des futaies s'était muée en une suffocante étuve. La brise matinale s'était enfuie. Les insectes stridulaient en sourdine dans l'air lourd et immobile. Les feuilles pendaient aux branches comme des linges humides. Les animaux s'étaient terrés, abrutis de chaleur. Le temps lui-même semblait s'être assoupi.

Salica fit halte sous les ramures d'un gros chêne, la bouche sèche, le visage luisant de sueur, le dos courbé sous le poids de sa chape d'or. Drapée sur ses épaules, la bride lui brûlait la peau. Sa respiration sifflait entre ses lèvres entrouvertes. Elle n'avait cessé de marcher depuis l'aube, cherchant sans répit la licorne noire qui semblait se jouer d'elle, tantôt vision, tantôt réalité, toujours insaisissable. Elle la suivait comme une volute de fumée suit la flamme d'une torche, impuissante, docile. Elle avait parcouru les alentours de Mirwouk une bonne douzaine de fois déjà, tournant et retournant perpétuellement sur ses pas, dans une quête éternelle, sans rime ni raison. La forteresse en ruine se dressait à moins d'une centaine d'aunes. Elle l'ignorait mais n'y aurait pas accordé la moindre attention si elle l'avait su. Sa quête l'accaparait totalement. Toute autre considération l'indifférait. Trouver la licorne et découvrir son secret l'obnubilaient jusqu'à l'obsession.

Son rêve de la nuit précédente la hantait. Elle se demanda une fois encore quelle vérité recelaient ces troublantes visions nocturnes et, quittant à regret son refuge ombreux, se remit en marche, fragile étincelle de vie perdue dans l'immensité végétale comme un enfant égaré au milieu de la foule. Elle se faufila péniblement entre les troncs. Pins et sapins se confondaient, tant ils mêlaient étroitement leurs branches. Elle jeta un regard vide aux quelques Bonnie Blues providentiels qui l'eussent, au besoin, rassasiée et gravit péniblement le talus qui montait en pente douce vers un plateau herbeux. Elle se souvenait vaguement d'être déjà passée par là – une, deux, trois fois, davantage ? Peu importait. Son cœur cognait dans sa poitrine. Le sang pulsait à ses tempes et martelait ses tympans. Elle régla la cadence de ses pas au rythme de ces battements furieux.

« Encore combien de temps ? se demandait-elle, ployant sous son fardeau. Quand achèverai-je cette errance ? »

Elle atteignit le plateau, souffla quelques secondes à l'ombre d'un érable au feuillage écarlate et ferma les yeux. Quand elle souleva les paupières, la licorne noire se dressait devant elle.

– Oh ! s'extasia-t-elle dans un murmure.

La créature se tenait au centre de la clairière, diamant noir étincelant dans son écrin de lumière ardente ; si noire qu'elle semblait sculptée à même la nuit. Ses yeux d'émeraude fixaient intensément la sylphide et lui lançaient son immuable appel. Salica aspira l'air torride qui lui brûla la gorge. Le regard flamboyant lui murmurait son silencieux message d'images oniriques puisées au sein des rêves passés et des visions perdues. Salica écoutait, attentive. Elle écoutait et comprenait. Sa quête s'achevait. La licorne noire ne s'esquiverait plus. C'était pour vivre ce moment-là qu'elle avait tant marché. C'était en cet endroit précis qu'on l'avait guidée. Dans quel but ?

Elle l'ignorait encore, mais savait que le dénouement serait proche.

Elle hasarda un pas en avant, s'attendant à voir la créature disparaître à chaque seconde. Elle la voyait déjà bondissant brusquement pour se fondre dans le néant. Mais la licorne restait immobile dans l'aveuglante lumière blanche, impassible, trop belle pour être réelle. Salica fit lentement glisser la bride le long de son bras et s'en saisit pour la lui présenter dans ses paumes ouvertes. Les fils d'or accrochèrent les rayons du soleil, fouaillant l'obscurité végétale d'éclairs vermeils. Figée comme une statue d'ébène, la licorne noire attendait. À peine Salica sortait-elle de son refuge d'ombre, que la chaleur fondait sur elle, accablante. Elle battit des paupières, aveuglée, secoua sa longue chevelure que la transpiration collait à sa peau moite. La licorne noire ne cilla même pas.

Elle était à moins d'une dizaine de pas de la créature, quand elle s'arrêta brusquement. Peur, méfiance et doute la submergèrent en vagues déferlantes. Une tempête de cris d'alarme se déchaînait dans son esprit. Que faisait-elle donc ? À quoi pensait-elle ? La licorne noire était un démon si maléfique que tous ceux qui l'approchaient se perdaient à jamais ! C'était un monstre, le monstre de son rêve ! C'était le cauchemar qui l'avait poursuivie dans son sommeil ! C'était la mort incarnée !

Le regard flamboyant sembla redoubler d'intensité, l'attirant comme un aimant. Elle tenta de s'arracher à son emprise. En vain. Dans un ultime effort, luttant contre les émotions qui menaçaient de l'engloutir, elle prit une profonde inspiration et plongea dans ce regard vert qui ne la quittait pas. « Ne cède pas au sortilège, s'exhortait-elle. Reste lucide. N'écoute pas tes craintes. Cherche à voir au-delà. »

Nulle lueur démoniaque dans ces prunelles étincelantes, nul péril, nulle menace ; juste une douce chaleur rassurante et une terrible supplication.

Salica s'approcha de quelques pas.

Soudain, un autre appel retentit dans son esprit. Elle hésita. Oui, une fugitive intuition venait de l'alerter. Ben était ici. Il cherchait quelque chose, là, tout près. Il cherchait... Que cherchait-il ? Elle s'immobilisa tout à fait.

– Ben ? murmura-t-elle, incertaine.

Non, il n'y avait personne. Il n'y avait qu'elle, elle et la licorne noire. Elle humidifia ses lèvres sèches et se remit en marche.

Elle n'avait pas avancé de deux pas qu'elle s'arrêtait de nouveau, oppressée.

– Je ne peux pas te toucher, chuchota-t-elle à l'intention de la miraculeuse créature. C'est impossible. Si je te touche, je suis perdue.

Nul ne pouvait toucher une licorne. Nul n'en avait le droit.

C'était un être venu d'un autre univers, d'un monde de beauté résolument inaccessible. C'était une étoile du firmament, un éclat d'arc-en-ciel sur lequel jamais elle n'oserait porter la main. Les anciennes légendes lui revenaient en mémoire, charriant dans leur tourbillon d'images féeriques un torrent d'avertissements et de menaces. D'irrépressibles larmes mouillaient les joues aux reflets de jade. Salica déglutit péniblement, la gorge nouée.

« Oh ! Merveille des merveilles, je ne peux pas ! Je ne peux pas ! » lui dit-elle dans le secret de son âme.

Elle le fit pourtant. Tel un automate, inéluctablement soumis aux caprices d'une mystérieuse mécanique, elle avait couvert les quelques aunes à pas vifs, placé délicatement la bride sur le cou de la licorne et posé la main sur l'encolure. Elle caressa fébrilement la crinière noire. Ce contact l'électrisa. De nouvelles images surgirent en un flot ininterrompu, trop rapides pour être élucidées. Salica s'abandonnait aux merveilleuses sensations que chaque attouchement lui procurait. Elle avait l'impression qu'elle venait de nouer un lien indissoluble, qu'elle ne pourrait plus jamais se séparer de cette créature divine. Elle ne cessait de la caresser, chavirée par une émotion inconnue qui mouillait ses joues. Elle sanglotait.

Le rostre scintilla et les yeux d'émeraude s'embuèrent de larmes. Pendant une fraction de seconde, l'osmose fut parfaite, l'harmonie absolue.

Soudain, une ombre gigantesque obscurcit le ciel. Au même moment, des voix familières hurlèrent le nom de la sylphide à l'autre extrémité de la clairière. Tout à coup, ses plus terrifiants cauchemars prenaient vie. Ses plus funestes pressentiments lui vrillaient l'âme, tourmente de cris déchirants.

La licorne frémit. Son rostre s'enflamma d'étincelles magiques. Pourtant, elle ne rua pas. Elle ne tenta même pas de fuir. Salica sut immédiatement que, quoi qu'il arrivât, la licorne noire ne la quitterait plus. Plus jamais.

« Soit, se dit-elle. Eh bien, moi non plus, je ne fuirai pas. »

Et, le corps tendu par sa résolution, elle se tourna d'un bloc pour affronter son destin.

Ben Holiday émergea des futaies et s'arrêta si brutalement à l'orée de la clairière, qu'entraînés par leur élan, ses compagnons le projetèrent en avant. Tous se mirent à pousser de grands cris pour avertir Salica. Vulnérable proie isolée au centre du plateau, fragile étincelle de jade exposée en pleine lumière, on eût dit une jeune vierge offerte en sacrifice à la fureur du démon qui planait au-dessus d'elle. Le monstre ailé les avait survolés quelques instants plus tôt et il avait fallu, par un malheureux coup du sort, qu'il arrivât en même temps qu'eux, au même endroit ! « C'est bien ma chance ! » songea Ben. Il avait réussi à échapper aux golems de pierre, parvenait enfin à retrouver Salica et voilà que ce maudit serpent-loup lui tombait dessus au dernier moment. Les images du carnage des nymphes s'imposèrent instantanément à son esprit, alors même que le serment qu'il avait fait à Gaïéra retentissait dans sa mémoire. Comment allait-il bien pouvoir protéger Salica sans le secours du médaillon ?

Le démon survola la clairière une seconde fois ; mais, contre toute attente, ne s'attaqua ni à Salica, ni à la licorne, ni même à la petite troupe qui gesticulait en hurlant. Au lieu de fondre sur ses proies, le monstre alla se poser doucement à l'est, à l'autre extrémité de la clairière, replia lentement ses ailes et s'immobilisa tout à fait en poussant un sifflement reptilien. Ben plissait les yeux, ébloui par le soleil. Il semblait y avoir un cavalier sur la cauchemardesque monture. Oui, il y avait bien un cavalier, un homme qui ressemblait à s'y méprendre à Ben Holiday lui-même. Meeks !

Murmures confus, exclamations de surprise et d'incrédulité s'élevèrent de la petite troupe. Ben se regarda mettre pied à terre, reconnaissant à part lui que Meeks avait fait bel ouvrage : le sorcier était un sosie parfait. Les cris de ses compagnons s'étaient tus et Ben pouvait sentir dans son dos leurs regards incertains. Le doute s'amoncelait comme un nuage noir avant l'orage. Il leur avait juré sur tous les tons qu'il était Ben Holiday et ils avaient plus ou moins fini par le croire. Mais là, devant eux, se tenait Ben Holiday en chair et en os...

C'est à ce moment-là que la licorne poussa un cri, un cri étrange et strident qui fit tourner toutes les têtes dans sa direction. La créature frappait le sol à coups de sabot furieux. Ses naseaux frémissaient. La bride d'or scintillait dans le soleil chaque fois qu'elle secouait sa crinière de jais. Elle était si incroyablement belle que tous les regards restaient fixés sur elle, comme des papillons ensorcelés par une flamme. Elle piaffait, manifestement affolée, mais ne faisait aucune tentative pour fuir. Elle semblait chercher désespérément quelque chose.

Salica se détourna de la licorne pour jeter un coup d'œil à la ronde. Ses prunelles semblaient dénuées de toute expression. Elle paraissait hagarde, comme hypnotisée.

Avant même de comprendre de quoi il retournait, Ben décida de passer à l'action.

– Salica ! C'est moi, Ben ! s'écria-t-il en avançant vers la sylphide.

Il se figea aussitôt. Le regard de sa compagne ne trahissait pas la moindre lueur d'étonnement ou de joie. Selon toute évidence, elle ne le reconnaissait pas.

– Écoute-moi ! Écoute-moi, je t'en prie. Je sais que mon apparence est trompeuse, mais c'est bien moi, Ben. C'est Meeks qui est responsable de tout. Il est revenu à Landover pour s'emparer du trône. C'est lui qui m'a transformé ainsi. Il m'a jeté un sort. Et, pire encore, il m'a volé mon identité. Ce n'est pas moi que tu vois là-bas, c'est Meeks !

Salica suivit la direction que Ben lui indiquait d'un index accusateur. Reconnaissant aussitôt les traits et la mise de son amant, elle laissa échapper une exclamation de surprise et s'élança vers lui. C'est alors qu'elle aperçut le monstre ailé. Elle s'arrêta net, perplexe, et recula prudemment.

– N'aie crainte, Salica, lui lança Meeks avec la voix de Ben Holiday, de l'autre côté de la clairière. Fais venir la licorne jusqu'à moi, donne-moi les rênes et tout ira bien.

– Non ! hurla Ben, pris de panique. Non, Salica !

Il se remit en marche, mais s'immobilisa de nouveau en voyant la sylphide reculer à son approche.

– Non, Salica, ne fais pas ça ! C'est Meeks qui t'appelle, là-bas. C'est lui qui a envoyé tous les rêves. Il a le médaillon maintenant. Il possède aussi les grimoires. Il ne lui manque plus que la licorne noire pour parvenir à ses fins. Il ne faut pas qu'il l'ait. Je t'en supplie, Salica ! Ne lui donne pas la bride, par pitié !

– Salica ! Méfie-toi de cet étranger, reprit Meeks d'une voix suave. Il est dangereux. Ses pouvoirs troublent l'esprit. Ne le laisse pas t'approcher. Viens dans mes bras avant qu'il ne soit trop tard !

Ben était aux cent coups.

– Bon sang, Salica ! Regarde ceux qui m'accompagnent ! Questor, Abernathy, Navet, Ciboule, Fillip et Sott !

Il se retourna pour leur faire signe d'avancer dans la lumière. Nul ne répondit à son appel. Sa gorge se contracta à l'étrangler. Il pivota pour affronter la suspicion de sa compagne.

– Pourquoi seraient-ils avec moi, si je n'étais pas celui que je prétends être ? plaida-t-il d'une voix de plus en plus tremblante. Ils savent tout de ce qui s'est passé. Tu peux les croire, eux. Ils te diront la vérité. (Il fit volte-face.) Bon sang, Questor ! Dis quelque chose ! s'écria-t-il, hors de lui.

Le magicien sembla considérer quelque temps le bien-fondé de sa collaboration, puis se redressa brusquement.

– Oui, Salica. Il a raison. Il est vraiment le roi de Landover.

Murmures affirmatifs et sifflements d'assentiment accueillirent cette sortie au sein de la petite troupe. Fillip et Sott eux-mêmes y allèrent d'un « Sauvez-nous, Noble Seigneur ! Sauvez-nous, Puissant Seigneur ! » en se cachant derrière les robes bariolées du magicien.

– Tu me crois, maintenant, n'est-ce pas ? insista Ben. Alors, viens ! Je t'en prie ! Viens !

Mais Meeks s'était approché à son tour et offrait à la sylphide le sourire le plus dévastateur que Ben ait jamais osé arborer.

– Je t'aime, Salica, lui susurra-t-il. Je t'aime et je veux te protéger. Viens près de moi, mon amour. Ce que tu vois autour de cet étranger n'est qu'une illusion. Il n'a aucun appui. Nos amis ne sont que des images trompeuses. Tu sais voir la vérité, Salica, n'est-ce pas ? Ne me reconnais-tu pas ? Ne suis-je pas celui que j'ai toujours été ? N'écoute pas ces vils mensonges. Souviens-toi de ton rêve. Tu dois m'apporter la bride d'or. Amène-moi la licorne et tu seras sauve. Ces hallucinations soi-disant bienveillantes sont les dangers dont t'avertissait ton rêve. Viens ! À mes côtés, tu ne risqueras plus rien.

La sylphide regardait tour à tour ses deux prétendus sauveteurs, en proie à la plus flagrante confusion. La licorne piaffait derrière elle, fouettant l'air de sa queue léonine, mais ne tentait toujours pas de fuir. Elle semblait rivée au sol, ombre de jais emprisonnée dans la lumière par quelque invisible chaîne.

Ben était dans tous ses états. Bon sang ! Il devait faire quelque chose !

– Montre-moi la pierre magique ! ordonna subitement Salica, en portant alternativement les yeux sur le mécréant vêtu de guenilles déchirées et sur Ben Holiday. Montre-moi le talisman que je t'ai donné !

Ben sentit son sang se glacer dans ses veines. La petite pierre magique ! La petite pierre blanche qui virait au rouge pour avertir du danger.

– Je ne l'ai plus ! s'écria-t-il, au désespoir. Je l'ai perdue quand…

– Tiens ! La voilà ! annonça triomphalement Meeks.

Le sorcier plongea la main dans la poche de sa tunique et en sortit un objet qui ressemblait à s'y méprendre au talisman. La pierre était cramoisie. Il la lui tendit fièrement.

– Ben ! s'exclama Salica, la voix vibrante d'espoir. Ben, est-ce vraiment toi ?

Ben sentit ses forces l'abandonner, comme la sylphide s'éloignait de lui pour rejoindre le sorcier.

– Un instant ! clama soudain Questor. (Tous les regards convergèrent sur lui.) C'est bien cela que vous avez perdu, Sire ? demanda-t-il, tout en agrippant de sa main libre les deux gnomes pour se défaire de leur étreinte.

Il s'approcha de Ben, la paume ouverte. Au centre, scintillait la petite pierre rougeoyante de Salica – ou, du moins, un objet que sa magie faisait apparaître comme telle. Il la brandit pour la montrer à la sylphide.

Ben se serait jeté au cou du magicien si ses jambes flageolantes le lui avaient permis.

– Merci, Questor ! soupira-t-il.

Salica s'immobilisa une nouvelle fois, puis recula lentement vers le centre de la clairière. Son visage s'était subitement assombri. La perplexité le cédait à la peur, une peur indicible qui lui vrillait les entrailles.

– Je ne sais plus, avoua-t-elle d'un ton pathétique.

Ses mots résonnèrent dans le silence pesant qui s'était brusquement abattu sur le Melchor. Une insupportable tension montait au sein de la clairière ensoleillée. Salica se réfugia auprès de la licorne. Son regard balayait ce curieux échiquier dont les pièces s'étaient figées, prêtes à frapper. La licorne noire semblait tétanisée.

« Il faut que je fasse quelque chose. Il faut que je fasse quelque chose », se répétait frénétiquement Ben, tout en se demandant désespérément quoi.

Et là, le port de tête altier, le pas feutré, émergeant posément des futaies, apparut Edgewood Dirk. Le chat aurait aussi bien pu revenir d'une petite balade digestive. Il marchait délicatement, contournant fleurs et épineux avec précaution, regardant droit devant lui, absolument indifférent au drame qui se jouait sous ses yeux et au beau milieu duquel il venait de se matérialiser comme par accident. Dirk se dirigea sans hésitation vers le centre de l'échiquier, s'arrêta, jeta négligemment un coup d'œil circulaire et s'assit.

– Bonjour ! fit-il.

Meeks rejeta sa cape en arrière en poussant un hurlement à faire dresser les cheveux sur la tête. Tous sursautèrent, puis écarquillèrent les yeux. Le faux Ben Holiday se mit à vaciller comme un reflet dans les remous d'une rivière. Sa silhouette devint indéfinissable. Il semblait se désagréger progressivement. Salica laissa échapper une plainte déchirante. Le sorcier leva sa main gantée de noir et la projeta en avant avec un grognement guttural. Une lance verte fusa sur le chat. Mais Dirk avait déjà commencé sa métamorphose. Le petit corps au pelage argenté avait pris des proportions gigantesques et s'était mis à scintiller comme une gemme. Déjà la statue de diamant flamboyait quand le dard magique vint heurter ses parois. Il s'y brisa en mille fins rayons lumineux que le diamant réfléchit dans toutes les directions. Arbres, fleurs et herbes sèches s'enflammèrent.

Ben s'était déjà élancé vers Salica en hurlant comme un damné. Mais la sylphide avait réagi aussitôt et s'était blottie contre la licorne en agrippant la bride d'or. La créature ruait, se cabrait, caracolait ici et là en hennissant de terreur. Salica tenta de se raccrocher à la crinière soyeuse pour retenir sa chute et fut brutalement entraînée à l'écart. La licorne noire avait rompu ses chaînes.

– Salica ! s'époumona Ben, au comble du désespoir.

Meeks s'acharnait toujours sur Edgewood Dirk. Son premier sort n'avait pas encore atteint sa cible, que son poing s'enflammait en dessinant de grands cercles dans les airs. Une énorme sphère incandescente se matérialisa au bout de son index tendu et traversa la clairière comme un boulet de canon. La sphère explosa sur le chat prismatique, sembla se nicher en un flamboiement infernal au creux du diamant et brusquement rejaillit en une salve de flèches étincelantes qui mitrailla le sorcier. Meeks leva sa cape comme un bouclier. Les projectiles ricochèrent sur l'obstacle magique et s'éparpillèrent en tous sens, embrasant les futaies. Quelques flèches perdues s'enfoncèrent dans la carapace du monstre ailé, tapi derrière son maître. Le serpent-loup rugit et décolla incontinent.

Nuages de fumée et gerbes de flammes surgissaient de toutes parts. Ben trébuchait au milieu de la fournaise, complètement désorienté. Les cris de ses compagnons retentissaient derrière lui, tandis qu'au-dessus de sa tête le soleil semblait soudain disparaître. Il leva les yeux et aperçut l'ombre colossale du démon qui masquait le disque solaire comme une éclipse. La licorne noire se cabra tout à coup et fila comme l'éclair, emportant Salica qui s'était instinctivement hissée sur son dos. L'improbable centaure à chevelure de jade passa au triple galop à deux pas de Ben Holiday qui tendit la main, dans un ultime réflexe de désespoir. Mais déjà la licorne et sa cavalière n'étaient plus qu'une silhouette noire disparaissant entre les arbres.

C'est à ce moment-là que le monstre ailé réapparut pour fondre sur lui, la langue fourchue dégoulinante de venin. Ben se plaqua au sol, en se couvrant la tête des bras. Du coin de l'œil, il vit la forme adamantine du chat prismatique flamboyer. Des milliers de rayons laser fusèrent sur la chimère, la catapultant dans les airs comme une poupée de chiffon.

Meeks réagit aussitôt et, une fois encore, Dirk repoussa l'attaque. Le démon vomit un jet de venin et le chat le bombarda d'éclairs lumineux. Ben se redressa, chancela, se releva encore et tituba à l'aveuglette au milieu du déluge incendiaire. Des appels désespérés lui parvenaient, quelque part dans la fumée. De vagues silhouettes gesticulaient à travers un voile grisâtre qui embuait ses yeux de larmes. Il projeta les mains en avant pour se raccrocher à quelque chose, n'importe quoi qui fût à sa portée et, faute de trouver un appui, agrippa le pendentif.

L'amulette lui brûla la paume, comme chauffée à blanc. Pendant une fraction de seconde, il crut voir apparaître l'image du Paladin monté sur son fougueux destrier, puis la silhouette se dissipa. Impossible mirage, se dit-il. Sans médaillon, pas de Paladin ! Sa gorge se noua. Le combat faisait rage tout autour de lui et il commençait à étouffer dans la clairière en feu. Fleurs et herbes folles n'étaient déjà plus que cendres. Les arbres craquaient sinistrement dans le brasier. Il se croyait plongé au cœur des enfers.

Soudain, la montagne tout entière sembla exploser comme un volcan en éruption. Tel un pantin désarticulé, Ben fut propulsé vers les nuées.

Cette fois-ci, c'est la fin, se dit-il, juste au moment où il retombait, précipité vers la terre comme une météorite.

Il heurta le sol avec une violence inouïe et… tout devint noir.

ABANDON

Ben Holiday s'éveilla dans la pénombre des futaies, allongé sur un tapis d'herbes drues. Un parfum de mousse humide et de fleurs sauvages lui chatouillait les narines. Les oiseaux pépiaient gaiement dans les arbres. Un petit ruisseau chantait. Le soleil filtrait entre les branches. Il leva les yeux au ciel et distingua l'azur immaculé à travers le lacis végétal. Il inspira profondément. Quelle paix ! Quelle parfaite sérénité ! se dit-il en se redressant lentement pour inspecter ses guenilles carbonisées et ses bras couverts de suie. Il se palpa doucement les jambes, puis le reste du corps à la recherche d'éventuelles fractures ou blessures graves, mais ne répertoria que quelques bosses, meurtrissures et égratignures bénignes. À le voir, on aurait pu penser qu'il s'était roulé à plaisir dans les braises d'une demi-douzaine de feux de camp.

– Sa Seigneurie se sent-elle mieux ?

Ben tourna la tête en direction de la voix familière. Edgewood Dirk était assis sur un rocher velouté de mousse, dans son habituelle posture de sphinx énigmatique. Il battit des paupières et bâilla.

– Que m'est-il arrivé ? demanda Ben, en jetant un regard circulaire. (Manifestement, il n'était plus sur le champ de bataille.) Comment suis-je parvenu jusqu'ici ?

Dirk se leva paresseusement, s'étira et reprit sa pose.

– C'est moi qui vous ai transporté en ces lieux. Ce ne fut guère aisé, mais j'ai acquis une remarquable maîtrise en la matière. Transformer l'énergie lumineuse pour créer un champ propre à soulever les objets inanimés est devenu un jeu d'enfant. En outre, il me semblait malséant de vous abandonner dans cette clairière dévastée.

– Et les autres ? Salica et…

– La sylphide est avec la licorne noire, j'imagine, quoique je ne sois guère à même de l'affirmer. Quant à vos compagnons, ils sont tous dispersés. L'ultime explosion les a propulsés dans les airs. Les pouvoirs telluriques ne sont pas à mettre entre toutes les mains et celles de Meeks n'étaient guère appropriées, en l'occurrence.

Ben ferma les yeux pour lutter contre un vertige passager, puis considéra le chat.

– Il vous connaît, n'est-ce pas ?

– Il sait ce que je suis, oui.

– Comment cela se fait-il ?

Dirk sembla réfléchir à la question.

– Les chemins des sorciers et des chats prismatiques se croisent parfois, Messire.

– Rencontres fort peu amicales, apparemment.

– Je vous l'accorde.

– Il semblait avoir peur de vous.

– Il craint bien des choses.

– Il n'est pas le seul. Que lui est-il arrivé ?

– Notre joute l'a lassé et il s'est envolé sur le dos de son monstre domestique. Je suppose qu'il est parti se plonger dans ses grimoires. Il pense sans doute avoir besoin d'un regain de puissance. Cela fait, il reviendra. Et cette fois-ci, il vous poursuivra jusqu'à ce que mort s'ensuive, si je ne m'abuse. Vous feriez d'ailleurs bien de vous y préparer.

Ben crut que son cœur s'arrêtait. Il déglutit bruyamment et se redressa pour s'asseoir contre le tronc d'arbre au pied duquel il était allongé.

– Il faut que je retrouve les autres… songea-t-il à haute voix, en essayant de refréner son angoisse. Bon sang ! Comment vais-je bien pouvoir les trouver ? (Il se leva, fut saisi de vertige, chancela et tomba à genoux.) Comment pourrais-je faire quoi que ce soit, dans cet état ? Je serais déjà mort, si vous n'aviez pas été là. Vous voulez que je vous dise ? Je suis complètement dépassé par les événements ! Je ne suis pas mieux loti, à présent, que je ne l'étais quand Meeks m'a chassé de Bon Aloi. Je ne comprends toujours pas pourquoi personne ne me reconnaît. Je ne comprends toujours pas comment Meeks a réussi à s'emparer du médaillon. Je ne sais toujours pas pourquoi il veut récupérer la licorne noire. Je n'ai pas avancé d'un pouce !

Dirk bâilla voluptueusement.

– Ah non ?

Ben l'ignora.

– Je vais vous dire une bonne chose : je suis incapable de m'en tirer tout seul. Je ne l'ai jamais pu, d'ailleurs. Inutile de me leurrer. Je n'arriverai jamais à rien sans aide. Je vais faire ce que j'aurais dû faire depuis le début. Médaillon ou pas, je vais aller trouver les fées. Ce ne serait pas la première fois, après tout. Je peux bien recommencer. Je vais aller les trouver et leur demander de me procurer un pouvoir suffisant pour tenir tête à Meeks. Elles m'ont aidé pour combattre Nocturna. Elles m'aideront bien pour combattre Meeks. Elles ne peuvent pas faire autrement.

– Ah, vraiment ? fit Dirk avec un air suffisant. Dois-je vous rappeler, Messire, que les fées ne font que ce qu'elles jugent opportun. Et vous le savez pertinemment. Vous l'avez toujours su. Vous ne pourrez pas leur ordonner de vous aider. Vous pourrez, au mieux, espérer qu'elles daignent vous porter assistance. Quant à savoir si elles le feront ou non, ce choix a toujours été et restera toujours leur prérogative.

– Peu importe, rétorqua Ben avec une expression d'enfant buté. Je vais dans les brumes et quand je les rencontrerai, je leur...

– Si vous les rencontrez, rectifia Dirk.

Ben s'interrompit, rouge de colère.

– J'apprécierais quelques encouragements, pour changer ! Qu'est-ce qui vous dit que je ne les trouverai pas ?

Dirk le dévisagea un moment, puis huma l'air ambiant avec indifférence.

– Le fait qu'elles ne veulent pas que vous les trouviez, tout simplement, Messire. (Il soupira.) Voyez-vous, elles vous ont déjà trouvé, elles.

Ils s'observèrent en silence. Ben s'éclaircit la gorge.

– Pardon ?

Dirk plissa les yeux.

– Qui m'aurait envoyé auprès de vous, à votre avis ?

Ben se cala contre son tronc d'arbre et s'assit lentement en tailleur.

– Ce sont les fées qui vous ont envoyé ? (Le chat resta de marbre.) Mais pourquoi ? Enfin, pourquoi vous ?

– Vous voulez dire pourquoi avoir choisi un chat comme émissaire ? Pourquoi pas un chien, un lion ou un tigre ? Pourquoi pas un second Paladin, tant que vous y êtes ! C'est bien le sens de votre question, n'est-ce pas ? (La fourrure argentée s'était hérissée à la base du cou et le long de l'échine.) Eh bien, sachez, très chère Majesté, qu'un chat suffit largement, en ce qui vous concerne ! C'est même vous faire déjà trop d'honneur ! On m'a dépêché auprès de vous pour éveiller votre conscience, pour vous faire réfléchir et vous ouvrir les yeux, non pour vous sauver. Je ne suis pas votre messie attitré, Majesté ! Si vous voulez la rédemption, cherchez-la vous-même ! Votre salut ne dépend que de vous. Il en a toujours été ainsi, depuis que le monde est monde, et il en sera toujours ainsi, de toute éternité !

Dirk se leva, sauta gracieusement sur le sol et se dirigea droit sur Ben qui le regardait avancer, bouche bée.

– Je suis las de vos récriminations, Messire. Je vous ai dit tout ce que vous aviez besoin de savoir pour contrecarrer le sort que l'on vous a jeté. J'ai fait tout ce qui était en mon pouvoir pour vous faire voir la vérité en face. Je ne peux faire davantage. Cela m'est interdit. Les créatures de magie ne doivent pas révéler la vérité aux mortels. En outre, j'ai assuré votre protection tout au long de votre aventure ; protection dont vous avez d'ailleurs bien moins besoin que vous ne l'imaginez ! J'ai veillé sur vous et guidé vos pas du mieux que je le pouvais. Et, surtout, je n'ai cessé de maintenir votre esprit en éveil. Ce qui vous a sauvé la vie de façon beaucoup plus efficace que tous les talismans ou autres amulettes magiques après lesquels vous ne cessez de soupirer ! (Il marqua une pause, relevant la tête avec dédain.) Eh bien, Messire, j'en ai assez fait. Votre temps de réflexion est pratiquement écoulé et...

– Mais, Dirk, je ne...

– Laissez-moi finir ! Les humains apprendront-ils jamais à écouter ce que les chats ont à leur dire ? (Les yeux d'or se rétrécirent, plus étincelants que jamais.) Les fées m'ont envoyé auprès de vous pour vous aider, Messire, mais m'ont laissé le choix des armes. Elles ne m'ont dicté ni ma façon d'agir ni ce que je devais ou non vous dire. Elles ne m'ont pas dévoilé en quoi je pouvais vous être utile. Ce n'est pas dans leurs habitudes. Ni dans celles des chats, d'ailleurs ! Elles et nous faisons ce que nous décidons de faire et vivons notre vie comme elle doit être vécue. Jouer fait partie de notre nature. Jeux de chats ou jeux de fées, il n'y a pas de différence. Nos deux mondes, Messire, sont très différents du vôtre.

Il leva une patte doctorale.

– Écoutez-moi bien, maintenant. Nul n'est à même d'exiger une réponse à tous les problèmes auxquels il est confronté. La vie ne vous est pas offerte sur un plateau d'argent, que vous soyez chat ou roi ! Si vous voulez trouver la vérité, à vous de la chercher. Si vous voulez comprendre les mystères qui vous entourent, à vous de les percer à jour. Vous vous croyez englué dans d'insolubles dilemmes. Vous vous croyez incapable de vous libérer de vos entraves. Vous avez perdu votre identité, votre royaume. Vous êtes cerné d'ennemis et vos amis ne sont plus là pour vous soutenir. Sachez que tout se tient, Ben Holiday. Faites sauter le premier maillon de la chaîne et vos entraves tomberont d'elles-mêmes ! Mais vous êtes le seul à détenir le moyen de scier ce maillon primordial. Vous êtes le seul. Ce ne peut être ni moi ni personne d'autre. C'est ce que je ne cesse de vous seriner depuis la seconde où nous nous sommes rencontrés. Allez-vous comprendre, à la fin ?

Ben s'empressa de hocher la tête.

– Oui, oui, je comprends.

La petite patte se reposa sur l'herbe.

– Je l'espère. Maintenant, je vais encore vous répéter quelque chose, pour que tout soit bien clair dans votre esprit. Le sortilège contre lequel vous vous battez est un sort d'illusion, un miroir déformant dans lequel la vérité devient mensonge ou s'altère. Si vous parvenez à regarder au-delà de ce miroir trompeur, vous vous libérerez du sort qui vous abuse. Si vous parvenez à vous libérer, vous pourrez aider vos amis. Mais vous feriez mieux de vous y mettre sur l'heure, avant qu'il ne soit trop tard !

Il s'étira, se détourna, s'éloigna de quelques pas et fit volte-face. Les oiseaux s'étaient tus. Le ruisseau lui-même semblait attentif. La forêt observait une minute de silence.

– Le sorcier a peur de vous, Ben Holiday, ajouta le chat. Il vous sait tout près de trouver les réponses qui vous délivreront de son emprise. Il fera tout pour vous détruire, avant que vous n'y parveniez. Je vous ai procuré tous les outils nécessaires pour briser cette chaîne et, ce faisant, déjouer tous ses plans. Utilisez-les ! Vous êtes intelligent – pour un humain – et vous avez passé votre vie à résoudre les problèmes des autres. Vous êtes un homme de loi, un homme de pouvoir. Qu'attendez-vous pour exploiter à votre profit les compétences que vous mettiez au service des autres ?

Il fit demi-tour et se dirigea vers l'orée de la forêt, sans un regard en arrière.

– J'ai apprécié votre compagnie, Messire. Ces quelques aventures m'ont agréablement diverti. Mais tout a une fin et d'autres devoirs m'appellent. Je penserai à vous, Ben Holiday ; et, qui sait, peut-être un jour vous reverrai-je.

– Attendez, Dirk ! s'écria Ben en se redressant précipitamment.

– Je n'attends jamais, Messire, répondit le chat qui, déjà, disparaissait dans l'ombre. En outre, je ne peux plus rien pour vous. J'ai fait tout ce qui était en mon pouvoir. Bonne chance !

– Dirk !

– Souvenez-vous bien de ce que je vous ai dit et, dorénavant, tâchez de prêter une oreille attentive aux chats, de temps à autre !

– Dirk ! Bon sang !

– Adieu !

Ben se précipita à sa poursuite, mais un étourdissement le saisit. Ses jambes se dérobèrent sous lui et il s'affaissa. Quand il releva la tête, Edgewood Dirk avait disparu.

Ben Holiday scruta longtemps les futaies, espérant vainement le retour du chat. Quand, finalement, il accepta l'inéluctable, il se sentit gagné par une effroyable panique. Il se retrouvait seul pour la première fois, depuis le jour où il avait été chassé de Bon Aloi, seul et dans la situation la plus inextricable à laquelle il ait jamais eu à faire face de toute sa vie. Il était dépourvu d'identité, privé de tout secours magique et n'avait pas la moindre idée de la façon dont il pourrait récupérer l'un et l'autre. Edgewood Dirk le désertait. Salica avait disparu, emportée par la licorne noire, avec la conviction qu'il était un étranger. Ses compagnons étaient dispersés aux quatre vents. Meeks était parti en quête d'un pouvoir colossal et allait revenir sous peu pour l'anéantir. Et voilà qu'il restait là, assis, les bras ballants, à attendre ce funeste destin.

La stupeur l'empêchait de raisonner clairement. Il avait beau tenter de se ressaisir, d'analyser calmement la situation, de réfléchir à ce qu'il allait devoir faire, tout semblait s'embrouiller dans son esprit au fur et à mesure qu'il essayait de se concentrer. Chaque solution faisait surgir un autre problème ; chaque problème, une nouvelle énigme. Il se leva machinalement, les yeux perdus dans le vague, et se dirigea comme un automate vers le ruisseau. Il jeta un dernier regard en direction de la forêt, à la recherche de Dirk, mais ne rencontra que le désert des futaies silencieuses. Tête baissée, dos courbé sous le poids de sa résignation, il continua son chemin, atteignit le cours d'eau, s'agenouilla et s'aspergea le visage. L'eau était gelée. Ce contact glacé lui fit l'effet d'une gifle. Il s'en éclaboussa tout le corps, galvanisé par le choc, puis s'assit sur les talons, le visage ruisselant, le regard plongé dans l'onde.

« Bon sang ! Réfléchis ! se tança-t-il. Tu as toutes les cartes en main. Dirk t'a dit que tu avais toutes les réponses. Alors, trouve-les, nom d'un chien ! »

Il refréna une terrible envie de fuir, de bondir tel un diable de sa boîte et de courir comme un dément se perdre dans le dédale sylvestre. Oh, bien sûr ! Il aurait été plus rassurant de bouger, d'avoir au moins l'impression d'agir, de faire quelque chose – n'importe quoi mais quelque chose – au lieu de rester assis là comme un vieux bonze à attendre la fin du monde ! Cependant, fuir n'était pas une solution. En revanche, réfléchir ne pourrait qu'améliorer la situation. Il devait savoir où il en était et élucider, une fois pour toutes, ce qui avait bien pu lui arriver.

Des maillons, avait dit Dirk. Tous ses problèmes se tenaient comme les maillons d'une chaîne. Rompre le premier maillon et la chaîne tombait. D'accord, allons-y, se dit-il. Scions le premier maillon. Mais où se cachait-il, ce satané maillon ? Encore fallait-il le trouver !

Il n'avait pas quitté l'onde des yeux, sans vraiment la voir. Soudain, à la surface de l'eau qui lui renvoyait son image, il se trouva nez à nez avec le visage d'un Ben Holiday quelque peu déformé mais toutefois ressemblant, un visage qui grimaçait, tant il se concentrait sur ses insolubles problèmes. Au moins était-il bien lui-même et pas cet étranger que tout le monde voyait en lui. Mais pourquoi diable les autres voyaient-ils quelqu'un d'autre ? Un masque, avait dit Dirk. Il portait un masque. Et un masque qui menaçait de se substituer définitivement à son vrai visage. Il contempla son reflet un long moment, puis releva les yeux pour fixer un regard absent sur un quelconque bouquet de fleurs sauvages.

Un sort d'illusion, avait dit Dirk. Quel sort ? Quelle illusion ?

Un sort dont il était lui-même l'auteur, avait déclaré le Maître des Eaux. L'ondin lui avait offert son aide. Il avait même essayé de rompre le charme dont il était victime, mais avait échoué. Lui seul pouvait briser le sortilège, avait annoncé le Seigneur de la contrée des lacs.

Mais, bon sang ! De quelle magie avait-il bien pu faire usage, lui qui ne possédait aucun pouvoir surnaturel ?

Il s'attela à résoudre cette énigme, tournant et retournant la question dans tous les sens. Peine perdue. Il se balançait distraitement, agenouillé sur la berge du ruisseau, à l'ombre des pics déchiquetés du

Melchor et, au bout du compte, laissa son esprit vagabonder librement. Tout avait commencé dans sa chambre, à Bon Aloi, quand Meeks était apparu, surgissant de nulle part, comme un fantôme. C'était là que le piège s'était refermé et qu'il avait perdu le médaillon. Les funestes événements qui avaient précipité sa chute venaient agacer sa mémoire. Il s'abandonna à leur flot, sans résistance. Oui, il avait perdu le médaillon, comme il avait perdu son identité, son pouvoir et son royaume. Autant de maillons d'une chaîne dont il devait se libérer. Il se remémora le choc que la perte du médaillon avait provoqué en lui. Il avait été terrifié.

Une idée lui traversa l'esprit. Les fées lui avaient dit quelque chose à propos de la peur, autrefois. Jamais elles ne lui avaient parlé auparavant et jamais plus elles ne lui parleraient. Il était parti dans les brumes en quête de la poussière d'Io. Il venait tout juste d'arriver à Landover et avait été contraint de se battre pour prouver aux Landovériens sa légitimité. Exactement comme aujourd'hui, en somme. Que lui avaient-elles dit au juste ? « La peur s'affuble de maints oripeaux et prend bien des formes. Vous devez apprendre à les reconnaître quand ils se présenteront devant vous. »

Ben fronça les sourcils. Des oripeaux ? Des formes ? Des masques, peut-être... songea-t-il. Il s'était alors interrogé sur la signification de cet avertissement sibyllin. Il ne lui paraissait pas plus limpide, aujourd'hui. À l'époque, il avait pensé que les fées faisaient référence à la Marque d'Acier, le monstre démoniaque qu'il avait dû affronter à deux reprises pour pouvoir accéder au trône. Mais... Et si elles avaient évoqué, par là, cette épouvantable panique qui l'avait saisi quand il s'était retrouvé privé du médaillon ? Et si c'était de son angoisse actuelle qu'il s'agissait ?

Les fées auraient-elles pu prévoir l'avenir ? Mais peut-être, après tout, leur mise en garde n'avait-elle été qu'un avertissement de principe. N'avaient-elles simplement fait allusion qu'à sa ligne de conduite générale ? N'avaient-elles songé qu'à la bonne marche du royaume, qu'au pouvoir qui régentait Landover, qu'à...

La magie de Landover ?

Sans trop savoir pourquoi, il glissa maladroitement la main sous ses guenilles noires de suie et en sortit le pendentif que Meeks avait troqué contre son précieux talisman. Tout avait commencé là : les mystères, les questions sans réponse, toute une avalanche d'événements malheureux qui l'avait précipité dans un univers où logique, raison et réalité avaient cédé la place à la folie, à un délire de confusion, de peur et de doute. Comment un tel bouleversement, un renversement si radical de tout ce qui avait fait l'équilibre de son monde intérieur et de son royaume avait-il bien pu se produire ? se demanda-t-il pour la millième fois au moins, depuis son départ de Bon Aloi. Comment avait-il pu perdre le médaillon sans même s'en apercevoir ? Comment Meeks était-il parvenu à s'en emparer, alors que lui seul pouvait l'ôter ? C'était impossible ! Cela n'avait aucun sens ! En admettant qu'il l'ait effectivement ôté, pourquoi ne s'en souviendrait-il absolument pas ?

À moins, bien entendu, qu'il ne l'ait jamais enlevé !

Il eut brusquement la sensation qu'un vide vertigineux s'ouvrait devant lui. Bon sang !

À moins qu'il ne l'ait jamais perdu et qu'il ne le porte encore en ce moment même !

Quelque chose s'était brisé. Le mur d'obscurité s'était lézardé et sa pensée s'était engouffrée dans ce nouveau passage inexploré. Il avait presque l'impression de voir la scie s'acharner sur le premier maillon de l'invisible chaîne. Il se leurrait lui-même, lui avait dit Dirk. Un sort dont il était lui-même l'auteur, avait déclaré le Maître des Eaux. Nom d'un chien ! Sa respiration s'était subitement accélérée. Il entendait son cœur cogner dans sa poitrine. Mais, bon sang ! C'était logique ! Meeks ne pouvait lui ravir le médaillon. Lui seul pouvait le donner de son plein gré. Il ne se souvenait pas de l'avoir ôté pour la bonne raison qu'il ne l'avait jamais fait ! Meeks lui avait fait croire qu'il l'avait enlevé, alors qu'il n'en était rien.

Oui, mais comment ? Comment était-il parvenu à le persuader si intimement qu'il n'avait jamais remis cette idée en question ?

Il tenta d'élucider ce mystère petit à petit. Ses mains tremblaient, tant il était exalté, et le pendentif tournoyait sous leur impulsion. Il portait encore le médaillon des rois de Landover. Simplement, il ne le savait pas. Était-ce possible ? Le cerveau en ébullition, il se mit à explorer toutes les implications d'une telle découverte. Une petite voix fébrile criait dans sa tête. « Tu as le médaillon ! Tu as le médaillon ! » Meeks s'était contenté de lui donner une autre apparence. Il lui avait fait croire qu'il portait une amulette de sa fabrication, alors qu'il ne s'était jamais séparé de son précieux talisman. Voilà pourquoi Meeks ne s'était pas définitivement débarrassé de lui dans la chambre du château. Le sorcier avait craint l'apparition du Paladin venant à son secours. Le sort n'était peut-être pas assez puissant, la dissimulation trop récente. Voilà pourquoi Nocturna s'était bien gardée de l'occire incontinent. La sorcière s'était montrée encore plus retorse qu'il ne l'avait imaginé ! Non seulement, en le livrant à Strabo, elle récupérait la bride mais, du même coup, elle condamnait son ennemi juré à une mort certaine ! Elle devait être persuadée que le Paladin ne ferait qu'une bouchée du dragon ! Quant à Meeks, il lui avait probablement recommandé de ne jamais ôter le pendentif parce qu'il s'attendait qu'il se rebellât et finît par s'en défaire. Ainsi, en croyant se libérer, Ben lui aurait livré volontairement le médaillon. C'est alors que le sorcier aurait pu s'en emparer pour de bon !

Sa raison s'emballait, lui fournissant argument après argument, à la vitesse de la lumière. Le landovérien ! songea-t-il brusquement. Comment aurait-il pu encore communiquer en landovérien, s'il n'avait eu le secours du médaillon pour comprendre et parler cette langue inconnue ? Questor ne lui avait-il pas révélé, dès son arrivée à Landover, que c'était grâce au médaillon qu'il pouvait communiquer avec son peuple ? Pourquoi diable n'y avait-il pas pensé plus tôt ? Et Questor ? Questor s'était toujours interrogé sur la façon dont son demi-frère parvenait à récupérer le médaillon auprès des candidats au trône qui avaient échoué. Assurément, qui rendrait sciemment une clef ouvrant la porte d'un royaume de légende ? Meeks devait donc avoir mis au point ce stratagème depuis longtemps et il l'employait chaque fois qu'un candidat revenait dans l'autre monde. Il avait dû tous les prendre au même piège, les obligeant d'une façon ou d'une autre à se séparer du médaillon, en leur faisant croire qu'ils l'avaient déjà perdu !

Seigneur ! Tout cela était-il vraiment possible ?

Ben respira profondément pour recouvrer son calme. Pouvait-il trouver quelque argument contraire ? Non. C'était la seule réponse recevable. Le serpent-loup ne s'était pas enfui de la contrée des lacs en apercevant Dirk. Il avait tourné bride parce qu'il avait vu le médaillon que Ben avait brandi dans un réflexe de défense. Il avait eu peur du Paladin ! Le démon avait vu la vérité, lui ! La sorcellerie de Meeks avait beau la travestir, tous n'étaient pas dupes. Ce devait être un pouvoir vieux comme le monde pour qu'un monstre venu d'Abaddon puisse le reconnaître. Une magie si ancienne que seuls Nocturna et Strabo pouvaient la déchiffrer, voilà ce que la sorcière avait dit au dragon. Et voilà pourquoi, de tous ceux rassemblés aux Sources de Feu, ces deux ancêtres de Landover avaient été les seuls à pouvoir la percer à jour !

Bon. Mais comment fonctionnait ce maudit sortilège ? Que fallait-il faire pour le briser ? Était-il également responsable de la trompeuse apparence qui dissimulait sa véritable identité ?

Les questions se succédaient à une cadence infernale. Il en avait déjà dix en tête qu'il n'avait pas encore eu le temps de répondre à la première. Dissimulation, tel était le mot clef. Un mot que Dirk avait utilisé à maintes reprises. « Un art dans lequel je suis passé maître », avait dit le chat, lors de leur première rencontre. Dissimulation, manipulation des apparences... Meeks avait dû user d'un sort qui manipulait la réalité, un sort qui lui avait fait prendre le médaillon qu'il portait pour une amulette maléfique, un sort qui dissimulait la vérité à ses yeux. Bon sang ! Il s'était forgé les barreaux de sa propre prison ! Meeks avait dû lui envoyer un rêve, un rêve dans lequel il enlevait le médaillon pour le lui donner et il s'était convaincu tout seul que ce rêve était vrai !

Mais alors, dans ce cas, ne devrait-il pas être capable de...

Il n'osa même pas achever sa phrase en pensée. Il avait trop peur de s'être mépris, une fois de plus. Il inspira profondément. Peu importait qu'il formulât ou non cette idée. En revanche, la mise à l'épreuve était devenue nécessité. Oui, c'était la seule façon de savoir, avec une absolue certitude, qu'il tenait enfin la solution.

Ben contempla son reflet. Son visage se déformait avec le mouvement de l'eau. Un masque, songea-t-il. Il portait un masque pour tout le monde, sauf pour lui. Enfin, il se redressa et fit osciller le pendentif devant ses yeux. La silhouette de Meeks scintilla dans la pénombre, en accrochant les rayons du soleil. Ben ralentit sa respiration, attendit que les battements de son cœur s'apaisent et riva son regard à l'image ternie qui se balançait toujours à hauteur de prunelles. Enfin, quand le pendentif fut parfaitement immobile, il fixa l'image du sorcier et, mentalement, lui substitua l'image du preux chevalier dans son armure rutilante chevauchant son destrier blanc aux portes de Bon Aloi. Il ne voyait plus le métal terni de l'amulette maléfique, mais l'argent poli du médaillon.

« Souviens-toi, se disait-il. Ce que tu vois n'est qu'un leurre. Rien qu'un leurre. »

Il se concentra alors de toutes ses forces et invoqua le Paladin.

Le pendentif luisait faiblement. L'image de Meeks semblait le narguer dans la pénombre. Rien. Il ne se produisait rien. Ben refoula un accès de panique. Il devait manquer quelque chose. Oui, il manquait quelque chose, se rassurait-il. Mais quoi ?

Son cerveau se mit à chercher, trier, analyser, répertorier. Il gardait les yeux rivés sur le pendentif, tandis que des dizaines de possibilités défilaient dans son esprit. Non, non et non ! La sentence tombait, inéluctable. Le silence de la forêt semblait palpable tant il était pesant. Seule une légère brise faisait frissonner le feuillage. Il était sûr d'avoir raison. Il en était convaincu, bon sang ! « Brise le premier maillon et les autres tomberont. La chaîne se démantèlera d'elle-même. Tu redeviendras Ben Holiday, en chair et en os. Le pouvoir du Paladin te sera rendu. » Si seulement il pouvait trouver la clef qui…

Il se figea. Trouver la clef ! Lentement ses doigts se mirent à descendre le long de la chaîne pour se refermer sur le pendentif. Le contact lui fut presque intolérable. Mais Meeks l'avait sans doute voulu ainsi. De nouveau, il brandit l'amulette, en la serrant si fortement qu'il sentait le métal lui meurtrir les chairs. Il ferma les yeux et se concentra sur l'image du Paladin. « Ce n'est plus l'image de Meeks qui se grave dans ta paume, se dit-il. C'est l'image du Paladin. L'image du chevalier en armure, sur son destrier blanc. L'image du Paladin. Du Paladin. Du Paladin. Du Paladin. Du Paladin… »

Une subite chaleur lui brûla la paume. Un changement, à peine perceptible, se produisait à la surface du pendentif. Ben serra le poing, focalisant toute sa pensée sur l'image qu'il savait cachée au creux du métal. La silhouette du Paladin semblait rayonner sous ses paupières closes, comme le phare qui guide les naufragés dans la tempête. La brûlure devenait insoutenable, mais il ne lâchait pas prise. Et il sentait, oui, il sentait la surface du pendentif bouger sous sa main, tel un serpent qui change de peau. La chaleur ne cessait de croître. Un éclair aveuglant jaillit entre ses doigts. L'infernale brûlure se propagea à travers tout son corps, puis cessa brutalement. La lumière avait disparu.

Sous sa paume, le métal était redevenu froid. Ben Holiday ouvrit lentement les paupières, puis écarta les doigts, un à un. Il regarda alors la petite médaille qui trônait au creux de sa main ouverte. Elle était étincelante. Dans ses prunelles se refléta l'image d'un chevalier en armure rutilante, monté sur un destrier blanc. Le Paladin !

Ben partit alors d'un irrépressible fou rire. Il avait eu raison ! Le médaillon ne l'avait jamais quitté une seule seconde !

La chaîne qui l'entravait venait enfin de se briser !

RÉVÉLATION

Salica frissonna dans son sommeil. Le soleil caressait sa peau de jade. Les herbes folles, balancées par la brise, lutinaient son visage à l'ovale parfait. Elle cilla, entrouvrit les paupières, puis, éblouie par l'aveuglante clarté, les referma. Elle avait encore fait un rêve. Et quel rêve ! Mais était-ce vraiment un rêve ? Elle s'envolait sur un nuage noir. Elle chevauchait le vent d'un bout à l'autre de l'univers. Oh ! Quelle grisante sensation de liberté ! Elle cligna des yeux, ramenée à la réalité par la rudesse de sa couche.

L'ivresse s'évapora, balayée par les souvenirs. Brutalement dégrisée, la sylphide se redressa d'un bond. Elle n'avait pas rêvé ! Elle avait fui Meeks. Elle avait fui le démoniaque monstre ailé. Elle avait fui…

Salica tressaillit. Elle écarquilla les yeux, luttant contre la brûlure de la lumière trop vive. Elle se trouvait dans une clairière cernée de conifères, au pied de Mirwouk. Les remparts de la sinistre forteresse se dressaient derrière elle, déchiquetant le ciel immaculé de cet après-midi ensoleillé. Les fleurs sauvages éclaboussaient de pourpre et d'or le tapis vert étendu à ses pieds, embaumant l'air humide. La montagne semblait étrangement silencieuse.

Son regard s'arrêta brusquement. Dans l'ombre des futaies, à moins de dix pas, luisaient deux losanges scintillants. Salica sursauta. « Meeks ! » se dit-elle, affolée.

Un éclair doré jaillit de la pénombre, alors même qu'un cliquetis métallique troublait le silence sépulcral. Immobile et faisant corps avec l'obscurité, se dressait la licorne noire. La somptueuse créature de nuit contemplait la sylphide, sa bride d'or étincelant au soleil. Salica laissa échapper un soupir.

– C'est toi qui m'as enlevée, murmura-t-elle, incrédule.

Les étourdissantes sensations de sa fuite céleste déferlèrent dans sa mémoire comme un torrent glacé. Elle frémit sous la violence du choc. Galvanisée par un frénétique besoin d'échapper à l'horreur, trop terrifiée pour savoir ce qu'elle faisait, elle avait sauté sur le dos de la créature. Oui, terrifiée, elle avait été terrifiée par ce brusque plongeon aux confins du chaos. Elle était là, au centre de la clairière, et soudain tout s'était embrouillé dans son esprit. Apparences et réalité se confondaient dans un tourbillon de confusion. Plus rien n'était ce qu'il paraissait être : ni Ben ni cet étranger qui prétendait être Ben, et encore moins ce mystérieux chat, rien ! Le monde n'était plus que feu et destruction et... Oh ! Cette haine ! La licorne l'avait frôlée et quelque chose dans ce furtif contact l'avait attirée comme un aimant. Ses mains avaient saisi les rênes. Ses jambes l'avaient propulsée sur le dos de la créature. Ses cuisses s'étaient collées aux flancs soyeux. Son visage s'était enfoui dans la crinière de jais... Les images s'évanouirent, laissant derrière elles les émotions intactes et un irrésistible désir, un besoin vital de sentir sur sa peau la divine caresse de cette soie satinée, ne serait-ce qu'une seule fois, ne serait-ce qu'une fraction de seconde...

Succombant de nouveau à l'ivresse de sa fantastique chevauchée, Salica haletait. Nulle perception de temps ou d'espace dans cette course céleste ; juste une époustouflante impression de délivrance, une pure et sauvage pulsion de vie qui transcendait toute sensation physique. La licorne avait fait bien plus que l'arracher au cataclysme de la clairière. Elle l'avait entraînée à la fois en dehors d'elle-même et, pourtant, au plus profond de son être : exaltant voyage initiatique qui lui avait révélé son identité, son essence, son âme et l'avait laissée étourdie, émerveillée. La licorne lui avait fait appréhender le sens même de la vie ; un sens que, jusqu'alors, elle n'avait jamais soupçonné. Il suffisait de la toucher pour qu'un monde inconnu s'ouvre devant vous comme un livre. Une caresse, un frôlement, il n'en fallait pas davantage. Ses yeux s'embuèrent de larmes à ce souvenir. Quel fabuleux voyage !

Elle sécha ses pleurs et tourna son regard vers la créature qui la contemplait toujours, impassible. Elle l'attendait. Elle ne s'était pas enfuie, comme elle aurait pu – ou dû – le faire. Elle attendait, tout simplement.

« Mais qu'attend-elle au juste ? se demanda la sylphide. Qu'attend-elle de moi ? »

Elle scruta le regard émeraude dans le vain espoir d'y trouver une réponse. Il fallait pourtant bien qu'elle sache ! Elle avait la chance inouïe d'être face à la plus merveilleuse créature de l'univers et voilà qu'elle se torturait l'esprit pour deviner comment combler son attente ! Oui, comment répondre à un appel si désespéré ? À la vérité, elle n'en avait pas la moindre idée. Elle se sentait si impuissante, si désarmée, tellement seule aussi !

Pourtant, Salica savait qu'elle ne devait pas se laisser décourager. Elle n'avait pas le droit de renoncer. Meeks se lancerait sans doute sur ses traces. Le chat – ou la mystérieuse créature qui se cachait sous cette forme – ne réussirait pas à le retarder bien longtemps. Le sorcier la traquerait inéluctablement. Il traquerait la licorne. Il les traquerait toutes les deux. Meeks voulait s'approprier la licorne noire. Quant à cela, tout au moins, l'étranger qui se faisait passer pour Ben avait vu juste. Peut-être avait-il également raison quand il prétendait que Meeks avait fomenté tous les rêves.

Dans ce cas, rien n'empêchait de penser que cet étranger était effectivement Ben.

La sylphide frissonna. Il n'était plus temps de réfléchir à la question. Oh ! Elle aurait tant voulu que Ben fût à ses côtés ! Mais à cette émotion-là non plus, elle ne pouvait céder. Elle n'avait pas le droit de s'apitoyer sur sa solitude. La licorne était en danger. Elle devait absolument lui venir en aide. La merveilleuse créature avait manifestement remis son sort entre ses mains. Elle attendait tout d'elle. Qui, sinon elle, pourrait lui porter secours ?

Lui porter secours, certes. Mais, comment ?

Il y avait bien un moyen de le savoir… Oui, bien sûr, son infaillible instinct de sylphide lui montrait le chemin. Il fallait toucher la licorne, s'exposer à sa magie et se laisser envahir par les visions qu'elle prodiguait.

Son cœur battait la chamade. Salica avait peur. Elle était tellement épouvantée à l'idée de porter la main sur la somptueuse créature qu'elle se sentait défaillir. Elle inspira profondément pour se ressaisir. La solution que proposait son instinct était inconcevable. Personne ne touchait une licorne sans y laisser son âme. Personne. Oh, bien sûr ! Elle l'avait déjà touchée : elle l'avait caressée en lui passant la bride et s'était blottie contre elle pour la chevaucher. Mais, chaque fois, elle avait à peine eu conscience de ce qu'elle faisait. Elle avait agi comme dans un rêve. Ce qu'elle s'apprêtait à faire maintenant n'avait rien à voir. C'était un acte volontaire, délibéré ; un acte qui pouvait la perdre à jamais. Toutes les légendes s'accordaient sur ce point. Les licornes ne s'apprivoisaient pas. Elles n'appartenaient qu'à elles-mêmes et ceux qui tentaient de les capturer se retrouvaient eux-mêmes captifs. En toucher une, c'était se perdre pour l'éternité.

Cependant, Salica savait que tous ces arguments ne parviendraient pas à la dissuader. Elle devait répondre à l'appel suppliant de la licorne, dût-elle y laisser la vie. Sa décision était prise. La licorne noire était bien plus qu'une légende millénaire, qu'un rêve ensorcelant ou même qu'un être de chair et de sang, si fabuleux soit-il. C'était une créature pétrie de magie qui provoquait une intolérable sensation de manque, une soif insatiable, un vide si poignant que l'on n'avait de cesse qu'il ne soit comblé. Elle incarnait ce manque à l'état pur. Ses yeux flamboyants reflétaient vos plus secrètes aspirations. On ne pouvait rien lui dissimuler. Elle vous mettait à nu, plus intimement que vous n'auriez pu le faire vous-même. Salica se sentait pénétrée jusqu'à l'âme par ces prunelles étincelantes. Son corps même la trahissait. Le désir de retrouver, même fugitivement, cette harmonieuse osmose qu'elle avait éprouvée en touchant la mystérieuse créature la consumait si ardemment qu'elle en tremblait. Jamais elle n'avait ressenti une attirance aussi forte, un besoin aussi crucial. Que pesaient les dangers, imaginaires ou réels, face à un désir si dévorant ? Non, elle devait répondre à l'appel. Elle devait percer le mystère de la licorne noire, quel qu'en fût le prix.

Salica se leva, parcourue d'irrépressibles frissons. Bouffées de chaleur et sueurs froides alternaient sans répit tandis qu'elle s'approchait de la créature. Angoisse et impatience se livraient une lutte sans merci. Sa raison vacillait.

« Oh, Ben ! Pourquoi n'es-tu pas près de moi ? » songea-t-elle, désemparée. J'ai tant besoin de toi !

La licorne noire attendait, statue d'ébène luisant dans la pénombre des futaies, les yeux rivés au regard de la sylphide.

– Je dois savoir, murmura-t-elle à son adresse, en s'arrêtant près d'elle.

Et, lentement, la sylphide leva la main vers la mythique créature.

La clairière, autrefois si verdoyante et fleurie, n'était plus qu'un désert calciné jonché de braises encore fumantes. À sa lisière, Questor Thews contemplait le désastre. Couvert de poussière et de cendres, avec ses robes déchiquetées, ses poulaines déchirées, il ressemblait plus que jamais à un vieil épouvantail desséché. L'ultime joute, opposant Meeks et son démon au chat, l'avait catapulté dans les airs. Il s'était retrouvé assis en équilibre précaire à la cime d'un érable écarlate, à la grande joie des écureuils et des oiseaux qui y avaient élu domicile. Sa position, quoique inconfortable et fort peu en accord avec le prestige de son rang, lui offrait toutefois un panorama imprenable. Il en avait profité pour inspecter les environs. Ni Abernathy, ni les kobolds, ni les lutins mutins n'étaient en vue. Quant à Ben Holiday, il avait disparu avec Salica et la licorne noire. Le magicien était donc descendu de son perchoir et s'était lancé à la recherche de ses compagnons. Il n'en avait trouvé aucun.

Ses pérégrinations l'avaient finalement ramené sur le champ de bataille, là où il les avait aperçus pour la dernière fois. Mais la clairière était déserte.

Questor poussa un profond soupir. L'inquiétude creusa de nouvelles rides sur sa face de hibou parcheminée. Il aurait bien voulu comprendre dans quel guêpier il avait fourré son nez. Il reconnaissait désormais que l'étranger qui se prenait pour le roi était effectivement Ben Holiday et que celui qui ressemblait à Ben Holiday était, en fait, son demi-frère. Il pensait aussi que les rêves – que Salica, Ben et lui avaient faits – avaient bien été envoyés par Meeks. Cependant, ces convictions ne l'avançaient guère. Il ignorait encore quel rôle la licorne noire jouait dans toute cette histoire et ne comprenait toujours pas quels étaient les plans de Meeks, ni leur finalité. Pire encore, il n'avait pas la moindre idée de la façon dont il pourrait éclaircir tous ces mystères.

Le magicien se caressa la barbe et soupira de plus belle. Il y avait sans doute un moyen. Encore fallait-il le trouver !

– Hmmm, médita-t-il.

Sans résultat. Il haussa les épaules. Bon, il ne parviendrait à rien en restant planté là. Il fit demi-tour et se retrouva nez à nez avec Meeks. Le sorcier avait retrouvé son apparence habituelle : haute silhouette fantomatique aux cheveux blancs, au regard implacable, drapée de longues robes d'un bleu métallique qui le recouvraient comme un linceul. Meeks se tenait à moins d'une centaine d'aunes, juste en retrait de la lisière, dans la pénombre des futaies. Son poing ganté de cuir se refermait sur les grimoires qu'il tenait plaqués contre sa poitrine.

Questor sentit son estomac se retourner.

– Cela fait bien longtemps que j'attends ce moment, murmura Meeks de sa voix chuintante. J'ai fait preuve, en cela, d'une patience... exceptionnelle.

Une dizaine de pensées différentes s'ébauchèrent dans le cerveau de Questor, puis s'évaporèrent avant de prendre forme, ne laissant derrière elles qu'une seule idée :

– Tu ne me fais pas peur, répondit-il avec calme.

– À tort, répliqua le sorcier. Tu te prends pour un magicien, à présent, mais tu n'es toujours qu'un vulgaire apprenti. Face à moi, tu ne seras jamais qu'un apprenti, Questor. Je possède des pouvoirs dont tu n'as même jamais osé rêver. Ma puissance est telle que plus rien désormais ne m'est impossible.

– Sauf capturer la licorne noire, apparemment, riposta Questor.

Une fugace lueur de haine alluma le regard mort du sorcier.

– Tu ne comprends rien à rien, mon pauvre Questor ! Ni toi, ni Holiday, ni personne. Tu joues à un jeu dangereux dont tu ignores tout. Tu ne peux que perdre. De plus, tu es un piètre adversaire, de ceux dont il convient de se débarrasser pour que le jeu en vaille la chandelle. (Meeks portait déjà la mort sur le visage.) J'ai dû endurer l'exil et supporter vos ingérences dans mes affaires – les tiennes et celles de ton roitelet – alors qu'aucun de vous ne savait ce qu'il faisait. Vous êtes pathétiques ! *Tu* es pathétique ! (La manche vide virevolta brusquement.) Ton existence en ce bas monde arrive à échéance, mon cher demi-frère. Tu es seul. Ce maudit chat prismatique n'est plus là pour m'arrêter. Holiday est aux abois. La sylphide et la licorne noire sont en bout de course. Tous tes autres compagnons sont déjà en mon pouvoir – tous, sauf le chien qui ne présente, d'ailleurs, aucun intérêt pour moi.

Questor sentit ses derniers espoirs l'abandonner. Tous ? Ils étaient tous prisonniers sauf Abernathy ?

Meeks arbora son sourire glacial.

– Tu étais le dernier qui fût susceptible de contrarier mes plans, Questor. Mais tu es maintenant à ma merci.

Questor se redressa, aiguillonné par une colère si dévastatrice qu'elle étouffa ses craintes.

– Tout doux, Meeks ! Tu ne me tiens pas encore entre tes griffes !

– Crois-tu ? s'esclaffa le sorcier.

Il fit un imperceptible signe de tête et une dizaine d'ombres sortirent des futaies pour se ranger à ses côtés. Parvenues en pleine lumière, les petites silhouettes prirent l'apparence de monstruosités hybrides aux oreilles pointues, au visage fripé et au corps recouvert d'écailles. De palpitants groins noirs reniflèrent l'air de la forêt. De venimeuses langues bifides sifflèrent entre des rangées de dents acérées. Le magicien écarquilla les yeux d'horreur devant ces créatures des enfers, croisement contre nature de diablotin, de lézard et d'orque nain.

– Des Diablorks d'Abaddon ! s'exclama Questor à mi-voix.

– Et en quantité un tantinet trop importante pour que tu sois de taille à les affronter, dirait-on, chuinta le sorcier, avec une ostensible jubilation. Mon temps est trop précieux, Questor, pour que je le perde avec toi. Je m'en remets donc à mes serviteurs qui brûlent de satisfaire leur appétit à tes dépens.

Questor se retrouva cerné par les démons. Leurs yeux étincelaient de convoitise. Ils se pourléchaient déjà les babines. Meeks avait raison. Ils étaient trop nombreux pour lui. Cependant, le magicien restait campé sur sa position, rigide. Inutile de fuir. Sa seule chance serait de les prendre au dépourvu. Tandis qu'ils avançaient, il se mit à marmonner dans sa barbe.

Ils n'étaient plus qu'à dix pas quand Questor, levant subitement les mains, décrivit un large arc de cercle dans les airs. Des geysers de fumée et de vapeur brûlante jaillirent du néant, dispersant ses assaillants. Il sauta par-dessus les démons aveuglés, qui se roulaient par terre en poussant des piaillements stridents, et se rua vers la forêt. Mais à peine les avait-il dépassés que les Diablorks se lançaient à sa poursuite. Questor fit volte-face et balaya les futaies d'un nouveau jet de vapeur torride. Une fois encore, les démons s'éparpillèrent en hurlant. Mais ils étaient si nombreux ! Il en venait de partout, piaillant, sifflant, grognant, agrippant sauvagement ses robes. Le magicien tenta de se débattre. Il était déjà trop tard. Les Diablorks s'étaient tous jetés sur lui pour le plaquer à terre. Il chancela sous la masse et s'effondra.

Des mains griffues s'accrochaient à ses vêtements, d'autres cherchaient déjà sa gorge. L'air lui manqua. Il étouffait. Il avait beau lutter de toutes ses forces, ils étaient plus de dix à le contenir. Des étincelles commencèrent à danser devant ses yeux. Il eut tout juste le temps d'apercevoir le sourire sardonique de son demi-frère qui se penchait sur lui, avant de s'évanouir.

À deux doigts de frôler la robe de jais, Salica entendit un bruissement de feuilles derrière elle et se retourna d'un bloc.

Une truffe supportant des besicles de guingois émergea d'un fourré.

– Salica, c'est moi, Abernathy, fit une voix chevrotante.

Il claudiqua vers la clairière. Ses habits de velours en haillons, il allait pattes nues et, à le voir, on aurait pu croire qu'il venait de piquer une tête dans un volcan. Il haletait, la langue pendante.

– Ah ! Vous parlez d'une journée ! Si j'ai connu pire, il ne m'en souvient guère ! D'abord, on me fait courir par monts et par vaux pour vous trouver, toi et ce... cet animal. Dans quel but ? Cela, Dieu seul le sait ! Et qui rencontrons-nous ? Meeks et son horrible démon ! Ensuite, ce chat apparaît comme par enchantement pour nous offrir le spectacle de cette joute insensée – qui semble n'avoir eu d'autre effet que de mettre le Melchor à feu et à sang – et, finalement, nous voilà tous propulsés dans les nuées et plus personne ne trouve personne ! (Il inspira à pleins poumons, poussa un soupir à fendre l'âme et jeta un regard circulaire.) Les as-tu vus ?

Salica secoua distraitement la tête, trop accaparée par son désir de toucher la licorne pour faire grand cas des élucubrations du scribe.

– Non.

– Qu'étais-tu en train de faire exactement ? demanda Abernathy, avec une intonation si réprobatrice que la sylphide tressaillit. (Réaction qui n'échappa guère au scribe.) Que se passe-t-il, Salica ? Qu'allais-tu faire avec cette licorne ? Tu sais combien cette créature est dangereuse, n'est-ce pas ? Allons ! Viens par ici que je te voie de plus près. Sa Majesté Ben Holiday veut que...

– Où est-il ? coupa Salica, que la seule mention de son amant suffit à sortir de sa transe.

Pour la sylphide, le nom de Ben était une corde qu'on lui lançait au fond d'un gouffre, ultime lien qui la retenait à la vie.

– Est-il près d'ici ?

– Je n'en sais rien. Il a disparu, comme tous les autres. (Abernathy repoussa ses besicles.) Salica, tu es sûre que tout va bien ?

La corde venait de se désagréger sous ses yeux et la sylphide hocha la tête en silence. La chaleur l'oppressait terriblement, suffocante. Elle se sentait aspirée par un abîme qui menaçait de l'engloutir totalement. Peu à peu, les chants des oiseaux se firent inaudibles, et Abernathy, étrangement absent. Son désir reprenait le dessus. Le besoin de toucher la licorne la consumait comme une torche. Elle se retourna et tendit la main vers l'encolure soyeuse.

– Arrête ! s'écria le scribe. As-tu perdu l'esprit, ma fille ? Ne sais-tu pas ce qui t'attend, si tu touches cette créature du mal ?

– Laisse-moi, Abernathy, répondit-elle doucement, en suspendant néanmoins son geste.

– Es-tu donc aussi folle qu'eux ? aboya le chien. Est-ce que tout le monde a perdu la raison ? Suis-je donc le seul à comprendre ce qui se passe ? Les rêves sont une imposture, Salica ! C'est Meeks qui nous a tous attirés ici pour servir ses intérêts et se gausser de nous. Cette créature est sans aucun doute sous sa coupe. Tu ne sais pas ce qu'elle te réserve. Ne la touche pas !

Salica jeta un coup d'œil au scribe par-dessus son épaule.

– Il le faut, Abernathy. Je le dois.

Abernathy se rua vers elle, mais s'arrêta court en voyant le regard menaçant que lui lançait la sylphide.

– Salica, ne fais pas cela ! Tu connais les légendes ! (Sa voix n'était plus qu'une plainte.) Si tu la touches, tu es perdue !

Salica regarda le scribe un long moment en silence. Un étrange sourire se peignit sur ses lèvres.

– Mais, Abernathy, il est déjà trop tard. Je suis déjà perdue.

À peine avait-elle achevé sa phrase, qu'elle caressait la licorne.

Elle crut que mille aiguilles de feu la transperçaient. La brûlure avait tout d'abord enflammé ses mains, puis couru dans ses veines pour embraser son corps tout entier. Elle se raidit sous la douleur et tressaillit, rejetant la tête en arrière pour reprendre son souffle. Elle entendait vaguement Abernathy crier au loin, mais ne le voyait déjà plus. Elle ne pouvait plus distinguer que la licorne noire, surnaturelle apparition qui semblait flotter dans l'air. Le feu la consumait, attisant son désir jusqu'au supplice. Son corps, son esprit même échappaient progressivement à son contrôle. Elle avait la sensation de se fissurer comme une statue sur le point de tomber en poussière. Dans un instant, elle aurait cessé d'exister.

Salica tenta de rompre le charme en ôtant ses mains de l'encolure, mais comprit qu'elle ne le pourrait pas. Elle était désormais étroitement unie à la licorne au point de faire corps avec elle. Sylphide et licorne noire ne faisaient plus qu'un.

Soudain, le rostre d'ébène étincela comme une lame et un flot d'images déferla dans l'esprit de la sylphide. Un lieu désert et glacé apparut, puis des chaînes, des licornes bondissantes, des sorciers drapés de noir, des éclairs aveuglants de magie... Des sorts, on jetait des sorts par centaines. C'est alors que Meeks fut devant elle, puis Ben et le Paladin. Tout à coup, un hurlement déchira ses tympans, un hurlement si terrifié, si désespéré qu'il pulvérisa les images comme du verre brisé.

« Délivre-moi ! »

La souffrance contenue dans cet appel était plus qu'elle ne pouvait endurer. Salica poussa un cri strident qui la projeta en arrière, l'arrachant par là même à l'emprise de la licorne. La sylphide chancela et se serait effondrée si Abernathy n'était accouru.

– Je sais ! souffla-t-elle avant de se laisser tomber dans les bras du scribe.

Son cri résonna longtemps dans la montagne, ricochant de pierre en pierre pour lacérer le silence de la forêt.

L'ULTIME COMBAT

Seul, agenouillé au bord du ruisseau, Ben Holiday fixait un regard émerveillé sur le médaillon des rois de Landover qui scintillait dans le creux de sa main comme un diamant. Soudain, un cri, un épouvantable cri de douleur déchira le silence de la forêt. Il releva vivement la tête, glacé d'effroi. Aucun doute possible : c'était la voix de Salica.

Il referma machinalement les doigts sur le médaillon et se redressa d'un bond, les yeux en alerte, scrutant les fourrés comme si la cause de ce cri déchirant s'y dissimulait. Une terrible appréhension lui vrillait les entrailles. Qu'avait-on fait à Salica pour qu'elle poussât un tel hurlement ? Il s'élança vers la forêt, s'arrêta net et se retourna, désemparé. Répercuté par les parois rocheuses de la montagne ainsi que le hurlement du vent prisonnier d'une gorge, le cri semblait venir de partout à la fois. Bon sang ! À coup sûr, un tel cri parviendrait aux oreilles de Meeks, de Meeks et de sa démoniaque monture. À moins que ce ne soit Meeks qui…

Ben serrait si fort le médaillon que le métal lui entaillait la paume. Salica ! Une image de la fragile sylphide s'imposa à son esprit, tandis qu'au plus profond de lui résonnait son serment de la protéger quoi qu'il arrive. Toutes ces émotions qu'il refoulait depuis des mois déferlèrent comme un torrent de feu. Fou d'angoisse, il se retrouva face à l'aveuglante vérité : il aimait Salica.

Cela faisait si longtemps qu'il muselait son cœur, si longtemps qu'il s'interdisait tout sentiment. Depuis le décès d'Annie, sa femme, il s'était refermé comme une huître, réfugié dans sa tour d'ivoire, barricadé derrière des remparts de froide insensibilité et n'avait plus laissé quiconque l'approcher. Aimer impliquait un engagement, une responsabilité qu'il ne se sentait plus la force d'endosser. Aimer, c'était prendre le risque de souffrir, de souffrir si cruellement que seule la mort paraissait plus douce. Il ne voulait plus prendre ce risque. Il ne voulait plus souffrir. Mais il avait eu beau lutter contre ses sentiments, cette nuit-là, dans les contrées désolées qui bordaient les Sources de Feu, ils s'étaient imposés à lui avec toute la puissance de leur sincérité, révélés par cet étrange dialogue onirique avec Edgewood Dirk.

« Pourquoi courez-vous si vite, Ben Holiday ? Pourquoi devez-vous retrouver Salica ? » avait demandé le chat.

« Parce que je l'aime », avait-il finalement avoué.

Oui, il aimait Salica de toute son âme, mais il s'était toujours refusé à l'admettre. Il avait eu si peur de comprendre ce qu'un tel aveu signifiait qu'il n'avait même pas voulu y songer.

Pourtant, là, à la seconde où le cri de Salica avait retenti, il avait tout compris. C'était comme si la longue et pénible maturation, que cette subite prise de conscience avait nécessitée, se trouvait brusquement condensée en un instant.

Il n'hésita pas une minute. À une époque, il aurait tergiversé des heures. Mais cette époque semblait, maintenant, à des années-lumière. Il ouvrit les doigts, braqua les yeux sur l'étincelante image du chevalier en armure et invoqua le Paladin.

Un éclair foudroyant jaillit dans la pénombre sylvestre, à l'orée de la clairière qui s'ouvrait devant lui. Ben tourna la tête, les yeux brillants. Il avait bien cru ne jamais revivre un tel moment. Il avait même prié pour ne plus jamais faire appel au Paladin. Mais, à présent, il bouillait d'impatience.

Le Paladin surgit dans la lumière, les armes à la main, monté sur son fougueux destrier blanc qui piaffait en hennissant nerveusement. L'armure rutilante étincelait. Rênes et harnais cliquetaient. On eût dit un spectre millénaire revenant à la vie.

Ben laissa retomber le médaillon d'argent. Le métal lui brûla le torse et se mit à pulser contre sa poitrine comme un cœur qui bat. Puis, brusquement, une sensation étrange le submergea, étrange et... terrifiante ! Oui, c'était bien cela : il avait l'impression de se disloquer, de quitter son corps, comme s'il se débarrassait d'une simple enveloppe charnelle.

« Salica ! » s'entendit-il hurler dans le tumulte de son âme.

Ce fut sa dernière pensée consciente. Un éclat aveuglant fusa du médaillon pour rejoindre le Paladin et Ben se sentit propulsé par la lumière pour se confondre avec lui. Il y eut des raclements, des cliquetis métalliques : l'armure moyenâgeuse se refermait sur lui. Un heaume protégeait sa tête. Sa main droite tenait une lance de combat ; sa gauche, un bouclier aux armes de Landover. Il ne savait plus qui il était, ni ce qu'il était. Son esprit fourmillait d'images et de pensées qui couvraient des siècles d'histoire : des milliers de lieux, de temps, de vies différentes, des souvenirs de combats et de joutes sanglantes, souvenirs d'un guerrier sans pareil, d'un champion royal qui n'avait jamais connu de défaite.

Il remarqua distraitement une silhouette en guenilles, figée comme une statue au bord du ruisseau, mais n'y prêta pas attention. L'appel de la bataille avait retenti. Il brûlait déjà d'y répondre.

Il tourna bride et s'élança au triple galop à travers les futaies. En une fraction de seconde, le Paladin avait disparu.

Ben ne s'était pas trompé : à peine le cri de Salica résonnait-il à travers la montagne que le serpent-loup se posait à l'ombre des remparts de Mirwouk. Meeks mit pied à terre, les grimoires de sorcellerie sous le bras, les yeux rivés à la licorne noire qui se mit à piaffer en hennissant d'effroi.

Abernathy fit aussitôt passer la sylphide derrière lui.

– Reste où tu es, Sorcier ! ordonna-t-il.

Meeks approcha de quelques pas, jeta un coup d'œil négligent au scribe, puis à Salica et, finalement, le regard de nouveau fixé sur sa proie, s'immobilisa. Il semblait attendre quelque chose. Frissonnante, la licorne ruait en tous sens. Elle semblait incapable de fuir, comme s'il l'eût déjà tenue sous son emprise.

– Salica, que se passe-t-il ? marmonna Abernathy, à mi-voix.

La sylphide chancelait, les jambes flageolantes. Elle tournait lentement la tête de gauche à droite, de droite à gauche et ses mots se perdaient dans un incompréhensible galimatias de sons inarticulés.

– J'ai vu, bredouilla-t-elle. Les images... tout... Je sais... tout... Tant d'images... tant... peux pas...

Elle semblait en état de choc. Son délire porta la frayeur du malheureux scribe à son comble. Il la prit par le bras pour l'asseoir sur l'herbe, au pied d'un arbre, et se retourna alors vers Meeks.

– Elle ne peut te faire aucun mal, Sorcier ! clama-t-il. (Le regard mort se braqua sur lui.) Pourquoi ne la laisses-tu pas partir ? La licorne est à ta merci, désormais. Prends-la, puisque c'est elle que tu veux. On se demande pourquoi, d'ailleurs. Elle n'a fait qu'attirer le malheur sur tous ceux qui l'ont approchée !

Meeks le fixait toujours, muet.

– Les autres arriveront d'un instant à l'autre, ajouta Abernathy. Tu ferais mieux de partir avec ton trophée, pendant qu'il en est encore temps.

– Viens par là une seconde, le scribe ! chuinta Meeks en souriant froidement. Pourquoi ne pas profiter de ce répit pour discuter un peu ?

Abernathy hésita, glissa un regard en coin vers Salica, prit une profonde inspiration et se mit en marche vers le sorcier. Il était tellement terrorisé que ses pattes le portaient à peine. Rejoindre cet être maléfique et sa démoniaque monture était bien la dernière chose qu'il souhaitât. C'était pourtant précisément ce qu'il était en train de faire. De toute façon, se disait-il, je n'ai pas le choix. Il me faut aider Salica, et si je peux ne serait-ce que retarder l'instant fatidique, ce sera mieux que rien. Il se redressa bravement, décidé à jouer le tout pour le tout.

Il faisait beau et doux : un jour que l'on eût aisément imaginé sous les meilleurs auspices. Abernathy avançait aussi lentement que possible, priant pour que ses compagnons arrivent avant que le sorcier ne le donne en pâture à son monstre domestique.

Parvenu à une dizaine de pas de Meeks, il s'arrêta. En dépit de ses manifestes efforts pour afficher une mine avenante, le sorcier portait la perfidie sur le visage.

– Plus près, s'il te plaît, murmura-t-il.

Cette fois-ci, c'est la fin, se dit Abernathy. Il ne pourrait pas échapper à son funeste sort. Peut-être parviendrait-il à le différer quelques instants, mais guère davantage. Cependant, ces quelques minutes de sursis pourraient s'avérer précieuses pour Salica. Il aurait fait n'importe quoi pour la sylphide.

Il avança de cinq ou six pas et s'immobilisa de nouveau.

– De quoi pourrions-nous bien discuter, de toute façon ?

Le sourire glacial s'évanouit.

– Du précieux concours que tes amis vont t'apporter d'un moment à l'autre, par exemple.

Le sorcier fit un signe de tête. Un cercle de petites créatures contrefaites se matérialisa en lisière de forêt. Les affreux faciès porcins grimaçaient anxieusement, découvrant leurs petites dents pointues et dardant leurs langues bifides en sifflant. Abernathy sentit tous ses poils se hérisser. Non seulement ils étaient cernés de Diablorks d'Abaddon, mais une dizaine d'entre eux poussaient en avant Questor Thews, Navet, Ciboule et les lutins mutins, tous bâillonnés et entravés de lourdes chaînes.

– Tout porte à croire que tes amis ne se montreront pas aussi secourables que tu l'escomptais, je le crains, commenta le sorcier, en retrouvant son sourire machiavélique. Mais c'était fort aimable à toi d'attendre que nous soyons tous réunis pour assister à mon triomphe.

À ces mots, Abernathy comprit que tout espoir était perdu.

– Sauve-toi, Salica ! cria-t-il, en désespoir de cause.

Puis, avec un grognement de molosse, il se jeta sur le sorcier. Tout à la célébration de sa victoire, Meeks était trop accaparé par l'orchestration de sa mise en scène pour songer un instant à une quelconque rébellion du scribe. Abernathy était déjà sur lui, quand il réalisa son erreur. Mais il maîtrisait ses pouvoirs avec une telle maestria qu'il pouvait jeter un sort à la seconde même où il en formulait le souhait. Il leva immédiatement le poing et un mur de flammes jaillit des grimoires pour arrêter Abernathy. Le pauvre terrier fit une culbute acrobatique, le pelage en feu. Le bouclier ardent s'évapora aussitôt.

Se détournant du piteux scribe, encore fumant, Meeks braqua un regard halluciné sur la licorne noire.

– Enfin ! chuchota-t-il dans un sifflement vipérin.

Sur un signe de lui, ses sbires convergèrent vers la créature. Le piège se refermait.

Un silence pénétrant s'était abattu sur la clairière, comme si dame nature avait porté un doigt à ses lèvres. Il y eut un instant de stupeur générale. Un sourire de triomphe figé sur la cicatrice qui lui barrait le menton, Meeks assistait aux manœuvres de son armée. Sa monture attendait patiemment, immobile, derrière lui. Salica demeurait prostrée au pied de son arbre, la tête basse, sa longue chevelure tombant sur son visage comme un voile. Le pas hésitant, la licorne noire avança lentement vers elle, inclina l'encolure et caressa doucement du chanfrein le bras de la sylphide.

Soudain, le vent se leva en rafale et hurla entre les arbres. La licorne releva la tête, les oreilles pointées vers les futaies. Son rostre s'embrasa d'étincelles magiques, plus scintillant que jamais. Elle avait déjà perçu ce que nul autre n'aurait pu percevoir. Elle entendait enfin ce qu'elle rêvait d'entendre depuis des siècles.

À la lisière nord, troncs, feuillages, arbustes et broussailles explosèrent, comme pulvérisés par un poing gigantesque. Le vent s'engouffra dans la brèche, talonné par un rayonnement éblouissant. Meeks et son démon ailé reculèrent de concert, tandis que les Diablorks se plaquaient à terre en piaillant.

Un roulement de tonnerre fracassa le silence, bientôt relayé par un martèlement de sabots. Le Paladin surgit en pleine lumière.

Meeks poussa un hurlement de rage. Ses sbires s'éparpillèrent dans les fourrés, balayés par la terreur comme feuilles mortes par une bourrasque. Plaquant les précieux grimoires contre sa poitrine, Meeks se tourna vers sa monture et, d'un cri, l'exhorta au combat. Le monstre s'élança en rugissant.

Le Paladin dévia sa course pour affronter la chimère, sans ralentir l'allure.

De l'acide jaillit de la gueule du serpent-loup comme un torrent de lave. Le guerrier l'esquiva en faisant un écart et chargea, lance au poing. Le démon cracha un second flot de venin corrosif. Sans plus de résultat. Dirigeant son fougueux destrier d'un simple coup de reins, le chevalier évita la projection mortelle et se rua sur son assaillant au triple galop. Salica releva alors la tête, aperçut l'armure d'argent étincelant au soleil et réalisa, en un éclair, que le Paladin venait à son secours. Si le Paladin était ici, alors Ben...

Vapeurs et fumerolles pestilentielles s'élevaient de toutes parts dans l'arène herbeuse. La clairière prenait feu. Émergeant du brasier, le Paladin fondit sur le monstre.

Le fer de lance n'était plus qu'à une aune de lui, quand le serpent-loup réagit. Il battit frénétiquement des ailes pour échapper au coup fatal. Trop tard. Déjà le métal affûté transperçait sa carapace. Le monstre hurla de douleur avec un haut-le-corps qui brisa la lance à mi-longueur. Il tenta une nouvelle fois de fuir, mais une humeur jaunâtre suintait de sa blessure : l'arme fichée dans ses entrailles avait atteint un point vital. Il s'effondra lourdement dans une gerbe de flammes. La masse d'écailles sanguinolentes fut agitée d'un ultime soubresaut, puis s'immobilisa définitivement, terrassée.

À peine sa lance était-elle brisée que, tirant son épée, le Paladin se ruait sur le sorcier.

Cependant, Meeks avait eu le temps de préparer sa riposte.

Le faciès crispé par un terrifiant effort de concentration, il invoquait un sort que seuls les plus puissants sorciers pouvaient maîtriser. Les terribles pouvoirs que lui conféraient les grimoires couraient dans ses veines comme du vif-argent. Il haletait, paupières closes, teint blême, si défiguré par la tension qu'il semblait porter le masque de la mort sur son visage.

Peu à peu, une nappe de vapeur verte se matérialisa au centre de la clairière. Meeks hurla, se figea, puis bascula lentement la tête en arrière avant de se redresser d'un coup sec, comme un serpent qui fond sur sa proie. La nébulosité verdâtre explosa en une myriade de dards étincelants. En leur sein, apparut une phalange de squelettes en armure, chevauchant des petits dragons efflanqués aux yeux rouges. Des morts-vivants ! se dit Salica, affolée. Trois, quatre, cinq, six ! Dieu des Eaux !

Les squelettes étaient armés d'épées et de masses d'armes. D'effrayants rictus les faisaient grimacer. Ils s'alignèrent en rang serré et chargèrent le chevalier d'argent.

Sans la moindre hésitation, le Paladin fonça sur eux.

Blottie aux pieds de la licorne noire, Salica suivait le déroulement du combat. Elle avait recouvré toute sa lucidité et tremblait d'effroi. Elle vit le Paladin heurter de plein fouet ses assaillants d'outre-tombe, dans un épouvantable fracas métallique. Un nuage de poussière et de cendres s'éleva sous le piétinement des montures. Un squelette tomba et se désagrégea en une pile d'ossements. Les cinq autres morts-vivants, emportés par leur élan, avaient dépassé leur adversaire et tournaient bride pour repartir à l'assaut. Terrifiée, Salica se retrancha en elle-même pour exorciser le cauchemar auquel elle assistait, impuissante. Les hurlements des dragons aux yeux rouges et de leurs cavaliers lui glaçaient les sangs. Mais où était donc Ben ? Pourquoi n'était-il pas là ? Le roi de Landover n'aurait-il pas dû accompagner son champion ? Le Paladin pouvait-il agir sans son mentor ?

Un second revenant se fracassa sur le sol, dans une gerbe d'os que les sabots du fougueux destrier pulvérisèrent comme des brindilles. Le Paladin fendit la ligne de ses attaquants, fit volte-face et, d'un vigoureux coup d'épée, abattit un troisième mort-vivant. Les rescapés convergèrent sur lui, brandissant épées et masses d'armes. Le déluge des coups sur l'armure d'argent fut assourdissant. Le Paladin recula sous l'impact.

Salica se redressa à genoux, les yeux écarquillés d'horreur. Le Paladin semblait fléchir.

Soudain, une nuée d'étincelles vertes jaillit des ossements tombés à terre et six nouveaux guerriers d'outre-tombe surgirent du néant pour prêter main-forte à leurs congénères. Salica sentit une terrible angoisse lui vriller les entrailles. Neuf ! Neuf créatures ensorcelées contre un chevalier ! Si vaillant soit-il, jamais le Paladin ne pourrait en venir à bout.

La sylphide se leva, poussée par une inflexible résolution. Questor, les kobolds et les lutins mutins étaient toujours enchaînés et bâillonnés. Abernathy n'avait toujours pas repris connaissance. Meeks les avait tous mis hors d'état de nuire. Personne ne pouvait venir au secours du Paladin. Personne, sauf elle.

Elle savait ce qu'il lui restait à faire. Le regard d'émeraude en fusion fixé sur elle, la licorne noire ne l'avait pas quittée. Elle lisait dans ces prunelles flamboyantes le sort qui lui était réservé. Elle prit une profonde inspiration et enroula ses bras autour de l'encolure.

La magie de la créature l'embrasa instantanément et un flot de visions la submergea. Salica rejeta la tête en arrière sous la violence du choc, réprima un cri de douleur et lutta pour maîtriser le flux ensorcelé. Ce n'était plus le désir dévorant de toucher la licorne qui l'avait guidée, cette fois, mais une manifestation raisonnée de sa volonté. Elle devait pouvoir contrôler la magie. Elle le devait. Il le fallait. Les images ralentirent bientôt leur cascade et s'ordonnèrent en une succession logique. L'insoutenable souffrance s'apaisa quelque peu, tout en demeurant lancinante.

Salica commença alors à discerner la vision projetée dans son esprit. Ses doigts caressèrent doucement les soies noires. Une voix hurla dans sa tête.

« Délivre-moi, fille des bois ! »

« C'est la voix de la licorne », songea Salica. Les images défilaient et la sylphide les déchiffrait à mesure : la licorne noire était en quête de liberté. C'était pour trouver cette liberté qu'elle était venue à Landover. Elle était venue à Landover parce qu'elle croyait trouver cette liberté grâce à… Était-ce possible ?… à Ben ! Le roi de Landover pouvait briser ses chaînes parce qu'il commandait au Paladin et seul le Paladin avait le pouvoir de contrer le sortilège qui la retenait captive, un sortilège dont Meeks était l'auteur. Mais c'était en vain qu'elle avait cherché le roi. Elle s'était retrouvée seule, désemparée, errant sans répit dans ce monde hostile. C'est alors qu'elle avait rencontré Salica. Mais Salica avait la bride d'or, la bride que les sorciers des temps anciens avaient forgée pour la dompter. À la vue de ce piège honni, la licorne avait été terrifiée. Ignorant les intentions de la sylphide, elle n'avait cessé de la fuir jusqu'à ce qu'elle comprenne enfin que Salica pouvait l'aider à retrouver le roi de Landover et donc lui offrir ce qu'elle avait si désespérément cherché. La sylphide saurait toujours reconnaître le roi, même si le roi lui-même ne savait pas...

Le flux des images s'accéléra subitement et, le visage ruisselant de sueur, Salica lutta de plus belle pour en maîtriser le cours.

La voix retentit de nouveau dans son esprit, stridente :

« Le roi avait perdu son pouvoir ! Le roi ne pouvait plus me délivrer ! J'étais perdue à jamais ! »

Les visions s'enchaînaient à un train d'enfer. La sylphide luttait désespérément pour ne pas perdre pied. Elle décryptait l'étourdissant message à une allure insensée : les rêves qui l'avaient exhortée à chercher la licorne n'étaient qu'un écheveau de mensonges et de vérités ; des rêves envoyés par les sorciers et les fées… Les fées ! Les fées lui avaient envoyé des rêves ?… Il fallait qu'elle démêle le vrai du faux. Alors seulement, le roi pourrait invoquer le Paladin ; et le Paladin, affronter le sorcier et les grimoires…

Il y eut comme une fracture. D'autres images s'y engouffrèrent, secrets que la licorne noire gardait emprisonnés dans la solitude de son exil depuis des temps immémoriaux. Salica se raidit contre cette brutale invasion perturbatrice et resserra son étreinte. Soudain, les visions prirent une tout autre dimension. La licorne noire n'était pas un seul être mais un fourmillement de vies…

« Oh, Ben ! » souffla la sylphide, désorientée.

… Un fourmillement de vies qui peu à peu prenait forme, existences bannies qui butaient contre son crâne comme des oiseaux se fracassant sur une invisible vitre. Ces mystérieuses captives luttaient contre les murs d'un cachot millénaire, aspirant à une délivrance qui les rendrait à leurs univers originels, mondes inconnus auxquels la sylphide n'entendait rien. Salica frémit sous les coups de boutoir. Âmes damnées, oppression, torture, sorcellerie, pouvoirs détournés pour de maléfiques usages… Ben ! hurla-t-elle. Mais son appel ne franchit jamais ses lèvres. La sylphide évoluait dans une inaccessible sphère mentale qui menaçait de l'engloutir. L'intolérable supplice était au-dessus de ses forces. « Ben ! »

Brusquement, l'image des grimoires s'imposa avec une netteté stupéfiante. Ils gisaient dans une cache sombre aux miasmes sataniques. L'un d'eux s'enflamma tout à coup, embrasé par un sursaut de vie débridée. Du brasier de parchemin s'échappa une silhouette gracieuse et bondissante : la licorne noire ! Jaillissant de sa geôle ensorcelée, elle fuyait les ténèbres de sa prison livresque pour rejoindre la lumière, cherchant, cherchant…

La voix hurla une fois encore, déchirante :

« Détruis les grimoires ! »

Ultime cri de désespoir, supplique stridente qui brisa le flux des images. La souffrance de cet appel poignarda Salica au plus profond de son être.

Elle hurla de douleur avec un haut-le-corps qui rompit brutalement son étreinte. Projetée en arrière, la sylphide tituba et tomba à genoux, à la limite de l'inconscience. Courbant l'échine, secouée de spasmes nauséeux et de frissons glacés, Salica se crut près de basculer à jamais dans la démence. Au même moment, la licorne tressaillit à ses côtés et elle se redressa brusquement. Renversant la tête, elle ouvrit la bouche pour expulser l'intolérable souffrance qui la dévorait :

– Détruis les grimoires !

Son hurlement résonna sur le champ de bataille comme un cri d'agonie.

Ses mots se perdirent dans le fracas des armes. Consumé par la furie du combat, le Paladin ne put les entendre. Plongé dans ses incantations, Meeks ne put les entendre. Abandonnés par leurs ravisseurs à l'autre extrémité de la clairière, entravés et bâillonnés, Questor Thews, Navet, Ciboule et les gnomes ne purent les entendre.

Un seul les entendit : Abernathy.

Couché sur le flanc sur un tapis de cendres, à demi comateux, le scribe crut percevoir un appel venu du fond des âges. Abruti par sa chute, étourdi par le vacarme tonitruant de la bataille, il lutta de toutes ses forces pour ouvrir les yeux.

Au centre de la clairière, le Paladin et les squelettes juchés sur leurs dragons s'affrontaient dans un maelström de poussière, de coups et de rugissements féroces. Salica et la licorne noire semblaient tétanisées, minuscules silhouettes rigides à l'orée de la forêt. Il tenta de repérer Questor et les kobolds, mais ne put les distinguer, aveuglé par les tourbillons de cendres, de poussière et de flammes.

La langue pâteuse, la truffe moite, le corps perclus de douleurs diffuses, le scribe se sentait harassé. Les images de son combat avec Meeks cinglèrent sa mémoire et il recouvra enfin ses esprits.

Il roula sur le ventre et surprit le sorcier à deux pas de lui. Absorbé par le déroulement du combat qui opposait le Paladin et ses créatures d'outre-tombe, Meeks était monté au front et s'était par là même approché du scribe.

L'appel déchirant de Salica résonna une nouvelle fois aux oreilles d'Abernathy : « Détruis les grimoires ! » Il tenta de se relever, mais s'écroula sur l'herbe calcinée. Détruire les grimoires ? se disait-il, hagard. Détruire son unique chance de recouvrer figure humaine ? Comment pourrait-il jamais se résoudre à une telle ineptie ?

Un cri inhumain attira son attention et il vit un mort-vivant choir de sa monture. Le Paladin était cerné de toutes parts. Son armure cabossée ruisselait de sang. Il perdait du terrain.

Abernathy comprit brusquement ce qu'une défaite du champion royal impliquerait. Meeks prendrait le pouvoir et nul ne pourrait plus l'arrêter. Muselant honteusement ses craintes égocentriques, il tenta une nouvelle fois de se redresser et parvint à se mettre à quatre pattes. Mais il tremblait si violemment qu'il se sentait incapable d'atteindre le sorcier. Jamais il ne parviendrait si loin. Il chancela, avança d'un pas et retomba avec une grimace de souffrance qui découvrit ses babines.

Soudain, Meeks se projeta en avant pour lancer un nouveau sort. Sa jambe ne fut plus qu'à deux doigts d'Abernathy. Le scribe constata subitement qu'il portait des poulaines. Ses mollets ne devaient être protégés que par de fines chausses... Le chien se mit à gronder. Il ne laisserait pas échapper si belle aubaine.

Abernathy se détendit comme un ressort. Ses mâchoires se refermèrent sur la cheville du sorcier et ses crocs s'enfoncèrent dans les chairs exposées. Meeks poussa un hurlement de douleur et de surprise, sursauta, vacilla, leva son unique bras et laissa échapper les précieux grimoires qui, au lieu de tomber, furent propulsés dans l'air.

C'est alors que tout se précipita. Une flèche noire traversa la clairière, bondissant par-dessus le Paladin et ses assaillants pour fondre vers les livres. La licorne noire avait réagi. Tandis que Meeks secouait frénétiquement la jambe pour s'arracher à l'emprise du scribe, elle rattrapa les grimoires au vol. Son rostre étincelant de magie fouailla les reliures de cuir craquelé. Les couvertures cédèrent et les parchemins s'éparpillèrent à la volée.

Meeks poussa un hurlement de rage et, d'une violente secousse, se libéra. Il étendit le poing. Une flèche verte fila droit sur la licorne. Elle se cabra et fit front. D'un virulent coup de rostre, elle détourna le projectile ensorcelé, puis pointa sa corne sur le sorcier. Un arc de lumière éblouissant jaillit du rostre magique et foudroya Meeks en pleine poitrine. Le sorcier roula dans l'herbe carbonisée, se redressa d'un bond et riposta sur-le-champ. Une boule de feu fondit sur la licorne qui répliqua aussitôt d'un éclair étincelant. Projectiles ensorcelés, dards enflammés, éclairs foudroyants se succédaient, chaque fois plus redoutables.

Dans le même temps, le Paladin éperonnait son destrier et, décrivant d'amples moulinets de son épée, se jetait dans la mêlée des morts-vivants. Mais déjà les squelettes et leurs montures se désagrégeaient. Accaparé par son propre combat, Meeks n'alimentait plus ses créatures de cauchemar, et la sorcellerie qui leur donnait vie les abandonnait. En une fraction de seconde, l'armée maléfique ne fut plus qu'un souvenir.

Aussitôt, le Paladin tourna bride pour se ruer sur le sorcier. Trop tard. Déjà, Meeks disparaissait au cœur d'un brasier éblouissant. Le sorcier poussa un ultime hurlement de douleur. Une tornade de fumée noire engouffra licorne et Paladin. Puis, ce fut le silence.

Le calme revenu, sylphide et scribe se lancèrent des regards ahuris. Bouche bée, ils surveillaient le désastre du champ de bataille calciné. Meeks, la licorne noire et le Paladin s'étaient volatilisés !

C'est alors que le miracle se produisit.

Tous en furent témoins : Salica et Abernathy, à peine remis de leurs émotions ; Questor, les kobolds et les deux gnomes cavernicoles – qui tentaient de se remettre d'aplomb, malgré les lourdes chaînes dont les Diablorks les avaient entravés – et même un Ben Holiday haletant et transpirant qui émergeait des futaies, après avoir couru à perdre haleine depuis la rive du ruisseau jusqu'à la clairière, sans savoir vraiment pourquoi, mais poussé par une urgence impérieuse qui ne souffrait aucun retard. Oui, tous assistèrent au miracle et tous en eurent le souffle coupé.

Il y eut d'abord le hurlement d'une brise glaciale qui vint déchirer le silence des montagnes et se mua bientôt en un grondement d'océan déchaîné. Un ouragan s'était brusquement levé, véritable tornade surgie des parchemins disséminés qui balayait tout sur son passage. Elle souleva les pages des grimoires éventrés qui se mirent à tourbillonner comme des flocons dans une tempête de neige. Aspirés par la tornade, les parchemins calcinés, retrouvant leur blancheur et leur forme originelles, se confondirent avec ceux qui portaient les dessins de licornes pour monter vers les nuées, en claquant dans le vent comme des oriflammes.

Il y eut soudain une explosion éblouissante. Les pages furent pulvérisées en millions d'étincelles et une horde de licornes blanches surgit du néant.

Immaculées et caracolant dans le ciel, des centaines de créatures féeriques tournoyaient en hennissant, ivres de joie.

« Libres ! semblaient-elles s'exclamer. Libres ! Nous sommes libres ! »

Tout à coup, le cercle enchanté se rompit. Les licornes vinrent flotter au-dessus de la clairière comme des cygnes à la surface d'un lac, puis subitement se lancèrent au triple galop pour s'éparpiller aux quatre vents en un feu d'artifice de grâce et de magie. Alors, étoiles scintillantes aux confins du firmament, elles semblèrent franchir le seuil des cieux pour se fondre dans un improbable cosmos. Leurs cris résonnèrent encore longtemps après leur disparition, puis se turent.

Le silence reprit ses droits et le Melchor retrouva sa quiétude.

LA LÉGENDE

– En fait, la licorne noire n'a jamais existé, affirma Salica.

– Elle a bel et bien existé, mais ce n'était qu'une illusion, rectifia Ben.

Questor Thews et Abernathy, Ciboule et Navet, Fillip et Sott se consultèrent du regard, perplexes.

Ils avaient tous pris place à l'ombre d'un vieux chêne, à l'orée de la forêt. Une épouvantable odeur de brûlé flottait dans la clairière, séquelle persistante de la bataille qui s'était déroulée sous leurs yeux. Il ne restait rien des étincelles magiques, mais écharpes de fumée et nuages de cendres voltigeaient encore, accrochés aux lances dorées du soleil. Avides de révélations, Abernathy – qui s'était traîné tant bien que mal jusque-là – et les prisonniers – qui avaient enfin retrouvé l'usage de leurs membres endoloris – s'étaient rassemblés autour de Ben et de Salica. Chacun d'eux ne possédait qu'un fragment de l'histoire, infime pièce d'un immense puzzle que tous brûlaient de voir intégralement reconstitué.

– Peut-être serait-il plus simple de tout reprendre depuis le début, suggéra Ben, en s'asseyant lentement en tailleur.

En dépit de son allure de gueux, Ben Holiday avait récupéré son apparence coutumière. En perçant à jour l'illusion qui l'avait mystifié pendant si longtemps, il avait ôté le masque qui le dissimulait aux yeux d'autrui. Tous pouvaient désormais le reconnaître.

– D'après les manuscrits qui relatent l'Histoire du royaume, dit-il, les fées firent jadis apparaître des centaines de licornes blanches et les concentrèrent à Landover pour les dépêcher auprès des mondes d'au-delà des brumes. Elles auraient sans doute pu élire d'autres émissaires, mais elles choisirent la licorne parce que, de tout temps et pour toutes les civilisations, la licorne incarnait une créature légendaire dotée de pouvoirs surnaturels. Elle était la forme de magie la plus manifeste qui soit susceptible de convaincre les plus irréductibles sceptiques. Comment imaginer qu'un monde puisse survivre sans un reste de magie, si ténu soit-il ?

» Cependant, les licornes disparurent avant même de quitter Landover. Les sorciers les avaient ensorcelées pour s'approprier leurs pouvoirs magiques et s'en réserver l'usage. Tu t'en souviens, Questor ? Les sorciers formaient une guilde puissante, avant que le roi n'envoyât le Paladin pour les détruire, n'est-ce pas ? Eh bien, je parie que la plus grande part de leurs pouvoirs venait des licornes qu'ils séquestraient. Ils devaient les ponctionner de leur magie. J'ignore de quelle sorcellerie ils firent usage pour réussir à capturer les licornes – une quelconque illusion probablement. Ils ont l'air de maîtriser cet art à la perfection. Toujours est-il qu'ils les piégèrent, les métamorphosèrent en licornes de papier et les emprisonnèrent dans les grimoires.

– Pas toutes, objecta Salica.

– C'est plus compliqué que ça. Pour parfaire leur forfait, les sorciers séparèrent le corps des licornes de leur esprit. Ils emprisonnèrent les corps dans un grimoire et les esprits dans l'autre, croyant par là même prévenir toute tentative d'évasion. Le corps sans l'esprit est privé de force, le tout étant d'empêcher qu'ils se rejoignent.

– Danger auquel Meeks se trouva confronté quand la licorne noire s'échappa, précisa Salica.

– Exact. En fait, la licorne noire incarnait à elle seule l'esprit de toutes les licornes blanches captives. (Devant les froncements de sourcils incrédules, Ben résolut d'entrer dans les détails.) Voyez-vous, tant que les sorciers réussirent à maintenir le sortilège qui celait les grimoires, il fut impossible aux licornes de briser leurs entraves. Les sorciers pouvaient alors puiser tout à loisir dans les pouvoirs que renfermaient ces précieux manuscrits – pouvoirs colossaux puisque émanant de créatures pétries de magie – et les utiliser à leurs fins. Le roi de Landover eut beau envoyer le Paladin pour anéantir la guilde, les grimoires survécurent. Ils furent probablement placés en sécurité, de telle sorte qu'aucun étranger à la guilde ne pût les trouver. Cependant, pour les Magiciens de la Cour, uniques représentants de la guilde des sorciers dont le souverain ait autorisé l'office – et encore ! À son usage exclusif –, ils demeurèrent la source de toute sorcellerie en ce monde. Ce que les sorciers se gardèrent bien de divulguer, évidemment. Ainsi les mystérieux grimoires passèrent-ils, à la Cour, de Magicien en Magicien, jusqu'à ce qu'ils tombent entre les mains de Meeks.

Ben leva un index doctoral.

– Cependant, au cours des siècles, la puissance du sortilège dut s'amenuiser car les licornes parvinrent à s'échapper à plusieurs reprises. Pas toutes, bien sûr, et en de rares occasions, car les magiciens surveillaient étroitement leurs inestimables trésors. Mais, de temps à autre, ce que les sorciers d'antan avaient cru exorciser, en séparant corps et esprits à jamais, se produisait. Parce que les pouvoirs de l'esprit sont, de loin, les plus puissants, c'était chaque fois l'esprit qui parvenait à rompre le charme. Il consumait sa geôle de papier et s'évadait. Malheureusement, dépourvu de réelle substance, il ne pouvait qu'emprunter l'apparence d'une ombre noire, émanation d'une âme qui n'était que désir de liberté et souffrance. (Ben se tourna vers Salica pour quêter son assentiment. La sylphide hocha la tête.) Et comme ce fantôme spirituel n'avait d'autre forme concrète que celle d'une ombre noire, on en vint à l'assimiler à quelque chose de maléfique. Après tout, nul n'avait jamais entendu parler d'une licorne noire. En outre, ces naïves superstitions arrangeant indubitablement leurs affaires, les sorciers durent s'empresser d'entériner le mythe, l'alimentant à l'envi d'histoires macabres, attestant que la licorne noire était une aberration de la Création, une chose innommable et perverse. D'ici à en faire un être démoniaque dont un seul regard provoquait une damnation éternelle, il n'y avait qu'un pas, vite franchi. Nantie d'une telle réputation, ils étaient sûrs qu'au cours de ses errances la licorne noire ne pourrait trouver aucun appui. Ce qui leur laissait tout le temps nécessaire à sa capture.

– C'est à cet effet que la bride d'or a été forgée, intervint Salica. Les sorciers s'empressèrent de créer un moyen susceptible à la fois d'attirer et de retenir la licorne, moyen qu'ils mirent à l'épreuve dès la première tentative d'évasion. Grâce à la bride, ils étaient assurés de retrouver leur prisonnière dans les plus brefs délais. Et, de fait, la licorne noire était toujours reprise. Dès qu'ils la récupéraient, les sorciers la reconduisaient entre ses murailles de parchemin. Les pages calcinées étaient aussitôt restaurées et le sort celait de nouveau le grimoire comme au premier jour.

Salica se tourna vers Ben.

– Ce qui explique pourquoi la licorne avait si peur de moi. Malgré son besoin vital de liberté et d'assistance, elle était terrifiée. J'ai ressenti cette épouvante dès que je l'ai vue, et encore plus tard, quand je l'ai touchée. Elle me croyait complice des sorciers. Elle pensait que je venais la capturer. Elle ne pouvait pas savoir qui j'étais et quelles étaient mes intentions. Ce n'est que parvenue à la dernière extrémité qu'elle sembla deviner la vérité. Elle comprit alors que je n'étais pas au service de Meeks.

– En tant que Magicien de la Cour officiel, Meeks s'était vu remettre les grimoires par son prédécesseur, enchaîna Ben. Il y puisait ses pouvoirs, comme tous ceux qui avaient occupé cette charge avant lui. Mais le vieux roi mourut, entraînant le royaume à sa perte. La licorne noire ne s'était plus échappée depuis bien longtemps – des siècles, peut-être – et, n'ayant eu durant tout ce temps aucune utilité, la bride d'or avait dû sombrer dans l'oubli. Cette négligence doit remonter à des générations puisque, selon toute vraisemblance, Nocturna la déroba pour la première fois bien avant que Meeks ne soit de ce monde. Strabo s'en empara à son tour, puis ce fut un incessant va-et-vient entre ces deux ennemis jurés. Meeks devait cependant savoir où elle se cachait, je suppose ; mais les grimoires étaient sous bonne garde et comme, de toute façon, ni Nocturna ni Strabo ne savaient que la bride d'or était ensorcelée, il n'était guère pressé de la récupérer. Ce qu'il était néanmoins persuadé de faire en un tournemain, le cas échéant.

» Tout se corsa quand Meeks partit rejoindre l'autre monde, en quête d'un nouveau souverain pour le royaume. Il dissimula jalousement les grimoires avant son départ, mais ne pensait sans doute pas s'absenter si longtemps. De fait, quand il réalisa que je ne reviendrais pas ventre à terre – comme tous les autres – pour lui rendre le médaillon et qu'il assista à la défaite de la Marque d'Acier qui était censée me réduire en miettes, Meeks se retrouva exilé dans l'autre monde, alors que ses précieux grimoires étaient désormais hors d'atteinte dans celui-ci. Le sortilège qui celait les grimoires recommença à s'amenuiser en son absence et l'esprit des licornes – la licorne noire – consuma sa prison de papier et réussit une fois de plus à s'échapper.

– C'est donc pour cela que mon demi-frère a envoyé les rêves ! s'exclama Questor. Il lui fallait impérativement revenir à Landover pour récupérer les grimoires et la bride d'or au plus tôt. Faute de quoi, la licorne noire pourrait parvenir à libérer les licornes blanches – son corps, en quelque sorte – et, ce faisant, déposséder à jamais Meeks de tous ses pouvoirs !

– Et c'est très exactement ce qu'elle a tenté de faire, renchérit Salica. Non seulement cette fois-ci, mais chaque fois qu'elle réussissait à s'évader. Dès qu'elle brisait ses chaînes, elle se mettait en quête de la seule magie qui fût supérieure à celle des sorciers : le pouvoir qui commandait au Paladin ! Cependant, toutes ses précédentes tentatives s'étaient soldées par un échec : elle n'avait jamais eu le temps de parvenir à ses fins. Elle savait que le Paladin était le champion du roi et qu'en conséquence il devait se trouver à la Cour, mais jamais elle n'était parvenue à rejoindre Bon Aloi. Pourtant, cette fois-ci, alertée par l'affaiblissement du sortilège, elle comprit que le sorcier ne représentait plus un danger immédiat. Elle savait donc que, pour la première fois depuis des siècles, elle avait une chance de toucher au but. Mais, dès qu'il s'aperçut de son évasion, Meeks ne perdit pas une minute pour réagir. Il envoya immédiatement un rêve à Ben pour l'attirer hors de Landover, de telle sorte que, quand la licorne noire chercha le roi, elle ne trouva qu'un trône vide ; utilisa un subterfuge pour revenir en même temps que lui et le changea en gueux, de façon que personne – y compris la licorne – ne puisse l'identifier.

– Elle aurait sans doute pu me reconnaître, si elle n'avait pas été si longtemps coupée du monde, objecta Ben. Nocturna et Strabo n'ont pas été dupes, eux. Sans doute ses pouvoirs se sont-ils érodés avec les années.

– Je crois plutôt que la responsabilité de cette erreur incombe aux sorciers, rectifia Salica. Pendant des siècles, ils n'ont cessé d'emprunter la magie des licornes. À force, les pouvoirs des captives ont dû s'amenuiser.

– Cette nuit-là, dans ma chambre, Meeks m'a dit que j'avais déjà fait échouer une partie de ses plans, poursuivit Ben. Bien sûr, je n'avais aucune idée de ce que j'avais bien pu faire pour ça. Je ne comprenais même pas de quoi il parlait, à vrai dire. En réalité, je n'avais fait qu'agir par inadvertance. Je ne savais pas que les grimoires étaient la source de ses pouvoirs. J'ignorais que, s'il ne revenait pas à Landover, la magie qu'ils recelaient serait à jamais perdue. Je ne cherchais qu'à sauver ma peau.

– Une seconde, Majesté, intervint Abernathy en fronçant la truffe. Meeks a bien envoyé trois rêves, n'est-ce pas ? Le premier, pour vous obliger à retourner dans l'autre monde ; le deuxième, pour que Questor Thews récupère les grimoires ; et le troisième, pour que Salica lui rapporte la bride d'or. Tous ont atteint leur but, sauf un. Salica a bien trouvé la bride, mais elle n'a pas obéi aux ordres dictés par le sorcier. Elle devait vous remettre la bride – à vous ou, plus exactement, à Meeks – mais elle ne l'a pas fait. Pourquoi ?

– À cause des fées, répondit Salica.

– Oui, les fées, répéta Ben.

– Lorsque je vous ai parlé de mon rêve pour la première fois, j'ai dit qu'il me semblait inachevé et que je devais en connaître la fin, expliqua la sylphide. J'ai fait d'autres rêves, depuis. Dans chacun d'eux, la licorne n'apparaissait plus comme un démon maléfique qu'il fallait fuir, mais plutôt comme une victime aux abois. Ces rêves-là m'ont été envoyés par les fées pour guider mes recherches et me détromper. Peu à peu, j'ai réalisé que le premier rêve était un tissu de mensonges, que la licorne n'était pas une ennemie, mais une proie qui avait besoin de mon aide. Lorsque, grâce à Strabo, la bride ensorcelée est tombée entre mes mains, les moyens de persuasion se sont faits plus insistants : aux rêves sont venues s'ajouter des visions diurnes. Toutes contenaient le même message : je devais partir moi-même à la recherche de la licorne noire et découvrir la vérité.

– Ce n'est pas tout, reprit Ben. Les créatures de magie m'ont aussi envoyé un émissaire qui n'était autre qu'Edgewood Dirk. Elles ne sont pas intervenues directement, bien sûr. Ce n'est pas dans leurs habitudes. C'est toujours en nous-mêmes que se cachent les réponses aux problèmes qui nous sont posés. Les créatures de magie, ou les fées, si vous préférez, attendent de nous que nous les résolvions par nous-mêmes. Cependant, pour moi, Dirk a été un véritable catalyseur. C'est lui qui m'a permis de percer à jour le mystère du médaillon. Meeks m'avait envoyé un rêve dans lequel je lui donnais le médaillon de mon propre chef. J'étais donc persuadé de l'avoir perdu à jamais. Dirk m'a aidé à comprendre que ce rêve n'était réel que dans la mesure où je lui prêtais moi-même réalité. C'est grâce à lui que j'ai retrouvé confiance en mes facultés d'analyse. Il m'a fait admettre que je pouvais déceler la vérité et que, si j'y parvenais, les autres la verraient aussi. Et c'est précisément ce qui s'est passé.

– C'est la raison pour laquelle le Paladin a pu venir à notre secours *in extremis,* enchaîna Questor.

– Et c'est aussi pour cette raison que les grimoires ont pu être détruits et les licornes délivrées, renchérit Salica.

– Et que Meeks a finalement été débouté, conclut Abernathy.

– En quelque sorte, acquiesça Ben.

– Oh, oui, Très Grand Seigneur ! s'exclama Fillip avec une ferveur décuplée.

– Oh, oui, Très Puissant Seigneur ! renchérit Sott.

– Par pitié ! Vous n'allez pas remettre ça ! grogna Ben.

Il lança un regard implorant à la ronde, mais ne rencontra que sourires complices et regards amusés.

Il était désormais temps de partir. Nul ne tenait particulièrement à passer la nuit dans le Melchor. Tous s'accordaient à penser qu'il serait plus prudent d'atteindre les contreforts pour dresser le camp. Les trolls s'étaient jusqu'alors montrés singulièrement discrets, mais il était inutile de tenter le diable. Ils avaient eu leur compte d'émotions fortes pour la journée.

Aussi rebroussèrent-ils chemin, fourbus mais anxieux de rejoindre des contrées plus clémentes pour goûter enfin un repos on ne peut plus mérité. Le soleil sombrait doucement à l'ouest de la vallée dans des vapeurs parme et pourpres. Salica régla la cadence de ses pas sur celle de Ben et passa son bras sous le sien.

– Que vont devenir les licornes, à ton avis ? demanda-t-elle, rêveuse.

– Elles vont probablement rejoindre les brumes du monde des fées et disparaître à jamais, répondit-il avec un haussement d'épaules.

– Ne penses-tu pas plutôt qu'elles vont accomplir la mission que leur avaient confiée les fées et s'envoler pour les univers d'au-delà des brumes ?

– Quitter Landover, tu veux dire ? (Ben secouait la tête.) Après ce qu'elles ont enduré pendant des siècles ? Non. Plus maintenant. Elles vont s'empresser de se réfugier dans le monde magique qui est le leur. Au moins y seront-elles en sécurité.

– Pourquoi ? Ton monde à toi n'est-il pas sûr pour elles ?

– Pas précisément, non.

– Landover ne l'est probablement guère plus.

– Certes.

– Crois-tu que les brumes le soient davantage ?

Ben sembla réfléchir un moment.

– Je n'en sais rien. Peut-être pas, après tout.

– Pourtant, l'autre monde doit avoir besoin d'elles, si là-bas la magie est déjà oubliée, non ?

– Oh, pour en avoir besoin, il en a bien besoin !

– Alors peut-être au moins l'une d'entre elles s'y risquera-t-elle.

– J'en doute.

Salica leva vers son amant un regard inquisiteur.

– Tu ne crois pas ce que tu dis, n'est-ce pas ?

Ben se contenta de sourire.

Ils atteignirent les contreforts, traversèrent une vaste prairie étoilée de petites fleurs rouges, puis une pinède odorante. Les kobolds partirent alors en éclaireurs pour dénicher une retraite où passer la nuit. Avec le crépuscule, l'air s'était rafraîchi et la montagne était nimbée de sérénité vespérale. Les grillons grésillaient. Un vol d'oies sauvages frôlait silencieusement la surface embuée d'un lac distant. Ben pensait déjà au retour. Bientôt, il retrouverait la chaleur rassurante de Bon Aloi, entouré de ses amis et de sa douce compagne.

– Je t'aime, murmura inopinément Salica, le regard fixé sur l'horizon.

Ben hocha la tête.

– J'avais l'intention de te parler à ce sujet, justement, fit-il au bout d'un long moment de mutisme méditatif. Tu ne cesses de me jurer ton amour et jamais, jusqu'à maintenant, je n'ai répondu à tes serments. J'ai réfléchi et je crois qu'en fait la raison en est simple : j'ai peur. Peur de prendre des risques inutiles et d'en souffrir. C'est tellement plus facile de détourner la tête pour ne pas voir la chance passer. (Il se tut un instant.) Mais à présent, là, en ce moment précis, en ce lieu précis, j'ai envie de te dire que je t'aime aussi. Alors, je crois que je vais le faire. Je t'aime, Salica. Je t'aime depuis le premier jour.

Ils continuèrent à marcher en silence. Ben sentit sa compagne serrer plus fortement son bras. La nuit tombait, doucement, invitant à la paix.

– Gaïéra m'a fait promettre de veiller sur toi, reprit Ben. C'est un peu ce qui m'a poussé à réfléchir. Elle s'est montrée très persuasive, tu sais. Impérieuse, même.

Il sentit le sourire de la sylphide plus qu'il ne le vit.

– C'est qu'elle sait déjà, elle, répondit Salica, énigmatique.

Ben la dévisagea, s'attendant à quelque mystérieuse révélation. Salica s'était tue. Il baissa les yeux.

– Que sait-elle, au juste ?

– Que je porte en moi l'avenir de ce royaume, Majesté.

Ben retint brusquement son souffle. Il leva un regard incrédule vers sa compagne. Une lueur d'émerveillement luisait dans ses prunelles claires.

– Oui, reprit Salica. Un jour, notre enfant te succédera, Ben Holiday.

ÉPILOGUE

Noël était tout proche.

Chicago frissonnait sous son manteau de neige effiloché au long des trottoirs et des chaussées. Tours et immeubles se dressaient, comme des géants de béton et d'acier, dans les fumées de gaz d'échappement qui se mêlaient au frimas. Les bouches d'égout crachaient des nuages de buée malodorante. La ville semblait engourdie. Tout fonctionnait au ralenti. Les voitures rampaient comme des insectes préhistoriques aux luminescents yeux jaunes. Les piétons enfouissaient le menton dans leur col relevé. Les mains se recroquevillaient au fond des poches. L'après-midi battait en retraite. Déjà, le soir s'immisçait à pas feutrés.

Au coin de Division Street et d'Elm Street, l'asphalte était presque désert. Deux jeunes gens en veste de cuir, un homme d'affaires et une femme élégante se croisèrent, qui sortant d'un magasin chic, qui descendant du bus, qui rejoignant le parking pour récupérer son véhicule. Le boucher se campa devant sa boutique pour superviser la fermeture du rideau de fer. Ses deux bières quotidiennes ingurgitées, un ouvrier poussa la porte du *Barney's Pub* pour rejoindre l'appartement où l'attendait sa mère souffrante. Les bras chargés de provisions, un vieillard trottinait à pas menus, suivant précautionneusement les empreintes laissées par des centaines de piétons affairés. Une gamine, engoncée dans son anorak hivernal, faisait un bonhomme de neige sur le pas de sa porte.

La licorne blanche traversa ce petit monde indifférent, tel un éclair éblouissant. Elle filait dans le ciel comme si elle n'avait d'autre but que de faire le tour du monde en un seul jour. Elle bondit entre les immeubles, sans paraître toucher terre, gracieuse arabesque de lumière suspendue dans les airs. Toute la beauté de l'univers présent et à venir sembla fugitivement concentrée dans la fluidité du mouvement. Les spectateurs retinrent leur souffle, cillèrent. Leurs regards incrédules ne rencontrèrent que le vide. La licorne avait déjà disparu.

Le vieillard s'était figé, bouche bée. La petite fille avait suspendu son geste, les yeux émerveillés. Les jeunes gens se consultèrent à voix basse. L'homme d'affaires se tourna vers le boucher qui s'était tourné vers lui. L'élégante fixait les nuées, brusquement assaillie d'images féeriques puisées dans ses souvenirs d'enfant. L'ouvrier songea subitement que Noël devançait l'appel.

Le moment de stupeur passé, tous se remirent en mouvement. Certains accélérèrent le pas, d'autres ralentirent l'allure. La petite fille retourna à sa création éphémère. Mais tous jetaient des coups d'œil perplexes par-dessus leur épaule. Qu'avaient-ils vu au juste ? Une licorne, vraiment ? Bien sûr que non, voyons ! Les licornes, cela n'existait pas. En tout cas, pas en plein centre-ville. Elles ne pouvaient vivre que dans l'immensité de forêts inexplorées, aux confins d'univers inconnus. Ils avaient pourtant bien vu quelque chose, non ? Ou auraient-ils rêvé ? Chacun resta songeur, le cœur gonflé d'une étrange émotion, avec le sentiment d'avoir assisté à quelque miracle, un instant de pure magie, peut-être.

Ils emportèrent cet étrange secret avec eux. Certains le gardèrent précieusement pour l'enfouir dans la tombe. D'autres, à la faveur d'un moment d'intime complicité, racontèrent qu'un jour, peu avant Noël…

4096

Achevé d'imprimer en Europe (France)
par Brodard et Taupin à La Flèche (Sarthe)
le 1er juin 2005. 30207
Dépôt légal juin 2005. ISBN 2-290-31499-4
1er dépôt légal dans la collection : décembre 1995

Éditions J'ai lu
84, rue de Grenelle, 75007 Paris
Diffusion France et étranger : Flammarion